LEA STEIN

ALTES LEID

Ein Fall für Ida Rabe

Kriminalroman

WILHELM HEYNE VERLAG
MÜNCHEN

Sollte diese Publikation Links auf Webseiten Dritter enthalten,
so übernehmen wir für deren Inhalte keine Haftung,
da wir uns diese nicht zu eigen machen, sondern lediglich auf
deren Stand zum Zeitpunkt der Erstveröffentlichung verweisen.

Gefördert durch ein Stipendium von

 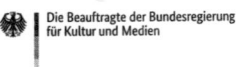

Penguin Random House Verlagsgruppe FSC® N001967

Originalausgabe 01/2023
Copyright © 2023 by Lea Stein
Copyright © 2023 dieser Ausgabe
by Wilhelm Heyne Verlag, München,
in der Penguin Random House Verlagsgruppe GmbH,
Neumarkter Str. 28, 81673 München
Printed in Germany
Umschlaggestaltung: zero-media.net unter Verwendung von
Richard Jenkins Photography; Vintage Germany/
Wilhelm Dreesen; FinePic®, München
Satz: Uhl + Massopust, Aalen
Druck und Bindung: GGP Media GmbH, Pößneck
ISBN: 978-3-453-42606-1

www.heyne.de

Vierlande, am Stadtrand von Hamburg

Frühjahr 1947

Ich klettere den Hügel hinauf – oder was sich in einer platten Gegend wie dieser Hügel schimpft – und bleib stehen. Eine blasse, einsame Landschaft dehnt sich vor mir aus. Lauter Felder, die weiß vom Frost sind, darüber ein grauer Himmel. Bergab liegt ein reetgedecktes Gehöft, kleine Ansammlungen von abgesägten Bäumen dahinter. Kein Lebewesen ist zu sehen, nicht einmal eine Krähe.

Bloß eine halbe Stunde Zugfahrt vom geschäftigen Hauptbahnhof entfernt gibt es nur Leere. Zwischen dem Schutt und der Asche in der Stadt herrscht wenigstens Leben. Das Einzige, was auf dem Land zu hören ist, ist mein Atem. Zischen, wenn ich die Luft einsauge, und ein leises Schnauben, wenn ich ausatme. Wolken bilden sich vor meinem Gesicht.

Am liebsten würde ich mich hinlegen, gleich hier aufs Feld. Ich will die Augen schließen und vergessen, meinen Namen, meine Vergangenheit, meine Trauer, die sich so tief in mein Fleisch gefressen hat, dass sie schon Teil meines Körpers geworden ist. Die Erinnerung sitzt überall in mir. In meiner Haut, meinem Haar, meinen Wimpern, die vor langer Zeit, in einem anderen Leben, einmal schön genannt worden sind.

Aber ich gehe weiter, die Arme um meinen Körper geschlungen. Bei jeder Bewegung kann ich die Knochen fühlen, die durch den Mantel in meine Fingerkuppen bohren. Vornübergebeugt stemme ich mich der Kälte entgegen und denke an früher, obwohl ich genau das nicht will. Denke an den Sommer, der so warm und feucht war, als wenn man in einen Sumpf steigt. An die Freude, die ich empfunden habe in unserem Versteck.

Ich beiße die Zähne so fest zusammen, dass ein lautes Knirschen zu hören ist, hole Luft und schlittere den schmalen Pfad hinunter, reiße mir den Mantelstoff an den Dornbüschen auf. Ich verfluche das Land, auf dem ich gehe. Im Osten ist es im Winter schön, auch im Frühjahr, sogar wenn die Kälte nicht weggehen will. Staubzuckerweiße Felder gibt's da und einen eisblauen Himmel. Selbst wenn man nichts zu essen hat, kann man sich sattsehen. Aber hier! Es hat geschneit in diesem Winter, die ganze Stadt ist unter Weiß versunken. Doch das Weiß wurde schnell grau, dann braun, keiner hat mehr was zwischen die Zähne gekriegt, es gab keinen Strom, dunkel war es, unendlich dunkel und eiskalt. Und die Leute heulten und schrien und hauten sich gegenseitig die Köppe ein. Und immer noch geht der verdammte Frost nicht weg. In der Stadt schlingern die Menschen die glatten Straßen runter, die dürren Arme ausgestreckt, an denen das bisschen, was sie an Stoff auftreiben konnten, herumschlackert. Mit Gesichtern, die nur noch aus Augen, eingefallenen Wangen und rissigen Lippen bestehen. Wie tot sehen sie aus.

Was soll man da anderes denken als: selbst schuld.

Als ich näher komme, rieche ich den Stall. Ich bleibe stehen und atme mit zusammengekniffenen Augen tief ein. Eine Sehnsucht rührt sich in mir, und mein Herzschlag setzt für einen Moment aus. Seit Monaten tue ich nichts anderes, als mich hier auf dem Land rund um Hamburg herumzutreiben. Von einem Hof zum nächsten schleppe ich mich. So häufig habe ich den Geruch von Kuh und Milch gerochen. Heute aber ...

Ich vertreibe die Erinnerung und balle wütend die Hände zu Fäusten. Den ganzen Tag bin ich schon in diesem verflixten Landstrich unterwegs und habe rein gar nichts in den Taschen. Niemand will was rausrücken für jemanden wie mich, dürr und armselig, wie ich aussehe. Nicht mal eine Handvoll käferzerfressene Kartoffeln oder ein halbes Dutzend schimmelige Rüben. Seit dem Krieg weiß ich: Die Leute sind böse, sie sind gierig, und keiner erinnert sich an das, was er nicht erinnern will, schon gar nicht, dass er vielleicht mal ein Mensch gewesen ist. Und dann kommt eine wie ich, die nix zum Tauschen hat. Die nur betteln kann. Abschaum.

Ich brauche ja nur ein bisschen, eine Kleinigkeit, die mich wärmen kann. Schnaps. Einen Löffel guter Brühe. Sogar den fadenscheinigen Schleim, den die Leute Milchsuppe nennen, würde ich mit Freuden nehmen. Und deshalb habe ich alle Warnungen in den Wind geschlagen, was hätte ich auch sonst tun sollen?

»Aber der Wüstling!«, hatten sie im Bunker gesagt.

Wer soll das schon sein?, hätte ich am liebsten entgegnet. Der Krieg hat aus uns allen Wüstlinge gemacht.

Und wenn es diesen Kerl, von dem in Hamburg alle reden, wirklich gibt, treibt er sich eher im Wald herum als in einem Bauernhaus, so viel ist sicher. Da und auf den frostharten

Feldwegen bekommt man die Frauen schneller zu fassen, da nutzt alles Schreien nichts.

Ich habe keine Angst. Um Angst zu spüren, muss man was zu verlieren haben. Ich habe nur Madlena, und sie ist in Sicherheit. Ansonsten gibt's für mich schon lange Zeit nichts Wertvolles mehr.

Eine Biegung noch, an den abgeholzten Birken und einem struppigen Weißdornstrauch vorbei, dann werde ich sehen, ob der Bauer was rausrückt. So lange hat man sie verachtet, doch jetzt sind die Landwirte die neuen Könige, vor denen die Leute in der Stadt auf die Knie fallen. Könige mit einer Mistgabel statt einem Zepter in der Hand. Mistkerle, einer wie der andere, doch was bleibt mir anderes übrig, als um Almosen zu betteln?

»He!«, höre ich eine Stimme, die mich ruckartig den Kopf hochreißen lässt. Ich habe nicht aufgepasst, dabei bin ich sonst doch so wachsam. Mein Herz pocht schnell gegen meine Rippen. Hinter mir Schritte, das Knirschen von Schuhen auf dem gefrorenen Boden. Langsam drehe ich mich um. Ich will was sagen, aber das einzige Geräusch, das ich von mir geben kann, ist ein raues Krächzen.

1
Davidwache, Hamburg-Sankt Pauli

Donnerstag, 1. Mai 1947, 7:04 Uhr

Ida Rabe musste achtgeben, nicht den Anschluss an Polizeimeister Hildesund zu verlieren, der in irrwitzigem Tempo vor ihr hereilte. Der lang gezogene Flur der Davidwache war in einem schlammigen Braun gestrichen; einer Farbe, schoss es Ida durch den Kopf, von der sich weder Dreck noch Blut sichtbar abheben würde. Die abgetretenen Bohlen rochen nach Essig, in der Luft hing der Rauch von orientalischen Zigaretten. Nordland-Tabak, tippte Ida. So tief sie konnte, sog sie den herben Geruch ein. Zwar mochte sie amerikanische Zigaretten lieber, aber man war ja nicht wählerisch heutzutage.

»Fräulein Rabe?« Polizeimeister Hildesund hatte innegehalten und wandte sich ihr mit hochgezogenen Augenbrauen zu. »Gibt es ein Problem?«

»Nein«, sagte sie und stellte erst jetzt fest, dass sie stehen geblieben war. Aus dem Wachraum drang eine aufgeregte Frauenstimme, die Idas Interesse geweckt hatte.

»… seit zehn Tagen nicht mehr … Herr Wachtmeister, das ist doch beängstigend. Ich war gestern schon hier, und …«

Zwischendurch ein beruhigendes Brummen. »'türlich, 'türlich, wir kümmern uns drum, junge Frau.«

»Fräulein Rabe?«, wiederholte Polizeimeister Hildesund nun mit einem Lächeln, das so unecht wirkte, als sei es aufgemalt. »Brauchen Sie schon ein Päuschen?«

»Ganz und gar nicht«, sagte sie und schüttelte das Gefühl der Beklemmung ab, das der verzweifelte Tonfall der Frau in ihr ausgelöst hatte. »Ich kann es nur immer noch nicht fassen, dass ich es geschafft habe.«

»Ja, jetzt ist es überstanden«, erwiderte er in gönnerhaftem Ton. »Und wir, die uns in den letzten Jahren nichts haben zuschulden kommen lassen, haben es geschafft.«

Verwundert hob sie die Brauen. Dann lachte sie. Ihr perlendes, dunkles Lachen ließ Polizeimeister Hildesund verwirrt die Lippen kräuseln. Mit seinem schütteren Haar und den tiefen Falten, die sein Gesicht durchzogen, wirkte er älter als sechzig, doch das konnte täuschen. Der Krieg hatte alle frühzeitig altern lassen. Er war ein hutzeliger Mann, der nichts lieber zu tun schien, als rasch von A nach B zu gelangen.

»Nein, ich meine, ich kann es nicht fassen, hier zu sein. Als Polizistin.«

»Ah.« Er kniff die Augen zusammen. Sein Blick, mit dem er sie nun musterte, war plötzlich hart. »Sie sollten sich nicht zu sehr daran gewöhnen. Die Zeiten könnten sich schneller ändern, als Sie vermuten.«

»Und dann?«, sagte Ida lauter als beabsichtigt. »Was passiert Ihrer Meinung nach, wenn sich die Zeiten ändern, Polizeimeister Hildesund?«

»Wenn die Briten weg sind, ist es auch mit den Damen in Uniform vorbei, das kann ich Ihnen versprechen. Frauen bei der Polizei ...«, er sah aus, als habe er etwas Fauliges im Mund.

»Das mag funktionieren, solange die Männer in Kriegsgefangenschaft sind. Aber wenn sie erst wieder zurück sind, wenn wieder Ruhe und Ordnung herrscht und alles beim Alten ist, dann wird es in allerlei Haushalten ein gewaltiges Donnerwetter geben.« Er setzte eine selbstzufriedene Miene auf. »Doch bilden Sie sich ruhig für eine Weile ein, hier auf Verbrecherjagd gehen zu können. Bald ziehen wir andere Saiten auf. Dann heißt es: zurück in Ihren Wirkungskreis, Beste, ins traute Heim zu Kindern und Kochtöpfen. Und lassen Sie uns hoffen, dass Ihnen Ihre Anmut bis dahin nicht restlos verloren gegangen ist.«

Die Augenbrauen hochgezogen, starrte Ida mit ihren 1,82 Metern auf ihn hinab. Am liebsten hätte sie ihn dermaßen zusammengestaucht, dass er nicht mehr in der Lage war, seinen Namen zu buchstabieren. Doch erstens war heute ihr erster Arbeitstag, und zweitens war sie drei Minuten zu spät auf der Wache angekommen. Ihre neue Kollegin wartete bestimmt schon auf sie. In eineinhalb Stunden würde außerdem Miss Watson anrauschen, wie sie ihr bei ihrem letzten Gespräch mitgeteilt hatte. Wollte Ida dann tatsächlich noch hier stehen und mit Polizeimeister Hildesund streiten? Ihre britische Vorgesetzte, so viel war sicher, wäre darüber *not amused*.

»Zwei weibliche Polizisten auf Dutzende männliche macht noch keine feindliche Übernahme«, sagte Ida daher nur spitz. »Falls Sie fürchten, wir Damen würden hier das Ruder übernehmen und Ihre traute Skatrunde stören, kann ich Sie beruhigen. Wir bleiben für uns, Sie für sich.«

Finster starrte Hildesund sie an. Schließlich nickte er knapp, die Lippen fest aufeinandergepresst, und machte eine mehr oder weniger einladende Geste. »Bitte. Den Flur hinab und dann die Treppe runter. Ihre Kollegin und Sie sitzen unten.«

»Im Keller?« Wieder klang ihre Stimme verärgerter, als sie beabsichtigt hatte.

Die gespielte Freundlichkeit troff nahezu aus Hildesunds Gesicht. »Ganz recht. Ein hübscher Ort, an dem Sie niemand hört. Da können Sie in Ruhe den lieben langen Tag sabbeln. Ich hoffe nur, Sie stören sich nicht an den Verwahrzellen, die sind nämlich auch da unten.«

Zornig sah Ida ihn an, dann ließ sie ihn ohne ein weiteres Wort stehen.

Während sie auf die Kellertreppe zuging, versuchte sie einen Blick in jedes offene Büro zu werfen. Ihr erster Eindruck: Es gab nur wenige Beamte auf sehr viel Raum. Ihr zweiter: Augenscheinlich hatte hier niemand je eine Frau wie sie gesehen, die trotz ihrer Größe nicht die Schultern hoch- und den Kopf einzog. Anders konnte sie sich nicht erklären, wieso sie wie ein regenbogenbuntes Zirkuspferd beglotzt wurde. Aber sie war vorgewarnt worden. Die meisten Polizisten waren wie Hildesund. Sie hassten die neuen Kolleginnen vom ersten Augenblick an und waren der Ansicht, jede Frau mit einer Stelle bei der Polizei nahm einem Mann eine weg. Und dann gab es noch diejenigen, die nichts gegen weibliche Polizistinnen hatten, solange diese sich anfassen ließen. »Immer hübsch mit dem Rücken zur Wand«, hatte eine Ausbilderin Ida geraten. »Am Hinterteil haben Sie leider keine Augen.«

Aus diesem Grund hatte sich Ida heute Morgen extraviel Mühe gegeben, so neutral wie möglich auszusehen. Sie hatte sich das dunkle Haar aus der Stirn gebürstet und zu einem Zopf gebunden, dicke, für die frühlingshaften Temperaturen viel zu warme Wollstrümpfe angezogen und den Rock so weit wie möglich nach unten gezuppelt und einen Schal über ihre blaue Uniformjacke geschlungen. Selbstverständlich fehlte auch die Anstecknadel mit der Aufschrift »Polizei« nicht. Besonders stolz war sie auf ihre faltenfreie Bluse. Das war wichtig, fand Ida. Ein zerknautschtes Oberteil konnte ganz falsche Assoziationen bei ihren Kollegen auslösen, Männer kamen ja gern auf die verrücktesten Ideen, Polizisten keinesfalls ausgenommen.

»Plätteisen?«, hatte ihre Vermieterin am Abend zuvor entgeistert gefragt. »Woher soll ich denn so was kriegen?«

Eine ähnliche Gegenfrage stellten auch alle anderen Hausbewohner, bei denen Ida klingelte. Drei Tage zuvor hatte sie nach langer Suche ein halbes Zimmer zur Miete gefunden, in der Margaretenstraße in Eimsbüttel. Das Haus war klein, zum Glück aber kaum von Bomben getroffen worden, und die Miete günstig.

Ein Stockwerk über ihrem, bei einem Herrn, der sich als Heinrich Schmidt vorstellte, wurde sie endlich fündig.

»Oh, da kann ich Ihnen helfen, schönes Fräulein.« Seine Augen in dem massigen, krank wirkenden Gesicht hatten schwarz wie Murmeln geglänzt. »Schieben Sie das gute Stück mal rüber.«

Zögerlich hatte sie die Bluse in seine Hand gedrückt, mit der er in der Wohnung verschwand. Von ihrem Platz an der Tür aus konnte sie in seinen winzigen Flur sehen, der auf der einen Seite mit vergilbten Papierstapeln gefüllt war und auf der anderen mit Regalen, auf denen sicher ein Dutzend Püppchen saßen. Beim Anblick der toten Knopfaugen, die in die Leere starrten, lief Ida ein Schauer über den Rücken. Was für ein seltsamer Kerl.

Wasserplätschern war zu hören. Dann ein lang gezogenes »Aaaaah«. Was tat er nur mit ihrer Bluse? Beklommen trat Ida von einem Fuß auf den anderen. Als ihr Nachbar endlich zurückkehrte, hielt er zu ihrer Erleichterung die Bluse in den Händen, die zwar ziemlich nass, aber in der Tat glatt und faltenfrei war. »Bitte sehr, reizendes Kind. Ich hoffe, Sie haben noch Zeit, sie über den Ofen zu hängen.«

»Wie haben Sie das gemacht?«

Vor Stolz hatte er gestrahlt und mit einer fließenden Handbewegung von den Zehenspitzen bis zu seinem Kopf gedeutet. »Mich draufgelegt. Gestatten, Heinrich Schmidt, lebendes Plätteisen.«

Die Stiegen, die aus dem Erdgeschoss der Davidwache nach unten führten, waren schmal und nur schummrig beleuchtet. Durch ihr hohes Tempo kam sie zweimal ins Rutschen. Sie musste dafür sorgen, dass eine bessere Beleuchtung installiert wurde. Und ein Treppengeländer, andernfalls war es zu gefährlich.

Am Fuß der Treppe sah sich Ida um. Ein langer Flur lag vor ihr, an beiden Seiten reihten sich die schweren Metalltüren der Verwahrungszellen aneinander, allesamt verschlossen. In einem hatte Polizeimeister Hildesund recht gehabt: Es war verdammt ruhig hier unten. Nicht mal aus den Zellen drangen Geräusche. Das immerhin hatte gewisse Vorteile. Und noch etwas erschien Ida vorteilhaft an der Kellerlage: Während Tag und Nacht Betrunkene, Diebe und Ruhestörer von der Reeperbahn und aus der ganzen Stadt im Polizeigriff durch den Wachraum geführt wurden, war Idas Klientel ein ganz anderes: Die Weibliche Polizei war für Frauen, Kinder und weibliche Jugendliche zuständig. Und diese wollte Ida gern so weit wie nur irgend möglich von den Schlägern und Saufbolden fernhalten.

Ein Kellerbüro war also vielleicht doch nicht so schlecht, dachte sie, während sie den lang gezogenen, schmalen Gang entlangging. Und wenn es ihr gelänge, den widerlichen muffigen Geruch, die feuchte Kälte und die vielen Spinnweben an der niedrigen Decke loszuwerden, ließ es sich hier sogar aushalten.

Am Ende des Flurs, der mit jedem Schritt dunkler geworden war, blieb sie vor einer weiteren Tür stehen. Sie war nur angelehnt, und aus einem Spalt fiel ein schmaler Lichtstrahl.

Ida klopfte an und trat, als eine leise Stimme »Herein« rief, ein.

Eine nackte Glühbirne baumelte von der Decke und spendete dämmriges Licht. Neben der Tür stand ein monströser Schrank, an der Wand links davon ein wackliger Schreibtisch mit einer Schreibmaschine, davor ein abgenutzter Holzstuhl. Darüber konnte man knapp unterhalb der Decke hinter einem schmalen vergitterten Fenster hin und wieder einen Damenschuh oder ein Männerhosenbein vorbeihasten sehen. Ein weiterer Tisch befand sich mitten im Raum, daran saß, mit dem Rücken zur Wand, eine junge Frau mit hängenden Schultern, die mit fragendem Blick den Kopf hob. In dem niedrigen, leeren Raum wirkte Idas Kollegin wie ein verlorenes Kind. Verstärkt wurde der Eindruck noch durch die weit aufgerissenen hellblauen Augen, mit denen sie zu Ida aufsah, und dem schüchternen Lächeln. Ihr blondes Haar glänzte wie mit hundert Strichen gebürstet.

»Hallo«, sagte Ida. »Ida Rabe.«

Die junge Frau sprang auf und warf dabei beinahe ihren

Stuhl um. »Oh, hoppla.« Sie grinste verlegen. »Guten Tag. Ich bin Heide Brasch. Schön, Sie kennenzulernen.«

In Idas Kopf begann es zu rattern. Brasch… Der Name kam ihr bekannt vor. Hatte ihre neue Kollegin nicht zu der anderen Ausbildungsgruppe gehört, die im Nachbartrakt der Altonaer Kaserne untergebracht gewesen war, in der auch Ida die vergangenen Wochen verbracht hatte? Viel war Ida von der jungen Frau nicht in Erinnerung geblieben. Dass sie etwa im selben Alter war wie Ida, Mitte zwanzig. Und dass man ihr nicht trauen konnte. Zumindest hatte man sich das hinter vorgehaltener Hand in der Kaserne zugewispert, in der Männer und Frauen zu Polizisten ausgebildet wurden. Für Ida und alle anderen eine vollkommen neue Erfahrung: zusammen mit Herren im Klassenzimmer zu sitzen und zu pauken.

Eine junge Kollegin hatte schon in der ersten Woche ihre Sachen packen müssen, weil sie mit einem der Herren geflirtet hatte. Keine große Sache eigentlich. Doch jemand hatte der Aufseherin davon berichtet. Und dieser Jemand, so wurde gemunkelt, war Heide Brasch gewesen.

»Sind Sie von den Kollegen gebührend empfangen worden?« Brasch behielt ihr schüchtern wirkendes Lächeln bei, was nicht recht zu ihrem gestelzten Ton passen wollte. »Mit Frauen wird bei der Polizei ja nicht gerade höflich umgegangen. Das weiß ich, weil…«, sie senkte den Blick, »…na ja, ich bin quasi in der Truppe groß geworden.«

Nun erinnerte sich Ida, was in der Kaserne noch über Heide Brasch geredet worden war: dass ihr Vater, Oberkommissar Brasch, 1933 aus dem Dienst entfernt und nach Kriegsende von den Briten mit offenen Armen empfangen worden war. Die Militärregierung wollte eine Polizei nach dem Vorbild im eigenen Land schaffen. Eine große Auswahl bot sich den Besatzern nicht, als es darum ging, innerhalb der Polizei Männer zu finden, die nicht im Nationalsozialismus Karriere gemacht hatten. Die Briten mussten bei null anfangen und standen, so hatte es Ida gehört, letztendlich vor der Entscheidung, erfahrene Beamte mit brauner Vergangenheit einzustellen oder Unbescholtene, die das Handwerk von der Pike auf lernen mussten.

Wie es sich in dieser Hinsicht wohl mit Polizeimeister Hildesund verhielt?, schoss es Ida durch den Kopf. Sie musterte ihre neue Kollegin prüfend. »Ihr Vater ist also eine Art Held.«

Braschs Lächeln verrutschte etwas, dann hob sie abwehrend die Hand. »Das kann ich nicht beurteilen. Aber schließen Sie von ihm bitte nicht auf mich.«

Was sie damit wohl meinte?

»Ist das mein Schreibtisch?«, fragte Ida, um das Thema zu wechseln. Sie zeigte auf die Holzplatte links von sich, die auf immerhin drei krummen Beinen stand. Die hintere Ecke war so an die Wand gelehnt, dass die Konstruktion hoffentlich stabil genug war, um nicht beim ersten Windhauch zusammenzubrechen. Wobei es einen Windhauch in einem Raum, der nur über ein winziges Fenster verfügte, wahrscheinlich nicht gab.

Heide Brasch nickte. Sie saß immer noch etwas verloren an ihrem Platz und ließ die Schultern hängen.

Ida schälte sich aus ihrer Uniformjacke, sah sich vergeblich nach einer Garderobe um und legte das Kleidungsstück schließlich über ihre Stuhllehne. Wie der Tisch sah auch der Stuhl aus: als breche er beim bloßen Ansehen auseinander, doch er knurrte nur verärgert darüber, dass jemand mit einer derart stattlichen Größe wie Ida auf ihm Platz nahm.

»Fräulein Brasch?« Um ihre Kollegin anzusehen, musste Ida ihre Beine wieder unter der Tischplatte hervorschälen und sich um 90 Grad drehen. »Hat uns Polizeimeister Hildesund bereits Arbeit zugeteilt, mit der wir schon mal anfangen können, bis Miss Watson eintrifft?«

»Nun«, sagte Brasch und blickte Ida aus ihren großen Augen unsicher an. »Neben Streifengängen, vor allem über den Schwarzen Markt, und Dienst am Tresen im Wachraum gibt es noch dieses Buch, wie mir der Polizeimeister erklärte«, sie deutete auf einen sicher zwanzig Zentimeter dicken Leineneinband, der auf ihrem Schreibtisch lag und zwischen dem vergilbtes Papier hervorquoll. »Es gibt zwei davon, eines ist immer oben in Gebrauch. Wenn ich mich nicht täusche, sollen wir die neusten Meldungen übertragen. Mit der Schreibmaschine.«

»Aha«, sagte Ida, holte sich das Buch, das um die fünf Kilogramm schwer sein musste, und legte es behutsam auf dem Tisch ab, der zwar ins Schwanken geriet, dem Gewicht glücklicherweise aber standhielt. Während sie in dem Wälzer blätterte, senkte sich Stille über den Raum.

»Was steht darin?«, erkundigte sich nach einer Weile ihre Kollegin.

Verwundert darüber, dass sich Heide Brasch bislang offenbar nicht die Mühe gemacht hatte, selbst einen Blick in den einzigen interessanten Gegenstand im ganzen Raum zu werfen, wandte sich Ida zu ihr um. Sie hatte schon eine spitze Bemerkung auf der Zunge, doch als sie die putzige Himmelfahrtsnase und die treuen, hellblauen Augen sah, schluckte sie den Kommentar hinunter.

»Anzeigen der vergangenen Wochen«, erklärte Ida und drehte sich wieder zur Wand. »Jedenfalls ein Teil davon. Hier gibt es immer wieder größere Lücken.«

Es dauerte ein wenig, bis sie vier verschiedene Handschriften ausgemacht und einigermaßen entziffert hatte. Das Papier war eng beschrieben. Eine der Schriftführerinnen war mit Sicherheit weiblich, Ida erkannte es an den sich kringelnden i-Tüpfelchen. Wie Brasch erwähnt hatte, gehörte es also allem Anschein nach auch zu den Aufgaben der Weiblichen Schutzpolizei, am Tresen zu stehen und die Anzeigen aufzunehmen. Die meisten behandelten kleinere Straftaten wie Diebstähle. Schuhe, Besteck und Zigaretten, all jenes eben, das sich auf dem Schwarzen Markt gegen Nahrung und Lebensmittelkarten eintauschen ließ. Der nächstgelegene befand sich unweit der Davidwache in der Talstraße, keine drei Minuten zu Fuß entfernt. Aber auch auf ihrem Weg zur Arbeit kam Ida an einem vorbei, der gerade erst nahe dem Neuen Pferdemarkt entstanden war.

Auch ein paar Raubdelikte waren in dem Buch vermerkt. Ida fiel auf, dass es vor allem Frauen waren, die in den letzten Monaten angegriffen worden waren. Und dass, wenn sie die Notizen richtig verstand, kein einziger der Fälle aufgeklärt worden war.

Eng beschriebene Zeilen mit Daten, Namen, kurze Notizen zu den Überfällen. Plötzlich stutzte Ida. »Merkwürdig ...«

Sie drehte sich zu Heide Brasch um, die die ganze Zeit stumm an ihrem Tisch gesessen und vor sich hin gestarrt hatte, und wuchtete das Buch auf den Tisch ihrer Kollegin. Verwirrt blickte Heide von Idas Gesicht zu dem Buch und wieder zurück. »Wie bitte?«

»Hier.« Ida deutete auf seltsame Krakel, die neben mehreren Anzeigen zu finden waren. »Sehen Sie? Dieses Gekritzel? Das taucht bei mehreren verschwundenen Gegenständen auf. Hier: Hanne Kischkat, silberner Anhänger, Kleeblatt. Eintrag vom achten April. Daneben in winziger Schrift irgendwas wie *Tränen*. Oder *thronen*? Zwei Zeilen weiter unten, dieselbe Schrift, derselbe Wachtmeister also. Als gestohlen gemeldetes Armkettchen, vergoldet. Daneben wieder kaum zu lesen: *Anzeigende wirkte* ...«

»Sorbisch?«, bemühte sich Brasch die kleinen, nach links gelehnten Buchstaben zu entziffern.

»Wie sollte man sorbisch wirken können?«

Brasch legte den Kopf schief. »Dahinter steht noch ein Wort. Wenn wir das entziffern, erklärt sich vielleicht ...« Sie zuckte mit den Schultern und schloss wieder den Mund.

»Ich verstehe nicht, wie wir dieses Geschmiere abtippen sollen, wenn wir nicht mal die Schrift lesen können«, brummelte Ida. Erneut blätterte sie weiter, dann ganz nach vorne. »Ha!« Sie tippte auf die Kürzel der Wachhabenden, die auf der Eingangsseite mit vollen Namen genannt waren. »Immerhin wissen wir, wie der Mann mit der Krakelschrift heißt: Johann Meyerlich.«

»Polizeimeisteranwärter Meyerlich kenne ich!«, rief Brasch erfreut. »Er war eben hier. Ein sehr netter junger Mann.«

Netter hoffentlich, dachte Ida, als Hildesund. Sie sah sich im Raum um und trat schließlich an den großen Schrank, der an der Wand rechts zum Eingang stand. Sie riss an der Tür, sprang jedoch erschrocken wieder zurück, als das monströse Möbel ein Stück nach vorn kippte.

»Man hat uns hier wirklich nur mit dem Allerbesten ausgestattet, das auf den unzerbombten Dachböden dieser Stadt zu finden war«, schimpfte sie. »Wissen Sie zufällig, ob ich da drin Papier finde?«

»Papier? Nein. Polizeimeister Hildesund sagte, es gäbe hier kein Papier.«

»Ach.« Ida verzog das Gesicht. »Und wie sollen wir dann dieses Anzeigenbuch abtippen? Wir können hier doch nicht arbeiten, wenn wir kein Papier haben!«

Brasch sah sie ängstlich an und zuckte mit den Schultern. »Ich dachte«, begann sie leise, »wir bekommen vielleicht noch etwas von Polizeimeister Hildesund.«

Das hielt Ida für unwahrscheinlich. »Wir werden ja sehen.« Etwas behutsamer versuchte sie erneut, den Schrank zu öffnen. Sicherheitshalber lehnte sie sich mit der Schulter gegen das Ungetüm. Knarzend bewegte sich die Tür einen Spalt, dann noch einen. Die Fächer darin waren so gut wie leer. Nur in den unteren beiden erspähte Ida etwas. Rasch ging sie in die Hocke und begann in den Fächern zu wühlen. Sie nieste, als ihr eine Wolke aus Kampfergeruch und Staub entgegenkam.

»Und?«, fragte Brasch.

»Kein Papier. Aber ich brauche etwas, um mir Lesezeichen zu basteln. Sonst stehe ich ewig und drei Tage bei dem Kollegen oben und versuche, die entsprechenden Stellen wiederzufinden.«

Neben Kisten, die mit JUGENDFÜRSORGE, SITTENDELIKTE und VERMISSTE PERSONEN, A – F, G – L, M – Q und R – Z beschriftet und randvoll mit Akten waren, einer dicken Staubschicht und ein paar Mäusekötteln entdeckte Ida nur das 30 Kilogramm schwere Exemplar einer *Urania*. Die

Schreibmaschine sah aus, als sei sie hundert Jahre alt, und war vermutlich schon in den Dreißigern durch die moderneren *Olympia Progress* ersetzt worden, die auf Idas und Heide Braschs Schreibtischen standen. Ohne Papier konnte Ida jedoch weder mit dem einen noch mit dem anderen Modell etwas anfangen. Sie beugte sich weiter vor. Nicht einmal ein benutzter Briefumschlag lag in den Fächern herum.

»Dann muss es eben so gehen.«

*

Nach der knappen Stunde im Keller fühlte sie sich bei ihrem Ausflug nach oben, als tauche sie aus den Tiefen des Meeres auf. Die Augen zusammengekniffen, sah sich Ida im Erdgeschoss um, klopfte schließlich an den Türrahmen des erstbesten Büros und erkundigte sich nach Polizeimeisteranwärter Johann Meyerlich. Zwei Türen weiter vorn, war die Antwort.

Dort klopfte sie erneut. Ein heller Schopf hob sich, und ein verwirrtes Lächeln glitt dem jungen Mann über das Gesicht.

»Wollen Sie eine Anzeige aufgeben? Ich fürchte, da sind Sie bei mir falsch.«

Ida blickte an sich herab. Sie trug Uniform. War es so schwer, sie als Polizistin zu erkennen?

»Oh«, sagte er dann, »ich hab gar nicht … 'tschuldigung, ich habe nicht nachgedacht. Meyerlich, Johann. Moin!«

Er war aufgesprungen und ging mit großen, ungelenken Schritten auf sie zu. Etwas zu dicht für ihren Geschmack machte er vor ihr halt, sein Gesicht ein einziges Strahlen. Wie konnte man solche Pausbacken haben?, fragte sie sich. Noch dazu nach einem Winter, in dem bestenfalls der Bürgermeister der Hansestadt genug zwischen die Zähne bekommen hatte und vielleicht noch der Stadtkommandant? Für alle anderen war das Magenknurren vom Aufwachen bis zum Schlafengehen ein ständiger Begleiter. Für die jedenfalls, die das Glück gehabt hatten, den Krieg zu überleben.

»Ida Rabe.«

»Sehr erfreut.« Er schüttelte ihre Hand schwungvoll, und Ida drückte ein bisschen fester zu, als sie es normalerweise tat. Es war immer gut, nicht nur mit ihrer Größe Eindruck zu machen. Sollte Meyerlich doch rumerzählen, sie habe den Händedruck eines Preisboxers.

»Sie verewigen sich gern in dem Wälzer am Tresen, stimmt's?«

Baff sah er sie an. Ida fragte sich, ob sie das Buch doch lieber mitgeschleppt hätte. Sonderlich helle wirkte der Kollege nicht; es wäre sicher einfacher, ihm Blatt für Blatt zu zeigen.

»Sie nehmen Anzeigen auf?«, fragte sie so langsam und geduldig, wie es ihr möglich erschien.

»O ja, sicher, vorne am Tresen schon, ne? Aber... Wieso fragen Sie? Hab ich etwa was falsch gemacht?« Immer noch strahlte er, als sei er nie in angenehmerer Gesellschaft gewesen. Sehr irritierend, fand Ida.

»Wir sollen diese Meldungen abtippen. Was ohne Papier schon schwer genug ist. Und ich kann manche Einträge gar nicht entziffern. Als ich mir die Anzeigen der vergangenen Wochen angesehen habe, fiel mir auf...«

Sie hörte im Gang rasche Schritte, blickte zur Tür, konnte jedoch nicht ausmachen, wer dort im Halbdunkel vorüberlief.

»Dabei habe ich festgestellt«, nahm sie den Faden wieder auf, »dass ein Polizeimeister Meyerlich...«

»Polizeimeisteranwärter«, korrigierte Meyerlich und strich sich verlegen über den ordentlich gezogenen Scheitel.

»Gut, Polizeimeisteranwärter Meyerlich. Sie haben immer wieder etwas neben die Meldungen notiert. Dummerweise kann ich diese Notizen nicht lesen. Oder zumindest nur halb.« Als sie der pausbäckige junge Mann immer noch wortlos anstarrte, straffte Ida ungeduldig die Schultern und konnte sich einen herablassenden Ton nur schwer verkneifen. »Würden Sie mir verraten, was Sie als so unwichtig erachtet haben, dass Sie es derart unleserlich aufgeschrieben haben, während es Ihnen zugleich aber als substanziell genug erschien, es überhaupt zu Papier zu bringen?«

Perplex sah er sie an.

»Sie mögen Worte«, sagte er schließlich, statt auf ihre Frage zu antworten, und wirkte so froh wie ein Kind an Weihnachten.

»Ich...«

»Ich hingegen liebe Bilder. Das Kino, genauer gesagt.«

»Ach«, sagte sie, und es klang exakt so gelangweilt, wie sie es beabsichtigt hatte. Ungeachtet dessen redete Meyerlich weiter.

»Kennen Sie Frank Capra, den Regisseur?«

»Nein.«

»Es geschah in einer Nacht?«

»Wovon sprechen Sie, bitte?«

»Sie sind Claudette Colbert und ich Cary Grant!«

»Ich nehme an, die beiden werden im Film ein Paar?«

»Ja«, sagte er und nickte erfreut. Doch dann dämmerte ihm, dass Ida seine Begeisterung nicht teilte. Schlagartig fiel sein Grinsen in sich zusammen. »O Schiete. Jetzt hab ich was Falsches gesagt. Das passiert mir ständig.« Er kniff die Lippen zusammen, und eine feine Röte zeigte sich auf seinen Wangen. »Mir fiel der Film bloß ein, weil die Dame so wortgewandt ist, Cary Grant aber...«

»Was, bitte, Herr Meyerlich, haben Sie an den Rand geschrieben neben ›kleeblattförmiger Silberanhänger‹ oder wie auch immer das Ding aussah? Sie wissen schon, die Dame, die vor drei Wochen ihr Armkettchen als gestohlen gemeldet hat.«

»Ich weiß es nicht mehr genau. Mit Worten hab ich's nicht so. Aber was ich noch weiß, ist, dass mir die junge Frau, die die Meldung aufgab, irgendwie... na ja, seltsam vorkam. Verschreckt, verstehen Sie? Und ängstlich. Klar, so 'ne Kette ist schwer was wert heutzutage, aber die arme Deern hat den Eindruck gemacht, als sei, ich weiß nicht... Als wäre bei dem Überfall im Umland noch mehr passiert. Auch bei ein paar anderen hatte ich das Gefühl.«

»Im Umland?«

»Na, bei den Hamsterfahrten.« Er hatte die Stimme gesenkt und sah Ida verschwörerisch an. »Nicht, dass das eine zugibt, was ja auch ein Wunder wäre. Ist schließlich verboten, ne? Aber das kann sich selbst ein Döskopp denken. Was hätten die da draußen sonst zu suchen gehabt? Jedenfalls hatte ich das Gefühl, dass die Frauen mir nicht die ganze Geschichte erzählt haben. Aber obwohl ich nachgefragt habe, haben sie nicht mehr sagen wollen. Ich hab das für mich dann am Rand notiert, um später noch mal draufgucken zu können.«

Nachdenklich sah Ida ihn an. »Und haben Sie später noch einmal draufgeguckt?«

Er schüttelte den Kopf. »Wollte ich, aber Polizeimeister Hildesund hat abgewunken. Wie soll das gehen, hat er gesagt, wenn wir zehn Polizisten auf dem Revier sind und sich die Leute im Umkreis von hundert Metern täglich die Köppe einschlagen? Wenn die Briten uns im Nacken sitzen, sodass wir jeden Vor- und Nachmittag auf dem Schwarzen Markt Streife gehen müssen? Wenn es heißt, wir müssen die Leute bei den Hungerdemonstrationen in Schach halten und niemanden in die Nähe der eleganten Gegenden lassen, schon gar nicht vor die britischen Klubs? Da stehste dir vor dem *Vier Jahreszeiten* die Beine in den Bauch, damit die Herren gemütlich Portwein trinken können, während anderswo einer abgestochen wird. Es bleibt doch überhaupt keine Zeit, sich auf die Suche nach einem silbernen Kleeblatt zu machen, verstehen Sie?«

Ida spürte, dass Meyerlich Polizeimeister Hildesunds Begründungen selbst nicht ganz glaubte, sagte aber nur: »Ich verstehe. Danke noch einmal.«

»Ist Fräulein Brasch eigentlich noch da?«

»Ja«, sagte Ida nach einem Moment des Erstaunens.

»Ich komme mit runter, Fräulein Rabe. Nur um sicherzustellen, dass Sie…«

»Nicht die Treppe hinunterfallen?«, fragte sie verärgert.

Doch er war schon mit großen Schritten im Flur verschwunden. Auf dem Weg nach unten kam er wieder auf seinen Lieblingsfilm zu sprechen, doch Ida hörte nicht richtig zu. Was war es wohl, was die Frauen Johann Meyerlich verschwiegen hatten?

Als sie die Tür zum Büro öffnete, fiel ihr Blick als Erstes auf eine in sich zusammengesunkene Kollegin Brasch, die nur mit Mühe ihre Tränen wegblinzelte. Erst dann bemerkte Ida Miss Watson, Supterintendent Watson, die mit verschränkten

Armen und zusammengepressten Lippen vor Idas Schreibtisch stand. Miss Watson war klein und zierlich und hatte hellgraue Augen, die mit giftigen Pfeilen um sich zu schießen schienen, sobald sie der Zorn ergriff. Wenn sie sprach – klar, bedacht, mit kaum wahrnehmbarem englischem Akzent –, lag eine solche Schärfe in ihrem Ton, dass niemand Widerworte wagte.

Ida nahm Haltung an, wie sie es auf dem zugigen Kasernenhof in Altona gelernt hatte.

»Das nutzt Ihnen jetzt auch nichts mehr«, lautete Miss Watsons Kommentar. Sie musterte Polizeimeisteranwärter Meyerlich, der sicher bitter bereute, Ida nach unten begleitet zu haben. Gewiss hatte es sich auf dem Revier herumgesprochen, wie Miss Watsons Spitzname lautete: *Der Hai*. Ihrer kleinen, blitzenden Zähne wegen, doch auch weil sie so gern auf die Jagd nach inkompetenten Kollegen ging und dabei selten erfolglos war. Zwei Jahre verzichtete Großbritannien nun schon auf diese hochdekorierte Polizistin, und Ida vermutete, dass der Tag ihrer Abreise in London trotz ihrer Fähigkeiten jedes Jahr mit einem Festakt begangen wurde.

»Ich habe mich schon bei Fräulein Brasch erkundigt und tue es noch einmal«, sagte Miss Watson kühl. Brasch, stellte Ida fest, klang bei Miss Watson wie »brush«, Bürste. »Wieso sind Sie hier und nicht dort, wohin ich Sie beordert habe?«

Ida warf ihrer Kollegin einen fragenden Blick zu, doch Brasch starrte auf die Tischplatte. Sie sah bemitleidenswert aus. Wieso ließ sie sich so einschüchtern? Nicht einmal Miss Watson würde es wagen, die Tochter eines hoch angesehenen Oberkommissars am ersten Tag zu entlassen. Ganz anders sah es bei Ida aus. Sie war die Tochter eines Amrumer Bauern und hatte ihre Jugend mit Krabbenpulen und Streifzügen am Strand verbracht.

»Wohin haben Sie uns beordert?«, erkundigte sie sich, erleichtert über ihren gefassten Ton, auch wenn sie innerlich zu brodeln begann. Etwas war schiefgegangen, gründlich, und das war nicht gut.

Kalt wies Miss Watson Polizeimeisteranwärter Meyerlich an, sie allein zu lassen, was dieser nur allzu gern tat, und donnerte los: »Ich honoriere harte Arbeit, ebenso honoriere ich, wenn jemand etwas lernen will. Das scheint bei Ihnen immerhin der Fall zu sein, wenn stimmt, was mir Fräulein Brasch erzählt hat.«

Erneut sah Ida zu ihrer Kollegin, doch diese schien sich vorgenommen zu haben, nie wieder den Kopf zu heben.

»Was ich absolut *nicht* honoriere, ist, wenn Sie genau das tun, was uns Frauen so gern vorgeworfen wird. Dafür gibt es ein sehr unschönes Wort, dabei gefällt mir die deutsche Sprache sonst ausnehmend gut. Möchten Sie wissen, von welchem Wort ich spreche?«

»Ja, Ma'am.«

»Sabbeln!«, spuckte ihre Vorgesetzte aus. »Es heißt, die jungen Polizistinnen würden nichts anderes tun als sabbeln, tagein, tagaus, vom Aufstehen bis zum Schlafengehen.« Der Blick, mit dem sie Ida bedachte, fühlte sich an, als wollte Miss Watson sie an die Wand nageln. »Schlimm genug, dass Fräulein Brasch und Sie nicht zur verabredeten Zeit am verabredeten Ort aufgetaucht sind! Dann komme ich auf die Davidwache, und was höre ich, als ich den Flur entlanglaufe? Sie! Sie, wie Sie im Büro von Polizeimeisteranwärter Meyerlich stehen und sabbeln!«

Ida runzelte die Stirn. *Gesabbelt* hatte einzig Meyerlich. Sie wollte sich verteidigen, war aber klug genug, es nicht zu tun. »Ich bitte um Entschuldigung«, sagte sie stattdessen. »Wo hätten wir denn heute Morgen sein sollen? Sie sagten doch…« »Versuchen Sie ja nicht, sich herauszureden! Polizeimeister Hildesund hat Sie bei Ihrer Ankunft in der Wache heute um sieben Uhr darüber informiert, dass nicht *ich* Sie hier treffe, sondern *Sie* sich unverzüglich beim Heiligengeistfeld einzufinden haben! Er hat es mir selbst bestätigt!«

»Wir wussten nicht…«, versuchte es Ida noch einmal, doch Miss Watson sprach einfach weiter.

»Wie Ihnen sicher bewusst ist, findet heute die Maifeier statt. Ungewöhnlich viele Menschen werden sich in *Planten un Blomen* versammeln. Mr. Rutz von der AFL wird sprechen… Sie wissen, was die *American Federation of Labour* ist, oder soll ich es Ihnen übersetzen?«

»Nicht nötig«, sagte Ida. Dieser elende Hildesund. Aber was nützte es, wenn sie den Kerl am liebsten am Schlafittchen packen und kräftig schütteln würde? Es war schlicht unmöglich, ihn zur Rede zu stellen. Er war Polizeimeister, sie Schutzpolizistin. Und das nicht mehr lange, wenn sie gleich an ihrem ersten Tag alles vergeigte.

»Sie brauchen uns also bei der Maifeier?«

»Das tue ich nicht, nein«, lautete Miss Watsons eisige Antwort. »Aber da Ihre Kolleginnen am Karl-Muck-Platz dafür eingeteilt sind, benötige ich Sie in einer anderen Angelegenheit. Nun kommen Sie. Oder haben Sie Besseres zu tun?«

Mit einem Seitenblick auf den dicken Wälzer auf ihrem Schreibtisch verneinte Ida leise. Dann warf sie sich in ihre Schutzpolizistinnen-Montur: dunkelblaue Mütze auf den

Kopf, Merkheft in der einen Hand, die Trillerpfeife in der anderen. Eine Taschenlampe steckte in der Tasche ihrer Uniformjacke. Miss Watson musterte sie und nickte einigermaßen beifällig. »Dann los, Ladys.«

*

Der Himmel über der Reeperbahn war von einem tiefen Grau. Unbewegt hingen die Wolken über den Häuserskeletten. Die Straße war wie leer gefegt; kein Passant mit Regenschirm oder tief ins Gesicht gezogenem Hut hastete vorüber. Außer der Polizei, der Militärregierung und dem Personal in Krankenhäusern arbeitete an diesem ersten Mai kaum jemand.

Immer noch verärgert über Hildesund, ließ Ida den Blick schweifen. Trostlos beschrieb die Umgebung wohl am besten. Die fensterlosen Ruinen rechts und links des Millerntorplatzes wirkten vor dem stahlgrauen Himmel bedrückend. Dieser Anblick hatte nichts mit der Fantasiewelt aus Idas Kindheit zu tun: Städte voller Menschen, Häuser vollgestopft mit Gesichtern und Stimmen, wie große Puppenstuben, in deren Zimmer sie bequem hineinsehen konnte. Nach so einem Ort hatte sie sich damals gesehnt, während sie in der Hängematte schaukelte, um sie herum nichts als die karge, einsame Weite Amrums. Und in einer der Stuben, so hatte sie es sich ausgemalt, lebte ihre Lieblingsfamilie: ein Vater mit dunklem Schnurrbart, eine Mutter, die so freundlich wie großherzig war, und eine Tochter, die genau so aussah wie sie selbst.

In der Realität aber war es nicht so einfach, in die Wohnungen zu blicken. Erkennen konnte sie immerhin, dass in einem Raum, in dessen zersprengten Fenstern Laken flatterten, eine Frau Pflanzenblätter zum Trocknen aufhängte. Um Kaffee daraus zu machen, nahm Ida an, oder Zigaretten Marke AEG. *Aus eigenem Garten.* Wenngleich Garten maßlos übertrieben war – die Leute beackerten alles, worauf auch nur eine Handvoll Erde lag. Oder sie fuhren ins Umland, um das wenige, das ihnen geblieben war, gegen etwas Essbares einzutauschen: ihren Schmuck zum Beispiel. Ida musste an die Raubüberfälle und Meyerlichs krakelige Notizen denken. Wer bestahl Frauen, die bereit waren, ihr letztes Hemd gegen eine Handvoll Kartoffeln einzutauschen? Und was war es, das ihnen solche Angst machte?

»Fräulein Rabe!«, rief Miss Watson, die mit Heide Brasch sicher zwanzig Meter Vorsprung hatte.

»Ich komme schon.«

Kurz darauf weitete sich über dem Heiligengeistfeld der Himmel. Unsicher, von wo aus die Züge der Gewerkschaften starten würden, um sich auf der Festwiese des Parks *Planten un Blomen* zu versammeln, sah sich Ida nach ersten Gruppen aufgebrachter Arbeiter um, konnte jedoch niemanden entdecken. Stattdessen schoben sich ihr die beiden Bunker ins Blickfeld, die in den Kriegsjahren in Nullkommanichts errichtet worden waren. Der größere löste in ihr ein Gefühl der Beklommenheit aus. Das Ungetüm beherbergte Flüchtlinge aus den ehemaligen Ostgebieten und ausgebombte Hamburger. Erst vor Kurzem hatte auch ein Revuetheater im Bunker eröffnet. In großen Lettern stand *Scala* über dem separaten Eingang. Wieder einmal wunderte sich Ida über diese seltsame Mischung aus Elend und Vergnügen. Sie hielt inne, um zu sehen, wohin Miss Watson ging, und schickte ein Stoßgebet zum Himmel, dass ihre Vorgesetzte am Bunker vorbeigehen und ein anderes Ziel ansteuern möge. Doch mit ihren beherzten Schritten marschierte Miss Watson direkt auf den Eingang des Betonklotzes zu.

Idas Herz klopfte schneller. All die Wochen und Monate, in denen sie im Bunker ein und aus gegangen war... Im Nachhinein kam es ihr vor, als liege dieses alte Leben Jahrhunderte zurück, als sei sie, Ida Rabe, damals eine ganz andere gewesen.

Schließlich stand sie neben Brasch und Miss Watson vor der Pforte des grauen Baus und bemühte sich um eine desinteressierte Miene. Tatsächlich bekam sie kaum Luft vor Angst.

Sie ahnte nun, was diese »andere Angelegenheit« war, von der Miss Watson zuvor gesprochen hatte. Sie sollten die Flüchtlingslager durchkämmen und die Papiere der Bewohner kontrollieren. Eigentlich eine Routineaufgabe, die jedes Mitglied der Weiblichen Polizei hin und wieder erledigen musste. Aber Ida hatte gehofft, dass es noch eine Weile dauern würde, bis sie dran war, zumal es einen Tiefbunker an der Reeperbahn gab, für dessen Kontrollgänge die Beamten der Davidwache verantwortlich waren.

Was, wenn jemand da drin sie erkannte? Miss Watson würde Taten sehen wollen. Mit der Taschenlampe in die Kabuffs leuchten, mit herrischer Stimme die Leute befragen. Der ganze elende Kram. Würde es nicht unweigerlich zu einer Situation kommen, in der jemand sagte: »Ida, du bist zurück?«

Und was, wenn die Bunkerkönigin da war? Marlise, die angeblich immer noch nach Ida suchte...

»Ich hoffe, Sie sind nicht zimperlich«, sagte Miss Watson, bevor sie die schwere Pforte aufschob. Vor Nervosität krampfte sich Idas Magen zusammen. Aber sie hatte ja gewusst, was auf sie zukam, als sie sich für die Polizeiausbildung gemeldet hatte. Also Augen zu und durch. Tief zog sie die Mütze ins Gesicht und folgte Miss Watson die Treppe hinauf, die sich spiralförmig emporwand. Ihre Vorgesetzte gab die Order, oben mit der Kontrolle der Personalien zu beginnen und sich, Stockwerk um Stockwerk, nach unten zu arbeiten, hoffentlich, wie sie säuerlich bemerkte, bevor ihnen der Sauerstoff ausging. Von der Wendeltreppe bis zur schrankdicken Tür waren es exakt dreizehn Schritte. Dann standen sie in dem riesigen dunklen Raum, der von seinen Bewohnern als »Grotte« bezeichnet wurde. Eiskalt war es darin und zugleich tropisch feucht. Aus eigener Erfahrung wusste Ida, dass sich die Atemluft hier rasch in Schlieren verwandelte, die dann langsam an den Betonwänden hinabsickerten und sich auf dem Boden sammelten, was gefährlich werden konnte, wenn man zu schnell unterwegs war. Auch der Geruch, der ihr beim Eintreten in die Nase stieg, war ihr vertraut. Scharf und süß roch es in der Grotte, ein Gestank, der Ida schon immer an jene Tage auf dem Bauernhof ihrer Eltern erinnert hatte, wenn im Obstkeller die Früchte zu gären begannen und die Ratten regelmäßig auf ein Festmahl hereinschneiten, dank der Fallen jedoch nicht wieder herauskamen.

Mit eingeschalteten Taschenlampen betraten sie den Gang, der von allen die »Wolldeckenallee« genannt wurde. Denn die Leute hatten an den Seiten alle möglichen Stoffe auf Wäscheleinen aufgehängt – einen zerschlissenen Mantel, ein Hand-, manchmal auch nur ein Geschirrtuch. Hauptsache, man konnte sich eine Ahnung von Privatsphäre verschaffen.

Miss Watson blieb, die Hände hinter dem Rücken verschränkt, alle paar Schritte stehen, schlug den Vorhangersatz um und steckte den Kopf ins Innere des Kabuffs.

»Kennkarte!«

Brasch und Ida folgten ihr zögerlich. Sie sahen sich nicht an, während sie sich Seite an Seite durch den schmalen Gang arbeiteten.

»Hildesund hat mir nichts gesagt. Ihnen etwa?«, flüsterte Ida.

Mit angespannter Miene schüttelte ihre Kollegin den Kopf. Man könnte meinen, sie habe so viel Angst davor aufzufliegen wie Ida, aber die hübsche junge Frau hatte mit Sicherheit nicht zwei Jahre in dieser Umgebung gelebt. Erneut fragte sich Ida, wie Heide Brasch nur auf die Idee gekommen war, zur Polizei zu gehen. Sie machte den Eindruck, als würde sie sich am liebsten verstecken.

Der Vorsicht halber ließ sich Ida ein Stück zurückfallen und spitzte die Ohren, um vertraute Stimmen auszumachen. Welche Erklärung könnte sie Miss Watson liefern, falls jemand bei ihrem Anblick freudestrahlend die Arme ausbreitete? Sollte sie das Blaue vom Himmel lügen oder die Wahrheit elegant umschiffen wie bei ihrem Bewerbungsgespräch? Dass sie einige Zeit selbst im Bunker gelebt hatte, hatte sie natürlich verschwiegen. Ebenso das, was sie in dieser Zeit getan hatte. Tun musste.

»Fräulein Rabe«, sagte Heide Brasch, die an einer Ecke auf sie gewartet hatte, leise, aber in drängendem Ton.

»Ja?«, gab Ida, abrupt aus ihren Gedanken gerissen, zurück.

»Da starrt Sie jemand an.«

Brasch deutete nach links, wo eine schmale Gestalt im Halbdunkel stand. Miss Watson war schon mindestens fünf

Kabuffs weiter. Wie ein leichtes Brennen spürte Ida den Blick des Mannes auf sich, spürte, wie ihr die Hitze in den Nacken stieg, wie der Uniformkragen plötzlich zu jucken begann. Mit einem Mal wurde ihr von der schlechten Luft übel, von der schweren, fauligen Süße darin, dem Schweiß, dem Blut, dem Elend.

Werner sagte nichts. Er griff auch nicht nach ihrem Arm, als sie an ihm vorüberging und ihm einen warnenden Blick zuwarf.

»Wer war das?«

»Niemand«, sagte Ida mit rauer Stimme, nun bemüht, Miss Watson einzuholen. Brasch hielt Schritt mit ihr und bedachte sie mit einem nachdenklichen Blick.

»Ich hoffe, Ihnen ist nun klar, wie unsere Aufgabe hier aussieht«, sagte Miss Watson, als sie das Ende der ersten Allee erreicht hatten. »Fräulein Rabe, trauen Sie sich zu, allein vorzugehen?«

»Natürlich«, sagte Ida wie aus der Pistole geschossen. Erst jetzt bemerkte sie, dass ihre Schultern schmerzten, so sehr hatte sie sie angespannt.

Miss Watson nickte.

»Wir teilen uns auf. Brasch, Sie folgen mir. Rabe, nach links.«

Erleichtert nickte Ida. Nachdem ihre Kolleginnen im Dunkeln verschwunden waren, begann Ida Ecke um Ecke zu kontrollieren. Bislang hatte nur Werner sie erkannt. Aber auch wenn ein paar ihrer ehemaligen Nachbarn offenbar eine andere Bleibe gefunden und neuen Obdachlosen Platz gemacht hatten, streifte ihr Blick immer wieder wohlbekannte Gesichter. Während sie Vorhang um Vorhang zur Seite zog und sich die Kennkarten zeigen ließ, sagte Ida nur das Nötigste und hielt den Kopf gesenkt, die Mütze tief in die Stirn gezogen. Zum ersten Mal war ihr die Angst, die wie ein Schleier über dem Raum lag, willkommen. Sie hielt die Leute davon ab, ihr in die Augen zu sehen.

»Rabe, hier rüber«, erklang plötzlich Miss Watsons bellende Stimme.

Ida gab der alten Frau, die sie gerade kontrollierte, deren Papiere zurück, ließ den Tischdeckchen-Vorhang zurückfallen, eilte den Gang hinunter, bog rechts ab und schloss zu ihrer Vorgesetzten auf.

In dem kleinen Abteil, das mit zerschlissenen Handtüchern von den umliegenden abgegrenzt war, sah es ebenso erbärmlich aus wie in den übrigen. Wie sollte man auch putzen, wenn man kaum die eigene Hand vor Augen sah? Sie leuchtete über Miss Watsons Schuhe, folgte mit dem Lichtstrahl ein paar Glasscherben, die über den Betonboden verteilt waren, und erfasste das Bett, das aus Klötzen unterschiedlicher Breite und Höhe sowie einer Strohmatratze bestand.

»Darunter«, sagte Miss Watson, »ist etwas. Finden Sie heraus, worum es sich handelt. Ihre Kollegin sieht im Dunkeln leider nichts.«

Aus den Augenwinkeln glaubte Ida zu erkennen, dass Brasch tiefrot anlief. Sie ging in die Hocke, konnte allerdings kaum etwas erkennen. Als sie mit der Taschenlampe direkt unters Bett leuchtete, ertönte ein zischender Laut. Es klang wie ein Fauchen.

»Was ist das?«, wollte Miss Watson wissen.

»Ein Kind, nehme ich an.«

»Kein Tier?«

»Das bezweifle ich. Es ist zu groß.«

Zudem würde kein Tier, das sich hierherverirrte, länger als zwei Stunden überleben, dachte Ida, behielt dieses Wissen aber für sich. Einmal hatte sie streng schmeckendes Fuchsfleisch probiert und dachte nicht gern an diese Erfahrung zurück.

Auf den Knien kroch sie näher an die Matratze heran, die nach Urin und Schweiß roch, und bemühte sich, nicht direkt unter das Bett zu leuchten. Sie sah zwei große dunkle Augen, wirres, dunkles Haar, ein kurzes, mageres Ärmchen. Als sie die Hand ausstreckte, erklang erneut eine Art Fauchen.

»Tststs«, machte Ida, als spreche sie mit einem verängstigten Tier. »Tststs, komm her, Kleines.«

Da das Kind sich jedoch nicht rührte, bewegte sich Ida vorsichtig, Zentimeter um Zentimeter, so nahe heran, bis sie selbst beinahe unter dem Bett lag. Dann kniff sie die Augen zusammen und leuchtete sich mit der Taschenlampe ins Gesicht. Sie hoffte, dass sich das Kind weniger fürchtete, wenn es erkennen konnte, wen es vor sich hatte.

»Und jetzt?«, ließ sich Miss Watson vernehmen, während Ida langsam wieder zurückkroch.

»Ich hoffe, es kommt von allein. Wenn nicht, muss ich es herausziehen, fürchte ich.«

Miss Watson betrachtete sie nachdenklich. Schließlich nickte sie und verließ wortlos die kleine Kammer.

»Kommen Sie«, hörte Ida sie zu Brasch sagen. »Lassen wir Fräulein Rabe ihr Glück versuchen.«

Still saß Ida da. Ein behagliches Gefühl breitete sich in ihr aus, so irrwitzig das auch sein mochte. Hatte sie nicht alles darangesetzt, dieser Umgebung zu entfliehen? War nie zurückgekommen, wohl wissend, dass der Bunker noch nicht fertig mit ihr war ...

Irgendwo sang jemand leise den Schlager *Ich will nicht wissen, wer du bist.* Ich will aber wissen, wer du bist, dachte Ida. Die Taschenlampe lag so auf dem Boden, dass sie ihren Schatten gegen die Lumpen, die die Rückwand der Kammer bildeten, warf. Ein Trockenblumenstrauß baumelte daran, mit filigranen hellen Köpfchen, die allerdings kaum Frische in die Kammer brachten. Auf dem Boden stand in einem schnörkellosen Holzrahmen ein Marienbild. Zwei eher klägliche Versuche, dem Kabuff eine heimelige Note zu verleihen. Ida guckte nicht noch einmal unter das Bett. Sie wusste auch so, dass das Kind sie ganz genau in Augenschein nahm.

»Hallo«, flüsterte sie und streckte die Hand aus. Dabei wandte sie den Blick zur Seite, als interessiere sie sich nicht im Mindesten für das Kleine. Tiere, die keinen direkten Blickkontakt mochten, Hunde, Katzen, Schweine und Ziegen, konnten ihre Neugier kaum in Schach halten, wenn sie jemand so lockte. Sie mussten nachprüfen, ob sich nichts Essbares darin verbarg. Und falls nicht, gab es ja immer noch das Salz, das man von der Haut schlecken konnte ...

Das Kind aber fiel nicht darauf herein. Es sah wohl, dass die Hand leer war. Wenn sich nur nicht irgendein Dummkopf die Regel ausgedacht hätte, dass Polizistinnen keine Handtaschen tragen durften! Es wirke unprofessionell. Das mochte sogar stimmen, aber wo bitte sollte man all das hineinstecken, was in Situationen wie diesen hilfreich sein könnte? Süßigkeiten oder ein kleines Spielzeug? Andererseits hatte Ida für derlei Kostbarkeiten ohnehin kein Geld.

Sie wollte die Hand gerade wieder wegnehmen, als sie ein

schabendes Geräusch hörte. Ein Ächzen folgte. Dann sah Ida einen Arm, eine Schulter und einen Schopf. Nachtschwarzes Haar, zu zwei Zöpfen geflochten, die sich allmählich auflösten. Das Mädchen trug ein dünnes, dunkelblaues Matrosenkleid, das schon einige Jahre auf dem Buckel haben musste. An den Wangen klebte Schmutz. Wie alt mochte sie sein?

Eine Weile kniete sie da und guckte Ida an. Dann krabbelte sie ein Stück näher, verharrte, kam erneut näher, bis ihre Stirn Idas Hand berührte. Mit der Nase stupste sie zaghaft hinein, zog sich aber gleich wieder scheu zurück.

»Wo ist deine Mama?«, fragte Ida leise.

Das Mädchen gab ein maunzendes Geräusch von sich und begann, sich die Hände zu lecken. Ida betrachtete sie ruhig.

Da wurde der Vorhang unsanft zur Seite gerissen. Ida schreckte hoch, und in einer einzigen fließenden Bewegung war die Kleine wieder unter dem Bett verschwunden.

»Wo stehen wir?«, erkundigte sich Miss Watson.

Gut, dass es hier dunkel war, dachte Ida, so war ihre wütende Miene nicht zu erkennen. Wieso hatte Miss Watson ihr nicht ein paar Minuten länger Zeit geben können?

»Weit bin ich nicht gekommen. Immerhin weiß ich jetzt, dass es sich um ein Mädchen handelt. Sie ist eben unter dem Bett hervorgekommen, jetzt allerdings ...«

Miss Watson runzelte die Stirn. »Dann sehen Sie zu, dass Sie sie wieder darunter hervorbekommen. Wir haben nicht den ganzen Tag Zeit.«

»Gut«, sagte Ida. »Ich ...«

Doch ihre Vorgesetzte war schon wieder verschwunden.

Ida stand auf, sagte laut in den leeren Raum, sie komme gleich zurück, und zupfte an dem nächstgelegenen Vorhang.

Als sie mit der Taschenlampe ins Innere leuchtete, blickte ein hagerer kleiner Mann sie erschrocken an.

»Kennen Sie das Kind nebenan?«

Zaghaft hob er die Schultern.

»Wissen Sie, wo die Mutter ist?«

Er schüttelte den Kopf.

Ida probierte es bei fünf weiteren Nachbarn, hatte dort jedoch ebenfalls kein Glück. Kurz überlegte sie, Werner zu fragen, doch dass er ihr jetzt noch helfen würde, hielt sie für unwahrscheinlich. Zu viel war passiert, seit sie Seite an Seite durch die Nächte von Sankt Pauli gezogen waren …

Sie kehrte zu dem dürren Herrn zurück.

»Haben Sie etwas Essbares?«

Wieder schüttelte er den Kopf.

»Können Sie denn wenigstens laut schreien?«, fragte sie.

Zögernd nickte er.

»Dann stellen Sie sich in den Gang und passen auf das kleine Mädchen auf. Wenn sie abdüst, möchte ich, dass Sie nach der Polizei rufen. Verstehen Sie mich?«

Er nickte.

»Falls die Kleine weg ist, wenn ich wiederkomme, landen Sie in der Zelle.«

Daraufhin marschierte sie, den Strahl ihrer Taschenlampe nach vorn gerichtet, die Wolldeckenallee entlang auf die schwere Tür zum Treppenhaus zu, bog davor scharf rechts ab, ging erneut ein paar Meter, folgte einem weiteren Knick und leuchtete am Ende des Gangs eine rosa-weiß karierte Fahne an. Natürlich war es keine Fahne, sondern ein altes Tischtuch, aber Marlise nannte sie gern die »Frauenflagge«.

Ida schnalzte mit der Zunge. Keine Reaktion.

»Marlise?«

»Ich glaub's nicht!«, erklang von innen eine heisere Stimme. Mit einem angestrengten Lächeln, das ihre Furcht überspielen sollte, zog Ida das Tischtuch beiseite und betrat Marlises Reich. Es war sauber, sauberer als das Büro der Weiblichen Polizei oder Idas Zimmer in der Margaretenstraße. Bei ihr könne man vom Fußboden essen, hatte Marlise immer gesagt und hinterhergesetzt: Wenn du das Essen selbst mitbringst.

Das etwa drei mal vier Meter große Viereck, das sie als ihren Palast bezeichnete, wurde von dem schummrigen Licht einer Petroleumlampe erhellt. Auf dem Steinboden lag ein ausgefranster Teppich, dessen orientalisches Muster längst verblichen war, die Wände, wenn man sie so nennen wollte, bestanden aus bordeauxroten Samtvorhängen, die Marlises Reich eine geheimnisvolle Aura verliehen. Während es im Rest des Bunkers nach Schmutz und Schweiß roch, hingen hier der Rauch von Nelkenzigaretten und der Duft von Marlises Lieblingsparfum in der Luft. *Shocking* hieß es. Wie oft hatte ihr die Bunkerkönigin den einem Frauentorso nachempfundenen Flakon gezeigt und stolz behauptet, sie habe dafür Modell gestanden? Was natürlich ausgemachter Unsinn war.

Mit übereinandergeschlagenen Beinen und den Kopf kokett schräg gelegt, saß Marlise auf ihrem Bett, das aus einem Stahlgestell, Federn und einer echten Matratze bestand.

»Ida Rabe, wie sie leibt und lebt«, konstatierte sie in spöttischem Ton. Ihre Augen funkelten. »Nie und nimmer hätt ich gedacht, dich noch mal zu Gesicht zu bekommen. Hast dich ja fein versteckt. Selbst ich hatte Schwierigkeiten, dich aufzustöbern, und ich bekomm sonst alles zurück, was mir fehlt.«

Ida erwiderte nichts darauf. Schweigend betrachtete sie

Marlise mit ihren großen, weit auseinanderstehenden schwarzen Augen und dem sinnlichen Mund. Früher hatte sie ihn am liebsten in einem geheimnisvollen Violett angemalt. Jetzt waren die Lippen rot, doch die Farbe war verschmiert und verteilte sich in den Fältchen rundherum. Wahrscheinlich benutzte sie Rote-Bete-Saft als Schminke.

Dennoch fühlte sich Ida, als wären die zurückliegenden anderthalb Jahre nie vergangen. Als stünde sie immer noch im Dienst der selbst ernannten Bunkerkönigin, sei ihr zu allem Rede und Antwort schuldig.

»Ach, nun guck nich so ernst, Liebchen.« Marlises Stimme klang nun etwas freundlicher. »Komm, setz dich zu mir.« Sie klopfte auf die Matratze neben sich und strich sich kokett eine Strähne aus dem Gesicht.

Es gab Dinge, die dieser Frau heilig waren. Ihr hüfthoher Spiegel etwa, in dem sie sich gern, auf dem Bett sitzend, bewunderte. Das Teegeschirr aus echtem Meißener Porzellan, das sie unbewacht lassen konnte, wenn sie draußen zu tun hatte – so viel Macht hatte diese Frau im Bunker. Am liebsten aber war ihr einst Ida gewesen, das jedenfalls hatte sie behauptet. Und dann war Ida verschwunden ...

Erneut strich sich Marlise eine Strähne aus dem Gesicht. Ihr Schopf war unten blond und oben braun, zu grauem Haar, versicherte sie gern, neigte sie nicht. Zu Kriegszeiten hatte sie es das letzte Mal gefärbt, seither wuchs es und wuchs es, und Marlise weigerte sich, auch nur eine Spitze abzuschneiden. »Wusstest du, dass im Haar einer Hexe böse Geister leben?«, hatte die Bunkerkönigin mal erklärt und spielerisch ein paar Strähnen angehoben. »Na, was denkst du, wie viele Teufelchen sind wohl hier schon versteckt?«

Vor langer Zeit musste sie eine Schönheit gewesen sein: Ihre Nase schmal und herrschaftlich, ihre Augen unter den mit Vaseline zum Glänzen gebrachten Wimpern blickten tragisch drein. Doch selbst wenn sie weniger hungern musste als alle anderen: Auch an ihr waren die Elendsjahre nicht spurlos vorübergegangen, ihre Haut sah blass und ungesund aus, sie war schmaler geworden, und richtige Schminke konnte sie sich augenscheinlich ebenfalls nicht mehr leisten. Jedes Unglück lässt dich einen Hauch weniger schillern, so hatte sie es einmal ausgedrückt.

Dennoch konnte man mit Fug und Recht behaupten, dass ihr schwierige Zeiten das Leben erleichterten. Wenn diese Stadt irgendwann einmal zu ihrer alten Ordnung zurückfände, wäre Marlise wohl geliefert. Wer würde ihr die Eier abkaufen, die wundersam frisch waren, die Dosen eingelegtes Würzfleisch, die Kippen? Und wer würde teuer für die Informationen bezahlen, deretwegen Ida nun hier stand?

»Unsere Ida«, sagte sie und schüttelte tadelnd den Kopf. »Mit Mützchen und in schmucker Bluse. Dass du mal zu den Halunken in Uniform rüberwandern würdest, hätt ich nicht gedacht. Und ich bin quasi Hellseherin.« Sie lachte heiser. »Aber nu lass dich drücken, Mädchen. Und dann nimm dieses scheußliche Ding von deinem Kopf. Ich bekomm ja das Gefühl, ich muss Papiere und Schmiergeld zücken.«

Rasch trat Ida zurück, doch Marlise war behände. Schon stand sie vor ihr und schloss sie in die Arme. Für einen winzigen, scheußlichen Augenblick fühlte sich Ida geborgen. Dann machte sie sich unsanft los und sah aus den Augenwinkeln Marlises eiskalten, harten Blick, den die Bunkerkönigin schon wieder mit einem Lidschlag kaschierte.

»Das Kind«, sagte Ida, »das glaubt, eine Katze zu sein, woher kommt es?«

Marlises nachtschwarze Augen funkelten. »Ah, dein Verstand hat mir gefehlt. Die Leute hier fragen das dümmste Zeug. Wieso die Lütte nicht spricht. Dabei spricht sie doch! Sie faucht eben, was will man von einem Katzenvieh anderes erwarten? Aber woher sie kommt? Keinen blassen Schimmer.«

»Und die Mutter?«

»Was weiß ich.«

»Aber es gibt eine Mutter?«

»Ich denke schon, ja.«

»Und wo ist sie?«, fragte Ida und konnte sich nur schwer zurückhalten, Marlise zu schütteln.

»Woher soll ich das wissen? Treibt sich halt rum, was soll man auch sonst machen, wenn's keine Arbeit gibt und nix zu fressen?«

»Wie heißt sie?«

Marlise lachte laut auf und ließ sich erneut auf ihr Bett fallen, dass die Federn kreischten. Ihre Stimme troff wieder vor Spott. »Was fragst du mich das? Gehörst nicht du jetzt zu den Leuten, die so was wissen? Ich kann mich doch nicht für jeden interessieren, der hier ne Nacht verbringt.«

Marlise nannte sich selbst die Königin des Bunkers, in Wirklichkeit war sie die Königin von ganz Sankt Pauli. Sie regierte über den Schwarzen Markt. Sie kannte jeden. Und jedermanns Geheimnisse, Träume, Sehnsüchte. Es war also schierer Unsinn, dass sie ausgerechnet bei der Mutter des Kindes im Dunkeln tappte.

Ida lächelte und trat einen Schritt näher. Der süße, schwere

Geruch des Parfums, von dem sich Marlise morgendlich nur einen winzigen Spritzer gönnte, drang erneut in Idas Nase. Ihr Gesicht war Marlises so nahe, dass sie jede Pore auf deren Nase erkennen konnte, die mit einer ranzig riechenden Puderschicht bedeckt war. »Mir ist klar, dass ich mir mein gutes Herz sonst wohin stecken kann, aber ich weiß, dass du auch eines hast. Irgendwo vergraben da drin.« Mit dem Zeigefinger pikte sie in Marlises Dekolleté.

»Pfoten weg!« Grob schlug Marlise Idas Hand fort. »Ich hab nicht mehr so viel Polster wie früher auf der Brust, fass mir da nicht ran!«

»Entschuldigung.« Das war halbwegs ernst gemeint. »Trotzdem. Du weißt genau, welche Mittel ich habe, falls du mir nicht hilfst. Ich will den Namen. Nachname. Vorname. Und alles, was du sonst über die Mutter des Kindes weißt.«

Marlise, deren Alter ebenso wenig zu schätzen war wie das des Mädchens, legte den Kopf schief. »So ist das also. Du hattest die Hosen voll, als du hergekommen bist. Und nu sieh dich an. Kommst mir mit Drohungen.« Sie lachte, und es klang fast so, als freue sie sich über Idas Verwandlung. »Aber so einfach ist das nicht, Liebchen. Ich habe auch eine kleine Liste, die ich dir aufzählen könnte. Hier.« Sie tippte an ihren Kopf. »Alles hübsch notiert. Jedes Ding, das wir zusammen gedreht haben, du und ich. Vergiss das nicht.« Marlise lächelte, und ihre Augen blitzten vor Vergnügen.

Ida benetzte sich die Lippen. Wenn Marlise je vor Miss Watson auspackte, war Ida geliefert.

»Du weißt doch mehr«, sagte sie.

Marlise tat, als würde sie nachdenken. »Ich könnte meinen hübschen Kopf anstrengen. Wenn du mich freundlich bittest.«

»Ich habe dich freundlich gebeten.«

»Aber Idachen, das war doch nicht freundlich. Das war herrisch. So bist du eben. Ich möchte, dass du dich bemühst, damenhaft aufzutreten. Das hat schon einmal gut geklappt, weißt du noch?«

»Halt den Mund«, knurrte Ida drohend.

»Na, na, wolltest du nicht freundlich sein?« Marlise lächelte herausfordernd.

»Bitte«, sagte Ida und atmete laut hörbar aus. »Bitte, Marlise, verrate mir den Namen der Mutter, und wenn du ihn weißt, auch den der Tochter.«

»Hach.« Spielerisch zog Marlise die Schultern hoch. Dann ließ sie sie wieder fallen, und ihr Gesicht wurde hart. »Note? Ungenügend. Versuch es noch einmal oder hau ab.«

Ida atmete tief ein, auch wenn das hier im Bunker wahrlich keine gute Idee war. Aber es beruhigte sie, ließ sie daran denken, was wichtig war und was nicht. Ein namenloses Kind, die Mutter verschwunden, der Vater unbekannt? Sie konnte es kaum seinem Schicksal überlassen.

»Plinker ein bisschen«, schlug Marlise vor. »Mit den Augen. So wie ich. So wie Schneewittchen!« Sie machte es vor und sah schlichtweg lächerlich aus.

Widerwillig klimperte Ida mit den Wimpern und machte einen kleinen Knicks. »Reicht das?«

»Würde ich dir glatt durchgehen lassen, aber du siehst dabei aus, als springst du mir gleich an die Gurgel.«

Ida verzog das Gesicht zu einem schiefen Lächeln. Sie hasste es, sich der Bunkerkönigin zu unterwerfen, die einfach überall das Sagen haben musste.

Dennoch versuchte sie es ein weiteres Mal.

Marlise lehnte sich zurück und strahlte über das ganze Gesicht. »Na also, geht doch! Line. Den Nachnamen weiß ich nicht, und das ist die Wahrheit. Kam vor gut einem Jahr. Aus dem Osten, glaub ich, spricht so n komischen Dialekt. Macht, was ich dir schon gesagt hab. Mal ist sie ständig auf Achse, hamstert im Umland, dann liegt sie tagelang faul auf ihrem Wamst herum.«

»Wie alt ist sie?«

»Fünfunddreißig vielleicht, aber du weißt ja, wie es ist. Da gibt's welche, die sehen aus wie hundert, weil ihnen das Leben so zugesetzt hat. Trifft hier zu, würd ich sagen.«

»Und der Name der Kleinen?«

Marlise zuckte mit den Schultern. »Keinen blassen Schimmer.«

»Wann hast du Line das letzte Mal gesehen?«

»Pfff. Woher soll ich das wissen? Glaubst du, ich führ Buch drüber, wer hier wann kommt und geht, oder was?«

»Wann war sie das letzte Mal im Bunker?« Idas Ton nahm weiter an Schärfe zu.

Marlise stieß einen genervt klingenden Seufzer aus. »Ich werd hier noch ramdösich. Muss ich dich erst umlegen lassen, dass du mir aus den Augen gehst?«

»Wann, Marlise? Ich brauche nicht die genaue Uhrzeit. Aber war es am Dienstag, oder war es gestern?«

Marlise wickelte eine Haarsträhne um den Zeigefinger und rollte sie bis dicht an ihre Kopfhaut auf. Dann zog sie fest daran. »Sieh mal, wie kräftig es ist. Ich könnte hundert werden, und kein Haar würde mir ausfallen. Selbst wenn ich sterbe, sehe ich noch so aus wie jetzt.«

Ida sagte nichts darauf. In ihr brodelte es, während sie

Marlise anstarrte, der deutlich anzusehen war, dass sie mehr wusste, als sie zugeben wollte.

»Vor gut zwei Wochen«, sagte die Bunkerkönigin schließlich mit rollenden Augen und ließ die Zunge schnalzen. »Da ist die dumme Gans rausgefahren, obwohl sie alle davon abhalten wollten.«

»Zwei Wochen!« Und niemand aus den Nachbarkabuffs hatte etwas gesagt. »Wieso wolltet ihr sie davon abhalten?«

»Da war es doch besonders schlimm. Oder vielleicht war es auch nicht schlimmer als sonst, aber die Frauen, die haben sich Bescheid gesagt. Weiß keiner von deinen eifrigen Kollegen, wie? Weißt du selbst nicht? Na, ich kann dir verraten, wieso das so ist: weil sich die armen Dinger lieber aufhängen, als zur Polizei zu gehen. Weil die noch wissen, wie es direkt nach dem Krieg war, weil sie Schwestern und Tanten und Töchter haben, denen die Richter gesagt haben: Wie, der Kerl hat Ihnen ne Pistole an den Kopp gehalten, als er sich auf Sie gestürzt hat? Sie hätten doch wohl trotzdem schreien können. Wenn Sie sich nicht wehren, ist es auch keine Schändung, tja, Pech gehabt. So war das, und so ist es noch. Da warnt man sich lieber gegenseitig und versucht, aufeinander aufzupassen.«

»Und du sagst, vor ein, zwei Wochen wurden besonders viele Frauen Opfer von ...«

»Vergiss ein, zwei Wochen«, unterbrach Marlise sie. »Das geht schon das ganze Frühjahr.« Sie verschränkte die Arme. »Die Frauen werden überfallen, und es wird ihnen was Schreckliches getan. Aber keine will was sagen, weil ihr Leben dann erst recht vorbei ist. Vielleicht meldet mal eine, dass ihr was geklaut worden ist. Denn stell dir vor, das macht dieses Monster auch, wenn er ne Frau zwischen die Finger kriegt.

Sich ihren Schmuck nehmen, nachdem er ihr doch sowieso schon das Wichtigste genommen hat: ihre Würde.«

Ida nickte. Was Marlise gesagt hatte, klang so scheußlich wie einleuchtend.

»Nu mach, dass du wegkommst«, sagte die Bunkerkönigin. Mit einem Mal klang sie müde.

Ida gab sich einen Ruck und wandte sich zum Ausgang, drehte sich aber noch einmal um. »Die Leute haben mir erzählt, du seist auf der Suche nach mir.«

»Das war ich. Aber ist nicht mehr wichtig.«

»Danke«, sagte Ida, als die rosa-weiß karierte Fahne hinter ihr zufiel.

»Das nächste Mal wird's teurer«, rief ihr Marlise in zufriedenem Singsang nach.

*

Als Ida die Wolldeckenallee hinunterging, warf sie Werner einen warnenden Blick zu, der nach wie vor wie angewachsen im Gang stand. Er verzog sich blitzschnell. Mit rauchendem Kopf kehrte Ida – nachdem sie das Kabuff nach Dokumenten oder sonstigen Habseligkeiten durchsucht hatte, die Aufschluss auf Lines Identität hätten geben können – in die sitzende Position vor dem Bett zurück. Zwei Wochen! Was, wenn der Mutter der Kleinen etwas zugestoßen war? Frauen wurde Schreckliches angetan. Das ganze Frühjahr über schon. Und niemand sprach darüber. Die Opfer hängten sich lieber auf, als es der Polizei zu melden, hatte Marlise gesagt ... Nachdenklich klopfte Ida auf den Boden.

Line ... Lebte sie noch?

Ida wusste, dass es nicht wenige Frauen, auch Mütter, gab, die einfach verschwanden. Freiwillig. Die nicht mehr konnten nach dem, was sie während des Krieges oder danach erlebt hatten. Die ihre Kinder allein zurückließen. Ob unter einem Bett, auf dem Marktplatz oder in einer Kirche.

Noch etwas ging ihr nicht aus dem Kopf: Marlise hatte Schmuck erwähnt, der den Frauen abgenommen worden war. Gab es eine Verbindung zu Meyerlichs Einträgen? *Extrem aufgewühlt, verängstigt.* Er war wahrscheinlich auf der richtigen Spur gewesen, selbst wenn er sie nicht weiterverfolgt hatte: Die Frauen waren nicht wegen eines verschwundenen Armkettchens erschüttert und aufgelöst. Ihnen war etwas Grässliches zugestoßen, das sie für sich behielten. Sie waren vergewaltigt worden.

Ein Monster gehe um, so hatte es Marlise ausgedrückt.

Von dem rhythmischen Klopfen von Idas Finger angelockt, kroch das Mädchen erneut unter dem Bett hervor. Scheu sah es sie an, doch in den großen, dunklen Augen entdeckte Ida auch Einsamkeit.

Ida erhob sich, klopfte den Staub von ihrem Rock und streckte die Hand aus. »Komm.«

Die Unterlippe der Kleinen begann zu zittern. Langsam hob sie den Arm, zögerte, doch dann griff sie nach Idas Hand. Ihre Finger waren eiskalt und klebrig.

Ida drückte sie sanft, und gemeinsam gingen sie die Wolldeckenallee entlang und dann die Treppen hinunter, auf den Ausgang des Bunkers zu.

Im Tageslicht sah das Mädchen noch zerrupfter aus, noch verletzlicher. Aus zusammengekniffenen Augen sah es sich verschreckt um. Über das Heiligengeistfeld wehte eine bellende Stimme zu ihnen herüber, sicher einer der Redner der *AFL*. Unweit des Bunkers hatte sich mittlerweile eine Menschenmenge versammelt, die Stimmung schien jedoch, bislang jedenfalls, friedlich.

»Wir suchen einen netten Ort für dich«, sagte Ida, die der Kleinen ihre Polizeimütze aufsetzte, damit sie nicht vom Tageslicht geblendet wurde. »Und dann finden wir deine Mutter.«

Vierlande, am Stadtrand von Hamburg

Frühjahr 1947

Ich hab herausgefunden, wo das Monster lebt. Als es mich angesprochen hat auf dem zugigen, eiskalten Feldweg, hat es mich nicht erkannt. Aber ich vergesse dieses Gesicht nicht. Diesen Blick aus kalten Augen. Wie soll das gehen, wo es mir doch alles genommen hat, was ich je geliebt hab? Fast hätte ich gelacht, als es mich nach dem Weg fragte.

Der Weg? In die Hölle?

Gut, dass ich jetzt weiß, was es tut. Ich weiß auch, dass es nicht aufhören wird, wenn ich nichts dagegen mache. Die Frauen anquatschen und freundlich tun. Auch mich hat es hinters Licht führen wollen, aber dann von mir abgelassen. Ich weiß, warum. Ich hab es angestarrt, und meine Seele hat gebrannt, das muss es gesehen haben. So was macht den Leuten Angst. Sogar einem Monster.

Nach dem Weg gefragt…

Dass ich nicht lache. Es kannte den Weg besser als alle anderen, das habe ich doch gesehen, als ich ihm gefolgt bin. Dass es das nicht bemerkt hat! Und auch nicht, wie ich ihm später noch vom Dammtorbahnhof aus hinterher bin. Sie waren meist zu zweit. Es hat ein bisschen gedauert, bis ich das begriffen habe. Ich bin weiterhin an den Hauswänden entlang und im Schatten der Leute gelaufen.

Das Haus, in dem das Monster lebt, ist ein Rattenloch, aber das passt ja. Ein ums andere Mal folgte ich ihm zum Bahnhof, Tag für Tag, bis zwei Wochen rum waren. Geschickt haben sie es angestellt. Und mir wurde immer klarer, was ich zu tun hatte.

Ich habe Madlena allein zurückgelassen. Mit etwas Essen und Küssen, und ich hoffe, ich komme am Abend zurück. Glücklich und befreit.

Jetzt gehen wir über einen lang gezogenen Feldweg, das Monster ist allein, abgesehen von mir, doch es ahnt nichts. Rechts wiegt sich das blühende Korn im Wind. Links ein Wald, der jetzt nur noch aus gefällten Bäumen besteht. Er wird mir wenig Schutz bieten. Ich taste nach dem Messer in der Tasche, und ich denke an dich. Ich sehe dich, mein Liebster. Dich und deine langen, sehnigen Beine und dein wunderschönes Gesicht.

Der Weg wird schmaler. Ein guter Augenblick, um anzugreifen. Hinter den Baumstämmen, ein Stück die Anhöhe hinab, glitzert ein Bach. Wenn jetzt ein Rabe schreit, dann ist es ein Zeichen. Dann will Gott, dass ich es tu.

Es bleibt still am Himmel und auch zwischen den Baumstümpfen.

Ich weiß nicht, wie es ist zu töten. Das Monster weiß es. Es hat so viele Frauen gequält. Ich stelle mir vor, wie es röchelt und schreit. Ich stelle mir vor, dass Gott kommt und die Seele aus dem Körper herausschüttelt und sie mitnimmt und verdammt. Und ich stelle mir vor, wie ich voller Blut dasitze und zufrieden bin.

Die Lerchen zwitschern. Ein Eichelhäher stößt einen warnenden Ruf aus. Fliegen summen um meinen Kopf, mit einer kleinen Handbewegung jage ich sie fort.

Immer noch kein heiseres Krächzen. Soll ich umkehren? Wo ist das Dorf, wo sind die Gehöfte, wo ist der Bach? Ich habe die Orientierung verloren. Du spukst in meinem Kopf herum. Dein ängstlicher Blick, als ich die Schranktür öffnete.

Es kommt mir vor, als wäre der Weg vorherbestimmt, den ich gerade gehe. Genau wie der Tag damals in Berlin vorherbestimmt war, an dem ich die Tür zu Gretes Kindergarten öffnete. Es war ein kleiner Kindergarten, nur Grete und zwei Handvoll Kinder aus der Nachbarschaft, deren Mütter arbeiten gehen mussten, weil ihre Männer auf den Schlachtfeldern durch den Dreck krochen. Grete hatte selbst keinen Mann mehr. *Rote Grete*, so wurde sie in Zehlendorf genannt, weil sie die Kommunisten unterstützte. Dass ihr da keiner den Hals umgedreht hat, wundert mich auch heute noch.

Jeden Morgen schlich ich mich leise hinein, putzte das Haus so lange, bis alles glänzte, und ging mittags wieder, ohne dass mich Grete oder die Kinder weiter beachteten. Nur an meinem ersten Tag, da war sie freundlich und herzlich gewesen. »Grete heiße ich«, hatte sie gesagt und mich in den Arm genommen. Nie vorher hatte mich irgendwer einfach umarmt.

Danach aber hat kaum mehr wer Notiz von mir genommen. Als Reinemachfrau achtet keiner auf dich. Außer an diesem Tag. Da war alles anders. Grete sah beunruhigt aus, als ich das Haus betrat. Und die Kleinen waren still und lutschten nur an ihren Kastanien und Zweigen herum.

Grete hatte die Idee, dass sie nur mit dem spielen sollten, was sie in der Natur fanden. Bei Wind und Wetter hat sie die

Knirpse rausgescheucht. Die Dachsheide war einen Steinwurf entfernt von Gretes Kindergarten in dem hübschen, kleinen Reihenhaus. Der Weg vom Wedding war weit für mich, aber Grete bezahlte nur für die Zeit, die ich im Haus war. Jede Minute hat sie abgerechnet und nie auch nur einen Pfennig mehr bezahlt oder mir ein Glas Wasser angeboten. Nee, richtig nett war Grete nicht zu mir.

Ich ging so gut wie nie an den Schrank unter der Treppe, in dem alte Sitzkissen, Tischdecken und zerbrochene Stühle aufbewahrt wurden. Nur wenn ich Großputz machte, einmal im Jahr. Aber der stand erst wieder in zehn Monaten an. Wieso ich an dem Tag die Tür öffnete? Ich weiß es nicht. Und auch nicht, warum Grete mich nicht zurückhielt oder warum die Tür nicht abgeschlossen war. Aber als ich den Schrank öffnete, wusste ich sofort, wieso die Stimmung im Raum so seltsam war. Statt kaputter Möbel standst dort du.

Vor den Kindern! Die zu Hause doch sofort erzählen würden, dass sich in Gretes Kindergarten ein Mann im Schrank versteckt hatte. Diese seltsame Lust am Verrat... Auch ich dachte kurz darüber nach.

Dein Gesicht lag im Schatten, ich konnte deine Umrisse nur schemenhaft erkennen, aber ich erinnere mich noch an deine Hände, sie gefielen mir, sie hielten etwas umklammert. Was, weiß ich nicht mehr.

Als ich die Tür langsam wieder schloss, sah mich Grete an. Sie war eine imposante Frau, obwohl sie nicht sonderlich groß war. Aber die Klarheit in ihren Augen... Ich hatte sie trotz allem bewundert. Ein eigener Kindergarten, ganz ohne die Hilfe eines Mannes, obwohl sie selbst drei Mädchen hatte. Sie war so jemand: nahm sich was vor und tat es.

In diesem Moment aber schaute sie Hilfe suchend, fast ängstlich. Es kam mir vor, als sähe sie mich zum allerersten Mal wirklich.

»Ich...«, begann Grete, und dann wusste sie nicht weiter. Wie ich dieses Gefühl der Macht genoss! Dass jemand von mir abhängig war. Ich könnte rausrennen und schreien. Oder auch still gehen. Ich könnte jemanden finden, der die Meldung für mich machte. Den Milchmann zum Beispiel. Er wäre sicher froh, wenn er sich vor dem Blockwart hervortun dürfte.

Ich öffnete die Schranktür noch mal. Diesmal recktest du den Hals ein wenig und blinzeltest ins Helle. Ich sah dein Gesicht, das schöner war als alles, was ich je gesehen hatte. Gebräunte Haut, mit Sommersprossen betupft. Dunkles, gewelltes Haar, das dir störrisch in die Stirn fiel. Ich hatte kein Geld, ich war nie hübsch gewesen, auch nicht intelligent oder begabt. Doch in diesem Augenblick wusste ich, dass du mir gehören konntest.

Dein Gesicht – ich sehe es auch heute noch immer und überall vor mir. An den zerklüfteten Häuserwänden, in den im Frühlingslicht glitzernden Bächen, in jedem Mann, der mir entgegenkommt. Meistens sehe ich darauf das Lächeln, das über dein Gesicht glitt, als ich deine Hand nahm und auf meinen Bauch legte.

Ich schloss die Tür erneut. »Oh«, sagte ich, »der Tischler ist da? Kann er doch gleich noch das Schloss an der Tür reparieren.«

Und Gretes Augen leuchteten, und sie waren voller Dankbarkeit.

Wochen vergingen, du warst bei mir eingezogen, in meine

kleine Wohnung im Wedding, die ich auf Vordermann brachte, in die ich zu deinem Einzug sogar Blumen gestellt hab, hübsche kleine blaue Blümchen, Vergissmeinnicht.

»Du hast mir alles geschenkt«, flüsterte ich an jenem Abend, an dem ich deine Hand auf meinen Bauch legte. Du sagtest nichts darauf. In deinen Augen hab ich Trauer und Zorn gesehen, Enttäuschung, aber in deinem Lächeln erkannte ich auch Zuneigung. Du hast mich vielleicht nicht geliebt. Aber du wusstest, dass ich dich am Leben hielt.

Du weißt, dass du mir Glaube und Hoffnung gegeben hast, nicht wahr? Den Glauben daran, dass das Leben nicht nur aus leeren Räumen besteht, dass es echte Menschen gibt, die fühlen, durch deren Adern das Blut pumpt, deren Herzen schlagen und die das Richtige tun wollen. Und die Hoffnung, dass das Gute über das Böse siegen wird.

Wie dumm wir waren!

Viele Jahre sind seither vergangen. Ich habe nie wieder selbst über mein Glück und Unglück oder über Gut und Böse entscheiden können. Ich hatte nie wieder Macht. Aber heute. Heute ist es endlich wieder so weit.

Ein gellendes Krächzen ertönt von oben. Ich husche ins Unterholz, als das Monster langsamer wird und suchend den Kopf hebt. Es blickt zu dem Raben, der mit weit ausgebreiteten Flügeln über das Feld schwebt.

Ein schwarzer Schatten. So wie ich.

2
Margaretenstraße, Hamburg-Eimsbüttel

Freitag, 2. Mai 1947, 5:27 Uhr

Seit einer Stunde lag Ida wach und blickte an die niedrige Decke, an der sich mehrere feine Risse zeigten. Das Haus, in dem sie nach langer Suche endlich ein Zimmer gefunden hatte, war keiner dieser fünfstöckigen herrschaftlichen Altbauten, wie sie um die Ecke an der Weidenallee standen. Und es ähnelte auch nicht den kleineren, gedrungeneren Schmuckstücken in der Bellealliancestraße, die selbst dann noch hübsch aussahen, wenn ihnen eine halbe Etage weggebombt worden war oder im Erdgeschoss die Tür fehlte. Nein, das Haus, in dem Idas Zimmer lag, war klein und heruntergekommen und beherbergte insgesamt nur sechs Wohnungen. Die Margaretenstraße war das Gegenteil von repräsentativ, doch das kümmerte Ida nicht die Bohne. Ihr Zimmer war um Welten besser als das Kabuff damals im Bunker. Und auch besser als die wechselnden Schlafstätten, die sie in den anderthalb Jahren seither bewohnt hatte. Sogar besser als die Kaserne, in der sie zur Schutzpolizistin ausgebildet worden war.

Idas Gedanken kehrten zu dem Mädchen zurück. Miss Watson, Heide Brasch und sie hatten den vergangenen Nachmittag damit zugebracht, eine Unterkunft für die Kleine zu finden. Einfach war es nicht gewesen: Viele der Waisenhäuser waren zerstört; die wenigen, die es noch gab, platzten aus allen Nähten. All die elternlosen Kinder, dachte Ida traurig. Am Ende hatten sie im Sankt-Maria-Stift in Uhlenhorst noch einen freien Platz gefunden. Was für ein Glück.

Vor dem Fenster färbte sich der eben noch silberne Himmel blau. Bald dürfte es sechs sein. Ende der Ausgangssperre, die zwar für sie als Polizistin nicht galt. Auf das Geschäker mit den britischen Soldaten, die jeden kontrollierten, den sie auf den Straßen antrafen, hatte sie heute Morgen aber keine Lust.

Schließlich war es so weit. Um Fräulein Heinze, ihre Zimmernachbarin, die hinter dem mittig durch den Raum gezogenen Vorhang schlief, nicht zu wecken, zog sich Ida leise an, band das Haar hoch, griff nach ihrer Uniformjacke und dem Hausschlüssel und schlich aus dem Zimmer. Der winzige Flur war fensterlos, kaum zwei Schritte breit und etwa vier lang. Durch eine der Türen gelangte man in die Küche, einen Schlauch mit Fenster zum Hof. An den Spuren auf dem halbrunden Küchentisch erkannte Ida, dass ihre Vermieterin Fräulein Rohwetter zum Abendessen Rüben gegessen hatte.

Sie nahm sich ihre zu einem Päckchen geschnürte Tagesration, die sie sich am Abend zubereitet und in die Speisekammer gelegt hatte. Für ein Frühstück reichte es nicht: Mit zwei gegarten Kartoffeln und einem kleinen Stück Schmalz musste sie es bis zum Abend aushalten.

Am Spülbecken spritzte sie sich Wasser ins Gesicht, putzte die Zähne und schlich dann auf Strümpfen, um niemanden zu wecken, durchs Treppenhaus hinunter.

Draußen roch die Luft nach Regen. Darunter mischte sich eine herb-bittere Note, die von der Bavaria-St. Pauli-Brauerei herüberwehte, in der ein paar Schritte hinter der Davidwache zur Elbe hin seit Kurzem wieder Bier gebraut wurde. Ida zündete sich eine Zigarette an, ihr Frühstücksersatz, und inhalierte den Rauch tief. Sie mochte den Geschmack mittlerweile, obwohl ihr das erste Jahr über schwindelig vom Nikotin geworden war. Doch das gehörte mittlerweile ebenso zum Alltag wie der schlechte Geschmack im Mund, an dem ebenfalls der Hunger schuld war. Dagegen half nur, Löwenzahnblätter, Schafgarbe oder Bucheckern zu kauen.

Nachdem sie geprüft hatte, ob sie die Schließkette auch wirklich bei sich trug, mit der man sowohl Hände als auch Füße fesseln konnte, ebenso wie die Trillerpfeife und das Merkbuch, lenkte sie ihre Schritte nach rechts, bog in die Weidenallee ein und ging durch das Schanzenviertel auf Sankt Pauli zu. Sie war der einzige Mensch weit und breit, bloß Spatzen und Tauben pickten auf dem Gehweg nach Kieseln, die sie wohl für Brot hielten. Erschrocken flatterten sie auf, als sich Ida näherte.

Mit Grauen dachte sie an den Winter zurück. Im Dezember, kurz nach Weihnachten, hatte sie nicht mehr weitergewusst. Entweder bekam sie die Ausbildungsstelle bei der Polizei, oder sie würde sterben, davon war sie überzeugt gewesen. Sie hatte nichts zu essen, wohnte für ein paar Mark Miete in einem schäbigen Verschlag in einer Gartensiedlung, der mehr oder minder ein unbeheizter Schrank war. Immer noch jeden Tag voller Angst, Marlise könne sie finden. Alle Bäume in der Umgebung waren gefällt, jede noch so kleine Wurzel aus dem gefrorenen Boden gepult, um verheizt zu werden. Das Leben schien nicht mehr weitergehen zu können, für niemanden.

Kurz nach Silvester hatte sie endlich die Zusage der Polizei erhalten. Die Bezahlung war mies, die Arbeitszeiten hart. Doch Ida spürte, dass ihr Leben nun endlich weitergehen würde. Ein Leben, in dem sie zur Tat schreiten konnte, so wie jetzt. Sie reckte das Kinn entschlossen vor. Das Mädchen war untergebracht. Die Suche nach der Mutter würde zwar schwierig werden, aber nicht unmöglich. Einen Hoffnungsschimmer gab es, auch wenn er noch so klein war: Falls Line im vergangenen Jahr nach Hamburg gekommen war, musste sie in den Akten erfasst sein. Seit Mai 1946 gab es eine Zuzugssperre. Nur jene erhielten eine Aufenthaltsgenehmigung, die für den Wiederaufbau wertvolle Arbeit leisteten. Andererseits kannte Ida weder Lines Nachnamen, noch musste dies ihr tatsächlicher Vorname sein. Ebenso gut könnte sie Paulina oder Karoline heißen.

Nach einem viertelstündigen Fußmarsch, bei dem ihr endlich warm geworden war, erreichte sie die Reeperbahn, überquerte den Spielbudenplatz und betrat die Davidwache. Der diensthabende Wachtmeister sah sie verwundert an, ließ seinen Blick dann zur Wanduhr wandern und hob die Augenbrauen. Ida grinste nur, zuckte die Achseln und marschierte schnurstracks zur Kellertreppe.

*

In ihrem Büro angekommen, hängte Ida ihren Mantel in den Schrank und nahm sich das Buch mit den Anzeigen vor – bevor Brasch ins Büro kam und womöglich Fragen stellte. Nun ahnte sie, was Meyerlichs gekritzelte Kommentare zu bedeuten hatten, und auch wenn sie nicht alle lesen konnte, so entzifferte sie immerhin die Worte »am gesamten Leib zitternd« und »ausnehmend schreckhaft«. Diese Beobachtungsgabe rechnete sie Meyerlich hoch an. Nicht jeder hätte so genau auf die Gemütsverfassung der Frauen geachtet. Schon gar nicht jeder Polizist.

Sie notierte die Namen und Adressen, bei denen Meyerlich Kommentare hinterlassen hatte, in ihr Merkbuch. Neben die Adressen verzeichnete sie die Orte, an denen die Frauen beraubt worden waren. Nie in Hamburg, sondern, wie der Polizeimeisteranwärter gesagt hatte, am Stadtrand: in Kirchwerder, am Zollenspieker oder Altengamme. Das Areal war klein, stellte Ida nach einem Blick auf die Stadtkarte fest. Sie kannte die Gegend nicht besonders gut, wusste aber, dass sie südöstlich des Stadtzentrums lag. Auch das ehemalige Konzentrationslager Neuengamme befand sich dort, das nun als Internierungslager für Mitglieder der SS und der Gestapo diente.

Vierlande hieß das Gebiet in der Elbmarsch und war bekannt für seine Landwirtschaft. Keine Frage, die Frauen waren auf Hamsterfahrt gewesen, hatten das aber verständlicherweise verschwiegen. Weil es zu wenig Essen für alle gab, mussten sie sich an die strenge Rationierung halten. Lebensmittelkarten sollten die schlimmsten Probleme lösen, taten das aber überhaupt nicht. Von neun Kilogramm Brot im Monat wurde niemand satt, ebenso wenig von zwölf Kilogramm Kartoffeln. Da halfen auch die Bezugsscheine über 300 Gramm Fett nicht viel – 300 Gramm für vier Wochen. Kein Wunder, dass alle aussahen, als steckten sie in viel zu großen Kleidern. Die Bevölkerung versuchte sich aus der Not zu kämpfen, indem sie auf illegalen Märkten tauschte, was immer sie noch hatte. Oder indem sie in vollgestopften Zügen ins Umland reiste, was ebenfalls streng verboten war. Warum es dieses Verbot gab, wusste nicht einmal Ida. Darauf angesprochen, hatte Miss Watson während Idas Ausbildung scharf gesagt: »Wir kontrollieren, weil dieses Volk einer Kontrolle bedarf.« Das hatte alle verstummen lassen.

Doch ganz egal, wie häufig die Polizei an den Bahnhöfen die Waren beschlagnahmte, der Hunger trieb die Menschen immer wieder aus der Stadt hinaus.

Vierlande, notierte sie in ihr Merkbuch und unterstrich das Wort. Erneut wischte sie sich über die Stirn. Es war stickig in dem kleinen Raum im Keller, obwohl früher Morgen war und es draußen kaum mehr als fünf Grad sein dürften. Wie würde es erst im Sommer werden?

Wieder senkte sie den Blick auf ihr graugrünes Notizheftchen. Ein paar Dinge hatte sie schon aufgeschrieben, doch kamen sie ihr erschreckend dürftig vor. Was hatte sie mit diesen Informationen überhaupt vor? Was könnte der nächste Schritt in den Ermittlungen sein?

Aufgelöst. Am gesamten Leib zitternd.

Weil es sich im Sitzen nicht gut denken ließ, sprang Ida auf und reckte die Arme, bis ihre Hände fast die Decke berührten, dann ließ sie den Oberkörper nach vorn schießen und schüttelte, mit den Fingerspitzen den staubigen Boden berührend, ihre Schultern aus.

»So früh schon so fidel?«

Rasch kehrte Ida in die Gerade zurück und wedelte sich peinlich berührt Luft zu. Wie in aller Welt konnte diese Person derart leise eine Tür öffnen? Brasch sah offenbar nicht nur aus wie ein Engel, sie bewegte sich auch ebenso lautlos.

»Ich habe Sie gar nicht gehört. Stehen Sie da schon länger?«

»Nein.« Ihre Kollegin lächelte verlegen. »Wieso sind Sie schon da?«

»Wie spät ist es denn?«, lautete Idas Gegenfrage.

»Halb sieben.«

»Na, dann kommen Sie ja auch nicht gerade auf den letzten Drücker.«

Ihr Dienst würde erst in einer halben Stunde beginnen.

Brasch zuckte mit den Schultern und schloss die Tür hinter sich. »Alte Gewohnheit. Ich bin immer mit meinem Vater aufgestanden. Jetzt lebe ich zwar nicht mehr zu Hause, aber ich wache trotzdem jeden Morgen um fünf auf.«

Ida lächelte und versuchte, nicht auf die Tasche in Braschs Hand zu starren. Sie verströmte den zarten Geruch nach Tee und Margarine.

»Ich hoffe, es stört Sie nicht«, sagte Brasch, der Idas Blick nicht entgangen war. »Ich frühstücke nie zu Hause. Ich habe nämlich keine Küche.«

»Und woher bekommen Sie dann das Essen?«

»Von meinen Eltern«, sagte Brasch ein wenig verschämt und schob rasch hinterher: »Ich bereite dort alles zu, esse es aber unterwegs. Oder am Arbeitsplatz.« Sie ging zu ihrem Tisch und begann auszupacken: Roggenbrot mit grüner Gurke und ein Stück Mettwurst.

Idas Magen überschlug sich beinahe.

»Möchten Sie vielleicht einen Happen, Fräulein Rabe?«

»Danke, nein«, sagte Ida und lächelte angestrengt. »Das ist sehr freundlich von Ihnen.« Und stumm zu ihrem Magen: Krieg dich ein. Der Mensch braucht zum Leben auch ein bisschen Stolz.

Um sich von der Frage abzulenken, wann in aller Welt sie

das letzte Mal Wurst gegessen hatte, sagte sie: »Ich habe später noch ein paar Dinge zu erledigen. Ich hoffe, Sie haben nichts dagegen, wenn...«

»Um halb acht sollen wir los zum Schwarzen Markt Streife gehen«, unterbrach Brasch sie. »Und vorher dokumentieren, was gestern passiert ist.«

»Ich dokumentiere hiermit«, sagte Ida, »in meinem Kopf, da ich nicht wüsste, wie ich es ohne Papier irgendwo aufschreiben sollte, dass das Mädchen unbekannten Namens und unbekannter Herkunft, das Heide Brasch, Superintendent Ann Watson und Ida Rabe am ersten Mai siebenundvierzig gegen zehn Uhr am Flakturm in der Hamburger Feldstraße aufgefunden haben, im Sankt-Maria-Stift untergebracht wurde. Die Mutter wird gesucht. Ich habe mir darüber übrigens schon Gedanken gemacht. Wir müssen uns die Akten des vergangenen Jahres von den Arbeitsämtern kommen lassen. Sie haben doch gestern mit der Leiterin des Stiftes gesprochen. Sie weiß, wo sie uns erreicht, falls die Kleine zu sprechen beginnt?«

Heide Brasch nickte.

»Vielleicht haben wir ja Glück. Wenn das Mädchen uns seinen Namen nennt... Oder die Mutter von allein wieder auftaucht...«

Skeptisch sah Brasch sie an.

»Ich weiß«, sagte Ida düster. Um sich davon abzulenken, wie unwahrscheinlich diese Hoffnung war, machte sie sich erneut an dem Schrank zu schaffen. Wahllos zog sie eine Mappe aus einem der Kartons, legte sie mit der unbeschriebenen Seite nach oben auf ihren Schreibtisch und zückte ihren Stift.

»Was tun Sie da, Fräulein Rabe?«, fragte Heide Brasch unsicher.

»Es hilft einfach nichts. Ich kann mir zwar viel merken, aber nicht alles. Und wenn uns die werten Herren im Erdgeschoss kein Papier abtreten wollen, denn das hätte Polizeimeister Hildesund wohl längst getan, wenn er es wollte, müssen wir uns eben so behelfen«, sagte Ida bestimmt. »Dass eine Frau 1937 polizeilich gemeldet wurde, weil sie in einem Swinglokal Klavier gespielt hat, ist doch Schnee von gestern.«

Und sie begann, eine Fallakte zu dem Mädchen ohne Namen anzulegen.

*

Auf dem Schwarzen Markt in der Talstraße war zu dieser Zeit nicht viel los. In Stoßzeiten hingegen war hier kaum ein Durchkommen. Ida wusste nicht, wann sich der Markt in der schmalen Gasse parallel zur Großen Freiheit etabliert hatte. Eines Tages war er einfach da gewesen. Das gehörte wohl zu den kleinen Wundern der Not: Gebende und Nehmende fanden sich wie von allein; auch wenn in diesem Fall die Verkäufer den Käufern noch das letzte Hemd abnahmen.

Ida hatte um die Gegend immer einen Bogen gemacht. Zu groß die Gefahr, ein Gesicht aus ihrer Vergangenheit wiederzusehen. Zum Glück schliefen die Hehler heute noch, die Käufer ebenso. Still lag die Straße da, nur vereinzelt stand jemand im Hauseingang oder an eine Mauer gelehnt und lugte erwartungsvoll in ihre Richtung. Da Ida und ihre Kollegin jedoch schon auf den ersten Blick als Polizistinnen zu erkennen waren, gab es keine halb geöffneten Mäntel, kein »Zigaretten, Tafelsilber, Zucker«-Geflüster. Aus den Augenwinkeln sah

Ida, wie jemand zwei Milchkannen in einen Koffer stopfte, ihn hastig verschloss und sich in Richtung Reeperbahn aus dem Staub machte. Kaum zwei Minuten später hatten sie die Straße für sich.

»Einen Orden verleiht man uns für diese Arbeit sicher nicht«, stellte Ida nach einer Stunde Patrouille mürrisch fest. Bei ihrer Größe war es fast unmöglich, passende Damenschuhe zu finden, und in den eine halbe Nummer zu engen Stiefeln taten ihr die Füße weh. Zudem hatte sich zwar ihr Hungergefühl verflüchtigt, dafür hatte sie jetzt Durst. Nieselregen bedeckte ihre Gesichter und Polizeimützen, und ein unangenehmer nasskalter Wind fegte durch die Gasse.

»Darum geht es doch nicht. Hauptsache, es können keine Geschäfte abgewickelt werden«, sagte Brasch und sah sich zufrieden um.

»Das geht doch alles in der Sekunde wieder los, in der man uns nur noch von hinten sieht.«

»Deswegen gehen wir ja jetzt auch noch nicht.«

Die Logik wollte Ida nicht einleuchten, doch was blieb ihr anderes übrig, als an Braschs Seite die Straße auf und ab zu laufen? Von halb acht bis halb zehn Uhr Gesicht zeigen, hieß die Order. Als hätten sie nichts Besseres zu tun! Ida spürte das Merkheft in ihrer Tasche und fragte sich, was Brasch wohl dazu sagen würde, wenn Ida ihr Gesicht ein wenig kürzer zeigte als befohlen. Sie könnte einen kleinen Ausflug machen. Bloß kurz in die Gustavstraße flitzen, die gleich um die Ecke lag, um mit Hanne Kischkat zu sprechen. Sie war eine der Frauen, denen etwas gestohlen worden war. Das Armkettchen mit dem silbernen Kleeblatt.

»Ich entschuldige mich jetzt«, teilte Ida ihrer Kollegin kurz entschlossen mit. »Es dauert nicht lange. Ich bin in ein paar Minuten zurück.«

Erschrocken sah Heide Brasch sie an. »Wohin gehen Sie?«

»Etwas erledigen. Falls man Sie allein erwischt, behaupten Sie einfach, ich sei plötzlich weg gewesen, um einem Schieber hinterherzurennen.«

»Aber ...«

Ida wandte sich um, doch Brasch ließ nicht locker und folgte ihr.

»Sie können nicht einfach weggehen, Fräulein Rabe. Es gibt Regeln!«

Stumm lief Ida weiter. Irgendwann musste Brasch doch aufgeben. Aber das leise Getrappel hinter ihr begleitete sie, bis sie in die Straße Am Brunnenhof einbog, deren Pflaster zu großen Teilen unter Trümmern begraben war. Vor einem Haus saß eine alte Frau auf dem Gehsteig, die krummen Beine unter dem Rock hervorgestreckt und das Kinn auf einen Stock gestützt, um sich auszuruhen. Als sie die Polizistinnen bemerkte, schrie sie: »Unn jetzt noch mine letzten Krümmel wechnehmen? Bidde, hier!« Sie wedelte in Richtung ihres Unterrockes, dessen Saum sich mit Regen vollgesogen hatte.

Brasch wurde langsamer, während Ida innerlich frohlockte. Unmöglich, an der Alten vorbeizukommen. Sie würden über sie hinwegsteigen müssen.

»Bangbüx!«, krakeelte die Frau und versuchte vergeblich aufzustehen. Schließlich wedelte sie nur mit dem Stock in die Richtung der jungen Polizistin, die wie festgenagelt dastand. »Nu mach, dass de hinnekommst, Ische! Oder willste was auf die Rüsstüten?«

Nach einem Seitenblick auf Heide Brasch wich Ida den

Stockhieben der Alten aus und tat einen großen Schritt. Die starrte sie aus halb blinden Augen böse an, machte ein paar boxende Bewegungen und kippte dabei fast vornüber, verfehlte Ida aber um Längen. Zahnlos grinste sie sie an und deutete mit dem Daumen zu Heide.

»Hat die Büxen voll, die Olsch.«

Ida warf Brasch noch einen Blick zu. Ein wenig tat ihr die junge Frau leid, die, immer noch starr vor Schreck, dastand und aussah, als sei ihr der kalte Schweiß ausgebrochen. Aber hatte Ida ihre Kollegin etwa gebeten, sie zu begleiten? Sie ließ sie ohne ein weiteres Wort stehen, und diesmal machte Heide keinerlei Anstalten, ihr zu folgen.

*

Das Haus, in dem Hanne Kischkat lebte, befand sich flankiert von zwei dreistöckigen Gebäuden in einem kleinen Hinterhof nicht weit von der Reeperbahn entfernt. Vermutlich war es vor nicht allzu langer Zeit einmal ein Pferdestall gewesen; der Hofdurchgang war hoch genug für ein Fuhrwerk, der Boden mit groben Granitsteinen gepflastert. Ida fragte ein spielendes Kind nach Fräulein Kischkat und stieg dann die abgetretenen Stufen nach oben in den ersten Stock. Namensschilder gab es nicht, so klopfte Ida zunächst an die linke Tür und wurde an die gegenüberliegende Wohnung verwiesen.

Hier öffnete eine junge, zierliche Frau in einem dunklen Wollrock und einer mit rosa Blumen verzierten Bluse. Der Stoff war ausgeblichen und am Kragen durchgescheuert. Ängstlich blickte sie zu Ida auf.

»Ja?«, fragte sie kaum hörbar.

»Hanne Kischkat?«
»Ja?«
»Ida Rabe, Polizei. Sie waren kurz nach Ostern auf der Davidwache und haben ein Schmuckstück als gestohlen gemeldet.«
Die junge Frau brauchte einen Moment, um ihre Worte zu verstehen. Dann nickte sie. Da ihr das aschblonde Haar ungekämmt in die Stirn fiel, war es schwer, ihr Gesicht zu erkennen. Ihre Mundwinkel waren eingerissen, die Haut am Kinn schuppig und rot gefleckt.
»Darf ich kurz reinkommen?«
»Das Armkettchen ist n Erbstück«, sagte die junge Frau leise. »Meine Mutter hat gesagt, ich soll deswegen zur Polizei gehen. Sonst hätt ich gar nich ...«
Ida wartete, aber es kam nichts mehr. »Sonst hätten Sie gar nicht ...?«, versuchte sie ihr auf die Sprünge zu helfen, doch Hanne Kischkat schüttelte den Kopf.
»Ham Sie es gefunden?« Ihre Stimme begann zu zittern, und sie sah aus, als sei ihr übel.
»Kommen Sie«, sagte Ida und blickte an Fräulein Kischkat vorbei in die Diele, die gerade so groß war, dass man sich einmal im Kreis drehen konnte. An einem Haken hing eine Männerlatzhose, deren Beine dreckverkrustet waren. »Wir setzen uns.«
Anstandslos führte Hanne Kischkat sie in die Küche, einen winzigen Raum, der mit nur einem Tisch und zwei Stühlen schon vollgestellt war. Ida musste sich an einem gusseisernen Herd vorbeiquetschen, der nicht wirkte, als sei er in den vergangenen Wochen befeuert worden. Überhaupt war es kalt und klamm in der kleinen Wohnung und roch nach kaum

etwas, nur ein wenig nach Schweiß. Was Ida auffiel, war, wie sauber es war. Nirgends ein klebriger Fleck, kein Krümel auf dem Boden.

Über dem kleinen Tisch konnte man durch ein schmales Fenster in die Hinterhöfe der angrenzenden Häuser blicken. Die junge Frau nahm auf dem Stuhl Platz, der in einer Ecke stand. Ida rückte einen zweiten Stuhl heran und setzte sich ihr gegenüber.

»Ihr Armkettchen ist nicht wieder aufgetaucht«, sagte sie.

»Noch nicht. Wir haben aber Hinweise erhalten, dass mehreren Menschen Schmuck gestohlen wurde, als sie im Umland auf Hamstertour waren.«

Hanne Kischkat zog die Schultern hoch. »Ich war nich ...«

»Keine Angst«, sagte Ida, »ob Sie hamstern waren oder nicht, interessiert mich nicht. Trotzdem ist es wichtig, wo Sie überfallen wurden. Sie haben gesagt, dass Sie in der Nähe vom Zollenspieker unterwegs waren.«

Unschlüssig starrte Hanne Kischkat sie an und senkte den Blick dann auf ihre Hände, die leblos in ihrem Schoß lagen. Sie war so zierlich wie ein Kind.

»Können Sie mir sagen, was genau dort passiert ist?«

Unkonzentriert schob sich Hanne Kischkat das Haar aus der Stirn. Ihre Augen wirkten trüb, so als sehe sie hauptsächlich in sich hinein, weniger auf die Welt draußen. Ihre Mundwinkel zitterten.

»Fräulein Kischkat, haben Sie es bemerkt, als Ihnen das Armkettchen gestohlen wurde?«

Ida beugte sich vor und berührte Fräulein Kischkat sanft an der Schulter. Die junge Frau zuckte zusammen.

»Wurden Sie überfallen, Fräulein Kischkat?«

Hanne Kischkat schloss die Augen.

»Ist noch mehr passiert«, fragte Ida ruhig, »als dass Ihnen der Schmuck gestohlen wurde? Hat Ihnen jemand etwas angetan?«

Die junge Frau schoss aus ihrem Stuhl auf, stieß ihn dabei um und presste sich, als seine Lehne zu Boden polterte, die Hände auf die Ohren.

»Ich weiß, dass Sie keine Schuld trifft«, sagte Ida und hob ein wenig die Stimme, damit Fräulein Kischkat sie hörte. »Glauben Sie nicht, dass Sie dafür die Verantwortung tragen. Es ist ganz egal, was Sie gesagt haben oder getan oder ...«

»Von hinten!«, stieß Fräulein Kischkat hervor, die Hände immer noch flach auf die Ohren gepresst. »Ich ... Er war plötzlich da!« Aus weit aufgerissenen Augen starrte sie Ida an.

Ida wartete, bis Hanne Kischkat wieder ruhiger atmete, hob den umgefallenen Stuhl auf und bedeutete ihr, sich zu setzen. Die junge Frau blinzelte mehrmals. Dann, mit einem Mal, wandelte sich alles an ihr, die Miene, der Ausdruck in ihren Augen, sogar die Körperhaltung. Kerzengerade setzte sie sich auf und legte ihre Hände wieder in den Schoß.

»Er hat Sie von hinten überwältigt?«, fragte Ida mitfühlend.

»Nein«, sagte Hanne Kischkat jedoch nur. Ihre Stimme klang belegt.

»Nicht rücklings?«

»Gar nicht.« Die junge Frau sah Ida mit einer Mischung aus Verzweiflung und Zorn an, ehe sie den Blick auf ihre Hände senkte. »Nix is passiert. Mir wurde ein Armkettchen gestohlen. Das is alles.«

»Aber eben sagten Sie...«

Hanne Kischkat verharrte in ihrer Starre. »Da war nix. Gehen Sie. Ich will das Kettchen nich wiederhaben. Selbst wenn Sie es finden. Kommen Sie nich wieder.«

Nachdenklich sah Ida sie an. »Ich notiere Ihnen meinen Namen. Dann meld...«

»Nein! Ich will Ihren Namen nich. Ich will nur, dass alles wieder wird wie vorher.«

Aber das wird es nicht, dachte Ida. Das ist nicht möglich. Dennoch stand sie auf. Jetzt weiterzumachen würde nirgendwo hinführen. Wenn sie Glück hatte, würde sie Hanne Kischkat ein andermal dazu bringen, mehr zu erzählen.

»Mit wem leben Sie zusammen?«, fragte Ida dennoch.

»Mit meinem Vetter und seiner Frau.«

»Würden Sie mir bitte die Namen der beiden nennen?«

»Aber wieso? Er... Nee, wieso sollte ich!«

Fest sah Ida sie an. »Nur damit ich alle Informationen zusammenhabe. Keine Bange, ich werde mit keinem der beiden sprechen, falls es nicht nötig ist.«

Murmelnd nannte ihr Hanne Kischkat die Namen. Als sie fertig war, ließ Ida ihr Merkheft sinken.

»Ich möchte Ihnen helfen. Glauben Sie mir.«

»Kommen Sie einfach nich wieder her.«

Hanne Kischkat begleitete sie nicht in den Flur und erwiderte auch nicht ihren Abschiedsgruß. Nachdem die Wohnungstür hinter ihr ins Schloss gefallen war, starrte Ida resigniert auf die abgetretenen braunen Treppenstufen.

Wenn keine der Frauen darüber sprechen wollte, wie sollten sie dem Monster dann nur auf die Spur kommen? Auf der anderen Seite fiel es ihr schwer, sich vorzustellen, was Hanne

Kischkat erlebt haben musste. In dem Gesicht der zierlichen jungen Frau hatte sich blanke Panik gespiegelt. Todesangst. War es da nicht zu verständlich, dass sie vergessen wollte, das Leid nicht wieder und wieder spüren?

*

Ida war länger weg gewesen als geplant, und auf dem Schwarzen Markt herrschte mittlerweile reges Treiben. Sobald man sie bemerkte, kehrte allerdings sofort Ruhe ein. Doch Ida hatte sowieso keine Zeit, jemanden hochzunehmen, zumal sie gar nicht glaubte, dass es viel brachte. Meistens bekamen ihre Kollegen nur die Bitterarmen zu fassen, und die mussten dann die eine Zigarette, die sie noch besaßen, abgeben. Jene hingegen, die hinter Gitter gehörten, erwischte die Polizei so gut wie nie.

Aufmerksam sah sich Ida um. Von ihrer Kollegin keine Spur. Brasch war also ohne sie zurück zur Wache gegangen.

»Verdammt«, murmelte sie, drückte sich die Mütze fester auf den Kopf und eilte auf die Reeperbahn zu. Ein Stück weiter vorn sah sie Braschs Engelshaar unter der Polizeimütze aufblitzen. Trotz des Regens schien sie es nicht besonders eilig zu haben und schlenderte den Gehsteig hinunter.

Irritiert fragte sich Ida, ob Brasch die vergangene halbe Stunde überhaupt etwas getan oder nur schüchtern am Rand des Schwarzes Marktes auf sie gewartet hatte. Sie wirkte so ... nun, unambitioniert traf es nicht recht. Aber passiv, das schon. Wieso nur hatte sie sich entschlossen, Polizistin zu werden? Ob ihr Vater sie dazu gedrängt hatte?

»Du könntest dir aber auch einen netten jungen Ehemann suchen«, murmelte Ida. »Ich wüsste da jemanden. Meyerlich.«

Es gelang ihr, sie einzuholen, kurz bevor ihre Kollegin die Stufen zur Davidwache erklomm. »Da sind wir beide ja wieder.«

Mit strafendem Blick stolzierte Heide Brasch an ihr vorüber und tat, als habe sie sie nicht gehört. Ida folgte ihr ins Innere der Wache. Schweigend passierten sie Polizeimeisteranwärter Meyerlichs Zimmer, dessen Tür nur angelehnt war. Dröhnendes Gelächter war darin zu hören. Die Männer grölten, und niemand störte sich daran. Aber wir Frauen sabbeln, dachte Ida empört. Schlagartig war alles in ihr sauer geworden wie vergorene Milch.

Hocherhobenen Hauptes stolzierte Brasch vor ihr her die Kellertreppe hinab und stapfte durch den langen, dunklen Gang auf ihr Büro zu. Ob sich Ida bei ihr entschuldigen sollte? Ida zögerte und wollte gerade den Mund öffnen, als Brasch vor ihr die Bürotür öffnete und erstarrte. Schon wieder Superintendent Watson, fragte sich Ida, die aus irgendeinem neuen Grund, vor Zorn rauchend, auf sie wartete?

Doch als sie an Brasch vorbei ins Innere blickte, sah sie keine Miss Watson. Der Raum, der sowieso klein war und mit der niedrigen Decke beengt wirkte, war stattdessen vollgestopft mit Frauen. Einer bunten Mischung schmaler und nicht ganz so schmaler Damen, die meisten bereits etwas älter. Allen gemein war, dass sie tropfnass waren, ebenso wie der Boden, auf dem sie standen.

»Guten Tag, die Damen«, sagte Ida, nachdem sie sich gesammelt hatte. Ein Seitenblick auf ihre Kollegin machte ihr klar, dass von Fräulein Brasch keine Hilfe zu erwarten war. Heide guckte so eingeschüchtert, als wäre sie diejenige, die auf die Wache zitiert worden war. Die Damen waren bei Idas und

Heides Eintreten schlagartig verstummt und starrten ihnen grimmig entgegen.

Ida zählte durch. Siebzehn Damen. »Was tun Sie hier?«

»Sie sind ja lustig«, antwortete eine der Frauen schnippisch. Bibbernd zog sie ihren durchfeuchteten Mantel enger um sich, unter dessen Saum ehemals weiße Häkelstrümpfe hervorblitzten. Sie sah aus wie jemand, der sich fein gemacht hatte: Die Hochsteckfrisur war noch zu erkennen, obwohl ihr das Haar am Kopf klebte. In welchen Regenguss waren sie nur geraten? Eben hatte es doch nur genieselt. »Sagen Sie's uns! Die Udels da oben haben uns hier runtergeschickt. Denen gefällts wohl nich, wenn wir bei denen im Warmen rumhocken.«

»Wer hat Sie hergebracht?«

»Einer von den Udels.«

»Ja, aber welcher? Wir haben mehr als nur einen Schutzpolizisten hier.«

Die Frau zuckte mit den Schultern und murmelte etwas von »Einer sieht doch aus wie der andere«, womit sie nicht ganz unrecht hatte. Erneut ließ Ida den Blick über die versammelten Damen gleiten. Ihre Klamotten waren ärmlich und schäbig. Doch das traf im Prinzip auf die Garderobe der kompletten Hamburger Bevölkerung zu. Was sie aber von den meisten Frauen unterschied, war die dicke Schicht Schminke: abgebröckeltes Rot auf den Lippen, verlaufene Tusche unter den Augen.

Ida wandte sich um und bedeutete Brasch mit einem Handzeichen, sie solle nach oben gehen und einen der männlichen Kollegen holen. Heide nahm Idas Geste nur mit weit aufgerissenen Augen zur Kenntnis und rührte sich nicht. Ida stöhnte genervt auf, stürmte aus der Tür und stieg im Eilschritt die

Treppe hoch. Dabei kam ihr der Gedanke, dass ihre Vorgängerinnen womöglich auf eigenen Wunsch den Dienst quittiert hatten. Miss Watson hatte nur gesagt, die Damen seien recht überstürzt ins Präsidium in der Neustadt gewechselt. Tja, warum wohl?

»Meyerlich!«

Sie war, ohne anzuklopfen, in das Büro des Polizeimeisteranwärters geplatzt und sah sich jetzt einem Mann in dunklem Anzug gegenüber, der auf Meyerlichs Tischkante saß. Er war groß, womöglich größer als sie, und erinnerte mit seinen zotteligen dunklen Locken an einen Bären. Belustigt sah er sie an. Meyerlich selbst, der von seinem Stuhl aufgesprungen war, war bleich geworden.

»Da sind Sie ja, Fräulein Rabe«, stammelte er. »Ich ...«

»Da bin ich, und ich wüsste gern, was siebzehn durchnässte Damen in meinem Büro zu suchen haben!«

»Polizeimeister Hildesund sagte ...«

Ida winkte ab. »Es ist mir egal, was Hildesund sagt! Warum sind die Frauen hier?«

»Aber das wollte ich Ihnen doch gerade ...« Er sammelte sich mit Mühe. »Die Wasserschutzpolizei hat sie von einem Kahn aus der Elbe gezogen.«

»Wo?«

»Vor Steinwerder.«

»Wo genau vor Steinwerder?«

Er kratzte sich am Kopf. »Ich glaube, in der Nähe vom Arning-Kai.«

Ida nickte. Das bestätigte ihre Vermutung. Tropfnasse, stark geschminkte Frauen, die nicht so aussahen, als kämen sie aus einem der besseren Viertel der Stadt ... Es gab nur eine Erklärung: Die siebzehn nassen Frauen in ihrem Büro waren Prostituierte. Wahrscheinlich waren sie auf dem Weg zu einem Stelldichein mit britischen Soldaten gewesen, als sie von der Wasserschutzpolizei geschnappt wurden. Ida hatte gehört, dass der Arning-Kai gerne für diese Treffen genutzt wurde.

»Wann wurden sie aufgegriffen?«

»Im Morgengrauen.«

Sie bedachte ihn mit einem strafenden Blick. »Was verdammt lange her ist.«

»Sie mussten erst an Land warten. Dann wurden sie hergebracht. So gegen ... neun.«

»Und niemand kam auf die Idee, uns zu benachrichtigen?«

Was, wenn man es genauer betrachtete, natürlich Idas Glück war. Es wäre ungünstig gewesen, hätte man Brasch allein aus der Talstraße hergeholt. Dennoch stemmte Ida empört die Hände in die Taille. »Die armen Frauen stehen also seit einer Stunde im Keller und frieren. Herzlichen Glückwunsch. Sie verdienen wirklich eine Medaille.«

Meyerlich schluckte.

»Was wird ihnen denn vorgeworfen?«, fragte Ida.

»Ja. Also. Man darf nicht einfach auf einem Schiff da draußen unterwegs sein ... Wegen der Kohle und so, nach der alle tauchen. Außerdem ist ja klar, dass das ne Truppe Bordsteinschwalben ist, die ...«

»Meyerlich, ich bin Polizistin wie Sie, das müssen Sie mir nicht erklären. Aber nur weil 'ne Gruppe Dirnen eine Bootstour machen, schleift man sie doch nicht gleich auf die Wache! Hat man denn sonst etwas Konkretes in der Hand?«

Verschüchtert schüttelte er den Kopf.

»Und da dachten Sie, man könne die Damen ja einfach mal im Büro der Weiblichen Polizei deponieren und wir kümmern uns dann um alles Weitere?«

Ida wartete die Antwort nicht ab. Schwungvoll schritt sie Richtung Tür, drehte sich dann noch einmal um, aber nicht zu Meyerlich, sondern zu seinem Freund, der sich inzwischen erhoben hatte und mit einer Mischung aus Amüsement und Arroganz auf sie herabsah.

»Haben Sie auch eine Meinung dazu?«, fragte sie.

Er blinzelte, griff in seine Anzugtasche und zog eine Brille heraus. Hinter den Gläsern erschienen seine Augen groß, dunkel und warm.

»Ich bilde mir grundsätzlich keine Meinung, wenn ich nicht weiß, worum es geht«, sagte er schließlich.

»Nur gibt ein Mann nie zu, etwas nicht zu wissen«, bemerkte Ida trocken.

Er lachte laut auf, was Ida wiederum so überraschte, dass ihr nichts mehr dazu einfiel. Wortlos schüttelte sie den Kopf und stürmte aus dem Zimmer. Seltsamer Zeitgenosse, dachte sie, während sie aufs Neue die Kellerstufen hinabpolterte.

Brasch saß an ihrem Schreibtisch und sah aus, als wünsche sie sich sehnlichst ein Schlupfloch herbei, in dem sie verschwinden konnte.

»Sie wurden kurz vor Steinwerder aus der Elbe gezogen. Das hat uns garantiert Hildesund eingebrockt«, sagte Ida, nachdem sie sich neben sie gestellt hatte.

»Ich habe nach Decken geguckt«, murmelte Brasch mit einem hilflosen Blick, »aber keine gefunden. Sie frieren, die Ärmsten.«

Ida nickte. Es war zwar stickig im Kellerraum, aber nicht

wirklich warm. Und was nutzte das bisschen Wärme, wenn einem das Wasser nur so aus den Kleidern troff? Feuchtigkeit schien sich wie eine Wolke über die Frauen zu legen, und Ida war nur deswegen nicht kalt, weil sie treppauf und gleich wieder treppab gestürmt war.

Eine jüngere Frau zog Idas Aufmerksamkeit auf sich. Sie sah aus, als versuche sie, sich in der Wand, an der sie mit hochgezogenen Schultern lehnte, zu verkriechen. Ihr Gesicht, das zur Hälfte hinter einem Vorhang aus schmutzig blondem Haar verborgen lag, war schmal und blass, die hellbraunen Augen blickten traurig und matt, als hätten sie das Strahlen seit Langem verlernt. Sie trug eine schlaff über ihre mageren Schultern hängende Strickjacke aus verblichener schwarzer Wolle, die an mehreren Stellen Löcher aufwies. Etwas an der Art, wie die junge Frau die Finger ängstlich ineinander verkrampfte und an ihren Nägeln rieb, kam ihr seltsam vor. Sicher war es unangenehm, auf eine Wache geschleppt zu werden, doch die anderen Frauen wirkten, als gehöre das längst zu ihrem Alltag.

»Als Erstes nehmen wir Ihre Namen auf«, entschied sie, nachdem sie sich von dem Anblick losgerissen hatte, und nickte Brasch zu, die immer noch keine Anstalten machte, sich zu rühren. »Und dann erzählen Sie uns, wieso man Sie auf der Elbe aufgegriffen hat, meine Damen. Wer hat seine Kennkarte bei sich? Das würde die Angelegenheit beschleunigen.«

Schweigen war die Antwort. Eine der Frauen, die eine weit ausgeschnittene grüne Bluse trug und deren rote Haare um das herzförmige Gesicht wallten, stemmte die Hände in die Hüften und starrte Ida mit wachsendem Trotz an. »Ich kenn die Davidwache jetzt seit sieben Jahren. Sieben Jahre, in denen ich hier ständig rumhocken muss. Nich, weil ich Lust drauf hab, sondern weils den Schupos gefällt. Aber jetzt mal Butter bei die Fische: Ich hab nix getan außer n büschen durch die Gegend schippern. Meine Freundinnen und ich, wir ham Schnäpsken getrunken, das wird uns an nem hübschen Frühlingstag wie heude ja wohl keiner nehmen, nech? Als Hamburger Deern fährt man aufs Wasser, wär ja noch schöner, wenn einem das einer verbieten täte.«

»Es ist aber verboten«, sagte Ida. »Außerdem haben wir Schietwetter. Und wenn Sie denken, dass Sie mir jetzt, da kein männlicher Wachtmeister mehr hier ist, auf der Nase rumtanzen können, irren Sie sich gewaltig.«

»Ach«, sagte die Rothaarige leise, aber doch laut genug für Idas Ohren, »Sie sind gar kein Mann?«

Strafend sah Ida sie an, erwiderte aber nichts.

»Ich frier mir hier den Mors ab!« Die Dame, die das gerufen hatte, sah alt und abgekämpft aus. »Und keine von uns kann es sich leisten, mit Fieber im Bett zu liegen. Lassen Sie uns gehen. Wir kommen zurück, wenn wir uns umgezogen haben.«

Unterdrücktes Gelächter begleitete ihre Worte.

»Das kann ich aber erst, wenn Sie uns gesagt haben, was wir wissen müssen. Name, Wohnort. Sehen Sie, was auch immer Sie auf dem Wasser vorhatten...«

»Gar nix hatten wir vor!«

»Wie auch immer. Ich kann für alles Verständnis aufbringen«, unterbrach Ida sie und sah sie durchdringend an. »Aber nur, wenn Sie kooperieren.«

»Da sind ja die Schupos netter«, murrte die Frau mit der

grünen Bluse. »Die rücken wenigstens mal nen Zug von ihrer Kippe raus.«

»Sie wollen eine Zigarette?«

»Pff. Was is denn das für eine Frage?«

Ida lächelte sie an, und die Frau lächelte wie aus Versehen kurz zurück, bevor sie die Lippen wieder aufeinanderpresste. Es war doch interessant, dass die Leute ein Lächeln immer erwidern wollten, selbst wenn sie es gar nicht für angebracht hielten. Ida bahnte sich den Weg von Heides Schreibtisch zum Schrank. Je näher sie den Frauen kam, desto intensiver wurde der Geruch nach Alkohol und billigem Parfum. Mittlerweile hatte sie Übung darin, die Schranktür auf eine Weise zu öffnen, die niemandem gefährlich wurde. Sie zog ihren Mantel hervor, dessen schwarz eingefärbte Seide im Innern von einem herrenlosen Fallschirm stammte, den sie bei der Kniepsandbucht auf Amrum gefunden hatte. Sie hatte aus dem weichen Stoff ein Futter für ihren Mantel und unterhalb der linken Armbeuge eine Innentasche eingenäht. Der Mantel selbst stammte noch aus der Jugendzeit ihrer Mutter und war dementsprechend klein – Sophie Rabe reichte ihrer Tochter nur bis zur Schulter. Warm jedoch war er und bot mit der Innentasche ein gutes Versteck, aus dem sie mithilfe eines Bleistifts eine Zigarette herausfummelte. Ein Drittel ihrer Tagesration.

»Chesterfield«, sagte sie. Ein hungriges Leuchten breitete sich auf den Gesichtern aus. Die amerikanischen Zigaretten betäubten das Hungergefühl um Längen besser als die deutschen, das war allgemein bekannt.

»Fräulein Rabe!«, sagte Brasch in drängendem Ton. »Das kann nicht Ihr Ernst sein.«

»Erst schnacken«, sagte Ida, die ihre Kollegin geflissentlich ignorierte, an die Dame gewandt, die nach der Zigarette greifen wollte, »dann schmöken.«

»Eine für uns alle?«, erkundigte sich sichtlich enttäuscht die Rothaarige.

»Mehr gibt es nicht. Entweder Sie nehmen das Geschenk oder lassen es.«

Die Frau seufzte, trat vor und zuckte mit den Schultern.

»Philippa. Philippa Nold.«

»Wohnhaft wo?«

»Hopfenstraße sieben.«

Ida nickte und wandte sich an die Nächste. Brasch warf ihr einen skeptischen Blick zu, zückte jedoch ihr Merkbuch und begann ebenfalls Namen und Adressen der Frauen aufzunehmen.

»Ihr Name?«, fragte Ida, nachdem sie den halben Raum abgeklappert hatte. Sie war bei dem Mädchen mit dem bekümmerten Gesicht angelangt, das sie mit leerem Blick anstarrte und sich immer noch mit dem Rücken an die Wand drückte. Zu viel Schnaps? Oder hatte sie etwas anderes genommen? Manche Soldaten hatten aus dem Krieg nicht nur Wunden mitgebracht, zerstörte Träume und eine sich über alles legende Trauer, sondern auch Pervitin. Die Leute nannten die Tabletten Panzerschokolade – sie bekämpften den Hunger noch besser als amerikanischer Tabak. Aber das Zeug war auch gefährlich. Wer zu viel davon schluckte, war aufgekratzt und redete viel und schnell. So sah die junge Frau wirklich nicht aus. Sie biss sich fest auf die Unterlippe, sodass ein kleiner Blutstropfen zu sehen war. Unter ihren Augen leuchteten Ringe der Müdigkeit und Erschöpfung. Auch ihr Haar wirkte nicht wie das einer gesunden jungen Frau, glanzlos und struppig fiel es ihr über die schmalen Schultern.

»Können Sie sie nicht in Ruhe lassen?«, mischte sich die Rothaarige ein. Ihre Stimme klang besorgt. »Sie heißt Charlotte.« Das Mädchen schien noch mehr in sich zusammenzuschrumpfen und verschwand fast in ihrem Kleid unter der Strickjacke, das bestimmt drei Nummern zu groß war. Um den Hals trug sie einen Wollschal, der für einen Maitag eigentlich zu warm war, selbst wenn das Thermometer kaum über zehn Grad kletterte. Er war klatschnass und verströmte einen durchdringenden Geruch nach nassem Schaf.

»Würden Sie mir bitte Ihren Nachnamen nennen?«, fragte Ida freundlich.

»Wendler«, kam es kaum hörbar zurück.

»Charlotte Wendler«, wiederholte Ida, während sie den Namen in ihr Merkbuch notierte.

Naserümpfend starrte eine der Frauen auf das Gewirr an seltsamen Zeichen, das sich schon darin befand.

»Was ist das denn? Schreiben Sie auf Chinesisch?«

»Ich stenografiere. Das geht schneller. Und hat den Vorteil, dass kaum jemand außer mir lesen kann, was ich geschrieben habe.«

Dröhnend lachte die Frau auf, was Fräulein Wendler zusammenfahren ließ. In Idas Kopf begann sich ein Gedanke zu formen. Aber vielleicht sah sie Zusammenhänge, die gar nicht da waren? Sie klappte ihr Merkbuch zu und reichte der jungen Frau die Zigarette. Als Charlotte Wendler danach griff, sah Ida deutlich die eingerissenen Fingernägel, von denen manche blutverkrustet waren. Über die linke Handfläche verlief ein dunkelroter Striemen.

»Haben Sie Feuer, Fräulein Wendler?«

Die junge Frau nickte und begann ihre Taschen abzusuchen. Ida entging nicht, dass sich ihr Gesicht schmerzhaft verzog, als sie dabei ihren Hüftknochen berührte.

»Ach, warten Sie, ich habe selbst eins.«

Ida zog ein Streichholzbriefchen heraus und riss ein Zündholz an. Sie hatte gehofft, einen Blick auf Fräulein Wendlers Hals erhaschen zu können, als diese sich vorbeugte, wurde jedoch enttäuscht. Der klatschnasse Wollschal saß zu eng.

»Können Sie kurz mitkommen?«, sagte sie aus einem Impuls heraus. Hier würde sie sie nicht dazu bringen, etwas preiszugeben, aber vielleicht, wenn sie mit ihr allein war. Ängstlich sah die junge Frau sie an, doch Ida insistierte, auch wenn sie Fräulein Wendler eigentlich lieber in Ruhe gelassen hätte.

»Und was ist mit der Kippe?«, ließ eine der Damen verärgert hören.

»Die kriegen Sie gleich. Bitte kommen Sie.«

Da drängte sich Philippa Nold an Charlotte Wendler vorbei an Idas Seite.

»Eine Zigarette nur für mich«, flüsterte sie Ida zu, »und ich erzähl Ihnen, was Sie wissen wollen.«

Ida runzelte die Stirn. Woher wollte Philippa Nold wissen, auf welche Informationen sie aus war? Auf der anderen Seite war sie froh über jede, die den Mund aufmachte, andernfalls würden sie wohl die kommenden Tage hier verbringen.

Ida ließ Fräulein Wendler in Heide Braschs Obhut und trat mit Fräulein Nold vor die Tür des Kellerbüros, wo die Frau sofort die Hand ausstreckte.

Ida zog die Augenbrauen hoch. »Erst reden. Dann die Zigarette.«

Genervt stöhnte Philippa Nold auf und blickte Ida herausfordernd an. »Geben Sie mir Ihr Wort?«

Mit der Schulter lehnte sich Ida gegen die kühle Flurwand und verschränkte die Arme. »Klar.«

»Gut. Ich will nach Hause. Machen wir es also kurz: Wir wollten schwimmen gehen. Bei den Werften. Jetzt wissen Sie's. Und nu lassen Sie die Lütte in Ruhe, klar?«

Ida sah sie milde lächelnd an. »Eben hieß es noch, Sie wollten nur eine Bootsfahrt machen, wie es Hamburger Deerns eben so machen. Mit Schnäpsken, wenn ich mich nicht irre.«

Philippa Nold kniff die Lippen zusammen.

»Ich habe einen Verdacht«, sagte Ida und ärgerte sich, dass sie auf den Handel eingegangen war. Aus Charlotte Wendler hätte sie bestimmt mehr herausbekommen. »Wenn Sie mir die Wahrheit sagen, wird der vielleicht bestätigt. Das würde nicht nur mein Leben, sondern auch Ihres erleichtern. Denn dann kommen wir alle schneller nach Hause. Sie wollten sich mit der Besatzung der HMS *Royal Edgar* treffen, stimmt's?«

Philippa Nold kniff die Lippen noch fester zusammen, bis sie nur noch ein Strich auf dem trotzig verzogenen Gesicht waren.

»Versuchen Sie nicht, mich für dumm zu verkaufen. Ich habe recht, oder?«

Fräulein Nold sagte nichts. Weder schüttelte sie den Kopf, noch nickte sie.

Ida stieß sich von der Wand ab und machte Anstalten, zurück ins Büro zu gehen. »Gut. Dann unterhalte ich mich einfach ausführlich mit Fräulein Wendler, wenn Ihnen das lieber ist.«

Nolds linkes Augenlid zuckte. Es sah aus, als versuche sie krampfhaft, nicht die leiseste Reaktion zu zeigen.

»Auch wenn mich natürlich brennend interessiert«, sprach Ida leise weiter, »wieso Sie Fräulein Wendler schützen wollen.«

Unschlüssig sah Philippa Nold sie an, dann senkte sie den Blick. »Vielleicht sind wir Freundinnen, und als Freundinnen kümmert man sich halt umeinander.«

»Ihre Freundschaft geht mich nichts an«, sagte Ida und ließ ihre Worte einen Augenblick lang wirken. Fräulein Nold sollte nicht denken, dass ein Gespräch mit ihr einfacher war als mit einem männlichen Schutzpolizisten. »Aber es geht mich etwas an, falls Fräulein Wendler Opfer einer Straftat wurde. Sie wirkt, als hätte ihr jemand Gewalt angetan. Oder täusche ich mich?«

Philippa Nold schwieg immer noch mit gesenktem Blick.

»Hat jemand dem Mädchen etwas getan, Fräulein Nold?« Ida fiel es immer schwerer, ihre Frustration im Zaum zu halten. »Fräulein Nold, sagen Sie es mir, oder ich gehe wieder rein und hole mir die Information von Fräulein Wendler selbst.«

»Ja, verdammt. Wurde ihr. Reicht das?«

»Wo? Und wann? Wurde ihr dabei auch etwas gestohlen?«

»Also ...« Philippa Nold klappte plötzlich den Mund zu und senkte erschrocken den Blick.

»Guten Morgen«, erklang Miss Watsons strenge Stimme hinter Ida.

Ida fuhr herum und grüßte militärisch. Mit gerunzelter Stirn blickte ihre Vorgesetzte von ihr zu Philippa Nold. Dann öffnete sie die Bürotür, sah hinein und ließ sie wieder zufallen, ohne eine Miene zu verziehen. Falls sie die Horde durchnässter Frauen erstaunte, die das Kellerbüro füllte, ließ sie es sich nicht anmerken.

An Ida gewandt, fragte sie: »Ich höre?«

Ida schluckte. »Die Damen wurden auf der Elbe aufgegriffen.«

»Mit Hehlerware?«

»Nein, Ma'am.«

»Sonstige Hinweise auf ein Vergehen?«

Ida stieß die Tür erneut auf und forderte Fräulein Nold auf hineinzugehen. Als diese protestierte, fügte sie leise hinzu: »Sie bekommen Ihre Zigarette. Ich halte meine Versprechen.«

Mit Miss Watson allein, sagte sie: »Die Frauen waren zur Besatzung der *HMS Royal Edgar* unterwegs.«

Immer noch zeigte Miss Watsons Miene keinerlei Regung. »Um was zu tun?«

»Um mit den britischen Soldaten anzubandeln. Gegen Geld. Ich habe gehört, dass das häufiger vorkommt.«

Hörbar atmete Miss Watson ein. Dann wieder aus.

»Vor Steinwerder gibt es einen Treffpunkt, der sich herumgesprochen hat«, fügte Ida hinzu. Es überraschte sie, dass Miss Watson davon offenbar noch nie gehört hatte. Diese Bootstouren zur Insel in der Norderelbe gab es nicht selten. Längst wussten alle im Umfeld der Reeperbahn, dass die Soldaten zwar unter strenger Aufsicht ihrer Vorgesetzten standen, aber kreativ geworden waren, wenn es darum ging, sich ein bisschen Spaß zu gönnen. »Bei den Werften nahe dem Arning-Kai.«

Miss Watsons Nasenflügel blähten sich. Ida wappnete sich gegen einen Wutausbruch ihrer Vorgesetzten. Ganz eindeutig lag es nicht im Interesse der britischen Besatzer, dass solche Vorfälle dokumentiert wurden. Aber was hätte sie tun sollen? Polizeimeister Hildesund wäre Brasch und ihr aufs Dach gestiegen, hätten sie die Frauen einfach nach Hause geschickt. Allerdings verkomplizierte Miss Watsons Besuch die Angelegenheit, von der Ida gehofft hatte, dass sie im normalen Tagesgeschehen einfach untergehen würde.

»Wir könnten auf weitere Nachforschungen natürlich auch verzichten«, versuchte sie ihr Glück. Die Vorstellung, die durchnässten Damen dem Gesundheitsamt zu übergeben, das festgenommene Prostituierte auf Syphilis untersuchen ließ, gefiel ihr gar nicht. Das Prozedere sollte natürlich zur Abschreckung dienen, auf der anderen Seite aber war es ein so hilfloser wie heuchlerischer Versuch, den Geschlechtskrankheiten innerhalb der britischen Truppen entgegenzuwirken, die – o Wunder – scheinbar nie von Männern übertragen wurden.

Ob Miss Watson ein Auge zudrücken würde?

»Schließlich wurden sie nicht in flagranti ertappt«, redete Ida weiter, da sich in Miss Watsons Gesicht keine Regung zeigte. »Niemand kann beweisen, dass sie zum Zweck der Prostitution nach Steinwerder unterwegs waren. Und bedenken Sie, wie viel Zeit und Mühe darauf verwendet wird, die Marinesoldaten von der Herbertstraße fernzuhalten.«

Und zwar mit einem kaum übersehbaren Schild, das am Eingang der berüchtigten Gasse prangte: *Out of Bounds*, stand dort in riesigen Lettern, *to all Ranks of H. M. Forces.*

»Außerdem kann man den Frauen keinen Vorwurf machen. Sie verdienen ihr Geld mit ehrlicher Arbeit, nicht wahr, so wie wir es tun, und ...«

Bei ihren letzten Worten war Miss Watson zusammengezuckt, und Ida ahnte, dass sie sich in der Wortwahl gründlich vergriffen hatte.

»Was ich meinte, war ...«

»Ja, was meinten Sie, Fräulein Rabe?«, bellte Miss Watson.

Rasch schloss Ida den Mund.

»In dieser Hinsicht darf man keine Milde walten lassen«, kommandierte Miss Watson streng. »Die Identität der Frauen gehört festgestellt, die Soldaten befragt. Stellt sich heraus, dass die Damen tatsächlich zu einem Stelldichein mit den Matrosen unterwegs waren, wird es Disziplinarmaßnahmen geben. Das ist unangenehm, wie ich zugeben muss. Aber es ist, wie es ist.«

Idas Versuch, dagegen etwas einzuwenden, deckelte Superintendent Watson, indem sie zischte: »Ich habe Ihnen eine Order gegeben.«

»Ja, Ma'am.« Wütend gestand sich Ida ein, dass sie ihre Vorgesetzte falsch eingeschätzt hatte. Miss Watson schien nur das eine Maß zu kennen: Auf Fehlverhalten folgte eine Strafe, ganz egal, wer sich schuldig gemacht hatte.

Das war nur gerecht. Aber in diesem Fall hätte es sich Ida anders gewünscht.

Ihren Plan, den Frauen beim Hinausbegleiten ihre letzte Zigarette in die Hand zu drücken und sämtliche Namen und Adressen augenblicklich wieder zu vergessen, konnte sie sich also abschminken.

»Eine der Frauen wurde vergewaltigt«, sagte Ida schnell, um zu verhindern, dass Miss Watson wie eine Furie ins Büro stürmte. Die arme Charlotte Wendler würde in sich zusammenfallen, falls sich Miss Watson ausgerechnet sie für eine Befragung herauspickte.

»Von einem Soldaten?«, knurrte Miss Watson.

»Nein. Zumindest soweit ich weiß, obwohl wir es natürlich nicht zweifelsfrei ausschließen können. Aber ...«, Ida benötigte eine Sekunde, um sich zu sammeln. Miss Watsons bohrender Blick ließ ihr den Schweiß ausbrechen. »Ich habe gehört, dass ein Serientäter umgeht. Die Frauen, die überfallen werden, sprechen nicht darüber, jedenfalls nicht mit der Polizei. Ein paar haben immerhin Anzeige erstattet, weil ihnen Wertgegenstände geraubt wurden, die sie im Umland eintauschen wollten; was sonst geschah, bleibt jedoch ihr Geheimnis.«

»Und woher wissen Sie das alles? Wo hören Sie diese Sachen, die mir, mit Verlaub, noch nicht zu Ohren gekommen sind?«

Ida räusperte sich. »Von einer Person, die mit den Menschen dieser Stadt sehr vertraut ist.« Würde ihr Miss Watson jetzt den Kopf abreißen? Oder sie zwingen, Marlises Namen preiszugeben? Ida würde eher ihren Dienst quittieren, als das zu tun. Nicht aus Solidarität oder Zuneigung der Bunkerkönigin gegenüber. Sondern aus Angst davor, was Marlise mit ihr anstellen würde, wenn sie sie zwischen die Finger bekäme.

»Und Sie vertrauen dieser *Person*?«

Widerstrebend nickte Ida. »Ja.« Auf gewisse Weise, dachte sie. Auf andere ganz und gar nicht.

Nachdenklich sah Miss Watson sie an. »Was gibt es noch?«

In Idas Kopf überschlugen sich die Fragen. Sollte sie auch von Hanne Kischkat erzählen und von Meyerlichs Notizen? Miss Watson schien an der Wahrheit ehrlich interessiert. Sie konnte es wagen, beschloss Ida.

In knappen Worten berichtete sie ihrer Vorgesetzten vom

Anzeigen-Buch, den Überfällen und Meyerlichs Beobachtungen und bemühte sich dabei um eine möglichst exakte Darstellung der Ereignisse. »Und da Polizeimeisteranwärter Meyerlich nicht dazu kam, dem weiter nachzugehen, habe ich das übernommen. Ich habe einer der Damen, die er als verängstigt beschrieb, einen Besuch abgestattet. Sie hat mir berichtet, ihr sei bei einem Überfall in Vierlande ein Armkettchen gestohlen worden, zuvor jedoch habe der Mann, dessen Gesicht sie nicht hat sehen können, sie brutal überfallen. Keine zwei Minuten später hat sie ihre Aussage widerrufen, was ich allerdings…«

Miss Watson fuhr dazwischen. »Ihnen ist bewusst, dass Sie der Weiblichen Polizei angehören, Fräulein Rabe?«

»Ja, Miss Watson.«

»Sie wissen also, was zu Ihren Aufgaben gehört – und was nicht?«

Ida senkte den Blick. »Das weiß ich, ja.«

Superintendent Ann Watson massierte sich die Nasenwurzel. Dann kniff sie die Augen zusammen. »Sie sind nicht hier, um Verbrechen aufzuklären. Sie sind für die Schwachen der Gesellschaft zuständig. Die Kinder, Frauen.«

Ida war enttäuscht, musste aber gleichzeitig an sich halten, nicht wütend zu protestieren. Die Schwachen – Frauen? Kinder? Hatte sich Miss Watson nach dem Krieg mal genauer umgesehen? Im ganzen Land waren es diese vermeintlich Schwachen, die Schutt schleppten, die die Männer, die ohne Beine von der Front zurückgekehrt waren, aufpäppelten und ernährten. Die Kinder wurden in der Zwischenzeit ohne Hilfe groß. Und sie alle schlugen sich tapfer.

»Sie halten sich an das, was ich und Polizeimeister Hildesund von Ihnen fordern. Für Ermittlungen bei Sittlichkeitsdelikten ist die Kriminalpolizei zuständig. Schicken Sie die Frauen dorthin. Verstanden?«

»Natürlich, Ma'am.«

Mit hundertprozentiger Sicherheit würde sie das nicht tun. Sie glaubte Marlises Worten. Außerdem hatte sie selbst schon von Befragungen der Kriminalpolizei gehört, bei denen eine vergewaltigte Frau mit einem Fingerschnipsen vom Opfer zur Täterin gemacht wurde. Notzucht? Nun ja, aber sie hatte den Mann doch mit Sicherheit provoziert...

Seufzend schluckte Ida ihren Groll hinunter. Jetzt galt es, zumindest Fräulein Wendler vor dem Schicksal zu bewahren, Miss Watson Rede und Antwort zu stehen.

»Die junge Frau da drin«, sie nickte zur Bürotür, »ist nervlich völlig am Ende. Wir sollten sie nicht noch länger quälen. Können wir zumindest sie gehen lassen? Ihren Namen habe ich notiert.«

Ihrer Vorgesetzten war deutlich anzusehen, dass sie hin- und hergerissen war. Ida beneidete sie nicht darum, in dieser Angelegenheit Entscheidungen treffen zu müssen. Und vor allem nicht darum, sich die Besatzung der *HMS Royal Edgar* vorknöpfen zu müssen. Wer auch immer oberhalb von Miss Watson stand, würde darüber nicht glücklich sein.

»Ist sie verletzt?«

Ida nickte. »Blaue Flecken. Einen Striemen auf der Hand. Mehr konnte ich nicht erkennen.«

»War sie bei einem Arzt?«

»Das weiß ich nicht. Aber ich glaube nicht, dass sie sich einen leisten kann.«

Miss Watson nickte knapp. »Ihre Kollegin wird sich um die anderen Damen kümmern. Sie sprechen mit Fräulein...«

»Wendler«, sagte Ida. Erleichterung wallte in ihr auf.

»Und Fräulein Rabe?«

»Ja?«

»Sie halten sich an das, was Sie in Ihrer Ausbildung gelernt haben. Sie sind Schutzpolizistin. Kein Mitglied der Kriminalpolizei. Verstehen wir uns?«

»Natürlich, Miss Watson.«

Ihre Vorgesetzte nickte knapp und öffnete die Tür zum Büro, wodurch ihnen sofort ein Schwall wirr durcheinandersprechender Frauenstimmen entgegenschlug. Mit einem Mal fühlte sich Ida unglaublich müde. Der Schlafmangel und vor allem der Hunger machten sie schwindelig, und in ihrer Schläfe begann ein dumpfer Schmerz zu pochen. Sie hatte heute Morgen nicht einmal etwas getrunken. Dann der Schwarze Markt. Hanne Kischkat. Die Frauen. Charlotte Wendler… Anstatt ihrer Vorgesetzten ins Büro zu folgen, lehnte sich Ida gegen die kühle Wand. Es war, als würde ein bleiernes Gewicht ihre Augenlider nach unten ziehen…

*

Als die Schlieren vor ihren Augen verschwanden und sie wieder klar sehen konnte, stand die Bürotür weit offen.

»Sie dürfen gehen«, hörte sie Miss Watson sagen. »Kollegin Brasch hat Ihre Adressen. Sie werden von uns hören.«

Wie lang war sie weggedämmert?

»Wer heißt Wendler? Sie bleiben.«

Eine dünne, ängstliche Stimme sagte etwas.

»Nein«, antwortete Miss Watson. »Meine Kollegin kommt gleich zu Ihnen.«

Als Philippa Nold an ihr vorbeiging, starrte sie Ida empört an. Ida nickte zum Zeichen, dass sie sich – wann auch immer – an ihre Abmachung halten würde. Hinter dem Tross durchfeuchteter Frauen schritt erst Heide Brasch, dicht gefolgt von Miss Watson, die Treppe hinauf.

Ida stieß sich von der Wand ab, als sie erneut Schritte auf den Stufen hörte. Der hünenhafte Mann, der durch sein Gewicht Meyerlichs Schreibtisch malträtiert hatte, stieß sich an der Decke beinahe den Kopf.

»Ha«, sagte er und lächelte freundlich. »Die Dame, die sich von niemandem etwas vormachen lässt.«

»Halten Sie mich für vorlaut?« Irgendetwas an diesem Mann brachte sie aus der Fassung. Vielleicht seine Art, sie anzusehen: als sei er milde überrascht über ihre Anwesenheit. Dabei war hier doch die Frage, was ein Anzugträger wie er auf einer Polizeiwache zu suchen hatte.

»Ein bisschen«, gab er zu. »Ares Konstantinos, es ist mir eine Ehre.«

»Rabe«, brummte sie.

Mit einer großmütigen Geste, als würde es sich um sein Büro handeln und nicht etwa ihres, deutete er zur Tür. »Wollen wir eintreten?«

Sie schenkte ihm ein äußerst sparsames Lächeln. Was in aller Welt hatte der Kerl hier zu suchen?

»Doktor Konstantinos ist Arzt«, erklang Miss Watsons Stimme vom oberen Absatz der Kellertreppe. »Nun, so etwas in der Art jedenfalls. Er wird Sie bei der Befragung unterstützen.«

Das ging Ida nun wirklich gegen den Strich. Das arme Mädchen. Eine ihr unbekannte Frau und ein Mann, die versuchten, ihr die Wahrheit aus der Nase zu ziehen. Noch dazu so ein arroganter Kerl, der sich gerne über die Gefühle anderer amüsierte!

Im Büro wartete eine sichtlich beunruhigte Charlotte Wendler immer noch mit dem Rücken an die Wand gepresst. Ida stellte Doktor Konstantinos vor, wiederholte auch ihren Namen und sagte: »Sie müssen sich keine Sorgen machen, Fräulein Wendler. Wir ermitteln nicht gegen Sie.«

»Aber was wollen Sie dann von mir?« Die junge Frau klang, als sei sie den Tränen nahe.

»Ich möchte herausfinden, was passiert ist.«

Die junge Frau senkte den Blick und rieb mit dem Finger so fest über ihre Lippe, dass sie erneut zu bluten begann.

Ida hatte schon den Mund geöffnet, um die nächste Frage zu stellen, da machte Doktor Konstantinos einen Schritt auf Charlotte zu.

»Fräulein Wendler, dürfte ich Ihren Schal haben?«, fragte er freundlich.

Konsterniert sah Ida, wie die verschreckte junge Frau erst zögerte, dann aber folgsam an dem gestrickten Etwas zu zupfen begann. So leise wie möglich tat Ida einen Schritt zurück und lehnte sich an die Wand. Sie hatte das Gefühl, dass Fräulein Wendler dem Arzt intuitiv vertraute.

Selbst im Schummerlicht der herabhängenden Glühbirne zeichneten sich deutlich die Abdrücke auf Charlotte Wendlers heller Haut ab. Sie waren von einem tiefen Violettton. Das konnte nur bedeuten, dass sie ihr erst vor Kurzem zugefügt wurden, andernfalls hätten sie sich bereits grün verfärbt.

»Wer hat Ihnen das angetan?«, fragte Konstantinos sanft.

Das Mädchen schluckte, sagte aber nichts darauf.
»Haben Sie noch mehr Verletzungen?«
Charlotte Wendler schniefte leise.

»Darf ich?«, fragte der Arzt, und nachdem sie zögerlich genickt hatte, trat er einen Schritt näher an sie heran. Er berührte Charlotte nur wenig, stellte Ida fest, zupfte hier ein wenig am Kragen der Bluse, dort am Bund. Dabei redete er am laufenden Band. Ein beruhigender Strom an Worten im Plauderton, der Fräulein Wendler sichtlich entspannte. Er schwatzte über die Nachrichten, darüber, dass für die kommende Woche Hungerdemonstrationen angekündigt worden waren, was er gut nachvollziehen könne, auch wenn er selbst, dank griechischer Verwandtschaft, mehr als genug in Tomatensoße eingelegte Elefantenbohnen hatte.

»Es ist kaum zu glauben«, sagte er vergnügt, während er behutsam Charlotte Wendlers Schlüsselbein abtastete, »aber selbst in diesen Zeiten kann man einer Speise überdrüssig werden. Mögen Sie eingelegte Bohnen?«

Ein zittriges Lächeln glitt über Charlotte Wendlers Gesicht.
»Nicht so gern, nein.«

»Da bin ich sehr erleichtert. Vielleicht könnten Sie meiner Tante einen Brief schreiben. Sie will nicht einsehen, dass ich über die Bohnen nur deswegen froh bin, weil ich sie verschenken kann. Aber – und Sie dürfen mich gerne selbstsüchtig nennen – wenn ich Geburtstag habe, würde ich mich über Essen freuen, das ich auch essen möchte. Weinblätter oder Feta oder Oliven, aber auch gern Reis. Oder Schokolade.« Er seufzte. »Wein, ach ja, Wein. Ouzo, das sagt Ihnen sicher nichts, aber er schmeckt sehr gut. Und macht rasch betrunken, man muss vorsichtig mit dem Zeug sein.« Mittlerweile sah er sich Charlotte Wendlers Schulterblätter an und schob ein Stücken Stoff beiseite. »Was war Ihre Lieblingsspeise als Kind?«

»Süßes Sauerkraut.«

»Das kenne ich nicht.«

»Sie sind nicht in Deutschland aufgewachsen?«, flüsterte Fräulein Wendler.

Unfassbar, wie es dem Arzt gelungen war, Charlotte die Angst zu nehmen, sodass sie nun sogar selbst Fragen stellte, dachte Ida. Doch auch sie musste zugeben, dass seine ruhige, gewissenhafte Art angenehm war.

»Schon«, gab er zurück. »Aber in einer griechischen Enklave. Ich habe zwar Deutsch sprechen und verstehen gelernt, mit den Deutschen selbst hatte meine Familie aber nie viel zu tun. Und vor allem nicht mit deutschem Essen. Meine Mutter und meine Tanten sind seit jeher der Meinung, dass man nur gut kochen kann, wenn man von Olivenbäumen und Meer umgeben ist. Verzeihen Sie meine Ehrlichkeit. Aber so kommt es, dass sie mir immer noch etwas fremd sind, Ihre Landsleute«, sagte er. Dann bat er Fräulein Wendler, den Rock etwas anzuheben. »Wenn es für Sie in Ordnung wäre. Ich verstehe, dass das nicht einfach ist.«

»Es geht schon«, murmelte Fräulein Wendler. Schützend schlang sie den linken Arm um sich, während sie mit der rechten Hand das schlichte braune Kleid raffte, dessen Saum ausgefranst und schmutzig war. Doktor Konstantinos ging geschmeidig in die Knie und beugte sich ein wenig vor. Während er Charlotte Wendlers malträtierte Beine untersuchte, deren Schwellungen und Hämatome kaum zu übersehen waren, erzählte er ihr von König Konstantin. »Sie werden es nicht für möglich halten, aber ich bin nicht mit ihm verwandt. Ich habe es selbst lange Zeit nicht geglaubt. Als Junge war ich mir sicher, dass meine Eltern sich irrten. Wieso sonst würden wir so heißen? Der König hatte allerdings nicht immer ein glückliches Händchen, vor allem nicht in der Außenpolitik.« Der Arzt lächelte in sich hinein, und Ida fragte sich, ob er beide Dinge wirklich so trennen konnte: den malträtierten Körper der jungen Frau, den er gerade untersuchte, und seine Kindheitserinnerungen. Und wenn er wirklich in der Lage dazu war, was machte das aus ihm? Einen kaltherzigen oder einen besonders fähigen Arzt? »Könnten Sie die Beine ein wenig auseinandernehmen, ein winziges Stück nur? Danke. Er hatte jedenfalls einen Sohn, und der wurde König. Als der starb, kehrte Konstantin auf den Thron zurück, an dem ich zu der Zeit übrigens kein Interesse mehr hatte. Ich wäre zu stolz gewesen, selbst wenn der gesamte Hofstaat nach Görlitz gereist wäre und mich auf Knien angefleht hätte, das Oberhaupt der Griechen zu werden.«

»Görlitz«, sagte Charlotte Wendler leise. »Da hat mein Urgroßvater gelebt. Er war Pastor dort.«

»Waren Sie selbst je dort?«

Die junge Frau schüttelte den Kopf. Konstantinos erhob sich behände. Charlotte Wendler ließ den Rock wieder herabfallen, sodass er ihre löchrigen Strümpfe verdeckte, und der Arzt bat sie, erst mit dem rechten, dann dem linken Arm eine vorsichtig kreisende Bewegung zu machen.

»Das geht?«

Fräulein Wendler nickte.

Ida schob sich von der Wand fort und trat auf sie zu. »Können Sie uns erzählen, was Ihnen passiert ist?«

Konstantinos räusperte sich, doch Ida beachtete ihn nicht.

»Alles, woran Sie sich erinnern, ist hilfreich für uns. Wo und wann Sie überfallen wurden und ob Ihnen etwas von dem Mann im Gedächtnis geblieben ist.«

»Ich weiß es aber doch nicht!«, stieß Charlotte Wendler aufgebracht aus. »Ich nehme immer den erstbesten Zug raus aus der Stadt, egal, wohin er fährt.« Sie begann zu weinen, eine Träne rollte über ihre rechte Wange, und mit einer zornigen Geste, die wirkte, als wollte sie sich ohrfeigen, wischte sie sie fort. »Der Mann... Er hat nichts gesagt. Ich konnte ihn nicht sehen.«

»Wieso nicht?«

Erneut räusperte sich der Arzt und trat auf Ida zu. Sie machte einen Schritt zur Seite, um Fräulein Wendler weiter im Blick zu haben.

»Weil er mich von hinten gepackt hat!«

Ida horchte auf. Auch Hanne Kischkat war rücklings überfallen worden.

»Wo war das, Fräulein Wendler?«, fragte sie in beschwörendem Ton.

»Ich... Es war...«

»Wo?«, fragte Ida lauter.

»Ich erinnere mich nicht!« Charlotte Wendler schrie nun fast. »Ich weiß bloß... Da war dieser Geruch. Süß und...«

»Nach Blumen? Waren Sie auf einer Wiese? War ein Hof in der Nähe, Häuser? Fräulein Wendler, bitte, versuchen Sie, sich zu erinnern!«

»An einem Feld! Einem Feld voller Blumen.« Die junge Frau zitterte nun am ganzen Körper.

»Das reicht!«, sagte Doktor Konstantinos und stellte sich

zwischen Ida und Charlotte Wendler. Wütend starrte sie auf seinen Rücken und die schwarzen Locken, die im Nacken auf den abgeschabten Kragen seines Jacketts hinabfielen. Die Nähte der Anzugjacke spannten bei jeder seiner Bewegungen. Was fiel ihm ein, sich in ihre Befragung einzumischen!

»Wir sind gleich mit allem fertig, Fräulein Wendler«, sagte er in besänftigendem Ton. »Nur dies noch: Wenn Sie einen Schritt nach rechts machen, so«, er machte ihr vor, was er meinte, und wirkte wie ein sehr großes Kind, das im Gymnastikunterricht kläglich scheiterte, »und dann nach links, genau. Schmerzt es?«

»Ja«, sagte Fräulein Wendler, die sich nur mit Mühe wieder fing.

Er nickte. »Gönnen Sie sich Ruhe. Keine Arbeit, geht das? Und wenn ich Ihnen drei Dosen Elefantenbohnen vorbeibringe, versprechen Sie mir dann, sich heute und morgen nicht auf die Suche nach was Essbarem zu machen, selbst wenn auch Sie eine andere Lieblingsspeise haben?«

Mit einem kleinen Lächeln nickte Charlotte Wendler.

»Meine Kollegin wird Sie hinausbegleiten.«

Seine *Kollegin*? Das wurde ja immer besser. Ida wollte protestieren, da drehte sich Doktor Konstantinos zu ihr um.

»Sie muss ins Krankenhaus«, sagte er so leise, dass Charlotte Wendler, die verloren zur Tür blickte, ihn nicht hörte. »Ich bin mir nicht sicher, aber es kann sein, dass sie innere Verletzungen hat. Und dieses Kellerbüro ist kaum der Ort für eine frauenärztliche Untersuchung, Sie verstehen mich?«

Ida nickte. Natürlich.

»Außerdem sollte man versuchen, noch vorhandene

Spermareste zu asservieren. Und einen Abstrich des Zervikalkanals machen. Können Sie sich das merken?«

Ida nickte erneut.

»Dann beeilen Sie sich.«

*

»Tun Sie so etwas immer für Ihre Patienten?«, fragte Ida den jungen Arzt eine gute Stunde später. Sie hatte Fräulein Wendler ins nahe gelegene Hafenkrankenhaus gebracht. Dort hatte die mürrische Schwester gebellt, dass kein Bett frei sei. Auf Idas Frage hin, ob sie eine polizeiliche Untersuchung verhindern wolle, hatte die Schwester schließlich klein beigegeben. Allerdings nur unter der Bedingung, dass Ida nicht im Flur herumlungerte und auf die Untersuchungsergebnisse wartete. Man werde sie dann telefonisch informieren, hatte die Schwester gebrummt.

Zurück in der Davidwache war Ida erschöpft die Kellertreppe hinuntergetrottet und hatte in der Erwartung, sich gleich mit Heide Brasch auseinandersetzen zu müssen, die Bürotür geöffnet. Doch statt ihrer Kollegin hatte sie Doktor Konstantinos vorgefunden. Mit übereinandergeschlagenen Beinen hatte er an ihrem Schreibtisch gesessen und nachdenklich die braune Wand angestarrt. Nun blickte er sie direkt an.

»Was tue ich denn?«, fragte der Arzt und rückte seine Brille zurecht.

»Ihnen Essbares vorbeibringen«, sagte Ida. »Oder war das nur ein leeres Versprechen?«

»Normalerweise essen meine Patienten nichts«, sagte er lakonisch. »Sie sind nämlich tot.«

Ida starrte ihn fassungslos an. Es dauerte ein paar Sekunden, bis der Groschen fiel: »Sie sind gar kein Arzt, sie sind Gerichtsmediziner!«

»Erlauben Sie mal! Ich habe genauso Medizin studiert wie jeder andere Arzt auch!«

»Entschuldigung«, rang sie sich ab. »Sie gehen also zweifelsfrei davon aus, dass Fräulein Wendler vergewaltigt worden ist?«

»Zweifelsfrei.«

»Können Sie mir etwas über die Verletzungen sagen? Ich habe die Hämatome gesehen, aber ...«

»Quetschungen an den Schenkeln. Würgemale am Hals, Abwehrverletzungen an den Händen und Unterarmen. Ich nehme an, sie ist zu Boden gestoßen worden, dann hat sich der Täter auf sie gesetzt, um sie zu fesseln.«

»Fesseln?«

Er nickte. »Striemen an den Handinnenflächen, den Handgelenken und an den Knöcheln.«

Ida wurde übel. Langsam nickte sie.

»Können Sie einschätzen, wie lange die Tat zurückliegt?«

»Das ist nicht ganz einfach«, gab er zu. »Angesichts der Farbe der Hämatome würde ich maximal zwei Tage schätzen. Aber da wird man Ihnen im Krankenhaus sicher mehr sagen können.« Nach einer kurzen Pause fügte er mehr zu sich selbst als zu Ida hinzu: »Wahrscheinlich war sie kurz ohnmächtig, ohne dass sie es gemerkt hat.« Seufzend erhob er sich aus Idas Schreibtischstuhl, der unter dem Gewicht jämmerlich ächzte. »Nun entschuldigen Sie mich bitte. Ich werde einen Bericht schreiben, auch wenn das eigentlich nicht zu meinen Aufgaben gehört.«

»Aber Fräulein Wendler Elefantenbohnen vorbeibringen, das gehört zu Ihren Aufgaben?«
Entrüstet sah er sie an. »Natürlich!«
»Kleine Freiheit Nummer zehn«, las sie aus ihren Notizen ab. »Ich komme mit. Wir treffen uns dort, heute Abend, sieben Uhr.«
Entgeistert sah er sie an, dann verließ der Gerichtsmediziner kopfschüttelnd den Raum.
Gleich darauf war ein Poltern zu hören, und Ida hastete in den Kellerflur, um zu sehen, was passiert war.
»Herr Konstantinos?«
Doch der Arzt war nicht gegen eine Wand gelaufen, wie sie vermutet hatte, vielmehr trampelte Johann Meyerlich mit großem Radau die Treppe herunter.
»Es gab einen Mord!«, rief der Polizeimeisteranwärter japsend. »Die Leiche ist übel zugerichtet auf nem Feldweg gefunden worden. Vierlande. Bei Neuengamme. Eine Frau, mehr ließ sich für den Kollegen nicht erkennen.«
Ida schluckte. Ihre Nackenhaare stellten sich auf, eines, schien ihr, um das andere.
»Wurde sie das Opfer einer Vergewaltigung?« Mit einem Mal spürte sie kaum noch ihre Lippen.
Meyerlich schien sie gar nicht zu hören. »Sie sollen kommen, Doktor. Gleich.«
Unruhig blickte sie Konstantinos hinterher, der schon an Meyerlich vorbeihastete und bald darauf verschwunden war. Der Polizeimeisteranwärter warf Ida ein schiefes Lächeln zu und folgte dem Arzt eilig, während Ida in ihr Büro zurückkehrte.
Vierlande.

Was, wenn auch Charlotte Wendler dort überfallen worden war? Und wenn Line, die Mutter des Kätzchens, auf ihren Hamsterfahrten ebenfalls in dieser Gegend unterwegs gewesen war? Vielleicht war sie die tote Frau? Oder eine der vielen anderen Hamsterinnen ...

Etwas, das Charlotte Wendler gesagt hatte, kam Ida wieder in den Sinn. Der süße Duft ... Welche Blumen blühten derzeit? Veilchen und Nelken, Pfingstrosen. Aber auf Feldern? Maiglöckchen! Hatte Fräulein Wendler Maiglöckchen gerochen, für deren Anbau Vierlande berühmt war? Ida erstarrte. Ein Bild glitt durch ihre Erinnerung. Das provisorische Bett in dem Kabuff, in dem sie das Katzenmädchen gefunden hatten; der Schmutz auf dem Boden. Und ein paar vertrocknete Blumen an der Wand, die verblichenen weißen Köpfe traurig herabhängend ... Ein Maiglöckchenstrauß!

Ida riss ihre Uniformjacke vom Stuhl und ließ die Tür des Büros hinter sich ins Schloss krachen.

*

Der besonders kalte Winter hatte nicht nur bei den Menschen, sondern auch in der Natur Spuren hinterlassen, die jetzt, Anfang Mai, noch deutlich sichtbar waren: Die Blüte kam spät dieses Jahr, und an schattigen Stellen lagen hier und da noch ein paar Häuflein Schnee. Ida ärgerte sich, dass sie nicht sofort reagiert hatte. Hätte sie die Zusammenhänge schneller erfasst, hätte sie doch glatt bei diesem Gerichtsmediziner mitfahren können! Er besaß mit Sicherheit ein Auto oder hatte zumindest jemanden, der ihn herumkutschierte. Von so etwas konnte die Schutzpolizei nur träumen. Selbst ihre männlichen Kollegen waren dazu verdonnert, auf rostig quietschenden Drahteseln an Tatorte zu fahren, wo sie dann, verschwitzt oder vom Regen durchnässt, ankamen. Mancher nahm auch die Straßenbahn, was allerdings meistens sehr viel länger dauerte.

Ida hatte also selbst zusehen müssen, wie sie zum Tatort kam, und beschlossen, mit der U-Bahn zum Hauptbahnhof zu fahren, um von dort nach Vierlande zu kommen. Die Haltestelle Sankt Pauli befand sich gleich um die Ecke der Davidwache. Doch kaum hatte sie sich auf den Weg gemacht, fiel ihr siedend heiß ein, dass sie eine Adresse benötigte. Vierlande war ein zu großes Gebiet, um einfach irgendwo zu versuchen, einen Haufen Polizisten samt Gerichtsmediziner auf einem Feldweg zu finden. Also eilte sie wieder zurück zur Wache, schlich an Miss Watson und Heide Brasch vorbei und bettelte Meyerlich um eine genauere Beschreibung an. Am Ende sank sie so tief, ihm zu versprechen, bei Heide Brasch ein gutes Wort für ihn einzulegen, wenn er nur mit dem Fundort herausrückte – und hatte endlich Erfolg.

Nachdem sie eine knappe Stunde später aus der Bahn ausgestiegen war, sog sie dankbar die frische, nach feuchter Erde riechende Luft ein. Der Waggon war dermaßen überfüllt gewesen, dass die Leute noch auf den Trittbrettern standen und sich an den Haltestangen festklammerten. Ida hatte das Glück gehabt, sich ins Innere schieben zu können; dort allerdings war sie sich wie in einer Sardinenbüchse vorgekommen. An ihren teilnahmslosen Blicken und hungrigen Gesichtern hatte Ida sofort erkannt, dass ihre Mitreisenden auf Hamsterfahrt waren. Hohlwangig und hohläugig waren sie alle, mit stumpfem Haar und zerrissenen Kleidern. Und so verzweifelt, dass den Frauen die Gefahr, die im Umland auf sie lauerte, gleichgültig war.

Nun ging Ida an den Gleisen entlang, die zum früheren Konzentrationslager Neuengamme führten. Die Häftlinge hatten die Trassen selbst gelegt, und Ida glaubte immer noch den Schweiß in der Luft zu riechen, was natürlich Einbildung war. Sie verzog das Gesicht und ermahnte sich, bei der Sache zu bleiben. Doch es war das erste Mal, dass sie hier draußen war, und das strahlende Sonnenlicht und der zarte Duft der Wiesenblumen wollten einfach nicht in das Bild passen, das sie sich von dieser Umgebung gemacht hatte. Und so still war es. Eigentlich müsste sie sich dem Fundort der Leiche nähern, aber sie hörte keine Stimmen. Hatte Meyerlich sie angeschmiert? Und welches Monster ging in Vierlande um?

Wieder befiel sie Schwindel, den sie dem verflixten Nahrungsmangel zu verdanken hatte. Da war es kein Wunder, dass sie unsicher war, ob sie sich die Männerstimme, die sie plötzlich zu hören glaubte, nicht nur einbildete. Sie verlangsamte ihre Schritte und spitzte die Ohren.

Da, wieder die Stimme, die vom Wind herangetragen wurde. Auf einmal hellwach drehte sie sich im Kreis, konnte jedoch nirgends eine Bewegung ausmachen. Auf gut Glück verließ sie den Feldweg, wobei sie darauf achtete, nicht auf Reisig zu treten. Nur wenig davon bedeckte den weichen Waldboden. Sicher kamen die Leute schon am frühen Morgen, um Feuermaterial zu sammeln; die meisten der Bäume waren abgeholzt, nun mussten die Sträucher herhalten. Noch waren die Nächte ja elendig kalt.

Tief sanken Idas Absätze bei jedem Schritt ein; die Erde war weich und durchtränkt vom Schnee und Regen der vergangenen Monate. Im Herbst würden hier Pilze über Pilze wachsen. Ihr Magen gab ein verzweifeltes Knurren von sich. Sie versuchte, ihn zu besänftigen, indem sie darüberstrich, doch ein weiteres lang gezogenes Grummeln war die Antwort. Während sie sich durch dorniges Gehölz kämpfte, versuchte sie sich an den Stimmen zu orientieren, die stetig lauter wurden. Der abgeholzte Wald, der vom Weg aus trostlos erschienen war, machte von innen einen freundlicheren Eindruck. Nachdem der kühle Wind die Wolken vertrieben hatte, beschien Sonnenlicht den feuchten Boden, auf dem sich schillernde Mistkäfer tummelten. Ein herber Geruch lag in der Luft, der Ida an Amrum, ihr Zuhause, denken ließ.

Sie spitzte erneut die Ohren. Leises Stimmengewirr war zu hören, nicht mehr allzu weit von ihr entfernt. Behutsam setzte sie einen Fuß vor den anderen. Endlich machte sie zwischen zwei Büschen eine Bewegung aus. Sie war am Fundort angekommen. Nur was jetzt? Sie durfte von den Polizisten nicht gesehen werden, sonst würde man sie sofort zurückschicken. Gleichzeitig wollte sie so viel sehen und hören wie möglich... Geduckt und betend, dass sie nicht das leiseste Geräusch verursachte, schlich sie näher heran.

Der Uniformierte, der den polizeitypischen Tschako trug, hatte eine ungesunde gelbliche Hautfarbe, als habe er sich gerade irgendwo im Gebüsch übergeben. Hinter dem Schutzpolizisten entdeckte sie einen rötlichblonden Herrn in einem Tweedanzug, dem eine Zigarette im Mundwinkel hing. Das war bestimmt einer vom Polizeipräsidium am Karl-Muck-Platz, wo auch die Kriminalpolizei logierte. Noch jemand trat aus dem Schatten einer Schlehe, diesmal ein jüngerer Polizist, der gestikulierend und mit gewichtiger Haltung auf und ab spazierte. Von Konstantinos keine Spur. Von der Leiche ebenso wenig. War sie etwa zu spät gekommen, und die Tote war schon abtransportiert worden?

Noch mal verfluchte sie sich innerlich dafür, dass sie den Gerichtsmediziner hatte entwischen lassen. Auf der anderen Seite bezweifelte sie, dass er sie einfach so mitgenommen hätte. Denn zum einen wusste er sicherlich, dass eine weibliche Schutzpolizistin nichts an einem Tatort zu suchen hatte. Und zum anderen schien er sich eher über sie zu amüsieren, als sie ernst zu nehmen.

Ihren Magen beschwörend, ja keinen Laut von sich zu geben, tastete sie sich weiter vor bis zu einer Senke, die sich hinter hochwachsenden Brennnesseln verbarg, und lauschte.

»... Tier, nehme ich an. Keinem Menschen ist zuzutrauen, jemanden derart zuzurichten. Nein, es kann durchaus ein natürlicher Tod gewesen sein, und dann hat sich ein Hund über die Leiche hergemacht.« Der junge Kerl hatte eine wohlklingende Stimme und den typisch hamburgischen Schnöselklang, der den betuchten Anwohnern rund um die Alster vorbehalten war.

»Allzu lange wird es nicht mehr dauern«, ließ sich sein älterer Begleiter spöttisch vernehmen, »da wirst du dich einem Tatort nicht einmal mehr nähern müssen, sondern schon aus der Ferne erkennen, wer wen abgemurkst hat und wieso.« Väterlich schlug er seinem Kollegen auf die Schulter. »Wenn es so weit ist, bist du Polizeipräsident und ich längst in Rente, aber ich werde noch allen erzählen, die es hören wollen, was für ein famoser Kerl du doch bist. Bis es allerdings so weit ist, Jungchen, lass uns nicht gleich Rückschlüsse ziehen, sondern die Dinge n büschen sacken lassen.«

Er sprach ein melodisches Hamburgisch, das eher aus dem Norden der Hansestadt kam, wenn Ida ihren Ohren trauen konnte.

Dem Jüngeren traten schier die Augen aus dem Kopf. Er lief rot an und murmelte etwas, das Ida in ihrem Versteck nicht verstand. Neugierig hob sie wieder den Kopf und betrachtete den älteren Mann, der seinen jüngeren Kollegen mit so knappen Sätzen in die Schranken gewiesen hatte. Auf Ida machte er den Eindruck eines alten Hasen, der alles gesehen hatte, was möglich war, und vielleicht noch ein bisschen mehr.

»Ähm«, ließ der Junge sich verlegen vernehmen, kniff dann aber die Lippen zusammen.

»Ares«, donnerte der Ältere so plötzlich, dass Ida zusammenzuckte. »Was sagen Sie denn, hat mein Freund recht?«

»Ich weiß nicht, was Sie meinen«, ertönte die ihr nun schon vertraute, leicht sonore Stimme aus dem Nichts. Ida sah sich um, konnte Konstantinos aber nirgends entdecken.

»Na, ob hier n Wolf, n Hund oder doch ne Eier legende Wollmilchsau ihr Unwesen getrieben hat.«

Aus dem Dickicht erklang ein freundliches Kichern. Dann wurde das Schilf auseinandergeschoben, und Konstantinos' wuchtiger Körper kam zum Vorschein. Ida machte sich noch kleiner, was mit ihren 1,82 Metern gar nicht so leicht war.

»Grundsätzlich halte ich es mit der Erkenntnis, dass die grausamsten Verletzungen stets von Menschen stammen. Also weder Wollmilchsau noch Wolf. Aber das weißt du natürlich schon, sonst gäbe es hier jede Menge eingegipster Pfotenabdrücke, Kollege Brasch.«

Ida hielt den Atem an. Brasch? Kriminaloberkommissar Brasch, der Vater ihrer Kollegin? Na, wunderbar. Wenn er sie im Gebüsch entdeckte, würde ihr etwas blühen. Unter den Briten war er zum höchstangesehenen Kommissar Hamburgs geworden. Nie und nimmer würde er es ihr durchgehen lassen, dass sie sich am Fundort einer Leiche herumtrieb. Schwungvoll wandte sich Konstantinos an den blassen Polizisten in Uniform. »Wer außer Ihnen ist eigentlich noch hier herumgetrampelt und hat aufgehoben, was immer ihm in die Fingerchen kam? Macht es Ihnen Spaß, mir meine Arbeit schwer zu machen? Und wieso sind meine Kollegen mit dem Mordauto noch nicht hier? Ich mag es nicht, wenn die Leichen warm werden.«

»Ich, also, ähm«, sagte der Tschako tragende Schutzpolizist verzagt, »habe Ihr Büro verständigt, dort sagte man mir, Sie befänden sich in der Davidwache. So habe ich dort angerufen. Ich wusste ja nicht, dass ich ... Also, hätte ich vorher deutlich sagen sollen, dass eine Leiche gefunden worden ist?«

Fassungslos starrte Konstantinos ihn an.

»Wie undeutlich haben Sie es denn formuliert?«, fragte Oberkommissar Brasch.

»Womöglich habe ich es ganz ausgelassen.«

Der Gerichtsmediziner murmelte etwas, das wie »verdammte Dilettanten« klang, und stapfte mit wütenden Schritten den Pfad entlang. Brasch und sein junger Kollege warfen sich einen kurzen Blick zu, dann folgten sie ihm.

»Sie bleiben hier«, rief Oberkommissar Brasch über die Schulter in Richtung des Schupos, der sowieso keinerlei Anstalten gemacht hatte, sich zu rühren. »Dass mir keiner an die Leiche rangeht. Weder Mensch noch Tier, verstanden?«

Nachdem die drei Männer außer Sicht waren, blickte Ida hoffnungsvoll zu ihrem uniformierten Kollegen hinüber.

Willst du keine rauchen?, dachte sie. Oder ruft die Natur vielleicht mal? Nein, er rührte sich nicht. Verärgert verfluchte sie die Zeiten, in denen sie lebten. Diese Knappheit an Lebensmitteln und sonstigen Dingen hatte dazu geführt, dass jeder die Bedürfnisse des Körpers zu ignorieren gelernt hatte. Ihr Magen allerdings ließ sich davon nicht beeindrucken und gab wieder ein vernehmliches Knurren von sich. Ida presste ihre Hand darauf und hoffte inständig, dass nur sie es hörte. Der junge Polizist wandte den Kopf und sah suchend in ihre Richtung, entdeckte sie jedoch nicht. Was nun? Einfach aufstehen, sich die Brombeerranken aus den Strümpfen zupfen und behaupten, sich verlaufen zu haben? Wenig glaubhaft, zumal sie Uniform trug. Zu ihrer Überraschung wünschte sie sich Heide Brasch herbei. Mit ihrem engelhaften Augenaufschlag könnte sie dem Schupo das Blaue vom Himmel herunterschwindeln, während sich Ida in aller Ruhe am Fundort umsah...

Nun, dann musste sie das eben allein schaffen. Ohne Plan stand sie auf und räusperte sich.

»Guten Tag.«

Er glotzte sie an, als habe er eine Erscheinung.

»Brasch mein Name.«

Am liebsten würde sie sich auf die Zunge beißen. Sie hatte nicht vorgehabt, sich den Namen zu borgen. Gut, nun hatte sie es getan und musste mit den Folgen leben.

»War mein Vater schon vor Ort?«

»Ihr, äh... Ihr Vater?«

»Oberkommissar Brasch.«

»Ja, ja, er war hier, aber er ist, nun, gerade eben...«

Er starrte in die Ferne und hoffte scheinbar, dass Brasch

dort wieder sichtbar würde. Ida teilte diesen Wunsch ganz und gar nicht.

»Ich habe eine Nachricht für ihn. Können Sie mich zu ihm führen?«

»Nein.«

»Wieso nicht, wenn ich fragen darf?«

Dem armen Kerl brach der Schweiß aus. Sein Gesicht, eben noch blass, färbte sich hellrot. »Ich muss hier aufpassen. Ich ... Ich kann nicht einfach fortgehen.«

»Ich bin die Tochter von Oberkommissar Brasch und trage, wie Sie womöglich schon bemerkt haben, die Uniform der Weiblichen Polizei. Wenn ich Sie also bitte, mich zu ihm zu bringen, sollten Sie dem Folge leisten.«

Nervös begann sein Unterlid zu zucken. »Ich darf nicht.«

»Und wieso nicht?«

»Weil ich eine Leiche bewache.«

Ida überlegte, ob sie die Überraschte mimen sollte, entschied sich aber dagegen. Erstens war sie alles andere als eine begnadete Schauspielerin, zweitens würde das Bewachen einer Leiche bloß bei Zivilpersonen auf Erstaunen stoßen.

»Und wo? Ich sehe keine. Lügen Sie etwa?«

»Nein! Sie liegt dort.« Vage deutete er mit dem Daumen in Richtung des Schilfs.

Ida zog eine Augenbraue in die Höhe. Der junge Schupo begann zu stottern.

»Wirklich, dort liegt sie. Ein scheußlicher Anblick! Ich habe so etwas nie zuvor gesehen. Es ist ... Als habe sich eine Furie über sie hergemacht.« Er hatte zu flüstern begonnen, sein Blick irrte hektisch zwischen dem Schilf und Ida hin und her. »Wie in einem dieser Filme. ›Der Wolfsmensch‹.« Ihn schauderte.

Die Leute gingen zu oft ins Kino. Erst Meyerlich mit seinen Liebesfilmen, jetzt das.

»Das glaube ich nicht«, sagte sie. »Ich gucke es mir selbst an.«

Er sah so aus, als wolle er sie zurückhalten, traue sich aber nicht. Sie schenkte ihm ein knappes Lächeln und ging festen Schrittes auf das Schilf zu. Ein Hauch von Ammoniak hing in der Luft, vor allem aber der Geruch von Moder und einer unangenehmen Süße.

Durch den Mund atmen, wies sie sich an, einfach durch den Mund atmen. Weitere Ratschläge für sich selbst hatte sie nicht. In ihrer kurzen Ausbildung hatte sie nichts darüber gelernt, wie man sich angesichts einer Leiche zu verhalten hatte. Konstantinos' Geschimpfe klang jedoch nur allzu deutlich in ihren Ohren nach, daher hütete sie sich davor, den Weg zu verlassen. Nichts anfassen, nichts verändern.

Auf der von Feuchtigkeit dunklen Erde zu ihren Füßen wuselte es nur so von schillernden Insektenpanzern. Ameisen, Käfer und Fliegen, Unmengen davon. Schmetterlinge flogen auf, als sie das Schilf zur Seite bog. Und mit einem Mal war der Blick frei auf einen unbekleideten Körper – oder auf etwas, das noch entfernt an einen Körper erinnerte. Ida erstarrte. Saurer Speichel sammelte sich in ihrem Mund, wieder wurde ihr schwindelig, und nur mit Mühe konnte sie sich auf den Beinen halten.

Was vor ihr lag, war etwas anderes als die amerikanischen Soldaten, die drei Jahre zuvor auf einem schmalen Pfad zwischen zwei Dünen zusammengebrochen waren. In der Erinnerung war es Ida so erschienen, als habe sie die Schüsse damals erst gehört, als sie vor den Toten stand – als seien sie zunächst zu Boden gesunken und dann erschossen worden.

Unsinn, natürlich, eine seltsame Verrenkung ihres Gehirns, vielleicht um den Bildern etwas von ihrem Schrecken zu nehmen.

Auch hatte Marlise ihr einmal einen Toten gezeigt, doch er hatte ebenfalls ganz anders ausgesehen. Er war gerade erst gestorben. Nicht dass es die Angelegenheit weniger scheußlich machte – der Tod war erschreckend, er war in jeder Form angsteinflößend und anders als alles, mit dem man sonst konfrontiert wurde.

Doch was Ida bislang noch nie gesehen hatte, war eine Leiche, die schon zu verwesen begann. Die voll von wuseligem Leben war, das sich um sie und auf ihr tummelte, während die Tote selbst nur noch eine leblose Hülle war. Zu Idas Verwunderung war die Haut nicht blass, sondern teils gelblich, teils von einem tiefen Rotbraun. Geronnenes Blut und Flecken scheckten ihr Gesicht, das von Schwellungen und Blasen überzogen war. Was noch intakt war, wirkte alt, faltig und in sich zusammengesunken. Weitaus schlimmer aber war das, was Ida sah, als sich ihr Blick vom Gesicht zum Hals bewegte und weiter nach unten lenkte. Die Frau sah aus wie geschlachtet. Ein dunkles, triefendes Loch gähnte irgendwo dort, wo sich sonst der Nabel befand. Schaum war aus der Wunde ausgetreten und verklebte die Ränder, die aussahen, als habe sich jemand mit einem stumpfen Messer längere Zeit daran zu schaffen gemacht.

Auf der Wunde wimmelte es von Käfern und Fliegen, schillernde Insektenpanzer verschwanden im dunklen Fleisch. Ein blau-gelber Schmetterling flog heran. Flügelschlagend setzte er sich auf einen dunkelrot klaffenden Schnitt.

Ida stellte sich vor, wie jemand in blindem Zorn auf den

Körper einstach, wieder und wieder, und dann die Bauchdecke auseinanderzerrte und im Unterleib der Frau herumwühlte. Sie hatte Mühe, es nicht dem Schupo gleichzutun und sich hinter dem nächsten Busch zu erbrechen. Kaltes Grauen erfasste sie, als ein leises Zischen ertönte. Sie wusste nicht, ob es ihr eigener Atem gewesen war oder ob der Leichnam Geräusche von sich gab. Um nicht weiterhin den Unterleib der Toten zu betrachten oder die Beine, die über und über von getrocknetem Blut bedeckt waren, wandte Ida den Blick zum Gesicht der auf dem Rücken liegenden Frau. Ihr Kopf war verdreht, und es sah fast so aus, als blicke sie mit ihren schwarz schimmernden Augen jemandem nach …

Sie sollte verdammt noch mal dringend mit der Polizeiarbeit anfangen!, wies sich Ida zurecht. Schließlich konnte jederzeit ein Wagen der Gerichtsmedizin um die Ecke biegen. Brünett, notierte sie sich in Gedanken. Das Alter wüsste sie beim besten Willen nicht zu bestimmen – die Frau könnte siebzig, ebenso gut aber erst dreißig sein. Marlises Worte kamen Ida in den Sinn. Sie hatte die Mutter des Katzenmädchens auf Mitte dreißig geschätzt.

Ida wagte es immer noch nicht näherzutreten. Nicht aus Angst oder Ekel. Doch wenn sie ins Stolpern geriete, daran wollte sie nicht einmal denken! So sah sie aufmerksam aus einem Meter Entfernung auf die Frau hinab und versuchte sich alles einzuprägen: eine breite Nase mit verschorftem Blut. Stämmige Beine. Hände, seitlich abgespreizt, die geschwollen wirkten. Die Hände einer Bäuerin? Sie dachte an die Worte des Oberkommissars: keine voreiligen Schlüsse. Doch eine Bäuerin wäre etwas ganz anderes als das, womit sie sich zu beschäftigen begonnen hatte. Eine Bäuerin würde nicht hamstern fahren. Sie konnte gemütlich auf ihrem Hof darauf warten, dass die Hungrigen zu ihr kamen.

Ida entschloss sich, doch voreilig zu sein, für anderes blieb ihr gar keine Zeit. Keine Bäuerin; eine Städterin, und ...

»Fräulein Rabe?«, hörte sie hinter sich einen verblüfften Konstantinos sagen.

Sie erstarrte. Hätte der dumme Schupo nicht etwas sagen können?

»Was in aller Welt tun Sie hier?«

Sie holte tief Luft. Nicht eine einzige Ausrede hatte die Freundlichkeit, ihr einzufallen.

»Sie müssen nicht versuchen, sich unsichtbar zu machen. Ich sehe Sie.«

Langsam wandte sie sich um. »Hallo. Ich, ähm ...«

Verblüfft starrte der Schupo mal sie, mal Herrn Konstantinos an. Bevor er etwas sagen konnte, redete Ida weiter. »Dürfte ich unter vier Augen mit Ihnen sprechen?«

Er legte den Kopf schief und musterte sie.

Sie trat näher. »Bitte.« Das zu sagen kostete sie einige Überwindung. Sie bat nicht gern, schon gar keinen Mann, der mit gerunzelter Stirn auf sie herabblickte.

Nach kurzem Überlegen nickte er und wandte sich, die Hände in den Manteltaschen vergraben, dem Wald auf der anderen Seite des Weges zu. Mit ängstlicher Miene sah der junge Schupo ihnen nach.

Nachdem sie an der Senke vorbeigegangen waren, in der Ida gelauscht hatte, blieb der Gerichtsmediziner stehen und blickte sie aus zusammengekniffenen Augen prüfend an.

»Was gibt's?«

»Falls Sie glauben, ich wäre aus reiner Neugier hier, liegen

Sie falsch. Ich wollte herausfinden, ob die Tote die Mutter des Katzenmädchens sein könnte.«

»Die... des... Wie bitte?«

»Gestern haben wir ein Kind aufgegabelt, dessen Mutter seit etwa zwei Wochen verschwunden ist. Die Frau könnte in diesem Gebiet unterwegs gewesen sein. Als ich vorhin hörte, dass hier eine Frauenleiche gefunden wurde, da...«

»Und, was haben Sie herausgefunden?«, unterbrach er sie in schneidendem Ton.

»Ehrlich gesagt, nicht viel. Die Leiche...« Sie räusperte sich. »Nun, das wissen Sie natürlich, aber es gibt keine Kleider, die eine Zuordnung erleichtern würden. Immerhin weiß ich nun, dass die Frau brünett war und mittelgroß. Das Alter allerdings konnte ich nicht einschätzen. Was denken Sie?«

»Hören Sie mir zu, Fräulein Rabe. Sie haben weder an einem Tatort noch an dem Fundort einer Leiche auch nur das Geringste zu suchen. Wenn Sie etwas über das Opfer in Erfahrung bringen wollen, kommen Sie zu mir oder zu Oberkommissar Brasch. Haben Sie mich verstanden?«

»Das hätte ich ja getan.« Zu ihrer eigenen Überraschung war Ida mit einem Mal ganz ruhig. »Aber seien Sie ehrlich: Hätten Sie mir etwas gesagt? Ich arbeite nicht bei der Kriminalpolizei, wie Sie wissen. Und die Mitglieder der Weiblichen Polizei werden zwar bei dem einen oder anderen Anlass durchaus gern gesehen, aber nicht etwa, weil man ihnen etwas zutraut, sondern rein aus dem Grund, weil ein paar Frauen bei der Polizei eine willkommene Abwechslung bieten. Aber dass wir auch einen Kopf haben, mit dem wir denken und sogar Schlussfolgerungen ziehen können, traut uns niemand zu. Oder bilden Sie da etwa eine Ausnahme?«

So etwas wie Respekt blitzte in seinen Augen auf. Er hob eine Braue und musterte sie, während Ida zurückstarrte, wild entschlossen, sich von ihm nicht weiter in die Schranken weisen zu lassen.

»Gegenangriff ist nicht immer die beste Verteidigung«, sagte er schließlich. »Glauben Sie mal nicht, Sie kommen aus dem Schlamassel heraus, indem Sie mir Dinge unterstellen.« Mit einem Seufzen fügte er hinzu: »Ich verstehe aber, was Sie hergetrieben hat.«

Ida, die gerade zu einer weiteren zornigen Tirade hatte ansetzen wollen, schloss verblüfft wieder den Mund. Er verstand sie, hatte sie richtig gehört?

»Schuhgröße?«, fragte er.

Sie folgte seinem Blick auf ihre Stiefel. »Wie bitte?«

»Ihre Schuhgröße, Fräulein Rabe. Selbstverständlich muss ich Brasch von Ihrem Besuch in Kenntnis setzen, denn andernfalls gipst sich die Spurensicherung hier schier zu Tode. Dort sind Sie rumgelatscht, in der Senke, aber auch dort und dort«, mit dem Finger folgte er den Abdrücken ihrer Stiefel, die im weichen Waldboden nach wie vor gut zu erkennen waren. »Und hoppla, schon sind Sie tatverdächtig.«

»Größe vierzig«, murmelte sie beschämt.

Das hätte sie wissen müssen. Und zwar obwohl das bei ihrer Ausbildung nicht Erwähnung gefunden hatte. In diesem Fall genügte schon der reine Menschenverstand!

Mit hängendem Kopf stapfte sie zu einem abgeholzten Baum, ließ sich auf den Stumpf sinken und zog ihre Stiefel aus. Erst jetzt bemerkte sie, wie sehr ihre Fersen schmerzten, was allerdings das geringste ihrer Probleme war. Zerknirscht drückte sie dem Arzt ihre dampfenden Schuhe in die Hand.

»Was soll ich damit?«, fragte er unwirsch.

»Möchten Sie nicht die Sohle abzeichnen? Natürlich werden die Abdrücke dennoch eingegipst, aber dann kann Kommissar Brasch sie gleich aussortieren.«

Mit einem Anflug leiser Anerkennung hob er die Brauen. Wortlos kniete er sich auf den Boden, zog einen zusammengerollten Zeichenblock aus seiner Manteltasche, dessen Größe gerade ausreichte, um ihren Stiefel darauf abzustellen. Nach einigem Hin und Her, während dem er ein zerknülltes Stofftaschentuch, eine Pinzette sowie eine Schere zutage beförderte, fand er endlich einen halbwegs spitzen Bleistift. Er legte den Block auf einen Baumstumpf und zeichnete mit einer durchgezogenen Linie den Umriss, drehte Idas linken Schuh anschließend um, nahm ein zweites Papier und pauste den Abdruck der Sohle ab. Ebenso verfuhr er mit ihrem rechten Stiefel.

»So wird es gehen«, sagte er und richtete sich ächzend wieder auf, wobei er ins Taumeln geriet. Ida streckte die Hand aus, die er dankbar ergriff. Mit einem Mal war sie ihm so nahe, dass sie die orangebraune Umrandung seiner dunklen Iris erkennen konnte.

»Sport und ich«, sagte er verlegen und trat einen Schritt zurück, »sind keine guten Freunde. Sie sollten Ihre Schuhe wieder anziehen.«

Erst jetzt bemerkte sie, dass sie nur auf Strümpfen im Matsch stand.

Langsam stieg Ida in ihre Stiefel und musste sich auf die Zunge beißen, als das feste Leder über die wunden Stellen an ihren Fersen glitt.

»Also, was hat es mit diesem Katzenmädchen auf sich?«

Sie erzählte dem Gerichtsmediziner, was sie wusste.

»Und jetzt ist die Kleine im Kinderheim?«

Ida nickte.

»Aber redet kein Wort?«

»Leider nicht.«

»In Ordnung.« Wieder seufzte der Arzt. »Fräulein Rabe, ich verspreche Ihnen, dass ich immer ein Ohr für Sie haben und Ihnen beizeiten Rede und Antwort stehen werde. Aber nur, wenn Sie mir versprechen, sich nie wieder so rücksichtslos an einem Leichenfundort zu verhalten.«

Sie nickte. »Ich verspreche es Ihnen.«

»Auch keine heimlichen Ausflüge mehr?«

Erneut nickte sie, auch wenn sie in Gedanken die Finger kreuzte. Zumindest würde sie sich beim nächsten Mal nicht so dumm anstellen.

»Dann auf Wiedersehen. Und verzeihen Sie, dass ich Ihnen nicht anbiete, Sie in meinem Wagen mit in die Stadt zu nehmen. Das würde mich in ziemliche Erklärungsnot bringen, und ich widme mich lieber meiner Arbeit, als mir alberne Ausreden auszudenken.«

»Mir ist es recht, mit dem Zug zu fahren.« Sie nickte ihm zu und schritt würdevoll über das weiche Laub des vergangenen Herbstes davon. Als sie so weit entfernt war, dass Konstantinos sie nicht mehr sehen konnte, wurde sie langsamer. Mit einem Mal fiel ihr das Atmen schwer. Wie hatte sie so dumm sein können? Natürlich würde der Gerichtsmediziner alles brühwarm dem Oberkommissar erzählen. Der würde sich bei Ann Watson über sie beschweren, und wer wusste, ob Ida heute Abend noch Polizistin sein würde? Weit schlimmer jedoch fand sie, dass sie mit ihrer Unachtsamkeit vielleicht dafür gesorgt hatte, die Suche nach dem Täter noch zu erschweren.

Mit gesenktem Kopf ging sie weiter. Wenig später kam sie auf den Feldweg, der sie zurück zum Bahnhof führen würde. Doch sie brauchte Zeit, um nachzudenken. Und um das Bild der zugerichteten Frauenleiche aus ihrem Gedächtnis zu bekommen. Es war, als läge sie immer noch vor ihr, als hörte Ida die Fliegen summen, die sich über die gärende Wunde hermachten, und röche das faulende Fleisch...

Die Bilder verblassten, als sie, statt nach rechts abzubiegen und auf schnellstem Wege zur Haltestelle zurückzukehren, den Feldweg nach links einschlug. Die Nachmittagssonne schien milde auf sie herab, wahrscheinlich war es halb fünf oder etwas später, es war also gleich, ob sie kurz vor oder nach Heide Braschs Feierabend wieder in ihrem Büro eintraf. Und wenn sie schon mal hier war, konnte sie genauso gut ein paar Anwohner befragen.

Sie kam an einem Maiglöckchenfeld vorbei. Der betörend süße Duft ließ die Erinnerung an die tote Frau wieder aufflackern. Mit einem Mal konnte sich Ida nicht mal mehr vorstellen, hungrig zu sein, stattdessen hatte sie das Gefühl, einen Stein im Magen spazieren zu tragen. Auf einer Anhöhe nicht weit entfernt wehte ein zauseliger Strauch im Wind. Darüber stieg Rauch auf. Eine Siedlung oder wenigstens ein Haus, dessen Bewohner vielleicht etwas gehört hatten.

Das Maiglöckchenfeld wich einer Wiese, auf der verhaltenes Grün spross. War die Frau hier entlanggekommen und dann quer durch den Wald gegangen? Unwahrscheinlich, schließlich befand sich die Fundstelle an einem Waldweg.

Endlich sah Ida das reetgedeckte Gehöft, aus dessen Schornstein der Rauch aufstieg. Weder Tiere noch Menschen waren zu hören. Der Ort schien ihr traurig und einsam. Da nutzten auch die Rosen nichts, die über der grün gestrichenen Tür rankten und deren Knospen im Nachmittagslicht hellrosa schimmerten.

Ob den Bewohnern etwas aufgefallen war, hatte sie in Erfahrung bringen wollen, oder ob sie sich an eine Hamsterin erinnerten, die in den vergangenen Wochen vorbeigekommen war. Brünett, genauer allerdings könnte sie sie nicht beschreiben. Doch auf ihr Klopfen hin blieb es still im Haus.

Sie wandte sich um und wollte gerade die Böschung wieder hinaufsteigen, als sich bei den Scheunen etwas regte. Ida erstarrte. Ein Schauder lief ihr den Nacken hinab. Dort hinten stand jemand, ein Mann mit wirrem dunklem Haar.

»Guten Tag.«

Er antwortete nicht.

»Leben Sie hier?«

Keine Bewegung, kein Mucks. Er sah nicht so aus, als wäre er der Besitzer des Hofs, dazu war seine Kleidung zu ärmlich, das Gesicht zu hager.

»Was tun Sie hier?«

Als sie ein paar Schritte auf ihn zumachte, presste er sich mit dem Rücken gegen das Holz der Scheune. Wie ein in die Enge getriebenes Tier sah er sich nach einer Fluchtmöglichkeit um.

»Ida Rabe«, sagte sie. »Weibliche Polizei. Ich frage Sie noch einmal, was tun Sie hier?«

Nun war sie nur noch wenige Schritte von ihm entfernt. Sie konnte ihn riechen, es war der Geruch der Lager, der ihm anhaftete. Jetzt sah sie auch, dass sich der Schmutz tief in die

Falten seines Gesichtes eingegraben hatte. Die Haut unterhalb der aus ihren Höhlen tretenden Augen war so vertrocknet, dass sie schuppte.

War er das Monster?, fragte sie sich für den Bruchteil eines Augenblickes.

Als er den Mund öffnete, entblößten seine aufgesprungenen Lippen eine Reihe bräunlicher Zähne. Er stieß etwas hervor, das sie nicht verstand.

»Wie bitte?«, fragte sie und klang forscher, als sie sich fühlte. Hinterrücks überfallen konnte er sie nicht. Sie war zudem größer als er. Dennoch war sie auf der Hut. Angst, das wusste sie, konnte einen Menschen in ein Tier verwandeln. Dem hatte sie kaum etwas entgegenzusetzen, so wackelig, wie sie heute auf den Beinen war. Außerdem hatte sie ihr Puukko-Messer, das Marlise ihr geschenkt hatte, zu Hause gelassen – schließlich konnte sie es schlecht in ihrer Uniformtasche spazieren tragen. Durch ihre Verwendung im Sowjetisch-Finnischen Krieg hatte die Waffe in gewissen Kreisen Berühmtheit erlangt. Die Klinge war kurz, der Griff nur wenig länger, so musste man nicht ausholen, um tief zuzustechen. Jetzt lag es gut eingewickelt unter ihrer Matratze versteckt.

»Wenn Sie keinen Ärger wollen«, sagte sie langsam, »machen Sie, dass Sie wegkommen.«

»*Putain!*«, spuckte er aus. »*Putain de boche!*«

Immerhin das letzte Wort kam ihr bekannt vor. Mit *boches* wurden die Deutschen bezeichnet, und es war kein schmeichelhafter Begriff. Der Mann war also Franzose. Fremdarbeiter, von denen zahlreiche in Neuengamme hatten schuften müssen, wobei viele von ihnen umgekommen waren. Sicher war der Mann nun im nahe gelegenen Lager für *Displaced Per-*

sons untergebracht. Aber wieso trieb er sich auf diesem Hof herum?

»Gehen Sie«, sagte sie langsam, die Stimme nun wieder ruhig und ohne den Hauch einer Drohung. Misstrauisch starrte er sie an. Ob er sie überhaupt verstand? Doch nach einigen Jahren Qual in diesem Land kannte er sicher den einen oder anderen deutschen Ausdruck. »Verlassen Sie den Hof. Ich werde Ihnen nicht folgen, und ich habe auch nicht vor, Sie zu durchsuchen.«

Unsicher setzte er sich in Bewegung. Dabei stolperte er über einen Stein, fing sich aber wieder, und in seinen Augen schimmerte so viel Schmerz, dass Ida übel wurde vor Scham. Als er dicht an ihr vorbeiging, begann ihr Herz zu rasen. Sie glaubte seine Sehnsucht danach zu spüren, sich auf sie zu stürzen und leiden zu lassen, wie er gelitten hatte. Aus dem einfachen Grund, weil sie Deutsche war, eine Deutsche in Uniform. Doch in dem ehemals weißen Hemd wirkten seine Arme derart spindeldürr, und unter dem Stoff zeichnete sich so deutlich die Wirbelsäule ab, dass sich ihr Herzschlag wieder beruhigte. Der Mann hatte keine Kraft, um sie anzugreifen.

»Moment.«

Auf das Kommando, das sie gar nicht als solches gemeint hatte, erstarrte er. Ida griff in das Innere ihres Mantels und zog die Zigarette hervor, die eigentlich für Philippa Nold gedacht gewesen war. Sie streckte die Hand aus, mit der Chesterfield zwischen Daumen und Zeigefinger.

Nervös sah er zwischen Ida und der Zigarette hin und her. Wahrscheinlich witterte er eine Falle.

»Nehmen Sie sie. Bitte.«

Als sich der Mann immer noch nicht rührte, ließ Ida die Zigarette aus geringer Höhe auf den Boden fallen und bewegte sich langsam rückwärts, ohne ihn aus den Augen zu lassen. Kaum befand sie sich in ausreichender Entfernung, stürzte er vor, klaubte die Chesterfield vom Kies und rannte humpelnd davon. Bedrückt sah sie ihm nach, bis er aus ihrem Blickfeld verschwunden war.

Als sie den Kopf drehte, beschlich sie erneut das unangenehme Gefühl, beobachtet zu werden. Versteckten sich weitere Menschen aus dem Lager im Dunkel des Stalls? Und wieso hörte man kein Tier, gar nichts bis auf den weit entfernten Ruf eines Kuckucks?

Nein, wahrscheinlich lagen ihre Nerven einfach blank. Sie umrundete den Kuhstall, versuchte, durch einen Spalt zwischen der Wandschalung hindurchzusehen, doch im Innern war es stockdunkel. Mit einem Kopfschütteln ging sie nochmals zum Wohnhaus zurück und drückte, nachdem sie erneut angeklopft hatte, probehalber die Klinke hinab, doch die Tür war verschlossen. Dann machte sie sich auf den Rückweg.

An der Biege, die sie schon auf dem Hinweg passiert hatte, wankte in einer Windböe ein zauseliger, weiß blühender Dornenbusch. Fast wäre sie ohne einen weiteren Blick daran vorbeigelaufen, als sie im Augenwinkel etwas aufblitzen sah. Überrascht hielt sie inne und beugte sich hinab. Ein Schmuckstück? Vorsichtig befreite sie den Verschluss, dessen Messing das Sonnenlicht reflektiert hatte, aus den Zweigen. Eine Kette aus miteinander verschlungenen braunen Bändern.

Wertvoll wirkte sie nicht. Es handelte sich wohl mehr um ein Andenken. Dennoch könnte es einer der überfallenen Frauen gehören. Oder hatte der Franzose sie verloren?

Sie hätte sich seine Kennkarte aushändigen lassen müssen! Ein weiteres Versäumnis. Mit einem ernüchterten Seufzer gestand sie sich ein, dass sie sich als Polizistin lieber nicht auf ihr Gefühl verlassen sollte. Was, wenn er doch das Monster war, und sie hatte ihn gehen lassen?

*

Während der Rückfahrt versuchte sie ihre Gedanken zu ordnen. Sie war doch noch bis zum Lager für *Displaced Persons* marschiert und hatte dort nach dem Franzosen gefragt. Ein britischer Officer hatte sie mit der knappen Antwort abgespeist, dass sich ausschließlich Arbeiter aus Osteuropa darin befänden. Die Erlaubnis hineinzugehen war ihr nicht erteilt worden. Und um sie zu erhalten, würde sie sich an Miss Watson wenden müssen, was keinesfalls infrage kam. Auf dem Weg zum Bahnhof hatte sie bei drei weiteren Häusern haltgemacht. Als Ida den Bewohnern gesagt hatte, dass mehrere Frauen in der näheren Umgebung überfallen worden waren, hatten die Bauern, bräsig vor sich hin starrend, die Köpfe geschüttelt und mit den Schultern gezuckt.

Das Kettchen, das statt der Zigarette nun sicher in der Innentasche ihres Mantels verwahrt war, gab ihr weitere Rätsel auf. Sie konnte sich nicht daran erinnern, bei den geschilderten Raubüberfällen von einem Schmuckstück gelesen zu haben, das aus braunem Garn gefertigt war.

Als sie am Hauptbahnhof in die U-Bahn stieg, musste sich Ida der Frage stellen, welche Erklärung sie Miss Watson für ihre Abwesenheit am Nachmittag auftischen konnte. Reichlich schamlos hatte sie sich über ihre Weisungen hinweggesetzt. Was ihr wohl blühte, wenn ihre Vorgesetzte auch noch erfuhr, dass Ida der Kriminalpolizei ins Handwerk gepfuscht hatte? Wie schnell würde es gehen, bis Ares Konstantinos dem Oberkommissar alles erzählen und der es wiederum zu Ann Watson weitertragen würde?

Allein bei dem Gedanken daran kroch die Angst in Ida empor, und sie beschloss, sich erst dann näher damit zu befassen, wenn es sich gar nicht umgehen ließe.

Mit brennenden Füßen schleppte sie sich von der U-Bahn-Haltestelle zur Davidwache. Sie hatte angenommen, dass Heide Brasch zu dieser späten Stunde – es war nach sechs – längst nach Hause gegangen war, doch als Ida das Büro betrat, sah ihre Kollegin kurz von ihrem Merkbuch auf und senkte dann wieder wortlos den Kopf.

»Sie sind noch da?«

Als auf diese Feststellung eisernes Schweigen folgte, versuchte Ida es mit einer anderen Frage.

»Gibt es denn noch etwas für uns zu tun?«

Brasch antwortete mit Grabesstimme. »Wir haben zwei Anzeigen gegen Jugendliche wegen Diebstahls, die verfolgt werden müssen. Zudem wird sechs, nein, sieben Kindern vorgeworfen, sich Zutritt zu Kohlewaggons verschafft zu haben. Wir müssen mit den Eltern sprechen.«

Ida nickte.

»In einem Fall wurde ein Warnschuss abgegeben. Auch diese Untersuchung fällt uns zu.«

»Gut, setzen Sie mich in Kenntnis.«

Braschs Augenbrauen zuckten nach oben. »Sie in Kenntnis setzen? Wo in aller Welt waren Sie denn den ganzen Nachmittag? Ich bin mir sicher, dass Miss Watson wenig erfreut sein wird, wenn Polizeimeister Hildesund sie darüber informiert, dass von zwei Polizistinnen auf seiner Wache immer nur eine anwesend ist. Vergnügen Sie sich die restliche Zeit, während ich hier hart arbeite?«

Nach dem langen Tag, den Ida hinter sich hatte, fiel es ihr schwer, die Fassung zu bewahren. Sie war müde, hatte eine grausam zugerichtete Frauenleiche gesehen und sich die Hacken abgelaufen. Vergnügen? Dass sie nicht lachte.

»Ich musste einer Sache nachgehen. Und bin anschließend noch beim Arbeitsamt gewesen, vergeblich allerdings. Es öffnet erst wieder Montagvormittag.«

Das Amt stand zwar tatsächlich auf Idas Liste, dorthin geschafft hatte sie es aber nicht mehr. Eine bessere Erklärung jedoch hatte ihr nicht einfallen wollen.

»Weil Sie sich eine andere Beschäftigung suchen möchten?«, fragte Brasch süffisant.

»Weil ich herausfinden wollte, ob sich die Mutter des Katzenmädchens arbeitssuchend gemeldet hat.« Ida nahm ihren Stuhl und setzte sich Heide gegenüber. Auch wenn ihr die neue Kollegin nicht besonders sympathisch war, brauchte sie jemanden, mit dem sie über ihre Gedanken reden konnte. »Die wenigsten Menschen, die im Bunker Zuflucht gefunden haben, sind Hamburger. Und selbst die dürfen sich, wenn sie vor den Bombenangriffen geflüchtet und erst nach dem Krieg zurückgekehrt sind, nicht einfach eine Wohnung suchen. Die es sowieso nicht gibt, aber das nur am Rande. Wer nach Hamburg kommt, benötigt einen Arbeitspass, andernfalls darf er nicht bleiben. Wenn wir davon ausgehen, dass die Mutter des Katzenmädchens wie so viele aus dem Osten kam...« Dass sie nicht nur davon ausging, sondern glaubte, was ihr Marlise erzählt hatte, erwähnte sie lieber nicht.» ... hat sie sich irgendwo melden müssen, andernfalls wäre das bei einer Razzia im Bunker längst aufgefallen.«

Nachdenklich sah Brasch sie an. Dann schien ihr wieder einzufallen, dass sie auf ihre Kollegin schlecht zu sprechen war. »Sie hätten sich jedenfalls bei mir abmelden können. So viel darf ich wohl erwarten.«

Ida beschloss, lieber nichts darauf zu sagen. Sollte Brasch sich einbilden, plötzlich die Vorgesetzte spielen zu können, würden sie eher früher als später aneinandergeraten. Aber nicht heute. Dazu war einfach zu viel passiert.

Ohne ein weiteres Wort wuchtete sie das Buch mit den Anzeigen der vergangenen Wochen auf ihren Schreibtisch. Spalte für Spalte ging sie durch, schüttelte schließlich den Kopf und griff nach ihrem Bleistift.

Hanne Kischkat, notierte sie in ihr Merkbuch, *vermutlich Opfer eines Gewaltverbrechens, weigert sich, darüber zu sprechen. Mutter des Katzenmädchens: Line, wahrscheinlich Ostflüchtling. Morgen (Samstag) Mädchen aufsuchen. Gefundene Kette (braunes Garn, Schließe vermutlich aus Messing): keine Meldung.* Darunter schrieb sie nach kurzem Nachdenken: *Marlise (nachhaken).* O nein, der Name tauchte in ihren Notizen besser nicht auf. Hastig fuhr sie mit der Bleistiftmine über den letzten Eintrag und übermalte ihn, obwohl sie bezweifelte, dass ihre Kollegin oder Miss Watson die Schriftzeichen der Gabelsberger Kurzschrift lesen konnte. Dennoch: Vorsicht war die Mutter der Porzellankiste.

Anschließend füllte sie das linierte Blatt mit ihren Eindrücken, die sie in Vierlande gewonnen hatte. Als sie damit fertig war, wandte sie sich mit einem künstlichen Lächeln wieder Heide Brasch zu.

»Welcher Angelegenheit soll ich eigentlich nachgehen? Lieber mit den Eltern der Kohlendiebe sprechen oder mit dem Beamten, der den Schuss abgab?«

»Bemühen Sie sich nicht. Ich habe das unter Kontrolle.«

Ida wartete ab, ob ihre Kollegin noch etwas hinzufügen wollte, doch es blieb unangenehm still in dem kleinen Büro.

»Gut.« Ida stand auf, schlüpfte in ihre Jacke, ließ das Merkbuch in die Tasche ihres Mantels gleiten und hängte ihn sich über den Arm. »Dann einen schönen Abend noch.«

Brasch antwortete nicht darauf. Grimmig verließ Ida das Büro. Sollte ihr das Engelswesen doch den Buckel runterrutschen! Auf der Treppe fiel ihr ein, dass sie sie eigentlich noch um etwas hatte bitten wollen, nämlich ob Heide Brasch sich bei ihrem Vater über die Tote in Vierlande erkundigen könnte. Doch erstens war Oberkommissar Brasch mit Sicherheit nicht gut auf sie zu sprechen, sobald er von Ares erfuhr, dass sie im Bereich des Fundortes herumgeschlichen war. Zweitens würde auch Heide Brasch kaum begeistert sein, falls die Rede darauf kam, dass Ida sich als sie ausgegeben hatte. Und drittens fehlte ihr gerade jeglicher Elan, freundlich zu ihrer Kollegin zu sein.

Morgen. Vielleicht.

*

Während sich Ida an der Reeperbahn nach links wandte und die Amüsiermeile entlangschritt, die derzeit kaum als solche bezeichnet werden konnte – statt blinkender Neonröhren flackerte vereinzelt das Licht einer Sturmlaterne in den Fenstern, und wer sich in den finsteren Hauseingängen herumdrückte, hatte mit Spaß nicht viel am Hut –, dachte sie darüber nach, ob sie Lines Bunkerkabuff einer weiteren Untersuchung unterziehen sollte. Bevor sie mit dem Mädchen die darin herrschende Dunkelheit hinter sich gelassen hatte, war sie noch einmal durch den winzigen Raum gegangen und hatte alles aufgehoben, was auf dem Boden lag. Auch den Bereich unter dem Bett hatte sie mit dem Lichtkegel ihrer Taschenlampe abgesucht. Kommoden oder andere Möbel, in denen Line ihre Dokumente aufbewahren konnte, gab es nicht. Ebenso wenig Fotografien oder ein Buch, in das Line ihren vollen Namen geschrieben hätte.

Gab es noch eine andere Möglichkeit, mehr über ihre Identität herauszufinden, die Ida bislang übersehen hatte?

Doch bevor sie sich weiter damit befassen konnte, musste sie sich auf Charlotte Wendler konzentrieren. Als Ida die Davidwache verlassen hatte, war es kurz vor sieben gewesen. Mit grummelndem Magen, der nicht nur ihrem Hunger zu verdanken war, sondern in mindestens so großen Teilen ihrer Nervosität, erneut Ares Konstantinos gegenüberzutreten, bog sie in die Große Freiheit ein. Hier herrschte etwas mehr Leben, die Lokale stemmten sich mit aller Macht ihrem Schicksal entgegen, aus Mangel an zahlbereiten Gästen für immer die Türen zu schließen. Laute Musik und Gelächter drangen durch die weit geöffneten Türen, an denen Männer in ehemals sicher teuren, jetzt nur noch zerrupft aussehenden Anzügen standen und sich bei Idas Anblick an die Hüte tippten.

Manchen kannte sie von früher, so hielt sie das Gesicht abgewandt und ihre Augen unter der Mütze verborgen. Obwohl ihr niemand etwas hinterherrief, war sie froh, in den schmalen Pfeiffersgang einzubiegen, in dem kaum zwei ausgewachsene Leute aneinander vorbeikamen. Sie mochte das Sträßchen, auch wenn es nach den Bombeneinschlägen nichts mehr mit der hübschen Gasse gemein hatte, die es einmal gewesen war. In einer Ecke nahe der Ziegelmauer, die den Gang links begrenzte, war lautes Rascheln zu hören. Als Ida näher kam, erkannte sie im Schatten einen Jungen, der barfuß, aber immerhin mit einer Schiebermütze auf dem Kopf, konzentriert den Inhalt einer Mülltonne durchwühlte. Wer hier lebte, gehörte zu den Ärmsten der Stadt. Kinder, die ihre Eltern verloren hatten, sammelten sich auf engstem Raum in den Ruinen. Er tat ihr leid, doch sie hatte nichts, was sie ihm geben könnte. So eilte sie stumm an ihm vorüber und betrachtete nur sein verschmiertes Gesicht mit den hungrigen Augen.

Ob es dem Katzenmädchen im Heim besser ging als dem Jungen mit der Schiebermütze? Ida kämpfte erfolglos gegen die Mutlosigkeit an, die sie bei diesem Gedanken befiel. Nicht allen konnte sie helfen. Aber den wenigen, für die sie sich zuständig erklärt hatte, *musste* sie zur Seite stehen.

Am Ende des kurzen Ganges erwartete sie ein gewaltiger Schuttberg, der einmal eine Häuserzeile gewesen war. Erleichtert stellte sie fest, dass keine Kinder darauf herumturnten, die in Trümmern und zerborstenem Stahl nach Wertvollem suchten oder einfach nur spielten. Immer wieder war in der Zeitung von durch Handgranaten und scharfe Munition verletzten oder getöteten Jungen und Mädchen zu lesen.

Suchend sah sie sich um. Wie in aller Welt sollte sie herausfinden, in welchem verfallenen Gebäude Fräulein Wendler lebte, wenn es nicht nur keine oberen Etagen mehr gab, sondern auch keine Haustüren und schon gar keine dazugehörigen Nummern? Immerhin, auf einem der Berge rauchte ein Schornstein, der wie ein deplaziert wirkendes Objekt daraus emporragte.

Wüst sah die Kleine Freiheit aus, weit wüster als ihre große Schwester. Ida hatte geglaubt, sie hätte sich mittlerweile an das triste Bild gewöhnt, das Hamburg in den Stunden kurz vor der Dämmerung bot. Aber Pustekuchen. Wenn das Licht abends milder wurde, wurden die Schatten länger, die Umgebung bevölkerten dunkle Gestalten, und über alles legte sich ein unangenehm beißender Geruch, der aus den scheibenlosen Fenstern und Türöffnungen kroch. Nach Schweiß, nach schmutzigen Leibern, nach Essen, aber nicht nach gutem. Ein Österreicher im Bunker hatte ihr einst von *Kanalforellen* erzählt, die er für ein Gasthaus gefangen hatte – Ratten, die auf der Speisekarte allerdings weder als Nagetiere noch als Fische verkauft worden waren, sondern als Schweinefleisch.

In einem dieser zahlreichen Keller musste Fräulein Wendler leben. Als Ida einen Schritt zurücktat, um sich die Hausruine vor sich genauer anzusehen, entdeckte sie eine hochgewachsene Gestalt, die argwöhnisch zu ihr herübersah. Auch wenn die meisten Leute sie mit Argwohn betrachteten, sobald sie in ihrer Uniform steckte, wirkte dieser Kerl doch auffallend nervös. Mit einem halbwegs freundlichen »Guten Abend« machte sie ein paar Schritte in seine Richtung. Doch das veranlasste ihn nur dazu, noch bleicher zu werden, als er sowieso schon war, und die Beine in die Hand zu nehmen und davonzurennen.

»Ist das Ihre Freizeitbeschäftigung?«, erklang von hinten eine dunkle Stimme, die sie nun schon recht gut einordnen konnte.

Mit fragendem Blick wandte sie sich um. »Was meinen Sie – Männer verjagen?«

Das schien Ares Konstantinos zu amüsieren. »Wussten Sie eigentlich, dass Meyerlich Angst vor Ihnen hat?«

»Nein.«

»Sie können ganz schön furchterregend sein. Und ich frage mich, wieso Sie eigentlich immer in Uniform herumlaufen müssen.« Lächelnd fuhr er sich durch die unbändigen Locken.

Er schien ja erstaunlich guter Laune. Hatte er sie vor ein paar Stunden nicht noch angeschnauzt, weil sie einen möglichen Tatort ruiniert hatte?

»Ich habe nicht vor, Fräulein Wendler einen Freundschaftsbesuch abzustatten, daher die Uniform. Und Sie?«

»Freundschaft würde ich es nicht nennen«, erwiderte er mit einer enervierenden Fröhlichkeit, »aber als Gerichtsmediziner bin ich ebenso wenig hier.«

Als er den Mund wieder schloss, sah sie ihn abwartend an.

»Ja, bitte, Fräulein Rabe?«

»Was haben Sie Oberkommissar Brasch erzählt?«

»Über die Tote? Ich denke, das geht Sie nichts an.«

»Da sind wir zwar geteilter Meinung«, sagte sie spitz. »Aber eigentlich meinte ich hinsichtlich meiner Schuhabdrücke. Und der Tatsache, dass ich mich ohne Notwendigkeit am Fundort einer Toten herumgetrieben habe. Bisher wurde ich noch nicht zu Miss Watson zitiert.«

Womöglich schlicht aus dem Grund, weil sie ja kaum noch eine halbe Stunde im Büro verbracht hatte. Ihre Kündigung würde ihr womöglich in den frühen Morgenstunden entgegengeschleudert werden, kaum dass sie die Davidwache betreten hätte. Aber hatte sie sich nicht vorgenommen, nicht darüber nachzudenken?

»Nennen Sie mich einen Narren, aber ich habe Ihre Anwesenheit beim Leichenfundort für mich behalten.«

Verblüfft öffnete sie den Mund, schloss ihn dann aber wieder. Wollte er damit etwa sagen, dass Oberkommissar Brasch nicht ahnte, wem die Schuhabdrücke im Waldboden gehörten?

»Wie es das Schicksal wollte, musste ich austreten, bevor der Wagen für den Abtransport der Leiche kam. Natürlich war ich klug genug, das in ausreichender Entfernung zum Fundort zu tun. Da gab es eine Senke, die von Brombeerranken vor neugierigen Blicken abgeschirmt ist.«

Dort, wo sie sich anfangs versteckt hatte … Ungläubig blinzelte sie. »Aber die Spuren auf dem Feldweg. Und im Wald!«

»Ach, wissen Sie, das habe ich schon als Kind gern getan: in die Fußstapfen eines anderen zu treten.«

»Sie sind die ganze Strecke abgelaufen?« Vor Verblüffung wusste Ida gar nicht mehr, was sie denken sollte. »Bis zum Weg an der Wiese entlang in meinen Abdrücken?«

»Ja, das bin ich.«

Wieso in aller Welt tat er so etwas? Hatte er irgendwelche Erwartungen, die sie ganz bestimmt nicht erfüllen würde? Aber als sie ihn erstaunt musterte, wirkte er weder sonderlich an ihr interessiert, noch hatte er etwas Durchtriebenes an sich. Vielleicht war er einfach nur freundlich.

Eine Seltenheit heutzutage. Unmöglich aber nicht.

»Danke. Das ist sehr nett von Ihnen.« Mit einem Mal schämte sie sich dafür, eben noch so kaltschnäuzig gewesen zu sein.

Er hob die Schultern. »Ach, wissen Sie, ich fände es schade, eine so engagierte Kollegin zu verlieren. Das käme doch einer Verschwendung gleich, finden Sie nicht?«

»Nun, ich ... Danke«, wiederholte sie, weil ihr vor Verblüffung nichts Besseres einfiel.

»Dann suchen wir jetzt Fräulein Wendler auf? Ich muss Ihnen sagen, mir wird die Aktentasche mit den Elefantenbohnen doch langsam schwer.« Gut gelaunt setzte er sich in Bewegung.

»Herr Konstantinos«, hielt sie ihn zurück. »Können Sie mir nicht doch etwas über die Tote sagen? Falls der Mörder derselbe ist, der Fräulein Wendler angegriffen hat, dann ...«

Seine Augen blitzten amüsiert, als er näher an sie herantrat. »Wie in aller Welt kommen Sie auf diesen Unsinn?«

»Wieso Unsinn?«, fauchte sie, riss sich aber gleich wieder am Riemen und fügte in versöhnlicherem Ton hinzu: »Zwei Frauen, die in derselben Gegend angegriffen und stark verletzt wurden – das sind immerhin schon zwei Gemeinsamkeiten. Drei, genauer gesagt, schließlich sind sie beide weiblich.«

»Fräulein Rabe, wenn ich mich nicht täusche, schlummert einiges in Ihnen, aber ein Tötungsdelikt ist, da wiederhole ich mich gern, Sache der Kriminalpolizei.«

»Ihre Belehrungen können Sie sich sparen. Ich tue so gut wie möglich meine Arbeit, und zu dieser gehören Frauen, die vergewaltigt wurden wie Fräulein Wendler.« Nun, das war gelogen. Aber was sollte es. »Falls der Kerl, der ihr das angetan hat, nun auch noch mordet, dann will ich das verflixt noch mal wissen.«

Nachdenklich sah er sie an. »Das verstehe ich. Aber sehen Sie bitte ein, dass ich nicht einfach so Dinge ausplaudern darf.«

»Ist es Ihnen lieber, wenn die Fälle in den Akten verschwinden und mit ihnen eine Frau nach der anderen verloren geht?« Sie klang ziemlich verzweifelt und war es auch. »Können Sie sich vorstellen, was es heißt, Opfer von so einem Angriff zu werden? Keine der Frauen wird froh darüber sein, mit dem Leben davongekommen zu sein. Es löscht etwas in ihnen aus, etwas in ihnen stirbt, und ich will verhindern, dass das noch mehr von ihnen geschieht.«

Er atmete tief ein. »Einverstanden. Eine Frage dürfen Sie stellen. Ich will sehen, ob ich sie Ihnen beantworten kann.«

»Woran ist sie gestorben? Wie alt war sie? Konnten Sie feststellen, ob sie in der Vergangenheit ein Kind bekommen hat?«

»Fräulein Rabe, wenn ich richtig gezählt habe, waren das drei Fragen. Aber ich werde mein Bestes tun, sie zu beantworten. Allerdings muss ich gleich einwenden, dass das Alter schwer bestimmbar ist, sobald der Tatzeitpunkt mehr als eine Woche zurückliegt.«

»Aha!«

»Sagen Sie nicht Aha.« Mit gespielter Missbilligung schüttelte er den Kopf. »Habe ich behauptet, dass das hier der Fall ist?«

»Das haben Sie nicht, nein.« Aber sie war einen winzigen Schritt weiter. Mehr als eine Woche – angesichts des Zustandes der Leiche verwunderten sie Konstantinos' Worte nicht, auch wenn sie sich mit Verwesungsprozessen keineswegs auskannte.

»Mindestens eine Woche?«, fragte sie dennoch zur Sicherheit noch einmal.

Er nickte.

Auch Line war seit mehr als sieben Tagen verschwunden!

»Kommen Sie«, sagte er. »Wir haben eine Mission zu erfüllen.«

»Bohnen?«

»Bohnen«, stimmte er ihr zu. »Besuchen Sie mich am Montag im Institut in der Neuen Rabenstraße. Spätestens da habe ich ein paar Antworten für Sie.«

Sie war so erleichtert, dass sie ihm – ungewöhnlich, so etwas wünschte sie sich sonst nie – am liebsten um den Hals gefallen wäre, deutete aber stattdessen auf den linken der düsteren Eingänge. »Ich vermute, es geht dort entlang.«

Ein umsichtiger Anwohner hatte das Geröll zur Seite gefegt, sodass ausreichend Platz war, um hintereinander auf das Gebäude zuzusteuern, das irgendwann einmal über drei oder mehr Stockwerke verfügt haben musste.

Nachdem sie eine Weile in den schwarzen, eisigen Schacht gestarrt hatte, in dem es durchdringend nach Urin roch, trat sie ein. Trotz seiner beachtlichen Größe hörte sie Konstantinos nicht hinter sich, spürte aber, dass er da war. Im Innern ließ sich kaum die Hand vor Augen erkennen. Hier leben, dachte Ida, musste ja noch freudloser sein als im Bunker. Regelrecht erleichtert war sie, als sich weiter hinten im Gang eine Tür öffnete und ein wenig Licht in den Keller fiel. Ein Mann in britischer Armeekleidung erschien im Türrahmen, wandte sich noch einmal um und sagte etwas auf Englisch. Daraufhin hörte Ida Charlotte Wendlers zaghafte Stimme: »Bis bald.«

Die Tür schlug zu, und wie zuvor ergoss sich Dunkelheit in den schmalen Gang. Die Tatsache, dass Charlotte Wendler schon wieder Besuch empfing, verschlug Ida den Atem. Trotz des Fraternisierungsverbots fühlten sich viele Besatzer von den Hamburgerinnen angezogen; wer wollte es ihnen auch verdenken, so weit weg von zu Hause? Unter den Frauen gab es solche, die froh über ihre neuen Bekanntschaften waren, die ihnen Schutz boten. Und jene, die sich bezahlen ließen. Kaum ein Deutscher hatte Geld. Oder Schokolade. Oder Zigaretten. Aber so viel Verständnis Ida auch dafür aufbrachte, fragte sie sich doch besorgt, ob Charlotte Wendler bereit dafür war. Sie hatte sich doch erst heute im Krankenhaus behandeln lassen müssen.

Misstrauisch starrte Ida den Schatten an, der sich auf sie zubewegte. Als der Mann derart nahe war, dass sie seinen Atem auf ihrem Gesicht spüren konnte, machte sie sich so breit wie möglich, um ihm nicht die Gelegenheit zu geben, sich an ihr vorbeizudrücken.

»*Excuse me*«, sagte er, was weniger wie eine Entschuldigung als wie eine Drohung klang.

Ida spürte Ares Konstantinos' Hand auf ihrer Schulter. Warm lag sie da, beruhigend, eine Mahnung, nichts Unüberlegtes zu tun.

Sie trat zur Seite. Nicht einmal der kleine Sieg, ihm in die Augen starren zu können, war ihr vergönnt, denn der Kerl wandte den Kopf ab. Alles in ihr brodelte, und sie hatte Mühe, ihre Gedanken wieder auf das zu konzentrieren, was vor ihr lag.

»Und nun?«, fragte Konstantinos leise, nachdem die Schritte verhallt waren und nur noch sie beide in der muffigen Feuchtigkeit standen, die die bloßen Backsteine rechts und links von ihnen verströmten. »Wollen Sie sie jetzt einkassieren?«

»Charlotte Wendler? Nein. Sie tut, was sie tut, weil sie bitterarm ist und nicht anders kann. Aber ihn würde ich mir zur Brust nehmen, wenn ich könnte.«

Doch die britischen Besatzer waren für die deutsche Schutzpolizei *out of bounds*.

»Kommen Sie.«

Er folgte ihr zu der Tür, aus der der Mann getreten war.

»Fräulein Wendler?«, sagte Ida, die Lippen dicht an dem wurmzerfressenen Holz. »Hier ist Ida Rabe. Wir haben uns heute Vormittag kennengelernt. Ares Konstantinos ist auch hier, der Arzt. Sie erinnern sich bestimmt an ihn.«

Es schien ihr angebracht, sich neutral auszudrücken, da sie nicht wusste, wer sich außer Charlotte Wendler noch hinter der Tür befand. Bellte man *Polizei*, konnte alles Mögliche passieren, und das meiste davon war unerfreulich.

Erst einmal regte sich auf der anderen Seite des Holzes überhaupt nichts. Ida legte das Ohr an die Tür und glaubte, die Holzwürmer nagen zu hören.

Wahrscheinlich würde Konstantinos innerhalb der nächsten Minuten tun, was Männer gemeinhin gern taten, nämlich das Ruder in die Hand nehmen, auch wenn das Boot schon Kurs hielt. Doch zu ihrer Überraschung rührte er sich nicht.

»Fräulein Wendler?«, fragte Ida erneut.

»Ja?«, ertönte wispernd Charlotte Wendlers Stimme von der anderen Seite.

»Ida Rabe«, wiederholte Ida. »Dürfen mein Kollege Herr Konstantinos und ich hereinkommen?«

Die Antwort war ein leises Stöhnen, das Ida das Blut in den Adern gefrieren ließ. Sie drückte die Klinke hinab, öffnete die Tür und bedeutete Konstantinos, ihr zu folgen. Im Innern des Kellerabteils, das als Wohnung diente, war es kaum heller als im Gang, trotzdem benötigten Idas Augen etwas Zeit, sich an das diffuse Licht zu gewöhnen, das durch ein schmales, vergittertes Fenster fiel.

In der linken Ecke glaubte Ida, eine Bewegung wahrgenommen zu haben. Suchend blickte sie sich um, entdeckte jedoch nur mehrere Haufen Stoff, mit denen sie sich nicht weiter befasste.

»Fräulein Wendler?«, wiederholte Ida. »Wie geht es Ihnen?«

Wieder ertönte ein Stöhnen, das auch ein Keuchen sein könnte. Nun sah sie Fräulein Wendler, die zusammengekauert ein paar Schritte von der Tür entfernt sitzend an der Wand lehnte.

»Es tut weh.«

Während Ida neben ihr in die Hocke ging, ließ sie einen prüfenden Blick durch den Raum gleiten. Da es keinen Schrank gab, lagen sämtliche Habseligkeiten zu Türmchen gestapelt auf dem Boden. Milchiges Licht fiel durch die Eisenstäbe des Fensterlochs, an die ein Geschirrtuch geknotet war, um wenigstens etwas Wärme im Innern zu halten.

»Mama?«, ertönte eine leise Kinderstimme.

Erschrocken fuhr Ida herum.

»Mama, darf ich jetzt gucken?«

Ida und Konstantinos tauschten einen beunruhigten Blick. Dicht nebeneinanderstehend fanden sie sich Sekunden später vor einem der Kleiderstapel wieder, hinter dem mit dem Rücken zu ihnen ein Kind saß.

»Hallo«, sagte Ida.

Der Junge, der nur ein dünnes Hemd und eine zerrissene Stoffhose trug, wandte den Kopf. Sein Gesicht war dreckverschmiert. Scheu blickte er zu ihr hinauf, rührte sich jedoch nicht. Wie alt mochte er sein, drei, vielleicht vier?

»Was tust du denn hier?«

Der Junge antwortete nicht. Stattdessen sagte Charlotte Wendler mit brüchiger Stimme: »Steh auf, Georg, du darfst jetzt wieder gucken.«

Nachdem sich der Kleine aufgerappelt hatte, sah er erst Ida an. Als er den Blick zu Ares Konstantinos wandte, schlich Begeisterung über sein mageres Gesicht. »Bist du ein Riese?«

Ares Konstantinos lächelte breit. »Nein. Nur ein Grieche.«

»Aber du siehst aus wie ein Riese.«

»Leider bin ich nicht so stark. Aber vielleicht kommt das noch, wenn ich erst groß bin.«

Vor Erstaunen fielen dem Jungen fast die Augen aus dem Kopf. »Du bist noch gar nicht zu Ende gewachsen?«

»Zumindest noch nicht so, wie ich es vorhabe. Und du? Wie groß willst du werden? Oder bist du schon ausgewachsen?«

»Ha!«, sagte der Junge und verzog das Gesicht zu einem breiten Grinsen. »Noch lange nicht! Ich bin ja aber auch erst sechs.«

Erschrocken sah Ida zu dem Gerichtsmediziner hinüber, der sich jedoch nichts anmerken ließ. Georg war viel zu klein für sein Alter. Lag es daran, dass er zu wenig zu essen bekam? Doch obwohl er alles andere als wohlgenährt wirkte, vermittelte er immerhin nicht den Eindruck, hungern zu müssen. Nicht mehr jedenfalls, als es alle taten.

»Georg«, sagte Charlotte Wendler leise. »Lass bitte den Mann in Frieden.«

»Aber er hat mich gefragt!«, protestierte der Junge.

»Das stimmt«, sagte Konstantinos und behielt sein freundliches, breites Lächeln bei, das auch Fräulein Wendler Vertrauen einflößte. Er ließ den Riemen seiner abgewetzten

Aktentasche von der Schulter gleiten und stellte sie auf dem Steinboden ab. »Wie geht es Ihnen, Fräulein Wendler?«

»Gut.«

Was Ida überhaupt nicht überzeugte.

»Wer war der Mann?«, fragte sie freiheraus. Sie war noch nie eine Freundin davon gewesen, um den heißen Brei herumzureden.

Charlotte Wendler zuckte mit den Schultern. »Niemand.«

»Sind Sie im Krankenaus gut versorgt worden?«, versuchte es Ida erneut.

Auch auf diese Frage wollte ihr Fräulein Wendler nicht antworten. Mit zitternder Hand schob sie sich das Haar aus der schweißnassen Stirn.

»Wir sind wegen der Elefantenbohnen hier«, ließ sich Ares Konstantinos vernehmen. Mit einem Lächeln, das freundlicher kaum hätte sein können, zauberte er drei Einmachgläser aus seiner verbeulten Ledertasche. In einer tiefroten Soße schwammen darin dickliche, weiße Bohnen. Ida wurde schwindelig vor Verlangen danach. Rasch wandte sie sich wieder Charlotte Wendler zu.

»Fräulein Wendler, darf ich Ihnen ein paar Fragen stellen? Essen Sie ruhig währenddessen. Georg hat sicher auch Hunger, nicht wahr?«, ergänzte sie mit einem Seitenblick auf den Jungen, der immer noch begeistert den Gerichtsmediziner anstarrte.

Konstantinos sah sie warnend an, doch Ida ignorierte ihn.

»Ist Ihnen zu der Angelegenheit, von der wir heute auf der Wache sprachen, noch etwas eingefallen? Haben Sie an jenem Tag vielleicht etwas Wertvolles bei sich gehabt?«

»Bitte, ich ...« Mit kraftlosen Armen versuchte Charlotte

Wendler sich auf dem Boden aufzustützen, um aufzustehen, stöhnte jedoch dumpf auf und sackte wieder in sich zusammen. Mit einem einzigen großen Schritt war Konstantinos bei ihr und nahm ihr schmales Gesicht in die Pranken. Er bat sie, sich hinzulegen, und Ida, mit dem Jungen vor die Tür zu gehen.

Ida nahm Georg bei der Hand und verließ widerstrebend den Raum. Der Junge folgte ihr zögernd durch den Flur ins Freie, wo er sie verwirrt anblinzelte. Der Kleine hatte eines dieser fröhlichen Kindergesichter, die nicht recht in diese Umgebung passen wollten: mit leuchtenden braunen Augen und Sommersprossen, die sich auf seiner Himmelfahrtsnase tummelten und die man trotz der schmutzigen Wangen erkennen konnte. Sein Blick war wach, überhaupt machte er den Eindruck, ein kluges Kerlchen zu sein. Jetzt allerdings sah er ängstlich aus, und sie konnte es ihm kaum verdenken.

»Ich glaube, du kannst mir helfen. Oder bist du etwa nicht der weltberühmte Detektiv Georg Wendler?«

Verblüffung zog über sein schmales Gesicht. »Hä?«

»Ich habe von dir gehört. In meiner Ausbildung, ob du es glaubst oder nicht.«

»Vergackeiern kann ich mich auch selber.« Doch er sah fröhlich aus, als er das sagte. »Gackgack. Pieppiep.«

»Sitzt du immer, wenn deine Mutter Besuch bekommt, hinter dem Kleiderstapel?«

Er schien zu überlegen, ob er lügen sollte, doch dann fiel ihm wohl nichts Besseres ein, also nickte er.

»Und was, wenn sie unterwegs ist? Fährst du mit ihr aus der Stadt hinaus?«

»Manchmal.«

»Wann warst du denn das letzte Mal dabei?«

Er zuckte mit den Achseln und hakte seine Daumen in die ausgefransten Taschen seiner noch ausgefransteren Hose ein. »Vor einer Woche oder so.«

»Wart ihr da die ganze Zeit über allein? Oder hat deine Mutter jemand begleitet?«

»Nö.«

»Ist dir mal ein Mann aufgefallen, der mit deiner Mama gesprochen hat? Oder hinter euch war?«

Schniefend zog er die Nase hoch. »Nee.«

»Aber warst du vielleicht dabei, als sie...« Wie sollte sie es ausdrücken? Wie viel Wahrheit konnte man einem Kind zumuten? »Als deine Mama verletzt wurde?«

»Nee. Da war ich bei Gudrun. Da kam Mama nach Hause und hat geweint.« Seine Unterlippe zuckte, und er tat Ida unendlich leid.

»Georg, hatte deine Mutter...«

»Fräulein Rabe?«, dröhnte hinter ihnen Konstantinos.

»Gleich«, rief sie, ohne sich umzudrehen. »Georg, bitte, versuche dich zu erinnern. Als deine Mutter...«

»Fräulein Rabe, bitte!«

Zornig wandte sie sich zum Kellereingang um, wo Ares Konstantinos stand. Der Berg von einem Mann wirkte mit einem Mal todmüde. Sein rundes Gesicht mit den warmen Augen hatte jeden Glanz eingebüßt.

»Lassen Sie das Kind. Ich dachte, Sie kümmern sich um ihn, stattdessen fragen Sie ihn aus?«

»Ich würde gern noch einmal mit Fräulein Wendler sprechen«, sagte sie, ohne auf seine Worte einzugehen. Er hatte recht, natürlich. Aber wenn sie schon Charlotte Wendler kaum helfen konnte, musste sie diesen Mann fassen, der für ihr Leid verantwortlich war. Wieso verstand Konstantinos das nicht?

Der Gerichtsmediziner machte sich größer, als er sowieso schon war. »Auf keinen Fall.«

»Sagen Sie mir nicht, wann ich jemanden vernehmen kann!«

Ohne sie weiter zu beachten, wandte sich Konstantinos an den Jungen. »Georg?«

»Ja?« Erneut strahlte der kleine Kerl.

»Passt du auf deine Mutter auf?«

Jetzt war es Ida, die Konstantinos einen strafenden Blick zuwarf. Der arme Junge, wieso bürdete ihm der Gerichtsmediziner eine solche Verantwortung auf?

»'türlich!«, rief Georg stolz.

»Dann geh zu ihr. Ich rede kurz mit Fräulein Rabe, dann kommen wir noch einmal zu euch, abgemacht?«

Eifrig nickte der Kleine und zischte ab ins Innere des Kellers. Mit ernster Miene wandte sich Konstantinos an Ida.

»Fräulein Wendler geht es sehr schlecht. Ich denke, wir sollten sie die Nacht über nicht allein lassen. Ich bringe sie ins Krankenhaus.«

»Ich komme mit.«

Warnend hob er den Zeigefinger. »Ich möchte nicht, dass Sie...«

»Herr Riese?«, ertönte eine verängstigte Stimme aus dem Flur. »Meine Mama redet nicht mehr.«

Alarmiert stürzten Ida und Konstantinos an Georg vorbei ins Innere des Kellers.

Wenig später hasteten sie über die Reeperbahn. Konstantinos hatte etwas von einem entfernt geparkten Auto gezischt, seitdem hatten sie kein Wort mehr gesprochen. Vor Anstrengung keuchend trug der Arzt Charlotte Wendler, deren Arme und Beine wie die einer Puppe herunterhingen. Eilig hatte Ida den Jungen zu einer Nachbarin gebracht und den Gerichtsmediziner schon an der Ecke zur Großen Freiheit wieder eingeholt. Ihr Herz wummerte. Sie hatte das Gefühl, dass ihre Umgebung zu einem einzigen Fleck vor ihr zusammengezurrt wäre. Nur das Ziel hatte sie vor Augen: das Hafenkrankenhaus, wo man Charlotte Wendler retten musste.

Als Konstantinos auf einen schwarz glänzenden Lloyd zusteuerte, rief sie: »Schlüssel!«

Mit dem Kinn deutete er auf seine Manteltasche. Ida tastete suchend darin herum, bis sie den Autoschlüssel fand, öffnete die Fahrertür, klappte den Sitz nach vorn und half dem Mediziner, die junge Frau so sanft wie möglich auf der Rückbank abzulegen. Ihre Lider flatterten, und ihr Gesicht sah aus, als berge es kaum noch Leben in sich.

Überall war Blut.

Dann rasten sie über das Pflasterstein der Reeperbahn, das Ida nie zuvor derart grob vorgekommen war. Sie saß nach hinten gedreht auf dem Beifahrersitz, hielt Charlotte Wendlers Hand und redete auf sie ein.

»Halte durch, Charlotte, hast du mich verstanden?«

Doch sie bekam keine Reaktion. Endlich standen sie im fast leeren Eingangsbereich des Krankenhauses.

»Ist hier niemand? Hallo, wo finde ich eine Schwester?«, schrie Ida mit wackliger Stimme einen Patienten an, der selbst aussah, als kippe er im nächsten Augenblick um. Müde hob er den Daumen und zeigte hinter sich.

»Da irgendwo.«

Nachdem Fräulein Wendler endlich in den Operationssaal gerollt worden war, standen Ida und Ares im Krankenhausflur und schwiegen. Unendlich langsam verstrichen die Minuten. Irgendwann lehnte sich Konstantinos gegen die Wand. Er sah aus wie ein massiger griechischer Gott aus dem Museum, schoss es Ida durch den Kopf, nur dass seine jetzt kalkweiße Haut nicht glatt wie Marmor war.

»Geht es?«, fragte Ida leise, doch er antwortete ihr nicht, sondern fuhr sich mit der Hand über die verschwitzte Stirn. Ein schmaler Streifen Blut blieb zurück.

Aus Ermangelung eines Taschentuchs schlüpfte sie aus ihrem Mantel, spuckte auf das Innenfutter und rieb damit über Ares Konstantinos' Haut. Verwundert, aber zu müde, um nachzufragen, sah er sie an.

»Sie hatten da etwas.«

Ein leises Klirren ließ sie nach unten blicken. Nach einem Moment des Zögerns, in dem sie die Halskette nicht recht hatte zuordnen können, bückte sie sich danach.

»Sie tragen Schmuck?«, fragte der Gerichtsmediziner. »Irgendwie passt das nicht zu Ihnen.«

»Ich trage ihn ja auch nicht. Er war in meiner Tasche.«

Als sie die Kette wieder wegstecken wollte, griff Konstantinos nach ihrer Hand. Ida erstarrte. Seine Haut war warm und trocken. Die Berührung fühlte sich ungewohnt an, schön, aber auch beängstigend.

Rasch entzog sie ihm ihre Finger.

»Zeigen Sie her«, forderte er sie leise auf. »Ist das eine Kette aus Haar?«

»Wie? Nein, aus Garn.«

»Lassen Sie mich fühlen.«

Nachdem sie das Kettchen in seine Hand hatte fallen lassen, fuhr er behutsam mit dem Zeigefinger darüber. »Doch. Das ist geflochtenes Haar.«

»Was? Von einem Menschen?«

Er nickte.

Vorsichtig nahm Ida die Kette wieder entgegen. Nie zuvor hatte sie ein solches Schmuckstück gesehen. Es musste sich um ein Andenken handeln. Ein Andenken an wen?

Klappernde Schritte auf dem Steinboden rissen sie aus ihren Gedanken. Als sie zur Seite blickte, sah sie einen in Weiß gekleideten Mann auf sich zukommen. Nachdem er sich als Doktor Heller vorgestellt hatte, sagte er: »Fräulein Wendler geht es den Umständen entsprechend gut. Sie befindet sich nicht mehr in Lebensgefahr.«

Erleichtert holte Ida Luft, doch bevor sie etwas fragen konnte, redete er weiter.

»Sie war kurz ansprechbar und hat angedeutet, woher die Verletzungen stammen. Bei der Untersuchung, die heute...« Er dachte nach und schüttelte den Kopf. »... oder gestern vorgenommen wurde...«

»Heute«, fiel ihm Ida ins Wort.

»... war leider nicht ersichtlich, dass die Verletzungen so gravierend sind. Manchmal treten die körperlichen Schäden einer Notzucht verspätet auf, manchmal wird durch ein erneutes Trauma eine sich schon im Heilungsprozess befindliche Wunde wieder aufgerissen. Der Blutverlust jedenfalls war erheblich.«

»Wann kann ich mit Fräulein Wendler sprechen?«

»Nicht vor morgen. Besser wäre, übermorgen.«

Ida nickte.

»Manchmal geht es halt schief«, brummte der Arzt.

»Wie bitte?«, fragte Ida.

»Na ja, manchmal geht das Temperament mit den Herren der Schöpfung eben durch.«

Totenstill wurde es in Ida. Ungläubig fragte sie sich, wie der Arzt eine Vergewaltigung derart verharmlosen konnte. Doch neben ihr explodierte Ares Konstantinos, der sanfte Riese.

»Temperament?«, brüllte er.

Erschrocken wich der Arzt zurück. »Beruhigen Sie sich doch! Wir sind hier in einem Krankenhaus!«

»Und was faseln Sie von Herren der Schöpfung?« Aus Konstantinos' Mund zischten kleine Spucketröpfchen durch die Luft. »Das war eine Bestie, kapieren Sie das nicht, Sie Vollidiot?«

Ohne ein weiteres Wort und mit wehenden Kittelschößen verschwand Doktor Heller. Als sich Ida zu Ares wandte und sein wutverzerrtes Gesicht sah, konnte sie nicht anders, als ihn zu mögen. Matt starrten sie einander an. Dann traten sie in die Nacht hinaus, wo nicht ein Stern am Himmel leuchtete.

Vierlande, am Stadtrand von Hamburg

Frühjahr 1947

Da liegt es jetzt, das Monster. Tot. Blut überall. Was für eine Sauerei. Es hat sich mit mehr Kraft gewehrt, als ich vermutet hatte. Doch ich bin stark. Dürr wie ein Zweig, aber stark, weil ich keine Liebe mehr kenne, keine Sehnsucht, keine Angst, bloß Hass. Runtergedrückt habe ich das Monster, habe ihm in die Augen gesehen, hab zugestoßen, wieder und wieder.

Jetzt gehe ich auf das Dorf zu. In meiner Tasche liegt ein rot verschmierter Zettel. Erst wollte das Scheusal die Adresse nicht rausrücken, aber hat es mir nicht selbst beigebracht, wie man schlussendlich bekommt, was man will?

Ein Gehöft gar nicht weit von hier. War ich nicht sogar schon in der Nähe, als ich das erste Mal in dieser vermaledeiten Gegend war?

Ist das Fügung, Schicksal, von Gott gewollt? Aber habe ich mit dem, was ich getan hab, nicht schon erfüllt, wozu ich auf die Erde gekommen bin?

Es gibt zu wenig Liebe für die Leute und zu viel Hass. Das hab ich früh gemerkt in meinem Leben. Und mich immer gefragt, wie das gehen soll. Es muss doch ein Gleichgewicht geben, so wie mit allem anderen auch. Aber keiner ist da, der die ganze Dunkelheit wieder füllt mit Licht.

Ich?

Nee, als Engel hab ich mich nicht gesehen. Ich bin doch nicht größenirre. Aber das eine, das musste ich tun, das war ich der Welt schuldig, nachdem sie mir einen Mann wie Julius geschickt hatte. Einen, der mich gewärmt hat und mir über das Haar gestrichen und mich freundlich angeguckt hat, ohne Hass oder Verachtung. Einen, der gut war, durch und durch. Und diese schrecklichen Menschen haben ihn umgebracht. Ihn und so viele andere und mich haben sie gequält, mich und viele andere, das Monster und er, der in dem Gehöft lebt, dessen Adresse ich jetzt hier auf dem Zettel in meiner Hand halte.

Wolken vor meinem Mund, dabei ist es nicht mehr kalt. Vielleicht brennt doch schon das Fegefeuer in mir. Was würde nur Madlena sagen?

Ich kann jetzt nicht zu ihr. Ich kann nicht in den Bunker zurück. Sie würde es mir ansehen, und wenn sie sich dann vor mir fürchten würde, wäre das das Allerschlimmste.

Aber ich hab ja alle Zeit der Welt. Bloß waschen muss ich mich, bevor ich unter Leute gehe. Das Blut ist überall, so wie damals, als das Monster sich über mich hermachte. An einem Bach, der mehr ein Schlammloch ist, knie ich nieder. Ich gucke mein Spiegelbild im graubraunen Schlick an und verziehe angewidert das Gesicht.

So viel Scheußliches habe ich gesehen. Kranke Frauen. Verletzte Frauen. Frauen, die fast alles ertragen hätten. Wie sie um Gnade wimmerten. Aber das Monster hat sich über alle hergemacht, eine nach der anderen. Es ist gut, dass ich die Welt erlöst habe. Eines Tages wird man das erkennen. Eines

Tages, wenn die Deutschen allesamt ihr Fett wegbekommen haben und es auf den Straßen keine Männer mehr gibt, weil alle gehängt worden sind.

Ich wasche mich, bis meine Haut brennt. Kratze Krusten ab, es bleiben Striemen zurück, die ich im zitternden Spiegelbild zwar nicht erkennen kann, aber spüren, das wohl. Ja, ich spüre etwas. Zum ersten Mal seit langer Zeit.

Etwas rinnt mir die Wange hinab.

Ich stehe auf. Fehlte noch, dass ich heule. Hab ich damals nicht, werde ich jetzt nicht tun. Für so viel Schmerz gibt es nicht genügend Tränen, und wenn man alle Menschen auf der Welt auspressen würde.

Es ist vorbei, es ist vorbei.

Das Monster ist tot.

Ich sehne mich nach Madlena, aber wird sie mich noch lieb haben können?

Sie wird ohne mich auskommen, das ist ihr auch vorher schon gelungen. Ich warte, ob ich eine Antwort in meinem Kopf finde, was ich mit der Adresse anfangen soll. Noch wen schlachten, das gefällt mir nicht. Lieber würde ich aufhören, jetzt, lieber an meinen Liebsten denken. Weißt du noch, wie ich mich freute, als das Leben in meinem Bauch wuchs? Und auch du hast gelächelt, ja, gelächelt, auch wenn du es vielleicht nicht bemerkt hast. Man braucht doch Hoffnung, besonders in diesen finsteren Zeiten, in denen ich dich vor der Welt beschützt habe. Gretes Schrank mag geräumig gewesen sein, aber viel weniger sicher als das Versteck, in dem ich dich verbarg. Julius, mein Liebster, wir hätten so glücklich werden können! Du, ich und unser Kind.

Aber als ich damals vom Arzt nach Hause kam, warst du

fort. Die Gestapo saß in der Küche. Die Wand zu deinem Versteck war eingedrückt, einfach so, als wenn ein Riese kräftig gepustet hätte. Ich war wie erstarrt. Hab geglaubt, ich hätte einen schlimmen Traum.

Doch da waren sie. Stiefel auf dem Esstisch, Grinsen in den Gesichtern. Kalte Augen. Männergesichter. Männeruntermützengesichter. Und ich eiskalt vor lauter Angst. Um dich hatte ich Angst. Was sollten die schon von mir wollen?, dachte ich. Ich bin Deutsche. Keine Jüdin. Keine Russin. Ich hab bloß einen Juden versteckt, aber konnte ich wissen, dass er Jude war?

Na ja, meine Verteidigung war dünn. Dünn wie ne Oblate, die sie in den Mund steckten und runterschluckten. Und dann kam Bahlsum, als sie mich in das Zuchthaus in der Barnimstraße brachten, ein Teufel in weißem Kittel, der durch das Gefängnis getanzt ist, als ginge er zum Ball. Er sah mich mit einem gütigen Lächeln an. Wirklich. Gütig war es. Und sagte: »Dich nehme ich mit.«

Da hat mein Leben aufgehört und die Hölle begonnen.

3

Alter Elbpark, Hamburg-Sankt Pauli

Samstag, 3. Mai 1947, 6:27 Uhr

Wieder und wieder war Ida in der Nacht aufgeschreckt und hatte sich gefragt, wie es Charlotte Wendler ging. Um Punkt sechs gab sie der inneren Unruhe nach, stand auf und schlich sich hinaus. Wenig später stapfte sie mit großen Schritten durch den Alten Elbpark. Über dem Fluss unterhalb von der grünen Anhöhe hing Nebel. Vögel sangen, die Luft duftete nach Gras und hin und wieder nach süßem Nektar.

Als sie den Park verließ, waren ihre Schuhe und Strümpfe feucht vom Tau. Beim Anblick des rot geklinkerten Hafenkrankenhauses verspürte sie ein dumpfes Grummeln im Magen, das ausnahmsweise nichts mit Hunger zu tun hatte.

Im Innern herrschte an diesem Morgen schon reger Betrieb.

»Ich möchte zu Charlotte Wendler.«

Prüfend sah die Schwester sie an.

»Ida Rabe«, erklärte Ida und knöpfte ihren Mantel auf, unter dem die blaue Polizeiuniform aufblitzte. »Mein Kollege und ich haben Fräulein Wendler gestern hergebracht. Ich würde gern mit ihr reden.«

Die Dame schüttelte den Kopf. »Heute nicht, meine Liebe. Sie braucht Ruhe. Morgen vielleicht.«

»Können Sie mir zumindest sagen, wie es ihr geht?«

Statt einer Antwort tätschelte ihr die Schwester den Oberarm und schenkte ihr ein beruhigendes Lächeln, was einen gegenteiligen Effekt auf Ida hatte. Sie öffnete den Mund, um entschlossener nachzubohren, doch da schob die Frau sie sanft, aber bestimmt auf den Ausgang zu.

»Wir tun unser Bestes, das müssen Sie mir glauben. Und nun lassen Sie uns bitte unsere Arbeit tun.«

Besorgt trat Ida wieder ins Freie. Was hatte dieses Schwein nur mit der jungen Frau angestellt? Und wie konnte sie ihr helfen?

Nun, nicht damit, indem sie hier draußen herumlungerte, so viel stand fest. Wenn überhaupt etwas in ihrer Macht stand, dann, dass der Kerl dingfest gemacht wurde – auch wenn sie nicht wusste, wie sie das anstellen sollte. Noch immer kannte sie kaum ein Detail des Überfalls auf Charlotte Wendler, überlegte sie, während sie auf die Bismarck-Statue zuging, die sich in der Mitte des Elbparks gen Himmel reckte. Gab es eine weitere Gemeinsamkeit zwischen Hanne Kischkat und Charlotte Wendler, die beide zu den Opfern des Monsters gemacht hatte? Eine Gemeinsamkeit, die nicht bloß auf den Hamsterfahrten beruhte? Aus dem Stand, musste sie sich eingestehen, während sie die letzten Meter bis zur Davidwache zurücklegte, fiel ihr keine ein.

Um zehn vor sieben schob Brasch die Tür zu ihrem Büro auf.

»Guten Morgen«, sagte Ida.

Brasch nickte nur, schlüpfte aus ihrem Wollmantel, der speckig glänzte, und hängte ihn über die Stuhllehne, da sie das Wagnis, den Schrank zu öffnen, wohl nicht eingehen wollte.

Allein die schlaffe Körperhaltung ihrer Kollegin ging Ida auf die Nerven. Ungerecht, das wusste sie selbst, aber gerade jetzt wünschte sie sich sehnlichst eine Person an die Seite, die Erfahrung mitbrachte. Eine, mit der sie besprechen konnte, was sie über Charlotte Wendler und Hanne Kischkat wusste und wie sie das Katzenmädchen dazu bringen konnten, etwas zu sagen. Doch Heide vergrub sich in den Notizen ihres Merkbuches, ohne noch einmal aufzusehen.

Als auf der Treppe schwere Schritte erklangen, war Ida regelrecht erleichtert. Die Luft im Büro wurde langsam zum Schneiden dick. Es klopfte, und zwei Schupos, die Ida bisher nur vom Sehen kannte, traten ein. Der Name des einen war Jansen, so viel wusste sie. Sein Gesicht glänzte mindestens so sehr wie Heide Braschs Mantelstoff.

»Moin.«

Ida nickte zum Gruß.

»Wir ham da zwei Rabauken für Sie.« Unsanft schubste Jansen erst einen, dann einen zweiten Jungen ins Innere. »Anner Ditmar-Koel-Straße einkassiert. Ham ne Leiche beklauen wollen.« Er versetzte dem letzten der beiden einen zusätzlichen Stoß, sodass der Junge erst gegen den Türrahmen krachte und dann auf die Knie fiel.

Ida erhob sich und baute sich vor dem Mann auf, der einen Kopf kleiner als sie war. »Pfoten weg!«

Er schnaubte nur abfällig und wich keinen Zentimeter zurück. »Willem Alexander und Ludger Rodhart. Nix als Ärger machen die Blagen. Denen sollten Se man lieber kräftig was auf de Büx geben.«

Rodhart, dachte sie. Aus *der* Familie Rodhart etwa?

»Sie fassen die Jungs nicht an, verstanden?«

Er schnaubte noch einmal und raunte seinem Kollegen etwas zu, das Ida nicht verstand. Aber es war ihr auch egal. Schwungvoll schlug sie die Tür vor seiner Nase zu und wandte sich an die beiden Jungs, die wie bedröppelt in der Mitte des Raums standen.

»Jetzt zu euch. Ich ...«, sie hielt inne. »Hab noch etwas vergessen. Moment.« Mit einem Blick auf Brasch, die jedoch die beiden Jungen genauso ignorierte wie ihre Kollegin, drehte sich Ida um und schlüpfte durch die Tür. Die beiden Beamten holte sie noch vor der Treppe ein.

»Haben Sie gerade gesagt, die Jungs haben eine *Leiche* beklauen wollen?«

Jansen versuchte sich in Nonchalance, war darin aber nicht besonders begabt. »Finden Se dat doch selber raus«, sagte er pampig.

»Würde ich, aber dazu fehlt mir die Zeit. Was war das für eine Leiche? Mann, Frau, wann aufgefunden? Gewaltsamer oder natürlicher Tod?«

Schweigend starrte Jansen sie an. Sein Kollege räusperte sich. Er war jünger, wirkte zurückhaltend und sprach so leise, dass sich Ida ein wenig vorbeugen musste, um ihn zu verstehen.

»Männliche Leiche, vermutlich Seemann, mittleres Alter. Aufgefunden in den frühen Morgenstunden in einer Blutlache. Todeszeitpunkt wurde noch nicht festgestellt. Die Jungen wurden beobachtet, wie sie seine Taschen durchwühlten. Als wir hinzukamen, waren sie leer. Keine Kennkarte, rein gar nichts mehr drin. Der Zeuge war Besucher dieser Kirche, der Gustaf, äh, Adolfs ...«

Bei der Erwähnung der Gustaf-Adolfskyrkan, der Kirche

der schwedischen Gemeinde Hamburgs, wurde Ida von einer Welle an Erinnerungen überrollt, die sie augenblicklich beiseiteschob.

»Der Zeuge kam also vorbei, erkannte, was vor sich ging, und hat sich die beiden gekrallt?«, folgerte sie. »Schätzen Sie ihn als glaubwürdig ein?«

Der Wachtmeister nickte und kratzte sich verlegen am Hals. Ihm schien es mehr als unangenehm, seinem Kollegen so offensichtlich in den Rücken zu fallen. Dennoch hatte er es getan. Endlich mal einer mit Schneid.

»Der Zeuge ist auch Seemann. Lars Bengtson. Schwedischer Staatsbürger.«

Ida nickte. Dieser Lars Bengtson würde sie erst davon überzeugen müssen, die Taschen des Toten nicht selbst ausgeräumt zu haben. »Wie heißen Sie?«

»Ich?« Seine Ohren wurden rot. »Heinz Schütte.«

»Danke, Wachtmeister Schütte. Eine Frage noch. Werden die Jungen auch verdächtigt, den Mann getötet zu haben?«

Schütte und Jansen wechselten einen Blick.

»Leiche war kalt«, sagte Jansen schließlich verdrießlich. »So doof sind wohl nich ma zwei wie die, dass se die ganze Nacht da rumhocken un wenns dämmert damit anfangen, dem die Taschen abzukloppen.«

Ida nickte und machte auf dem Absatz kehrt. Dass man den Herren aber auch alles aus der Nase ziehen musste! Wertvolle Zeit ging damit verloren, aber darum ging es ihnen wohl nicht.

Sie stürmte ins Büro zurück, wo die Jungen, die sie auf zehn Jahre schätzte, immer noch mit hängenden Köpfen zwischen den Schreibtischen standen. Sie gaben ein elendes Bild ab mit ihren tränenverschmierten Wangen und den zerrissenen Hosen. So mager waren sie, dass Ida glaubte, glatt durch sie hindurchsehen zu können.

»Willem, das bist du?«, wandte sich Ida an denjenigen, der ihr am nächsten stand. Auf seinen aufgeplatzten Lippen war Schorf zu erkennen, und seine Nase lief.

»Ich«, wisperte der andere, dessen strohblondes Haar ihm bis zur Nasenspitze hing. Es war derart verfilzt, dass die Läuse darin sicher herrlich Versteck spielen konnten.

»Dann bist du also Ludger«, wandte sie sich wieder an den anderen. Er war etwas größer, aber kaum kräftiger als sein Freund, und erinnerte sie entfernt an den Jungen, den sie am Vorabend beim Plündern der Mülltonne im Pfeiffersgang beobachtet hatte. Im Unterschied zu dem Kleineren schien Ludger allerdings allmählich wieder Land zu gewinnen; unter ihrem Blick machte er sich größer, als er war, und stellte sich breitbeinig hin, die Daumen lässig in den Hosenbund eingehängt.

Ganz der Onkel. Sie runzelte die Stirn. Dass sie es gleich an ihrem dritten Arbeitstag mit einem aus der Rodhart-Sippe zu tun bekam, sollte sie eigentlich nicht weiter erstaunen. Werner war berüchtigt. Aber dass sein Nachfolger schon parat stand…

»Was hattet ihr an der Leiche zu schaffen?«

»Das ist doch gar nich wahr!«, protestierte Ludger, dessen kindliches Gesicht voller Falten war. Keine echten, sondern Schmutz, der sich mit jeder Grimasse etwas tiefer eingrub. »Wir ham nix gemacht mit dem. Nix Schlimmes jedenfalls.«

Ida seufzte. »Setzt euch erst mal. Kollegin Brasch, würden Sie für einen der beiden den Platz frei machen? Der andere setzt sich da auf meinen.« Sie deutete auf ihren Stuhl. »Kollegin, wären Sie so freundlich?«

Heide rührte sich nicht. Sie hockte teilnahmslos da, in ihre Notizen versunken, während sich Ludger wie ein nasser Sack auf Idas Stuhl fallen ließ.

»Fräulein Brasch«, sagte Ida lauter, »wenn Sie bitte aufstehen würden?«

Erschrocken hob ihre Kollegin den Kopf. Sie wirkte, als habe sie kein Wort von dem gehört, was die Jungen und Ida bisher gesagt hatten.

»Natürlich«, sagte Heide, stand rasch auf und blieb mit hängenden Armen im Raum stehen.

Wirklich, sie machte Ida langsam wuschig.

»Fräulein Brasch, wie wäre es, wenn Sie nachsehen, ob Sie den Jungs ein Glas Wasser bringen können?«

Ihre Kollegin nickte und verließ das Zimmer. Ida lächelte Willem zu, der sich zögerlich, als fürchte er Schläge, auf Heides Stuhl setzte.

»Fangen wir an«, sagte Ida. Sie stellte sich so dicht vor die beiden, dass sie die Köpfe in den Nacken legen mussten. »Ditmar-Koel-Straße. Leiche. Ich hör.«

»Wir ham damit gar nichts zu tun gehabt.«

»Das erleichtert mich. Trotzdem will ich wissen, was ihr da wolltet.«

Hilflos sah Willem zu seinem Freund, der angestrengt auf seine Schuhe starrte. Die Spitzen waren abgeschnitten, da seine Füße ansonsten nicht mehr hineingepasst hätten. Ludgers großer Zeh, der aus dem Loch hervorquoll, war wund, verschorft und wirkte eitrig.

»Ludger? Kannst du mir etwas dazu sagen?«

Stumm hob er die Schultern.

»Fräulein Brasch«, rief Ida ihrer Kollegin nach, nachdem sie die Tür aufgerissen und den Kopf in den Flur gesteckt hatte. »Haben wir womöglich Alkohol im Haus?«

»Ich sehe nach«, erklang die müde Stimme Heide Braschs.

Hinter sich hörte Ida jemanden erfreut in die Hände klatschen.

»Nicht, um ihn zu trinken«, wandte sie sich an Ludger, der nun von einem Segelohr zum anderen grinste. »Zum Desinfizieren. Das wird deinen Füßen guttun. Ich rücke ihn aber erst raus, wenn ihr mir erzählt, was heute Nacht geschehen ist.«

Die beiden guckten sich unsicher an.

»Also«, begann Willem. »Wenn ich was erzähl, will ich aber auch Schnaps zu trinken.«

»Nix da. Der Handel sieht so aus: heile Zehen gegen die Wahrheit. Das hat noch einen Vorteil: Ich lasse euch gehen. Ansonsten macht ihr es euch in den Verwahrzellen gemütlich. Ist auch ganz hübsch, aber ein bisschen traurig. Besonders nachts.«

»Ich war schon drin«, sagte Ludger großspurig, schlug die Beine über Kreuz und wippte mit dem Knie. »Hat mir nix ausgemacht.«

»Fein für dich«, sagte Ida. »Aber jetzt mal Butter bei die Fische.« Als sie sich zu ihm hinabbeugte, schlug ihr der Geruch eines Menschen entgegen, der womöglich im Sommer das letzte Mal gebadet hatte. Sie legte ihm die Hand auf die knochige Schulter. »Weißt du, dass ich deinen Onkel kenne?«

Er wurde blass, blasser, als er zuvor schon gewesen war, und schüttelte den Kopf.

»Glaubst du, ich flunker dich an? Da hast du dich geschnitten. Dein Onkel Werner ist ein alter Bekannter von mir. Kein allzu netter Mensch, wie ich finde. Aber ich erinnere mich, dass er von dir erzählt hat. Da musst du noch so ein Steppke gewesen sein.« Sie hielt die Hand etwa einen Meter über den Boden. »Du hattest es schon mit acht faustdick hinter den Ohren. Lutti wird mal einer von den Großen auf dem Kiez, hat er immer gesagt. Lutti, so nennt er dich, oder?«

Nun spiegelte sich Angst in seinen Augen.

»Verdammt stolz ist er auf dich. Ich weiß aber auch, dass er da anderer Meinung ist als deine Mutter. Sie, hat er mir erzählt, will aus dir einen ehrlichen Mann machen. Einen, der die Gesetze respektiert. Stimmt doch, oder? Was hat sie denn dazu gesagt, dass du hier schon eine Nacht verbracht hast? Weiß sie überhaupt davon? Oder haben dich die netten Udels irgendwann laufen lassen, weil du ihnen auf die Nerven gegangen bist?«

Damit schien sie ins Schwarze getroffen zu haben. Alle Großspurigkeit war verschwunden, jetzt saß nur noch ein kleiner Junge vor ihr, der Rotz und Wasser heulte. Sie nahm die Hand von seiner Schulter.

»Was war los heute Nacht? Und nicht flunkern. Falls ich euch glaube, bringe ich euch nach Hause, ohne zu verraten, wieso ihr uns auf der netten Davidwache besucht habt.«

»Ich glaub Ihnen nich«, heulte Ludger auf. »Das is nur n schäbiger Trick. Sie wollen uns nur ölen.«

»Das will ich nicht«, sagte Ida nachdrücklich und war einmal mehr dankbar dafür, dass sie die für Sankt Pauli typische Sprache beherrschte. »Ich betrüge nicht.« Was würde geschehen, fragte sie sich im selben Moment, wenn Ludger seinem Onkel von der Begegnung erzählte? Nun, Werner wusste, dass sie jetzt bei der Polizei war, das war nichts Neues für ihn. Aber wenn er dahinterkam, dass sie seinen Lutti verhört hatte... Na gut, sie würde sich schon zu helfen wissen, falls er Bambule machte.

Ludger benötigte ein paar Minuten, um mit diesem Angebot seinen Frieden zu schließen. Schließlich stupste er seinen Freund an, und Willem, dem die Worte wohl leichter über die Lippen kamen, begann zu erzählen.

»Wir warn halt unterwegs. So am Organisieren, ne? Wer was zwischen die Zähne kriegen will, muss raus. Solange du nur im Miefkorb rumliegst, bekommste schließlich nix zu futtern. Also, im...«

»Bett, ja, ich weiß, was Miefkorb bedeutet«, sagte Ida und bedeutete ihm mit einem Nicken weiterzureden.

»Und da lag halt einer auffer Straße. So am Rand, ne, hat man erst mal gar nich so gesehen. War ja noch dunkel und... Äh, wir dachten, der is duun. Wollten dem zur Hand gehn, ne, echt!«

»Natürlich. Betrunkenen sollte immer aufgeholfen werden.« Ihr Sarkasmus prallte an dem Jungen ab.

»Ja, genau. Aber wie wir da näher kommen, da«, er schluckte, und seine Augen füllten sich mit Tränen. »Da ham wir das Blut gesehn. Massen Blut. Alles klebrig und so. Wir uns angeguckt. Also, was nu? Der is doch schon längst übern Jordan und...«

»Na, wir ham dem ja schon weiter helfen wollen«, meldete sich Ludger zu Wort, der wohl mit Recht annahm, dass diese Geste seiner Mutter gefiele. »Aber mit dem ganzen Blut. Da ham wir Angst gekriegt.«

»Verständlich. Habt ihr jemanden gesehen? War noch jemand in der Nähe?«

Unisono schüttelten sie die Köpfe.

»Was war in seinen Taschen?«

Willems Unterlippe begann zu zittern. Er zog die Nase hoch und verschmierte sich den Rotz mit dem Ärmel über die gesamte Wange.

»Nix«, flüsterte er schließlich und wagte es nicht, seinen Freund anzusehen.

Ida beugte sich wieder hinunter und stieß mit ihrer Nase fast gegen Ludgers Stirn. »Wo ist euer Versteck?«

»Hä?«, fragte er so ängstlich wie empört.

»Wo deponiert ihr die Sachen, die ihr *organisiert*?«

»Wir klauen nich!«, protestierte Ludger.

»Das habe ich auch nicht gesagt. Aber ihr sammelt bestimmt. Also, wo ist es?« Sie sah ihm so lange in die Augen, bis er ängstlich den Kopf wegdrehte.

Ein Klopfen ertönte, dann kam Heide Brasch herein.

»Ich habe keinen Alkohol bekommen, nur etwas Wasser.« Sie reichte Ida einen Becher, in dem eine trübe Flüssigkeit schwappte.

»Danke. Es gibt kein Verbandsmaterial?«

»Aber Sie baten doch um Alkohol.«

»Ja, ich …« Ida zwang sich zu lächeln. »Ich nahm an, es gebe auf der Wache einen Verbandskasten mit Desinfektionsflüssigkeit.«

»Ach so. Ich werde noch einmal nachfragen.« Brasch lächelte entschuldigend und verließ eilig wieder den Raum.

»Ihr habt ihm also nicht helfen können«, begann Ida von Neuem und stellte den Becher auf ihrem Schreibtisch ab. Als sich Ludger vorbeugte, um danach zu greifen, schüttelte sie den Kopf. »Später. Ihr habt, als Lohn dafür, dass ihr euch kümmern *wolltet*, eine Kleinigkeit eingesackt. Wo ist diese Kleinigkeit jetzt?«

»Wir ham nix, wirklich gar nix!«

Willem, fand Ida, sah nicht aus wie jemand, der mit Freuden log. Aber vielleicht auch nicht gern die Wahrheit sagte. Etwas in der Mitte, nahm sie an.

»Vielleicht ist ihm ja was aus der Tasche gerutscht, und ihr habt es aufgehoben. Um es zurückzugeben. Als ehrliche Finder, die ihr seid.« So leicht fielen die Jungs nicht herein, das sah sie ihnen an der Nasenspitze an. »Es ist wichtig«, sagte sie ernst. »Alles, was uns Auskunft darüber geben kann, wer der Mann war, ist wichtig. Und wenn es sich nur um eine Zigarette handelt. Sie könnte aus dem Ausland stammen.«

»Wir ham nix!«

Sie machte eine kleine Pause. »Ich habe einen Vorschlag für euch. Ihr überlegt, ob ihr nicht etwas vergessen habt, das wie auch immer in eurem Versteck gelandet ist, und falls ihr zu dem Schluss kommt, dass ihr mir helfen könnt, werde ich auch in Zukunft sehr nett zu euch sein. Es ist immer gut, eine Freundin bei der Polizei zu haben.«

»Wir ham nix.«

Sie seufzte. »Gut.« Sie nahm den Becher von ihrem Tisch und reichte ihn Ludger. »Lass die Hälfte für deinen Freund übrig. Wir warten auf meine Kollegin, die hoffentlich einen Verband findet. Und dann machen wir einen Spaziergang. Ich nehme an, ihr habt es nicht weit.«

*

Willem Alexander lebte in der oberen der beiden Etagen, die von einem vormals vierstöckigen Haus in der Buttstraße nahe dem Fischmarkt übrig geblieben waren. Mit Ludger im Schlepptau, klopfte Ida an die Tür, die bei jedem Atemzug aus den Angeln zu fallen drohte.

Willems Eltern waren nicht da, der ältere Bruder hingegen schon, ein Kerl mit Stiernacken und misstrauischem Blick, der den Jungen mit einem Klaps in den Nacken entgegennahm.

»Hat er was ausgefressen?«

»Willem wurde Zeuge einer Straftat und hat uns sehr geholfen.«

Ungläubig starrte der junge Mann sie an, dann gab er seinem Bruder einen weiteren Klaps. »Du hilfst der Polente?«

»Vielleicht wird er ja selbst mal einer von uns«, sagte Ida und lächelte, was nicht erwidert wurde.

Drei Straßen weiter, in einer der schmalen Gassen rund um den Hein-Köllisch-Platz, öffnete Frau Rodhart, nachdem Ida mehrfach angeklopft hatte. Sie sah aus, als sei sie gerade erst aufgestanden, das dunkle, dünne Haar klebte an ihrem Kopf, auf ihrer Wange war noch der Abdruck eines Kissens – oder Kissenersatzes – zu erkennen. Müde sah sie Ida an, dann wandelte sich ihr Gesichtsausdruck.

»Polizei?« Drohend wandte sie sich an ihren Sohn. »Was hast du nu wieder angestellt?«

Ida erzählte dieselbe Halbwahrheit wie zuvor, doch so leicht ließ sich Frau Rodhart nicht hinters Licht führen. Mit einer rot gearbeiteten Hand strich sie sich das Haar aus der Stirn und zog Ludger am Kragen in die Wohnung.

»Der als Zeuge?«

»Er ist ein kluger Junge.«

Frau Rodhart schnaubte.

»Wo geht er zur Schule?«, erkundigte sich Ida.

Erneutes Schnauben, das sich diesmal resigniert anhörte. »Es gibt eine, aber fragen Sie mal, wie oft er die von innen sieht. Was soll ich machen? Mehr, als ihm einzubläuen, wie wichtig es is, was zu lernen, kann ich nich. Ich hab nich die Zeit, ihn jeden Morgen hinzuzerren.« Tränen stiegen ihr in die Augen; sie wischte sie verschämt weg. »Was soll ich denn machen?«, wiederholte sie leise. »Ich muss die ganze Nacht arbeiten und ab mittags dann noch inner Fabrik. Und wenn ich morgens nich schlaf, dann geht's nich mehr. Dann fall ich um, verstehen Sie?«

»Das verstehe ich.« Ida lächelte Frau Rodhart an. »Kann der Vater ihn nicht hin und wieder bringen? Ludger ist doch ein helles Köpfchen.«

Eine wegwerfende Handbewegung machte deutlich, dass von dieser Seite nicht viel zu erwarten war.

Ob sie zusätzlich zur Fabrikarbeit nachts in den Ruinen das Geld verdiente, das die Familie über die Runden brachte? Frauen aus allen Stadtteilen prostituierten sich, solche, die schon vor dem Krieg arm gewesen waren, genauso wie die ehemaligen Bewohnerinnen der eleganten Stadtteile rund um die Alster.

Zum Abschied drückte Ida Ludgers schmale, kalte Hand. »Lern was. Mach deine Mutter stolz. Verstanden?«

Er nickte folgsam, doch Ida bezweifelte, dass seine guten Vorsätze länger als den Vormittag über anhielten. Als sie die Treppe hinablief, dachte sie darüber nach, was Ludgers Onkel Werner wohl zu alldem sagen würde, woraufhin ihre Gedanken unaufhaltsam wieder zum Bunker und zum Katzenmädchen wanderten. Statt in Richtung Reeperbahn abzubiegen, um zur Davidwache zu gelangen, lief sie auf die Elbe zu und betrat nach einem Fußmarsch von zehn Minuten erhitzt den Eingang der U-Bahn-Haltestelle Landungsbrücken. Vor einem Fahrplan machte sie sich schlau, wie sie am besten nach Uhlenhorst gelangte. Sie hatte Wachtmeister Perske, der heute Morgen am Tresen Dienst geschoben hatte, Bescheid gegeben, dass sie die Jungen zu ihren Eltern brachte. Nun würde es eben etwas länger dauern, was bei ihrer Kollegin natürlich für weiteren Unmut sorgen würde. Egal. Heide Brasch hatte heute Morgen sowieso gewirkt, als sei sie mit ihren Gedanken ganz weit weg.

*

»Es geht dem Mädchen gut«, war die knappe Antwort auf Idas Bitte, eintreten zu dürfen.

Die Schwester des Sankt-Maria-Stifts war klein, füllte aber dennoch die gesamte Pforte zum Hauptgebäude aus, sodass sich Ida höchst unelegant an ihr vorbeidrängeln müsste. Sie hatte kleine graue Augen, deren Blick unruhig die Straße hinauf- und wieder hinunterzuckte. Die Umgebung war noch trister als die Hamburger Innenstadt: In der früheren Allee, die jetzt aller Bäume beraubt war, reihte sich ein zusammengestürztes Haus an das nächste. Nur das Kinderheim hatte die Bombardierungen überlebt. Düster und groß, mit schmutzigen Fenstern und einem ungepflegt wirkenden Garten, lag es am Ende der Kopfsteinpflastergasse und wirkte alles andere als einladend.

»Schön, dass es ihr gut geht«, sagte Ida, die sich danach gar nicht erkundigt hatte. »Wie gesagt, bin ich aber hier, um mit ihr zu sprechen. Dürfte ich also bitte eintreten?«

»Na ja, *sprechen*, das geht ja sowieso nicht.« Schwester Helene verzog spöttisch den Mund, was Ida wütend machte. Die Kleine war von ihrer Mutter verlassen worden. Dass sie nicht redete, fand Ida überhaupt nicht amüsant.

»Egal, ob es möglich ist oder nicht«, sagte Ida ungeduldig, »bitte lassen Sie mich hinein.«

»Wir haben feste Besuchszeiten. Zudem verstößt es gegen die Vorschriften, unangekündigt eines der Kinder sehen zu wollen.«

Ungerührt trat Ida die letzte Stufe empor. »Ich bin in Ausübung meiner Tätigkeit als Polizistin hier, nicht, um dem Mädchen einen privaten Besuch abzustatten. Wann Sie üblicherweise Leute einlassen und wann nicht, interessiert mich nicht. Bringen Sie mich zu dem Mädchen, oder ich komme heute Nachmittag mit einem ganzen Trupp Kollegen zurück, die hier alles auf den Kopf stellen.«

Schwester Helenes Lippen formten ein empörtes Oh. »Wie reden Sie mit mir?«

»Den Umständen entsprechend empfinde ich mich als erstaunlich höflich.« Damit drängte sich Ida nun doch an ihr vorbei, Eleganz hin oder her. Als sie die Halle durchquerte, war ihr, als hole sie das Echo ihrer eigenen Schritte ein. Wie ohrenbetäubend mochte es da erst sein, wenn eine Truppe Kinder zur Pforte hereinströmte?

Allerdings, stellte sie irritiert fest, war abgesehen von ihren Fußtritten kein Laut zu hören. Kein Kinderlachen, kein Geplapper, gar nichts. Es war so leise wie auf einem Friedhof. Dieser bedrückende Eindruck verstärkte sich, als sie, gefolgt von Schwester Helenes empörtem Trippeln, am Speisesaal vorüberkam. Dort saßen sicher zwei Dutzend Mädchen dicht nebeneinander. Der Geruch von Steckrüben waberte an Idas Nase vorüber. Unter anderen Umständen würde sich ihr Magen sicher sehnsüchtig zusammenziehen, jetzt aber fühlte sie sich nur beklommen. Kinder im Alter von zwei bis sicher dreizehn Jahren aßen lautlos und so vorsichtig, als befände sich an ihren Löffeln Dynamit.

Was für ein trauriger Ort!

Das Katzenmädchen war nicht darunter, stellte Ida fest, nachdem sie eine Weile in der Tür gestanden hatte. Nicht nur die Stille verstörte sie. Keines der Kinder hatte auch nur einmal aufzublicken gewagt.

»Wo ist das Mädchen?«, wandte sich Ida wieder an Schwester Helene, die ihr eine Antwort jedoch schuldig blieb. Das ungute Gefühl, das Ida beim Betreten des Heims befallen hatte, verstärkte sich noch. Sie drängte sich an der Nonne vorbei, die ebenfalls kehrtmachte und ihr nicht von der Seite wich, treppauf, treppab durch das Gebäude, das ungeachtet der Anwesenheit von nicht wenigen Menschen weiterhin wie ausgestorben wirkte.

Während Ida eine Tür nach der anderen aufstieß und in verlassene Schlafsäle blickte, stellte sie fest, dass keine einzige weitere Nonne zu sehen war. Sie hätte angenommen, ein paar mehr täten ihren Dienst.

»Wo ist sie?«, fragte sie noch einmal Schwester Helene, die weiterhin bloß grimmig dreinblickte, auf dem Absatz kehrtmachte und davoneilte. Wahrscheinlich holte sie bei der Oberin Verstärkung, jetzt war also Tempo angesagt.

Im Aufenthaltsraum, der so düster und kalt wirkte wie

der Grund eines schlammigen Sees, befand sich niemand. Die Wände waren dunkel gestrichen; bis auf einen Tisch mit Spielkarten wies nichts darauf hin, dass sich Kinder darin die Zeit vertrieben. Auch diese Tür ließ Ida wieder zufallen und blickte den Gang hoch und hinunter. Die schieferfarbenen Fliesen waren blank gescheuert, leichter Essiggeruch stieg davon empor. Als sie ihren Weg fortsetzte, verstärkte er sich. Sie steuerte wohl die Waschräume an.

Eine Tür mit schimmliger Kante führte in einen rumdum gefliesten Saal. Verbogene Duschköpfe hingen in niedriger Höhe an den Wänden. Kalt war es, kalt und bedrückend. Auf der Suche nach dem Mädchen eilte Ida an offenen Kabinen vorbei, in denen sich eine Toilette an die nächste reihte. Eine weitere Tür führte zu einem Raum, der mit seinem winzigen Fenster, das kurz unterhalb der Decke nur wenig Licht einließ, wie aus einem Albtraum wirkte. Die Fliesen am Boden und den Wänden starrten vor Schmutz. Niemand hatte sich die Mühe gemacht, die halb auseinandergebrochenen Zinkbadewannen, die teils auf der Seite lagen, zu reparieren oder fortzuschaffen.

Es sah nicht so aus, als hielten sich hier je Menschen auf. Doch als Ida kehrtmachte, war ihr, als habe sie ein leises Plätschern gehört. Auf dem Absatz drehte sie sich wieder um.

»Hallo?«

Ihre Stimme hallte von den Fliesen wider, doch niemand antwortete ihr. Nachdem sich ihre Augen an das Schummerlicht gewöhnt hatten, entdeckte sie ein Stück weiter hinten einen Raumteiler und ging auf ihn zu. Aus dem Flur war Fußgeklapper zu hören.

Sicher Schwester Helene samt Verstärkung.

»Hallo?«, fragte sie noch einmal. Hinter dem Raumteiler sah sie kaum mehr die Hand vor Augen. Doch allmählich erkannte sie die Umrisse eines Stuhls, auf dem mit dem Rücken zu ihr jemand saß. Langsam drehte sich die Person ihr zu. Der Anblick ließ Ida das Blut in den Adern gefrieren. Die Frau trug die schwarze Tracht einer Nonne mit weißer Haube. Das Gesicht war so faltig, dass es an ein zerknautschtes Taschentuch erinnerte. Sie hielt die Hände im Schoß gefaltet und blickte Ida aus dunklen, teilnahmslosen Augen an. Güte, schoss Ida durch den Kopf, war nicht darin zu finden. Nur Leere.

Hektisch sah sie sich um. Da war noch eine Wanne, klein und mit Wasser gefüllt, und aus dem Wasser ragte ein dunkles Köpfchen.

Mit einem großen Schritt war Ida bei dem Kind und hob es mit festem Griff heraus. Das Katzenmädchen zitterte so sehr, dass es ihr fast wieder aus den Händen rutschte. Ungläubig fasste Ida ins Wasser. Es war eiskalt.

Als sie sich umdrehte, kochte sie vor Wut. »Handtuch!«

Mit leerer Miene blickte die Nonne zu ihr empor.

»Handtuch!«, herrschte sie erneut, doch es war, als spreche sie mit einer Wand. Behutsam setzte sie das vor Kälte bebende Mädchen ab, riss sich den Mantel herunter und wickelte die Kleine fest darin ein.

Schwester Helene erschien in der Tür, flankiert von einer weiteren empört aussehenden Frau in Nonnentracht, die den Mund öffnete, wohl um zu einem Donnerwetter anzusetzen, aber sie wusste ja nicht, zu welcher Lautstärke Ida fähig war.

»Sie verdammten Kinderquälerinnen! Wollen Sie das Mädchen umbringen? Wenn ich mit Ihnen fertig bin, können Sie das Haus schließen und sich zu den Bettlern rund um die Alster gesellen!«

»Wenn wir das Haus schließen, gesellen sich auch gleich zweiundsechzig Kinder hinzu.« Die Oberin sprach ruhig und kalt. »Jetzt lassen Sie das Mädchen los. Wir haben unsere Gründe, wieso wir so und nicht anders mit Widerständlern verfahren.«

»Glauben Sie etwa, ich lasse sie hier?« Idas Stimme überschlug sich fast vor Zorn.

Als sie die Kleine wieder auf den Arm nahm, fiel vor Erschöpfung ihr Köpfchen an Idas Schulter. Zaghaft hoben und senkten sich ihre Schultern, während sie atmete. Sie wirkte, als habe sie eine unbeschreibliche Tortur hinter sich, die womöglich in jenem Augenblick losgegangen war, in dem Idas Kollege sie hergebracht hatte.

»Wo sind ihre Kleider?«

»Die haben wir verbrannt«, sagte die Oberin kühl. »Wir dulden nicht, dass eines der Kinder Ungeziefer ins Haus bringt.«

Ohne ein weiteres Wort stürmte Ida an ihr vorbei. Noch einmal blickte sie in einen der Schlafsäle, fand aber weder Schrank noch Kommode darin. Also weiter, eine Tür nach der anderen aufreißen, bis sie entdeckte, was sie suchte. Eine von mehreren hintereinanderliegenden Kammern, an deren Wänden sich Regal an Regal reihte. Ohne sich darum zu kümmern, welche Unordnung sie verursachte, zerrte sie ein Wäschestück nach dem anderen heraus, bis sie einen Rock und eine Bluse fand, die passen könnten.

Aber Schuhe?

Durch ihren Rücken abgeschirmt von den empörten Blicken Schwester Helenes, die ihr gefolgt war, zog Ida das Mädchen vorsichtig an. Immer noch zitterte es am ganzen Leib. Als Ida den letzten Knopf geschlossen hatte, wickelte sie die Kleine erneut in ihren Mantel, diesmal mit der feuchten Innenseite nach außen, hob sie hoch und eilte aus dem Haus.

Niemand versuchte sie zurückzuhalten. Als sie keuchend die Haltestelle der Untergrundbahn erreichte, standen ihr Tränen in den Augen. Am liebsten würde sie die gesamte Kinderschar mitnehmen.

Aber wohin mit ihnen?

*

Als Ida wenig später mit der Kleinen im Arm aus dem Schacht der Untergrundbahn am Millerntorplatz trat, fühlte sie sich so erschöpft, als habe sie seit einer Woche nicht mehr geschlafen. Draußen leuchtete ihr die Sonne ins Gesicht. Die Augen geschlossen, blieb sie stehen und versuchte zu Atem zu kommen. Während der gesamten Fahrt hatte die Kleine nichts gesagt, sondern bloß auf Idas Schoß gesessen, ein verschrecktes Häufchen Elend, das sich allein nicht helfen konnte. Nie zuvor hatte sich Ida derart hilflos gefühlt. Sie hatte versucht, fröhlich auszusehen, aber die Kleine sah sie kaum an, viel zu verschreckt war sie. Und als Ida ihr Spiegelbild im Fenster betrachtet hatte, war ihr vor allem ihre zitternde Unterlippe aufgefallen, die überhaupt nicht fröhlich ausgesehen hatte.

»Und weiter geht es.« Ächzend schob sie das Mädchen, das an ihr heruntergerutscht war, wieder nach oben. Ihre Arme fühlten sich an wie mit Teer gefüllt. Glücklicherweise war es nicht weit bis zur Davidwache.

Was in aller Welt wird Miss Watson sagen?, schoss es ihr bei dem Anblick des rot geklinkerten Gebäudes durch den Kopf. Würde sie Ida glauben und veranlassen, dass sich das Jugendamt das Stift ansah? Oder würde sie die Kleine ohne großes Federlesen wieder zurückbeordern? Das würde Ida nicht zulassen.

Sie schaffte es, ohne zu stolpern, zur Wache, wo sie erleichtert mit der Schulter voran die Schwingtür aufdrückte.

»Fräulein Wachtmeister?«, hörte sie hinter sich eine Stimme, die ihr entfernt bekannt vorkam. »Hören Sie, Fräulein Wachtmeister!«

»Ich habe keine Zeit, tut mir leid«, presste Ida zwischen zusammengebissenen Zähnen hervor. »Wenden Sie sich bitte an den Kollegen am Tresen.«

Auf den Stufen der Treppe zum Publikumsraum hinauf kam sie ins Straucheln und stellte ungläubig fest, wieso: Die Frau hinter ihr hatte sie am Ärmel ihrer Uniformjacke gepackt und riss daran.

»Loslassen«, schimpfte sie, auch wenn sie nicht mehr die Kraft hatte, sich umzudrehen, »auf der Stelle!«

»Hören Sie«, erklang wieder die hohe, leicht näselnde Frauenstimme. »Sie müssen mir helfen.«

»Wenden ... Sie ... sich ... an meinen Kollegen!«

»Aber ...«

»Loslassen, verflixt noch mal!«

Verstört in sich hineinmurmelnd, ließ die Frau endlich von ihr ab. Mit letzter Kraft schleppte Ida sich und die Kleine die Stufen empor.

Wachtmeister Hondratschek, der sonst im Büro neben Meyerlichs saß, grinste breit, als er ihre verschwitzte Gestalt sah. Sein Lächeln fiel in sich zusammen, als er das Mädchen in ihrem Arm entdeckte.

»Können Sie sich um die Dame hinter mir kümmern?«, bat Ida ihn, während sie zur Wartebank taumelte und das Mädchen absetzte. »Vielleicht schafft sie es nicht die Treppe hinauf.«

Er winkte ab. »Die war heute schon fünfmal hier oben. Aber was soll ich machen? Ich habe die Vermisstenanzeige ordnungsgemäß aufgenommen, steht alles hier, aber wenn sie denkt, ich geh gleich selbst los und such nach ihrer Nachbarin, hat sie sich leider geirrt. Wer ist das?«, fragte er mit Blick auf das Katzenmädchen, das innerhalb weniger Sekunden im Sitzen eingeschlafen war.

»Ein Kind, wie Sie sehen können.« Die Schärfe in ihrer Stimme tat ihr augenblicklich leid.

»Fräulein Wachtmeister«, ertönte es zittrig von unten. »Bitte, Fräulein Wachtmeister, helfen Sie mir doch.«

Hondratschek tat, als habe er nichts gehört, und fuhr fort, sich mit Nasebohren von der Langeweile abzulenken.

»In Ihrem Büro wartet übrigens wer auf Sie.«

Im ersten Augenblick dachte sie an Miss Watson, und ihr wurde zugleich heiß und kalt. Als Nächstes fielen ihr die siebzehn tropfnassen Damen des gestrigen Morgens wieder ein. Oder könnte es Ares Konstantinos sein? Unvermittelt spürte Ida, wie sich Wärme in ihr ausbreitete.

»Wer ist es – und wie viele?«

»Eine Dame nur.«

Das klang nicht so, als handle es sich um Superintendent Ann Watson, die auch Hondratschek sicherlich nie als »eine Dame« bezeichnen würde.

»Sie bat darum, mit Ihnen zu reden. Ihren Namen hat sie nicht genannt.«

Ida hoffte, dass sich Brasch in Idas Abwesenheit um den Besuch gekümmert hatte, und trat seufzend noch einmal zur Treppe, an deren Fuß eine alte Frau stand. Sie war klein und zierlich, ihre Haut erinnerte an vertrocknetes Laub.

»Womit kann ich Ihnen denn helfen?«

Erleichtert strahlte sie Ida an. »Meine Nachbarin. Sie ist seit mehr als zehn Tagen nicht mehr nach Hause gekommen.«

»Aber das haben Sie meinem Kollegen doch schon gesagt.«

»Ja, das habe ich.« Unschlüssig, ob sie die Treppe wieder hinaufgehen sollte, setzte die alte Frau einen Fuß auf die erste Stufe. »Doch das habe ich auch schon vorgestern, und nichts ist passiert.«

Jetzt fiel Ida wieder ein, woher sie die Stimme kannte. An ihrem ersten Tag, der ihr Jahre her vorkam, hatte die besorgte Stimme ihre Aufmerksamkeit auf sich gelenkt, als sie im Gang vor der Kellertreppe mit Hildesund debattiert hatte.

»Und niemand hat sich bei ihrem Untermieter nach Frau Gehrmann erkundigt«, fuhr die Dame fort, »das weiß ich genau, ich habe ihn nämlich gefragt, und wo doch so vielen Frauen etwas passiert, da… Ich habe ein schlechtes Gefühl, Fräulein Wachtmeister, ein ganz schlechtes Gefühl!«

»Und mein Kollege hat alles notiert, was Sie ihm gesagt haben?«

»Ja, das hat er, das hat er.«

»Ich sehe es mir heute noch an, das verspreche ich Ihnen, und falls sich Fragen ergeben, melde ich mich bei Ihnen.«

»Ja, aber…«

»Jetzt allerdings tut es mir leid.« Sie sah die Frau mit festem Blick an, sodass diese den Mund wieder schloss. »Ich habe eine andere Angelegenheit, um die ich mich dringend kümmern muss.«

»Aber können Sie mir v…«

»Ich verspreche es Ihnen.«

Mit einem letzten misstrauischen Blick zog die Dame von dannen. Seufzend wandte sich Ida wieder Hondratschek zu, der tatenlos neben der Bank mit dem schlafenden Katzenmädchen stand und nicht willens schien, Ida mit der Kleinen zu helfen.

»Machen Sie sich keine Mühe«, sagte sie spöttisch. »Das Kind würde sich ja doch nur zu Tode erschrecken, wenn es wach würde und Sie vor sich sähe.«

Er grinste nur und vertiefte sich wieder in die Betrachtung seines Daumennagels.

Der Kellertreppe, stellte Ida wenig später fest, fehlte wirklich ein Handlauf. Sie musste höllisch achtgeben, nicht das Gleichgewicht zu verlieren und samt dem Mädchen die Stufen hinunterzufallen. Mit dem Ellbogen drückte sie wenig später die Türklinke zu ihrem Büro hinunter und trat ein.

Wie von Hondratschek angekündigt, fand sie eine junge Frau auf ihrem Stuhl vor, die ihr ängstlich entgegensah. Brasch befand sich ebenfalls im Zimmer und notierte etwas in ihr Merkbuch.

»Guten Tag«, sagte Ida und ließ das Mädchen behutsam zu Boden gleiten, überlegte es sich aber gleich wieder anders, da der Boden zu kalt für bloße Füße war. Schwungvoll setzte sie das Kind auf Braschs Schreibtisch ab.

»Fräulein Rabe!«, protestierte ihre Kollegin. Dann erkannte sie das Katzenmädchen. »Was in aller Welt…?«

»Dürfte ich Sie kurz unter vier Augen sprechen?«, unterbrach Ida sie.

Zögernd nickte Heide.

»Ich bin gleich bei Ihnen«, sagte Ida zu der jungen Frau, die auf ihrem Stuhl saß, drückte aufmunternd die Schulter des Mädchens und folgte ihrer Kollegin in den Flur.

»Das ...«, begann sie, doch Brasch unterbrach sie.

»Haben Sie das Mädchen etwa auf eigene Verantwortung aus dem Stift geholt?« Ihre Stimme zitterte.

»Ja. Aber Sie hätten dort sein müssen, um ...«

»Fräulein Rabe«, flüsterte Brasch mit Grabesstimme. »Sie bringen uns in Teufels Küche!«

»Sie hätten es auch gemacht.«

»Sagen Sie mir nicht, was ich getan hätte.« Heide schien sich von ihrer Stimmung am Morgen erholt zu haben. Nun klang sie nicht mehr eingeschüchtert, sondern erzürnt. »Ich habe es mir nicht ausgesucht, das Büro mit Ihnen zu teilen, Fräulein Rabe. Dennoch hätte ich mir gewünscht, dass wir beide Freundinnen würden. Und ich habe mich wahrlich bemüht, Ihnen eine gute Kollegin zu sein, und ...«

Das ging zu weit. »Sie haben sich bemüht? Wie denn bitte?«, unterbrach Ida sie. »Sie tun doch überhaupt nichts!«

Schlagartig senkte sich Stille über den dämmrigen Flur. Heide Braschs Augen füllten sich mit Tränen. Sie schluckte sie hinunter und sagte mit Grabesstimme: »Die junge Frau im Büro – ihr Name ist Adele Reinke – wollte eigentlich mit Ihnen sprechen, aber dann hat sie sich mir anvertraut. Sie wurde überfallen. Vergewaltigt. Auch Schmuck wurde ihr abgenommen. Nun entschuldigen Sie mich bitte. Ich sage Fräulein Reinke rasch Auf Wiedersehen.« Sie streckte die Hand nach der Klinke aus und schickte sich an, die Bürotür zu öffnen.

Bedrückt griff Ida nach ihrem Arm, doch Brasch schüttelte sie ab.

»Bitte entschuldigen Sie. Das war nicht nett von mir.«

»Das war es nicht, nein«, sagte Brasch kaum hörbar und ließ die Tür hinter sich zufallen. Als sie kurze Zeit später mit ihrem Mantel über der Schulter und der Polizeimütze auf dem Kopf zurückkehrte, sagte sie im Vorbeigehen: »Ich werde mich jetzt um die Kinder kümmern, um die ich mich kümmern soll.«

Diesen Seitenhieb, sagte sich Ida, würde sie wohl einstecken müssen. Sie brauchte noch etwas, um sich zu sammeln und in Gedanken durchzugehen, welche Fragen sie der jungen Frau in ihrem Büro stellen würde, dann trat sie ein.

»Da bin ich wieder.«

Die Kleine schien sich auf Braschs Schreibtisch wohlzufühlen. Deshalb rückte Ida den freien Stuhl heran. Adele Reinke war wohl Anfang zwanzig und mit ihren großen, hellen Augen unter mahagonifarbenem Haar auffallend hübsch. Sie trug ein Kostüm aus Tweed-Stoff und einen Mantel darüber, den sie zwar aufgeknöpft hatte, aber nicht ausgezogen. Ihre Kleidung wirkte elegant und edel, doch der Mantel war an den Ellbogen verschlissen, die Nähte am Saum ausgefranst. Sie hatte die Arme um sich geschlungen, als wolle sie sich schützen.

»Mein Name ist Ida Rabe. Meine Kollegin sagte mir, Sie haben ihr schon erzählt, was passiert ist.«

Adele Reinke wirkte gefasst, wenn auch sehr angespannt. Sie nickte.

»Dürfte ich Sie bitten, mir den genauen Ablauf zu schildern?« Sie zückte ihr Merkbuch und den Bleistift.

»Plötzlich stand er hinter mir«, begann Adele leise, »und hat mir etwas um den Hals gelegt. Ich konnte nicht mehr atmen...« Sie schluckte. »Entschuldigung. Ich kann es nicht gut erzählen. Nicht in der richtigen Reihenfolge, verstehen Sie? Es ist alles ganz durcheinander in meinem Kopf, und ich weiß nicht genau, was zuerst war und was dann kam.«

»Lassen Sie sich Zeit«, sagte Ida sanft.

»Ich war zu Fuß unterwegs. Es... Ich weiß, dass die ersten Vögel gezwitschert haben, das hat mich erfreut. Ich hatte etwas zu tauschen dabei, bitte verhaften Sie mich deswegen nicht. Ich wollte doch nur etwas essen. Wir leben... Wir haben früher sehr schön gewohnt. An der Alster in Winterhude. Aber in unserer Wohnung lebt jetzt eine britische Familie, und Mutter, meine Geschwister und ich sind bei meiner Tante untergekommen. In Altona. Wir haben nicht mehr viel.«

Ida nickte.

»Ich hatte gehört, dass es in Curslack einen Bauern gibt, der Speck hat, deswegen bin ich mit dem Zug dorthin.«

Curslack, notierte Ida. In Vierlande.

»Ich habe auch bekommen, was ich wollte. Speck.« Adele nickte, in Gedanken verloren. »Und dann war er plötzlich da, er... Ich hatte die Vierländer Bahn zurück nehmen wollen, doch als ich an der Haltestelle wartete, erzählte mir jemand, dass es eine Kontrolle geben würde. Im Zug. Ich solle den nächsten nehmen, das sei sicherer.« Entschuldigend sah sie Ida an. »Ich weiß ja, dass Fringsen verboten ist, aber...«

»Machen Sie sich darüber keine Gedanken. Sie haben also auf den nächsten Zug gewartet?«

Die junge Frau nickte. »Damit es nicht auffällt, bin ich noch ein wenig herumgelaufen. Ich dachte, dass vielleicht ein Polizist in Zivil die Leute schon vor dem Bahnhof beobachtet. Um zu wissen...« Wieder zuckte sie die Schultern. »Um zu wissen, wen sie als Erstes filzen sollen. Ich spazierte um eine Wiese herum und hatte...« Sie atmete tief ein. »Ich hatte keine Angst. Es war nicht wie in der Stadt, wo man sich andauernd voll Furcht umsieht. Dort war es hübsch und ein wenig sonnig, ich habe den Spaziergang genossen. Und damals hat ja auch noch keiner davon geredet. Von dem... Monster.«

Ida sah auf. »Wann war das?«

»Im März.« Plötzlich wich alle Kontrolle aus der jungen Frau. Ihre Schultern begannen zu beben, doch sie weinte nicht, sondern schien den Überfall wieder zu erleben. Die Hände zu Fäusten geballt, das Gesicht kalkweiß, starrte sie aus weit aufgerissenen Augen ins Leere.

»Und er... Er...«

Ida sprang auf, stellte sich vor Adele und legte mit festem Druck ihre Handflächen auf ihre Schultern. Laut sagte sie: »Adele, Sie sind in Sicherheit. Sie sind in der Davidwache. Hier kann Ihnen nichts passieren.«

Im März, schoss es ihr durch den Kopf. Das war zwei Monate her. Wenn sie Marlise Glauben schenkte, hatte damals tatsächlich noch kaum jemand vor dem Monster gewarnt – der Mann musste damals aktiv geworden sein. Oder gab es weitere frühere Opfer, von denen Ida nichts wusste?

Adele blinzelte, immer noch schien sie in der Vergangenheit gefangen, doch dann wurde ihre Atmung regelmäßiger, und langsam kehrte auch das Blut in ihre Wangen zurück.

»Danke«, murmelte sie, den Blick von Ida abgewandt.

»Waren Sie bei einem Arzt?« Unwillkürlich tauchte Charlotte Wendlers leblose Gestalt in Ares Konstantinos' Armen in Idas Erinnerung auf. »Das ist wichtig. Nur um sicherzustellen, dass Sie keine inneren Verletzungen haben.«

Stumm schüttelte Adele den Kopf.

»Ich möchte Sie zu nichts drängen, aber...«

»Ich kann nicht!«

»Was können Sie nicht?«

»Ich kann nicht zum Arzt. Weil ich... Ich bin doch nicht... verheiratet. Und wenn meine Eltern das erfahren. Sie werden mich vor die Tür setzen. Sie werden nicht mehr mit mir sprechen.«

»Aber Sie können doch nichts dafür! Sie wurden Opfer einer Straftat!«

»Das sagen Sie, aber die Leute... Die Leute reden ganz anders darüber. Meine Mutter wird mir das nie verzeihen. Es ist ihr so wichtig, was ihre Bekannten denken. Sie will...« Adele barg ihr Gesicht in den Händen und schluchzte. »Sie setzt solche Hoffnungen in mich. Dass ich die Prüfung für das Konservatorium schaffe und Pianistin werde. Da kann ich doch nicht...«

Ida war anfangs nicht schlau aus Adeles Worten geworden, doch dann machte es klick.

»Sind Sie schwanger?«

Adele nickte. »Ich glaube es jedenfalls. Damit kenne ich mich nicht aus. Aber meine Freundin sagte mir, dass es sein könnte, wenn ich nicht mehr unpässlich bin, und ich bin...« Sie zögerte. »...nicht mehr unpässlich. Seither.«

Mit einem Mal fühlte sich Ida schrecklich müde. Sie massierte sich den Nacken, was das schummrige Gefühl auch nicht vertreiben konnte. In ihr lauerte eine unerträgliche Wut auf diesen Kerl. Doch vor allem war sie traurig, so sehr, dass ihre Stimme belegt klang, als sie bat: »Wären Sie so nett, mir das Schmuckstück zu beschreiben, das Ihnen der Mann geraubt hat?«

»Ja«, flüsterte Adele. »Eine Kette. Mit einem Anhänger, der eine Rose darstellt. Die Blütenblätter waren aus Rubinen.« Wieder begann sie zu weinen.

»Adele, wären Sie damit einverstanden, wenn ich Sie ins Hafenkrankenhaus bringe? Sie sollten dringend von einem Arzt untersucht werden.«

Darauf antwortete Adele nicht.

»Nicht nur, um festzustellen, ob Sie schwanger sind. Vielleicht haben Sie Verletzungen, die behandelt werden müssen.«

Adeles Miene wirkte leer, als sie den Kopf schüttelte. »Ich kann ja noch gehen. Bitte verstehen Sie ... Wenn meine Eltern erfahren, dass ich schwanger bin, bin ich verloren. Ich will nicht ins Heim für gefallene Mädchen.« Sie schüttelte den Kopf noch stärker.

»Werden Sie das Kind ...?«

»Fragen Sie bitte nicht.«

»Aber ...«

»Bitte!« Adeles Stimme zitterte.

»Seien Sie vorsichtig«, warnte Ida. »Es gibt eine Menge Scharlatane unter den Engelmacherinnen da draußen. Sehen Sie zu, dass Sie an jemanden geraten, der weiß, was er tut.«

Adele nickte, ohne sie anzusehen.

»Eines noch«, sagte Ida abschließend. »Könnte es sich bei dem Täter um denselben Mann gehandelt haben, der Sie vor der Polizeikontrolle gewarnt hat? Vielleicht war es eine List, und er ist Ihnen anschließend gefolgt. Und ...«

»Das kann nicht sein«, sagte Adele verzagt. »Die Person, die mich gewarnt hat, war eine Frau.«

*

»Danke, Polizeimeisteranwärter Meyerlich«, sagte Ida wenig später sicher zum fünften Mal. »Ich weiß nicht, wie ich mich je revanchieren kann.« Sie fühlte sich völlig ausgelaugt nach dem Gespräch mit Adele. Die arme Frau. Fast noch ein Kind – und trug jetzt womöglich selbst eines im Leib. Als Ida darüber in Gedanken versunken dagesessen hatte, war Meyerlich hereingeplatzt. Statt wie ihre anderen Kollegen das Katzenmädchen mit einer Mischung aus Neugier und Abfälligkeit zu betrachten, hatte er die Kleine angelächelt und angeboten, ein Auge auf sie zu haben, sollte Ida auf Streife gehen.

»Aber is kein Ort hier für so n kleines Ding, nech?«, fügte er kopfschüttelnd hinzu. »Mit all den armen Tropfen, die Tach und Nacht reinmarschieren und rumkrakeelen.«

»Fällt Ihnen denn jemand ein, der auf sie aufpassen könnte?« Idas Frage war eigentlich rhetorisch gemeint. Wer sollte sich das Mädchen schon freiwillig aufbürden wollen?

Zu ihrer Überraschung dachte Meyerlich ernstlich über die Frage nach und hatte schließlich gesagt: »Muttchen würde sich freuen. Die gute Seele fühlt sich oft allein, seit Vati ...«

Ida konnte ihr Glück kaum fassen. Trotzdem zögerte sie. Die Kleine erneut in wildfremde Arme abzugeben erschien ihr grausam. Aber was sollte sie tun? Sie konnte wohl kaum mit einem Kind im Schlepptau über den Schwarzen Markt gehen und ebenso wenig all die anderen Aufgaben wahrnehmen, die auf sie warteten.

»Es ist nur für einen Tag«, sagte Ida und betrachtete die Kleine mit schwerem Herzen. »Danach habe ich eine bessere Lösung, versprochen.«

»Jau.« Meyerlich grinste. »Glauben Sie, sie kommt mit mir mit? Ich bilde mir ja gerne ein, n nettes Gesicht zu haben, aber sie guckt, als wär sie n büschen bange vor mir.«

»Sie hat vor so ziemlich allen Leuten Angst«, sagte Ida mit einem Seufzer. »Das ist also nicht Ihre Schuld. Besser, ich bringe sie zu Ihrer Mutter, falls ich darf. Allerdings wäre es gut, wenn ich vorher noch Schuhe für sie auftreiben könnte. Sie kennen nicht zufällig wen ...?«

»Kinderschuhe? Nee, so doll ich mir auch n Dööts zerbreche.«

Doch genügend Geld, um neue zu kaufen, hatte Ida nicht. »Geben Sie mir eine halbe Stunde? Sie ist sehr still. Wenn Sie sie nur so da sitzen lassen ...«

Gutmütig lächelnd winkte er ab. »Fräulein Rabe, gehen Se nur, wird schon.«

Unsicher, ob die Kleine bei der Absprache mitmachen würde, brachte Ida das Mädchen in Meyerlichs Büro. Hoffentlich büxte es nicht aus! Doch die Lütte saß reglos da, immer noch in Idas Mantel eingewickelt, und guckte sich mit einer Mischung aus Angst und Neugier in dem Raum um.

Ein paar Minuten später überquerte Ida mit großen Schritten das Heiligengeistfeld und kehrte gedanklich zu dem Gespräch zurück, das sie mit Adele Reinke geführt hatte. Fraglos würde die junge Frau alles tun, um die Schwangerschaft zu beenden. Aber bei wem würde sie Hilfe finden? Ida hatte in den vergangenen Jahren von vielen Frauen gehört, die in ihrer Verzweiflung zu den erschreckendsten Dingen griffen: Die Einnahme von pulverisierter Kreide oder Tee aus getrocknetem Beifuß war dabei sicher am ungefährlichsten. Wenn Adele jedoch Salpetersäure tränke ... Manche nahmen Stricknadeln zu Hilfe.

Wenn sie jemanden wüsste, der vertrauenswürdig war und sein Handwerk verstand, zu dem sie Adele schicken könnte! Ob Marlise helfen konnte? Doch schon als Ida den Bunker betrat, beerdigte sie den Gedanken. Zu genau erinnerte sie sich daran, wie Marlise mit Gefallen umging. Freigiebig verteilte sie materielle wie immaterielle Geschenke, doch was der Beschenkte nicht ahnte: Alles wurde notiert und abgeheftet, jeder kleinste Gefallen, ja selbst ein beiläufig erteilter Ratschlag. Nichts davon vergaß die Bunkerkönigin. Und irgendwann war Zahltag.

Ida eilte die Wolldeckenallee hinunter. In Lines Kabuff sah es aus, als sei eine Truppe Raupen über einen frisch knospenden Strauch hergefallen: ratzekahl. Nur der vertrocknete Maiglöckchenstrauß baumelte noch einsam an einem Stofffetzen. Alles andere hatte sich jemand unter den Nagel gerissen. Wütend ließ Ida den Blick durch die dunkle Kammer schweifen. Da sie Lines Sachen schon am Donnerstag durchsucht hatte, wusste sie zwar sowieso, dass es hier kein Paar Ersatzschuhe für die Kleine gab. Dennoch hatte sie gehofft, etwas übersehen zu haben.

So schritt Ida, als sie einsah, dass sie es kaum weiter hinauszögern konnte, wieder auf die dicke Metalltür zu, bog kurz davor scharf rechts ab und steuerte Marlises Frauenflagge an. Immerhin musste sie heute nicht fürchten, dass ihr Brasch oder Miss Watson hinterherkam und wissen wollte, woher die Bunkerkönigin und sie einander kannten.

»Du bist wie ein Terrier, hat dir das schon mal jemand gesagt?«, sagte Marlise nicht besonders erfreut, als Ida in der Türöffnung auftauchte. »Hängst du einem erst mal am Hosenbein, kann man dich nur erschießen, um dich wieder loszuwerden.«

Auch heute wirkte das Kabuff, als habe jemand die Nacht damit verbracht, jede Fluse vom Boden zu klauben.

»Willst du nicht irgendwann einmal hier ausziehen?«, fragte Ida, ohne auf Marlise einzugehen.

»Wieso sollte ich?« Marlise wandte sich wieder ihrem Spiegelbild zu und fuhr damit fort, sich das Gesicht zu massieren. Eine dicke Schicht gallertartiger Masse klebte auf ihrer Haut, die sie mit Zeige- und Mittelfinger vorsichtig einklopfte. »Hier weiß jeder, wo er mich findet. Außerdem habe ich alle im Auge, die ich im Auge behalten will.«

»Bis auf mich und ein paar andere.«

»Bis auf dich und niemand anderen. Aber wer sagt denn, dass ich dich noch will? Schau doch bloß, was aus dir geworden ist.«

»Vorgestern warst du netter.«

»Vorgestern hatte ich bessere Laune. Also, was willst du?« Marlise schloss die Augen, um über ihre Stirn zu streichen. Sie hatte kräftige Hände, deren Adern deutlich hervortraten. Eher die Hände eines Kerls, eines brutalen Kerls.

»Vielleicht habe ich Line gefunden. Ist sie brünett, mittelgroß, breite Nase, die Haare schulterlang oder etwas länger?«

»Wieso fragst du sie nicht? Is sie etwa stumm, oder was?«

»Sah sie so aus oder nicht?«

»*Sah*, soso.« Marlise öffnete die Augen wieder. »Zig Weibsbilder sehen oder sahen so aus. Und ja, Line auch.«

Ida zog ihr Merkbuch aus der Tasche. Es fiel ihr nicht leicht, ihre Gefühle abzuschütteln, während sie neben die Beschreibung der toten Frau »Erscheinungsbild passt zu Line« notierte. Wenn die Mutter tot war, blühten dem Kind zehn oder mehr Jahre im Waisenhaus. Ob es Ida wohl gelingen konnte, ein besseres zu finden als das Sankt-Maria-Stift?

»Kinderschuhe«, sagte sie und blickte wieder auf. »Hast du eine Ahnung, woher ich welche bekommen kann?«

»Weißt du, was man sagt? Die Augen sind das Spiegelbild der Seele. Aber das ist Blödsinn. Wenn's so was wie ne Seele gibt, steckt sie in deiner...« Marlise grinste und zwinkerte Ida zu. »Was willst du? Schuhe? Für die Lütte? Hast du sie dir etwa unter den Nagel gerissen?«

»Ich will nur wissen, ob du jemanden kennst, der welche zu tauschen hat.«

Immer noch breit grinsend ließ Marlise drei Finger ihren Hals hinabwandern. Von den Ohrläppchen zu den Schultern, vom Kinn zum Schlüsselbein. Rote Streifen begannen auf ihrer Haut zu leuchten. »Interessant.«

Sie ließ das Wort so stehen, doch Ida wusste genau, dass Marlise sie nur locken wollte. Diese Frau war ihr so vertraut. Es war entsetzlich: Wie vor zwei Tagen auch überkam sie in Marlises Gegenwart das Gefühl, zu Hause zu sein.

»Gut«, sagte Ida schließlich und hob das Handtuch, um wieder zu gehen. »Aber eins noch...«

»Frag Krischan. Eins weiter unten, kennst du den noch?«

Obwohl sich Ida an niemanden mit diesem Namen erinnerte, nickte sie.

»Krischan kann alles organisieren. Sogar ne Mutti für das Kind, wenn du willst. Gibt auch n bisschen was auf die Hand, wenn du ...«

»Halt den Mund«, unterbrach Ida sie unwillig. Sie würde sich von Marlise nicht aus der Reserve locken lassen, nicht mit Blödsinn wie diesem.

»Glaubste nich, wie, weil alle immer klagen, dass ihnen die Blagen das Haar vom Kopp fressen. Aber da gibt's auch ganz andere Herrschaften, Kleine. Welche, die bei Lebensborn nix bekommen haben, und nu ...« Fertig mit ihrer Massage, begann Marlise ihr Haar zu richten, das in dicken dunklen Strähnen auf ihren Schultern lag. Aus einem Töpfchen entnahm sie dieselbe durchsichtige Creme, die sie sich ins Gesicht geschmiert hatte, und strich damit über die blonden Spitzen.

»Gut. Gut, ich merk schon, dass ich dich damit nicht krieg. Aber ich hab nen anderen Vorschlag für dich.« Sie löste ihren Blick von ihrem Spiegelbild, um Ida zu betrachten. »Wenn du sowieso andauernd hier auftauchst, will auch ich was davon haben.« Mit einem Mal sah sie so aus, als entwickele sich der Morgen in eine weit bessere Richtung, als sie erwartet hatte. »Denn denk mal nach: Was passiert, wenn ich auf die Davidwache spaziere? Das wär doch ein Spaß.« Die Bunkerkönigin kicherte. »Ida Rabe, die mit Taschen voll Pervitin durch Sankt Pauli gelatscht ist – am helllichten Tag! Die organisiert hat wie keine andere und ganze Banden an Gangstern rumkommandiert hat. Wenn ich das erzähle, was denkst du, wird dann los sein?«

Idas Herz hämmerte fast schmerzhaft. Sie löste den Blick nicht von Marlises Gesicht. »Und was soll ich tun, damit du nicht auf die Davidwache spazierst? Wenn du erwartest, dass ich wegsehe, während du krumme Dinger drehst, hast du dich geschnitten.«

»Aber, aber. Da gibt's doch ganz andere, die mir aus der Hand fressen. Nee, Idachen, um so was würde ich dich nie bitten.«

»Was willst du damit sagen?« Misstrauisch kniff Ida die Augen zusammen. Ganz andere? Hieß das, ein paar von Idas Kollegen steckten mit der Bunkerkönigin unter einer Decke? Das wäre etwas Neues. Und etwas, das sich Ida genauer ansehen sollte!

»Du kennst mich.« Herausfordernd starrte Marlise sie an. »Ich sorge gern vor. Ich will nur sichergehen, dass unser Geheimnis bei dir genauso sicher ist wie bei mir. Falls du auf die Idee kommst auszupacken, min Lüttje, sing ich lauter als ne Nachtigall.«

»Keine Angst«, sagte Ida leise. »Mein Leben hat vor fünf Monaten begonnen. Mit allem, was davor war, habe ich abgeschlossen.«

»Auch mit ... Karl?«

Die Erwähnung seines Namens ließ Ida zusammenzucken. Marlise war die Regung nicht entgangen. Sie grinste über das ganze Gesicht.

»Und übrigens, Ida ... Je öfter du herkommst, desto mehr Sachen von früher fallen mir wieder ein.«

Ida warf der Bunkerkönigin einen abschätzigen Blick zu. Als sie den dunklen, übel riechenden Gang betrat, glaubte sie Marlise boshaft kichern zu hören.

*

Während Ida Dienst am Tresen schob, saß das immer noch in Idas Mantel gewickelte Katzenmädchen in einer Ecke auf einer umgedrehten Kiste und betrachtete mit melancholischem Blick seine neuen Ledersandalen. Krischan hatte sie Ida wortlos rübergereicht. Die Kunde, dass Marlise sie geschickt hatte, war augenscheinlich in Nullkommanichts durch den Bunker gezogen. Auf Idas Frage, was er dafür haben wollte, hatte er wortlos den Kopf geschüttelt.

Das gefiel Ida überhaupt nicht. Nun stand sie noch mehr in Marlises Schuld. Aber was hätte sie tun sollen? Ohne Schuhe konnte sie die Kleine nicht zu Meyerlichs Mutter bringen; etwas, das sie allerdings nun sowieso herauszögerte, denn das Bild, das sich Ida bei ihrer Rückkehr geboten hatte, war alles andere als beruhigend gewesen: Fauchend hatte das Katzenmädchen unter Meyerlichs Schreibtisch gehockt, während er selbst mit verzweifelter Miene die Tür bewachte.

So war es Ida mehr als lieb, zum Dienst am Tresen eingeteilt worden zu sein und die Kleine erst später zu Meyerlichs Mutter zu bringen. Vielleicht würde sie sich bis dahin etwas beruhigen.

Gerade nahm Ida eine weitere Vermisstenanzeige auf, diesmal ging es allerdings um einen Mops, und anschließend die Meldung einer Schlägerei, die sich jedoch schon wieder beruhigt hatte. Eine Fensterscheibe war zerbrochen, und Ida versprach dem Herrn vor sich, noch vor dem Abend einen Kollegen vorbeizuschicken.

Das Publikum, das den restlichen Samstagmittag ein und aus ging, bestand aus den mitleiderregendsten Gestalten. Der eine trug nur einen Stiefel am rechten Fuß und machte Meldung, dass das linke Pendant in der Nacht abhandengekommen sei. Eine Frau, die aussah, als habe sie den harten Winter auf der Straße verbracht, vermisste eine Tulpe, die ihr vor Jahren jemand geschenkt hatte.

Ida erinnerte sich, dass sie dieselbe Anzeige, die sie gerade aufschrieb, in den vergangenen Tagen wieder und wieder gelesen hatte. Manche Kollegen verliehen den treusten unter den Besuchern drollige Namen. So war die Frau mit der verschwundenen Blume die Tulpenlilli, während an den Nachmittagen häufig Hammerhorst auftauchte, der stets aufs Neue beklagte, ihm sei sein Werkzeug gestohlen worden.

Ida bemühte sich, mehr über die Frau in Erfahrung zu bringen, es erschien ihr respektvoller, merkte jedoch bald, dass Tulpenlilli mit ihrem Kosenamen glücklich war und eigentlich auf der Holzbank sitzen wollte, um sich aufzuwärmen und zu reden. Ida ließ sie und bemerkte irgendwann kaum mehr den steten Strom an Worten, der nur hin und wieder von einem scheppernden Husten unterbrochen wurde.

Wo sich Brasch wohl verkroch? Es war doch übel, dass sie nach zwei Tagen Zusammenarbeit schon derart aneinandergerasselt waren. Aus Erfahrung wusste Ida, dass sie auf andere Menschen manchmal befremdlich wirkte. Sie war nicht gerade herzlich, jedenfalls nicht sofort; es gehörte etwas dazu, damit sie auftaute und jemanden in ihr Herz schloss. An diesen Punkt würden Brasch und sie wahrscheinlich niemals kommen. Aber was in aller Welt wollte Brasch? Einerseits, dass Ida das Zepter in die Hand nahm und sagte, wo es langging. Doch wenn Ida genau das tat, war es auch nicht richtig.

Trotzdem: Sie hätte sich besser unter Kontrolle haben müssen. Was sie zu Heide gesagt hatte, war gemein und verletzend gewesen.

Als sich Tulpenlilli schwankend erhob und auf den Ausgang zusteuerte, fiel Idas Blick auf das Katzenmädchen, das still auf dem Boden saß und mit einem filigranen Gegenstand spielte. Sie trat einen Schritt näher. Erst jetzt bemerkte sie, dass die Kleine die dunklen Augen weit aufgerissen hatte. Sie bewegte die Lippen, sagte aber nichts.

Ida ging in die Hocke. Was hielt sie da nur in der Hand? Als sie es endlich erkannte, stockte Ida der Atem. Verdammt noch mal, die Kette aus Haar, die sie in Vierlande gefunden hatte! Sie hätte sie längst zur Mordkommission bringen müssen. Wahrscheinlich war sie aus ihrer Manteltasche gerutscht.

»Gibst du sie mir?«

Die Kleine riss die Augen noch weiter auf.

»Du musst sie mir geben, so leid es mir tut. Sie gehört mir nicht.«

Ohne auf sie zu achten, führte die Kleine ihre Hand an ihre Wange und strich mit dem Haar sanft über ihre Haut. Ida stutzte.

»Kennst du die Kette? Hast du sie schon einmal gesehen?«

Das Mädchen gab wimmernde Laute von sich.

»Es ist wichtig«, sagte Ida mit eindringlicher Stimme. Die Augen der Kleinen wirkten schwarz und tief.

»Ist das die Kette deiner Mutter?«

Das Katzenmädchen blinzelte. Dann schüttelte es zaghaft den Kopf. Ida war zugleich aus dem Häuschen und zutiefst enttäuscht. Um Lines Kette handelte es sich also nicht, aber vielleicht hatte sie eine ähnliche besessen. Weit wichtiger aber erschien ihr, dass die Kleine sie verstanden hatte.

Sie konnte nicht sprechen, aber hören. Und sie verstand Deutsch.

»Kannst du schreiben?«

Noch während sie die Frage stellte, kam sie ihr absurd vor. Sie erhielt keine Reaktion darauf.

»Wie alt bist du? So?« Sie hielt dem Mädchen ihre rechte Hand vor das Gesicht. »Fünf?«

Die Kleine bemerkte sie nicht einmal. Immer wieder strich sie sich mit dem Kettchenhaar über das Gesicht und sah dabei so friedlich und zufrieden aus, dass Ida schließlich von ihr abließ.

Als sie sich erhob und umwandte, sah sie im Türrahmen Hildesund stehen, der sie aus zusammengekniffenen Augen musterte.

»Kann ich etwas für Sie tun, Polizeimeister Hildesund?«, fragte sie.

Er grinste breit. »Sie haben sicher eine Erklärung für mich, wieso das Kind hier ist.«

Obwohl Idas Antwort knapp genug war, unterbrach er sie schon nach der Hälfte. Fauchend sagte er: »Und dann platzen Sie einfach in das Kinderheim und nehmen das Mädchen wieder mit? Was bilden Sie sich eigentlich ein?«

»Wenn Sie gesehen hätten, was ich gesehen habe, hätten Sie genauso entschieden.«

»Ganz sicher nicht! Es wird nicht einfach, Sie da wieder rauszupauken, Fräulein Rabe.«

Ida, die sich gerade hatte verteidigen wollen, schloss überrascht den Mund. Polizeimeister Hildesund wollte ihr helfen? Das konnte unmöglich wahr sein.

»Mir ist aufgefallen, dass Ihre Kollegin und Sie sich nicht ganz grün sind«, wechselte Hildesund abrupt das Thema.

Diese Feststellung verblüffte Ida noch mehr.

»Fräulein Brasch und ich raufen uns gerade zusammen.« Das war zwar nicht ganz die Wahrheit. Aber Hildesund vertraute sie von allen auf der Wache am wenigsten.

Mit nachdenklich gekräuselten Lippen sah er sie an. »An Ihrer Stelle, Fräulein Rabe, würde ich aufpassen. Es gibt zwar das Sprichwort, dass sich der Dritte freut, wenn zwei sich streiten. Manchmal aber gibt es gar keinen Dritten.«

»Darf ich fragen, worauf Sie hinauswollen?«, fragte Ida. Deutete er an, dass sie auf Brasch besser nicht zählen sollte? Aber wieso kam er damit zu ihr?

Mit hintersinnigem Lächeln tippte er sich an die Schläfe. »Denken Sie darüber nach.« Er wandte sich um, verharrte aber noch kurz in der Tür. »Was ist mit den beiden Jungen, die den Toten in der Ditmar-Koel-Straße beraubt haben? Ich erwarte Ihren Bericht.«

»Ja, Polizeimeister Hildesund.«

Sie war immer noch zu verwirrt von seinen Worten, um ihn auf die Papierknappheit aufmerksam zu machen. Vielleicht konnte einer der Kollegen ein Blatt entbehren, dachte sie und hockte sich wieder neben die Kleine.

»Jetzt machen wir beide einen Ausflug. Eine sehr nette Dame kümmert sich nämlich um dich.«

Mit unergründlichem Blick sah die Kleine zu ihr empor. Seufzend gestand sich Ida ein, dass sie gar nicht wusste, ob Frau Meyerlich nett war. Außerdem musste sie dem Mädchen die Kette abnehmen, und allein der Gedanke daran brach ihr das Herz.

»Komm«, sagte sie leise.

*

Als sie eine halbe Stunde später in die Ditmar-Koel-Straße einbog, dachte sie mit dem Gefühl, die Kleine betrogen zu haben, an das Zusammentreffen mit Frau Meyerlich zurück.

Noch im Treppenhaus hatte sie das Mädchen schluchzen gehört und wäre am liebsten gleich wieder in die Wohnung gestürmt. Doch wo in aller Welt sollte sie das Kind lassen, während sie ihrer Arbeit nachging? Immerhin: Meyerlichs Mutter hatte einen freundlichen und liebevollen Eindruck gemacht. Das reichte zwar nicht ganz, um die Sorgen beiseitezuschieben, half aber zumindest ein wenig.

Jetzt musste sie sich sammeln. Hildesund erwartete ihren Bericht. Zuvor wollte sie aber mit dem Zeugen sprechen, der die beiden Jungen in der Nähe des Toten ertappt hatte. Wenn dieser Bengtson Willem und Ludger wirklich beim Stehlen beobachtet hatte, würde sie sich die beiden ein weiteres Mal vornehmen müssen. Außerdem war ihr wichtig, von Anfang an Klarheit zu haben. Ihr Kollege Jansen kam ihr wie jemand vor, der die Wahrheit auch mal verdrehte – wenn er auf die Idee käme, den Kindern etwas anzuhängen, wäre Ida lieber vorbereitet ...

Die Elbe im Rücken, ragte vor ihr der kupferbedachte Turm der Gustaf-Adolfskyrkan auf. Nur ungern dachte sie daran, wie häufig sie früher hier vorbeigekommen war ...

Es war seltsam. Ihre Dienststelle hatte sie sich nicht aussuchen können, aber auf die Wache am Hauptbahnhof gehofft. Nun musste sie ausgerechnet an der Reeperbahn ihren Dienst tun und war umgeben von Erinnerungen. Und gerade eben erst hatte Marlise Karl erwähnt, in den Ida so verliebt gewesen war. Er hatte hier gearbeitet, hier, in der Kirche der schwedischen Gemeinde. Zumindest würde sie ihm heute nicht über den Weg laufen. Er war nach Schweden zurückgekehrt und hatte das Pastorat einer hübschen Gemeinde am Vättern übernommen, dem zweitgrößten See Schwedens, der riesig wie ein Meer war. Dort war er aufgewachsen, dorthin hatte er zurückkehren wollen. Zusammen mit ihr. Dann aber waren die Dinge zwischen ihnen sehr, sehr hässlich geworden.

Die Mittagssonne verlieh dem roten Ziegelstein des Gotteshauses einen warmen Glanz. Nachdem ihr gelungen war, die Geister von damals aus ihrem Kopf zu vertreiben, klopfte sie an. Es dauerte eine Weile, bis von innen Geräusche erklangen. Das Gebäude verfügte über etliche lange Flure und unendlich viele Zimmer, das wusste Ida nur allzu gut.

Schließlich aber wurde die Pforte aufgezogen, und eine Frau mit silbernem Haar, das in einem dicken Zopf auf ihren Rücken fiel, strahlte sie freundlich an.

»Guten Tag, Ida Rabe, Weibliche Polizei. Ich komme wegen des Vorfalls, der sich heute Morgen hier in der Nähe zugetragen hat. Ein Seemann, der, wenn ich mich nicht täusche, hier untergebracht ist, hat zwei Kinder dabei erwischt, wie sie …«

Die Frau nickte eifrig. »Ja! *Men förlåt*«, entschuldigte sie sich auf Schwedisch, sammelte sich und sprach auf Deutsch weiter, »es tut mir leid, da müssen Sie morgen wiederkommen. Am besten gleich in der Früh noch vor dem Gottesdienst.«

Na, das hätte sie sich eigentlich denken können! Wieso war sie nicht selbst darauf gekommen, dass sie Lars Bengtson zu dieser Uhrzeit nicht antreffen würde? Die Seeleute, die in Hamburg strandeten, verbrachten Tage und Nächte im Suff, ganz gleich, welcher Nationalität sie waren. Sicher lag Bengtson in ebendiesem Augenblick schnarchend unter einem Tisch in irgendeiner Kaschemme nicht weit von hier.

»Er ist also nicht hier?«, erkundigte sie sich dennoch, immerhin war es kaum nach eins.

»Nein, Lars amüsiert sich schon wieder.« Sie sprach den Namen *Larsch* aus und redete auch sonst mit schwedischem Akzent, der Ida an eine Berg- und Talfahrt erinnerte und an einen Teil ihrer Vergangenheit, den sie gern so weit wie möglich beiseiteschieben wollte. »Aber morgen. Wenn Sie früh kommen ...«

Sonntags, auch das war Ida klar, rissen sich die Matrosen für den Gottesdienst zusammen. Allerdings nur so lange, bis das letzte Amen gesprochen war.

»Eines noch. Ist Ihnen zu Ohren gekommen, dass Herr Bengtson heute mehr in den Taschen hat als sonst, hat er vielleicht damit geprahlt?«

Die freundliche Miene erstarb augenblicklich. »Wenn Sie Lars unterstellen, er habe den Toten beraubt, möchte ich Sie bitten, morgen *nicht* wiederzukommen. Er hat sehr unter den Eindrücken gelitten, das können Sie mir glauben.«

»Natürlich, das kann ich mir denken. Aber ich muss in alle Richtungen ermitteln, ich hoffe, Sie verstehen das.«

»Das verstehe ich, ja, ich heiße es aber nicht gut.« Damit schloss sie die Pforte sanft, wenn auch entschieden.

Erleichtert kehrte Ida der Kirche den Rücken zu. Sie hatte die Umgebung anderthalb Jahre lang gemieden, um nicht mit den Erinnerungen kämpfen zu müssen. Und jetzt war es ihr gelungen, einfach ihre Arbeit als Polizistin zu tun, statt damit zu hadern, dass ihr Herz tausendfach gebrochen worden und ihr Leben auseinandergefallen war.

Während sie die Treppe hinabstieg, ging sie gedanklich die nächsten Schritte durch: Sie musste den Bericht für Hildesund schreiben, dessen merkwürdiges Verhalten sie immer noch verwunderte. An seine Arroganz hatte sie sich ja gewöhnt, aber wieso hatte er sich plötzlich so besorgt um sie verhalten? War das ein Trick? Doch wie dem auch sei, wollte sie ihm nicht noch mehr Anlass liefern, ihre Arbeit genauer unter die Lupe zu nehmen. Er würde einen sauber getippten Bericht bekommen und sie hoffentlich anschließend nicht mehr mit Argusaugen beobachten.

Es war nicht einfach, mit so vielen Dingen zu jonglieren und dabei auch noch höllisch aufpassen zu müssen, dass niemand etwas bemerkte. Da waren die Frauen, die Meyerlich aufgefallen waren, mit denen sie noch gar nicht gesprochen hatte. Ida wünschte, sie hätte die Zeit, um jede einzelne aufzusuchen. Doch sie musste den Vergewaltiger fassen, bevor er ein weiteres Mal zuschlug.

Gestern Nachmittag hatte sie es nicht mehr geschafft, weiter in Vierlande von Haus zu Haus zu ziehen, aber sie musste dringend mit noch mehr Bewohnern aus den nahen Dörfern sprechen. Schließlich war es alles andere als undenkbar, dass das Monster aus Vierlande kam und den Frauen an den Bahnhöfen auflauerte. Wenn Adele Reinke oder Hanne Kischkat ihn nur hätten beschreiben können ... Dann wüsste Ida nun, wonach sie Ausschau halten sollte. Es gab keinen einzigen Hinweis – jeder Mann zwischen sechzehn und siebzig Jahren könnte das Monster sein.

Ihre Liste wurde immer länger. Aber da sie schon hier war, würde sie sich nach dem Versteck von Ludger und Willem umsehen. Wenn die beiden sich an den Taschen des Toten zu schaffen gemacht hatten, mussten sie alles, was er besaß, noch irgendwie beiseitegeschafft haben, bevor die Polizei gekommen war.

Mit gesenktem Blick ging sie den Gehsteig ab, tastete in schmierige Gullis und betrat schließlich ein Grundstück, auf dem sich ein zerbombtes Haus mit dem Rücken an die intakte Kirche schmiegte, als suche es bei ihr Schutz. Blickte man hier stur geradeaus, könnte man glatt glauben, die Welt sei heil geblieben: Das Kirchenhaus besaß mehrere schmucke Balkone, die jedoch zu hoch waren, um sie zu erklimmen. An zwei Fenstern hingen Blumenkästen mit Blümchen, die wie rosa Farbtupfer in all dem Grau wirkten.

Ida wandte den Blick ab und konzentrierte sich wieder auf den Trümmerbau links des Gotteshauses, vor dem laut Wachtmeister Schütte der Tote aufgefunden worden war. Blut konnte sie auf dem Pflaster keines erkennen, doch bei dem beinahe schwarzen Granit verwunderte sie das nicht. Im Erdgeschoss, das fast vollständig mit Stein gefüllt war, ragte ein Treppenrest in den ersten Stock empor. Immer wieder wegrutschend arbeitete sich Ida vor. Ratten, die so mager waren wie die Hamburger Bevölkerung, flitzten an ihren Füßen vorüber. Der Geruch von kalter Asche hing in der Luft und etwas anderes, Übelriechendes, das Ida nicht benennen konnte.

Schließlich gab Ida den Versuch, ins erste Stockwerk zu gelangen, auf. Die Stufen schienen ihr derart porös, dass sie es nicht wagte. Die Jungen wogen sicher nur halb so viel wie sie und waren geschickter, gut möglich, dass sie bis in die erste Etage gekommen waren. Es ihnen gleichzutun wäre quasi Selbstmord.

Enttäuscht kehrte sie ins Erdgeschoss zurück und legte den Kopf in den Nacken. Es konnte natürlich auch ganz anders gewesen sein: Bengtson hatte den Kindern ihre Beute womöglich abgenommen. Bei Licht betrachtet erschien ihr das gar nicht so unwahrscheinlich.

Wieder etwas für ihre Liste. Das würde sie ihn morgen fragen. Kurz vor dem Gottesdienst.

Da das Hafenkrankenhaus in unmittelbarer Nähe lag, gab Ida die Schatzsuche auf und machte sich auf den Weg dahin. Bisher war ihr Tag ausnehmend ergebnislos verlaufen, was sie maßlos ärgerte. Nein, immerhin hatte sie die Kleine aus dem Stift befreit. Und einen Hinweis darauf bekommen, dass auch Line in Vierlande gewesen war – *wenn* das Mädchen die Kette wirklich wiedererkannt hatte und nicht bloß aus reinem Zufall hübsch fand.

Aber angenommen, Line war dort gewesen. Hatte die Kette in einem Strauch verloren. Da stellte sich doch die Frage, wieso. War sie ihr bei einer der Hamstertouren aus der Tasche gerutscht? Hatte es einen Kampf gegeben? Hatte der Vergewaltiger sie in den Wald geschleppt und dort getötet?

So etwas Dummes, dass sie erst am Montag wieder mit Ares Konstantinos würde sprechen können. Am liebsten würde sie augenblicklich ins Institut für Gerichtsmedizin stiefeln. Aber sie nahm an, dass er heute noch keine Antworten für sie hatte. Wenn sie jedoch im Krankenhaus Untersuchungsergebnisse bekäme, wäre das immerhin ein Grund, ihm auf die Nerven zu gehen.

»Entschuldigen Sie.«

Die Krankenschwester mit dem langen roten Haar hatte eigentlich an ihr vorbeieilen wollen, blieb jedoch stehen.

»Ich habe eine Frage zu Charlotte Wendler.«

»Jaja«, schnitt ihr die Schwester ungeduldig das Wort ab. »Es geht ihr gut. Aber Sie können nicht zu ihr.«

»Das dachte ich mir. Aber sie war gestern Nachmittag schon

einmal hier, und da hatte ich darum gebeten, sie auf Spermareste hin zu untersuch...«

»Pst!« Die rothaarige Schwester sah mit einem Mal sehr nervös aus. »Reden Sie doch nicht so laut.«

»Mir wurde versprochen, dass mir die Ergebnisse telefonisch mitgeteilt würden, aber das ist bislang nicht geschehen.«

»So hopplahopp geht das auch nicht. Fragen Sie übernächste Woche wieder an.«

»In zwei Wochen erst?«

»Ja.«

Enttäuscht verließ sie das Krankenhaus. Also kein Grund, Doktor Konstantinos einen Besuch abzustatten. Seltsam, sie hatte das Gefühl, ihn zu sehen würde sie ein klitzekleines bisschen aufmuntern.

Vierlande, am Stadtrand von Hamburg

Frühjahr 1947

»Versehen?«, hast du gefragt, mein Geliebter, und versucht, dich auf mich zu konzentrieren. »Was meinst du damit, deine Mutter hat sich versehen? Was soll das heißen?«
Bei mir zu Hause im Wedding saßen wir zusammen. Schwärze um uns herum, abgesehen von etwas Kerzenlicht. Der Verschlag, den ich für dich gezimmert hatte, war ein gutes Versteck, trotzdem haben wir immer die Ohren gespitzt und geflüstert, wenn wir geredet haben.

Meine Wohnung hatte ein *Berliner Zimmer*, das ist ein finsterer riesiger Raum mit einem einzigen lächerlich schmalen Fenster zum Hof. Fand ich immer überflüssig und ungemütlich, bis ich dich getroffen habe. Da hab ich es lieben gelernt. Nirgends sonst lässt sich besser eine zweite Wand einziehen, von der keiner was ahnt! Und sogar ich, die sonst nicht so viel richtig kann, hab es toll hinbekommen. Habe nachts heimlich auf den Straßen Bretter zusammengesammelt und vom Schuster Nägel erbettelt. Sich anzulehnen an die Wand wär wirklich keine gute Idee gewesen, aber ich hatte ja nie Besuch.

Es war kalt, ein Januartag. Im ganzen Haus waren die Fenster eingefroren. Ich habe am ganzen Leib gezittert und zwischen den Sätzen mit den Zähnen geklappert. Jämmerlich hätt ich mich gefühlt, wärst du nicht da gewesen, du und unser Geheimnis. Als mich in den ersten Monaten die Übelkeit plagte, musste ich höllisch aufpassen. Mit einem Klo auf halber Treppe bekommen die Nachbarn ja leider alles mit. Hab immer was von Krankheit gemurmelt.

Na, dann gute Besserung, Fräulein Sander, haben die Leute gesagt und falsch gelächelt, und ich hab noch viel falscher zurückgegrinst.

»Sich versehen – so heißt das in Schlesien«, hab ich erklärt und meinen Mantel enger gezogen. Ich hielt deine Hand, aber sie war ebenso eisig wie meine. »Das sagen einem die Leute, wenn man schwanger wird: dass man sich ja nicht versehen darf. Denn wenn das passiert, wenn man sich versieht – was Hässliches, Grausliches sieht, eine Katze mit drei Beinen oder einen toten Frosch –, dann wird das Kind verunstaltet aus dem Bauch kommen. Und meine Mutter...« Ich hatte das nie wem erzählt. Wem auch? Ich hatte nie Freunde oder so was. »Die hat sich versehen. Sie hat nie gesagt, wie. Aber als sie mich auf dem Arm hatte das erste Mal nach meiner Geburt, war sie so erleichtert, weil ich ganz normal aussah. Aber dann, nach ner Weile, hab ich Flecken bekommen. Diese hellbraunen Flecken. Hier.« Ich habe die Knöpfe vom Mantel aufgemacht und an meiner Bluse gezuppelt, um's dir zu zeigen. Geliebt hatten wir uns ja nur im Dunkeln. Du kanntest sie also nicht. »Davon hab ich viele. Je älter ich wurde, desto mehr sind's geworden. Und da wusste meine Mutter, dass sie sich doch versehen hatte. Dass es ihre Schuld war, und dafür hat sie mich gehasst.«

Du wusstest immer noch nicht, wovon ich rede. Woher solltest du den dummen Aberglauben auch kennen? Du warst in Berlin aufgewachsen – zwar nicht in einer riesigen Villa, wie man es von den Juden immer behauptete, sondern in einer Mietswohnung, aber deine Eltern, die sind klug gewesen. Und voller Liebe, und diese Liebe, die ist auf dich übergeschwappt.

»Da, wo ich herkomme, reden die Leute dauernd so dummes Zeug. In Schlesien gibt es für alles einen Brauch. Und Unglück an jeder Ecke.«

»Aber das ist doch gar kein Unglück«, hast du leise gesagt, und ich hab fast geheult, weil du so lieb warst.

Ich weiß, dass du so etwas nicht kennst, diese Gewissheit, dass die Welt ein furchtbarer Ort ist und man eigentlich nur sterben will. Aber das ging doch nicht. Ich hatte unser Kind im Bauch. Da wollte ich nicht tot sein.

Vielleicht aber hast du später auch so gefühlt: Nachdem man dich deportiert hatte und du alle Grausamkeit zu spüren bekamst, zu der die Menschen fähig sind. Vielleicht hast du dann was von der Dunkelheit erahnt, die in mir steckt. Eine riesige Dunkelheit. Wenn ich nicht aufpasse, kriecht sie mir vom Scheitel bis zu den Füßen, frisst alles in mir auf, und ich kann nur dasitzen und warten, dass sie wieder kleiner wird und ich leer bin für ganz lange Zeit. Da ist dann nur Finsternis, Kälte, Angst und Verzweiflung.

Wenn ich tot bin, hab ich sie endlich besiegt. Immerhin etwas, das ich mit Hoffnung erwarte.

Als du mich weiter angeguckt hast, hab ich gespürt, wie ein Riss langsam von oben nach unten durch mich durchging und etwas in mir aufplatzte. Ganz weich war ich plötzlich.

Und voller Liebe, so viel Liebe, dass sie sogar ein bisschen für mich selbst reichte. Sie war das Schönste, was ich je empfunden habe. Du hast mich gerettet, mein Geliebter. Gerettet vor meiner eigenen Finsternis und Kälte. Du warst das Zweitbeste in meinem Leben. Das Beste war unser Kind, das wusste ich in diesem Augenblick so sicher, wie ich nie zuvor etwas gewusst hatte. Ich wusste, wenn ich es später anblicken würde, wieder und wieder, wie es in seiner Krippe lag, würde mir Liebe aus den Augen fließen wie Tränen. Kein Hass wie bei meiner Mutter. Keine Enttäuschung.

Bloß Liebe.

4

Margaretenstraße, Hamburg-Eimsbüttel

Samstag, 3. Mai 1947, 18:56 Uhr

Als sie in die Margaretenstraße einbog, war Ida so wacklig auf den Beinen, dass sie befürchtete, es nicht bis in ihre Wohnung im zweiten Stock zu schaffen. Mit zitternden Händen steckte sie den Schlüssel ins Schloss und lehnte, weil sie das alle Kraft gekostet hatte, die Stirn gegen das kühle Holz. Sie atmete tief ein.

Alles, was sie sich für den Nachmittag vorgenommen hatte – weitere Frauen aufzusuchen, die Meyerlich bei der Aufnahme der Anzeigen aufgefallen waren, und der Vermisstenmeldung nachzugehen –, hatte sich in Rauch aufgelöst, als sie um kurz nach vier zur Davidwache zurückgekehrt war.

In ihrem Kellerbüro hatte auf Heide Braschs Stuhl statt Heide Brasch Superintendent Ann Watson gesessen.

»Korrigieren Sie mich, falls ich mich irre«, zischte Miss Watson. »Aber wurde Ihnen in Ihrer Ausbildung nicht beigebracht, nicht eigenmächtig zu handeln, vor allem aber nicht eigensinnig?«

»Ja, Miss Watson, aber...«

»Nichts aber! Das Mädchen aus dem Stift holen und anderweitig unterbringen? Wer, glauben Sie denn, dass Sie sind?«

Entsetzt gestand sich Ida ein, dass sie sich noch keinen Plan zurechtgelegt hatte, wie sie ihrer Vorgesetzten die Sache verkaufen sollte. Aus purer Not begann sie zu lügen.

»Ich habe einen Hinweis erhalten, wo sich die Mutter des Kindes aufhalten könnte. Leider habe ich sie noch nicht sprechen können, aber ich glaube fest daran, sie noch vor Ende kommender Woche ausfindig zu machen und die Kleine zu ihr zurückzubringen.«

»Und das erfahre ich nur aus dem Grund, weil ich Sie in Ihrem Büro aufsuche?« Miss Watsons Zorn war noch mehr entflammt. »Haben Sie nicht auch nur kurz daran gedacht, mich selbsttätig darüber zu informieren?«

»Doch, Ma'am, natürlich. Aber ich habe nicht die Zeit gefunden, was ich aufrichtig bedaure.«

»Aber die Zeit, mit Ihrer Kollegin zu streiten, finden Sie?«

Ida brauchte einen Moment, um das zu verdauen. Heide Brasch war zu Miss Watson gelaufen, um sich zu beschweren und sie gleich noch zu verpfeifen? Das schoss ja wirklich den Vogel ab!

O nein, entschuldigen würde sie sich bei der Kollegin ganz sicher nicht mehr. Und jetzt hatte sogar Hildesund recht, das passte Ida fast noch weniger.

»Möchten Sie dazu etwas sagen?«, knurrte Miss Watson.

»Nein, Ma'am. Lieber nicht.«

Superintendent Watson erhob sich. Sie war klein, gute zwanzig Zentimeter kleiner als Ida, dennoch hatte sie etwas Furchterregendes an sich. Der Spitzname Hai traf es wirklich sehr gut.

»Ich mag es nicht, die Mutter zu spielen und zwischen zwei Polizistinnen, die sich nicht grün sind, zu vermitteln. Ich mag es noch weniger, wenn Dinge beschlossen und umgesetzt werden, ohne dass der normale Dienstweg auch nur in Betracht gezogen wird. Wir sind nicht im Wilden Westen! Halten Sie sich an die Regeln, halten Sie sich an die Anweisungen, die Ihnen Ihre Vorgesetzten erteilen, raufen Sie sich mit Fräulein Brasch zusammen. Denn wenn Sie auch nur eines davon nicht tun, Fräulein Rabe, dann haben Sie hier keine Zukunft. Haben Sie mich verstanden?«

»Ja«, sagte Ida kleinlaut. »Das habe ich, Ma'am.«

Den Rest des Nachmittags hatte Ida damit zugebracht, ihre Gedanken zu ordnen und Stichworte ihres Berichts für Polizeimeister Hildesund in die leeren Zeilen zwischen einer Reihe uralter Anzeigen zu quetschen, die sie im Schrank gefunden hatte. Natürlich würde sie das Ganze noch ins Reine bringen müssen.

Und sie musste eine Lösung für das Mädchen finden. Verdammt noch mal, wieso hatte sie Miss Watson belogen? Wie sollte sie jetzt innerhalb einer Woche Line herbeizaubern? Und was, wenn Brasch auch am Montag wieder bei Miss Watson plaudern würde und mitteilen, dass die Mutter der Kleinen ebenso gut in Sibirien oder Amerika sein könnte – sie wussten es einfach nicht.

Zwei Stunden lang saß Ida allein im Keller und gestand sich schließlich ein, dass sie angesichts dessen, dass dies erst ihr dritter Arbeitstag war, schon eine Menge in den Sand gesetzt hatte. Eine Ausbildung, die nur zwei Monate dauerte, war eben keine gute Vorbereitung auf eine so anspruchsvolle Tätigkeit. Auf der anderen Seite musste sie sich langsam zusammenreißen. Sie wollte doch etwas erreichen. Und ihre Arbeit gut machen.

Erschöpft lehnte Ida nun ihre Stirn gegen das kühle Holz der Haustür. Sie würde sich hochschleppen und hinlegen, und morgen sah die Welt hoffentlich anders aus. Doch als sie das Treppenhaus betrat, hörte sie von oben eine Männerstimme.

»Fräulein Rabe? Hallo, Fräulein Rabe. Über Ihnen!«

Sie legte den Kopf in den Nacken und entdeckte ihren Nachbarn Heinrich Schmidt, der sich so weit über das Geländer beugte, dass sie befürchtete, er könne vornüberfallen.

»Guten Abend«, sagte sie matt.

»Wollen Sie kurz bei mir vorbeischauen?«

Nein, das wollte sie ganz und gar nicht.

»Verzeihen Sie, ich bin sehr müde und ...«

»Nur kurz. Ein My eines Augenblicks, versprochen.«

Herr Schmidt war so nett zu ihr gewesen, ihr am Mittwochabend die Bluse zu plätten. Da brachte sie es einfach nicht übers Herz, ihn abzuweisen.

»Ich komme«, sagte sie leise, und er strahlte über das ganze massige Gesicht.

Als sie endlich in der dritten Etage ankam, war er nicht zu sehen, dafür stand seine Wohnungstür weit offen. Rötliches Abendlicht fiel durch die Fenster zweier Zimmer, deren Türen sich auf den Flur öffneten. Auf dem Boden waren die Zeitungsstapel noch mehr gewachsen, nur ein schmaler Weg führte hindurch. Die zahlreichen Püppchen, die dicht an dicht auf den Regalbrettern saßen, wirkten auch heute so deplatziert wie am Vorabend ihres ersten Arbeitstages. Als sie näher trat, stellte sie fest, dass sie irgendwie seltsam aussahen. Ihre gestrickten Körper wirkten nicht besonders puppenhaft und schon gar nicht kindlich. Stattdessen hatten sie alte Gesichter mit knolligen Nasen und tief liegenden Augen, manche sogar ein Doppelkinn. Ida verkniff sich ein Grinsen. Eine von ihnen, die ihr irgendwie bekannt vorkam, hatte eine Halbglatze. Wer in aller Welt stellte Puppen mit Halbglatzen her?

»Hier herein«, ertönte die helle Singsangstimme ihres Nachbarn.

Sie wandte sich um. In der Wohnung, in der sie lebte – eine Etage weiter unten –, war der erste von der Diele abgehende Raum durch Vorhänge geteilt. Das linke Fenster gehörte zu Idas Bereich, in dem eine Matratze lag, zudem gab es einen Stuhl, auf dem sie jedoch nie saß, sondern ihre Uniform ablegte, einen Nachttisch, auf den sie abends ihre Polizeibrosche und ihre Mütze legte, sowie zwei Bügel, die an Nägeln an den Wänden hingen und an denen ein Rock, ein Pullover und zwei Blusen hingen. Für Wäsche gab es eine Kiste. Ein Buch besaß sie auch. Auf der anderen Seite des Vorhangs lebte Fräulein Heinze, von der sie nicht viel mehr wusste, als dass sie schnarchte.

In Heinrich Schmidts Wohnung sah das Äquivalent ganz anders aus. »Sie haben ja ein richtiges Wohnzimmer!«, bemerkte Ida erstaunt. Und es war voll ausgestattet – mit einem runden Tisch in der Mitte, einem flauschig wirkenden hellen Teppich, einer Anrichte aus glänzendem Nussbaumholz und mehreren gepolsterten Stühlen, auf die Heinrich deutete.

»Setzen Sie sich doch.«

»Wieso wohnen Sie allein?«, fragte sie, nachdem sie der Aufforderung nachgekommen war. Die Oberfläche des Tisches glänzte. Selbst ein Platzdeckchen gab es mit dem eingestickten Namen *Heinrich*.

Nachdem er sich ebenfalls gesetzt hatte, zuckte er mit den Schultern. »So erstaunlich es ist, niemand will mit mir zusammenleben. Nicht mal die Leute, die mir das Wohnungsamt geschickt hat.«

Angesichts dessen, dass Tausende in Notfallunterkünften hausten, verwunderte Ida diese Information durchaus. Skeptisch musterte sie ihren Nachbarn, entschloss sich dann aber, dass es sie nichts anging.

»Womit kann ich Ihnen denn helfen, Herr Schmidt?«

»Oh.« Ein strahlendes Lächeln glitt über sein Gesicht. So behände, wie sie es ihm mit seiner korpulenten Gestalt kaum zugetraut hätte, verschwand er im Flur, öffnete laut hörbar eine Tür, kruschtelte ein wenig und kehrte zurück. In den Händen balancierte er ein Tablett.

»Mögen Sie Tee?«

»Fragen Sie immer so seltsame Sachen?«

»Ha!« Als er auflachte, präsentierte er links oben eine pechschwarze, sicher drei Zentimeter breite Zahnlücke. »Sie sind lustig.«

»Sie sind der Erste, der das findet.«

»Und wie ist es mit Gebäck?« Er hob einen blechernen Topfdeckel an, unter dem sich ein Teller mit schokoladenüberzogenen Plätzchen verbarg.

Streng sah sie ihn an. »Möchten Sie mich bestechen?«

»Keinesfalls, meine Liebe! Das heißt ... eine Bitte hätte ich tatsächlich. Ich würde gerne eine Puppe nach Ihrem Vorbild machen.«

Sie brauchte einen Augenblick, um seine Worte zu begreifen. »So eine Puppe wie die im Flur? Die haben Sie selbst gemacht?«

Er nickte begeistert.

»Niemals. Tut mir leid.«

Sie wollte aufstehen, doch er griff behutsam nach ihrem Arm und sagte in flehendem Tonfall: »Ich weiß, meine Bitte ist ungewöhnlich. Aber ich habe doch sonst nie Gesellschaft. Nicht dass mich das stören würde, aber langsam gehen mir die Ideen aus und ...«

Müde ließ sich Ida zurück auf den Stuhl fallen. So recht verstand sie nicht, wovon dieser seltsame Mann eigentlich sprach. Aber die Kekse verströmten einen verführerischen Schokoladenduft. Und dann der Tee ... Wann hatte sie das letzte Mal etwas so Zart-Süßliches gerochen?

»Vielleicht trinken Sie erst einmal einen Schluck.«

Er schien ihre Gedanken erraten zu haben und schenkte erst ihr, dann sich ein.

»Und nehmen sich ein Plätzchen.«

Der Teller wurde direkt unter ihrer Nase platziert. Sehnsüchtig seufzte Ida auf und nahm eines in die Hand. Die Schokolade klebte saftig an ihren Fingern. Sie nahm einen kleinen Bissen. Wundervoll! Das Aroma von Kakao, Nüssen, Butter und Zucker verschmolz auf ihrer Zunge. Sie war im Himmel, ein paar Sekunden nur, dann öffnete sie wieder die Augen.

»Warum möchten Sie eine Puppe machen, die aussieht wie ich? Kein Kind würde damit spielen wollen.«

»Sie unterschätzen sich, meine Liebe. Ich bin sehr wohl der Meinung, dass Kinder Puppen haben wollen, die aussehen wie Sie. Eine Frau in blauer Uniform macht schwer etwas her. Ich muss Ihnen allerdings gestehen, dass ich sie nur für mich fertige. Sehen Sie, ich habe von jedem eine Puppe, den ich kenne. Und von berühmten Leuten. Schmeling – den Boxer, kennen Sie?« Als Ida nickte, fuhr er fort: »Präsident Hoover, Max Brauer und ...«

»Den habe ich gesehen!« Deswegen war ihr die Puppe mit der Halbglatze so bekannt vorgekommen. Sie war dem Ersten Bürgermeister der Hansestadt nachempfunden.

»Ja, aber Sie als Polizistin, das ist schon was Besonderes.«

In den Monaten, die sie als Marlises rechte Hand durch die Stadt gezogen war, hatte Ida ein feines Gespür dafür entwickelt, ob ihr Gegenüber log, um sich einzuschleimen. Heinrich aber schien es ernst zu meinen.

»Sie müssen nicht so skeptisch gucken«, sagte er. »Und glauben Sie bitte nicht, dass ich Sie verführen will.«

Sie prustete laut heraus und entschuldigte sich sogleich. »Nein, daran habe ich nicht gedacht. Sie sehen nicht aus, als ... Nun, nein, das ist mir nicht durch den Kopf gegangen.«

Erleichtert grinste er. »Gut.«

»Und wie machen wir das, Herr Schmidt?«

Begeistert klatschte er in die Hände. »Bleiben Sie einfach ruhig sitzen, und überlassen Sie den Rest mir!«

Und genau das tat Ida. Sie trank Tee, knabberte an den herrlichen Plätzchen und spürte, wie der zurückliegende Tag langsam von ihr abfiel. Derweil holte Heinrich einen Zeichenblock unter dem Tisch hervor, an dessen Spiralbindung ein Bleistift baumelte. Papier besaß er also auch! Wieder fragte sie sich, wieso in aller Welt sie diesem wunderlichen Mann eigentlich genug vertraute, um sich von ihm zeichnen zu lassen.

Die Beine überkreuzt, den Block auf den Knien abgelegt, betrachtete ihr Nachbar sie neugierig. »Wie kommt es, dass Sie Polizistin geworden sind?«

»Sie wollen mich also doch ausfragen!« Ihre Empörung war nicht ganz ernst gemeint.

»Nein, nein! Aber es wäre schön, wenn ich etwas über Sie

erfahren könnte. Wenn Sie möchten, erzähle ich Ihnen auch von mir, wobei das so interessant nicht ist. Heinrich Schmidt, das wissen Sie ja, dreiunddreißig Jahre alt, ledig, keine Kinder, weder nach dem einen noch dem anderen sehne ich mich.«

»Und wie verdienen Sie Ihr Geld, Herr Schmidt? Mit Puppen?«

Schmerz zuckte über sein Gesicht.

»Nein«, sagte er nach einem Moment, in dem sich Traurigkeit über die helle Wohnung gelegt hatte. »Ich habe geerbt. Kein Vermögen, aber genug, um über die Runden zu kommen. Aber jetzt erzählen Sie! Ich kenne keine Menschenseele, der ich es weitertragen kann. Sicher halten Sie mich für einen Spinner, womit Sie nicht unrecht hätten. Aber die Einzigen, mit denen ich mich gern unterhalte, sind meine Puppen.«

»Sie sind ganz schön unheimlich, hat Ihnen das schon mal jemand gesagt?«

Er lachte laut auf. »O ja. Mehr als nur eine Person.«

»Ich bin auf Amrum aufgewachsen«, begann sie. Etwas an ihm rührte sie an – vielleicht weil er so wild entschlossen schien, fröhlich zu sein. Zugleich haftete ihm etwas Tragisches an, über das er jedoch augenscheinlich nicht sprechen wollte. »Auf einem Bauernhof. Da, wo ich herkomme, haben Frauen keinen besonders großen Wert. Sie sind zu nichts nutze, außer Kinder auf die Welt zu bringen und ihrem Mann zu dienen. Nichts also«, fügte Ida trocken hinzu, »wonach ich mich gesehnt hätte.«

»Und wieso Polizistin? Sie hätten ja auch studieren können. Das hätte die Leute überrascht und sie eines Besseren belehrt.«

»Darum ging es nicht«, sagte Ida leise. Sie blickte zum Fenster hinaus auf den sich dunkler färbenden Himmel. »Es ging

nie darum, etwas zu beweisen. Sondern darum, meinen Weg zu finden, obwohl es um mich herum stockfinster war.«
Neugierig sah er sie an, sagte jedoch nichts.

»An einem Tag im Sommer 44«, fuhr Ida fort, »musste ich zusehen, wie die Leute von der Insel beinahe zwei amerikanische Flieger lynchten. Die Männer waren am Amrumer Nordstrand aufgegriffen worden. Wie auf dem Weg zur Schlachtbank hat man sie durchs Dorf geführt. Sie sollten der Luftwaffe übergeben werden, dafür wurde extra ein Wachposten abgestellt. Besonders ernst hat man es damit aber nicht genommen. Die Inselbewohner haben Gift und Galle gespuckt, als sie die Amis gesehen haben. Und die, die sich darum kümmern sollten, dass die Soldaten in einem Stück und auf zwei Beinen über die Insel kommen, haben bloß tatenlos zugesehen.« Immer noch spürte Ida das Entsetzen, das sie damals befallen hatte. Dreiundzwanzig Jahre alt war sie gewesen und nur für eine kurze Ferienwoche nach Amrum gekommen. Seitdem wollte sie die Insel am liebsten niemals wiedersehen. »Wie eine Horde Wahnsinniger haben sich die Leute auf die beiden gestürzt. Sie wollten die Männer mit bloßen Händen erwürgen. Ein paar haben sich Steine geschnappt und begannen, auf sie einzudreschen. Andere hatten Schaufeln dabei und prügelten damit auf die Soldaten ein. Die Wachposten...« Sie schüttelte den Kopf. »Sie haben einfach dabeigestanden und zugesehen. Ich kam dazu, als der Angriff schon in vollem Gange war. Ich weiß nur noch, dass ich geschrien habe, später hat man mir erzählt, ich hätte den einzigen Polizisten, der dabei war, geschüttelt, doch auch er hat nichts unternommen. Und dann gab es diesen Moment, in dem ich meine Zukunft vor mir sah. Glasklar, verstehen Sie?«

Heinrich schüttelte den Kopf.

»In diesem Augenblick wusste ich, dass ich zur Polizei gehen würde. Mir war natürlich klar, dass es nicht sofort ginge. Dass die Polizei des Staates, in dem ich lebte, keinesfalls für mich infrage käme. Aber ich habe gehofft. Ich hoffte, dass nicht nur der Krieg bald zu Ende wäre, sondern auch die Nationalsozialisten verschwänden und ...« Sie blickte Heinrich direkt in die Augen. »Was haben Sie denn im Krieg gemacht?« Zweiunddreißig Jahre alt, dachte sie, dreißig bei Kriegsende: bestes SS-Alter.

»Das erzähle ich Ihnen gern«, sagte er und erwiderte ihren Blick, obwohl er nebenbei den Bleistift über das Papier flitzen ließ, »ein andermal. Wenn es Ihnen recht ist. Aber ich kann Ihnen versichern, dass ich mit den Nazi-Verbrechern nichts zu tun hatte. Jedenfalls nicht freiwillig.«

Auch das glaubte ihm Ida. Sie betrachtete sein teigiges Gesicht und entschloss sich, erst weiter zu fragen, wenn er dazu bereit war.

»Haben die Leute die Amerikaner denn umgebracht?«, erkundigte er sich.

»Nein.« Ida musste tief Luft holen. »Ich ... Ich habe einfach weitergeschrien, und so seltsam es war, die Leute haben mich gehört. Einer nach dem anderen hat innegehalten.« Immer noch erschien es ihr wie ein Traum. Wieso sich ein Gesicht nach dem anderen ihr zugewandt hatte, einer nach dem anderen die Schaufeln und Fäuste sinken ließ, hatte Ida bis heute nicht verstanden.

»Die Flieger haben also überlebt?«

Traurig schüttelte Ida den Kopf. »Die Wachleute haben sie von der Meute weggezerrt, sind um die Ecke gebogen und ...

Ein paar Minuten später habe ich einen Schuss gehört. Dann noch einen.«

Wieder wurde es still in der nun fast dunklen Wohnung.

»Schande«, sagte Heinrich schließlich, blickte auf den Tisch hinab und reichte ihr einer plötzlichen Eingebung folgend erneut den Teller. »Noch ein Plätzchen?«

Weil es derart absurd war, musste sie lachen. Zu lachen vertrieb auch die Erinnerung an die Männer, wie sie leblos im Sand des Dünenweges lagen.

»Nun, sehen Sie, aus einem ähnlichen Grund bastele ich Puppen. Um etwas Gutes zu erschaffen. Es ist nichts im Vergleich mit Ihrer Arbeit, das sehe ich schon ein, aber stellen Sie sich mich mal bei einer Verfolgungsjagd vor.«

»Ich begebe mich auch nicht auf Verfolgungsjagd.«

»Nicht?«

»Nein.«

»Schande«, wiederholte er und zündete eine Kerze an. Die Mine seines Bleistiftes kratzte über das Papier. Ein beruhigendes Geräusch. Die Wärme, die Dunkelheit, das Kratzen lullten Ida ein – und sie schreckte hoch, als sie fast vom Stuhl gefallen wäre. Offenbar war sie eingenickt. Sie erhob sich schlaftrunken.

»Ich bin noch nicht fertig!«, protestierte Heinrich und ließ den Zeichenblock sinken, auf dem er, wie sie sah, mehrere Skizzen von ihr angefertigt hatte.

»Ich muss ins Bett. Tut mir leid. Lassen Sie uns ein andermal weitermachen.«

*

Seit Langem hatte sie sich nicht mehr so elend gefühlt, obwohl der Sonntagmorgen sonnig und angenehm still war. Mit jedem Schritt wurde Ida langsamer und lehnte sich schließlich keuchend gegen die erstbeste Hauswand. Ihr war schwindelig, ihre Kehle wie ausgetrocknet, und in ihrem Magen hatte sich etwas zusammengeballt, das sich wie ein Sack roher Kartoffeln anfühlte.

War das ein Wunder? Am Abend zuvor hatte sie sicherlich zehn Plätzchen gegessen, wenn nicht mehr. Ihr Körper aber war weder an Fett noch an Zucker gewöhnt und wehrte sich nun mit Leibeskräften.

»Dummheit«, murmelte sie in sich hinein, »und Gier haut auch die stärksten Frauen aus den Latschen.«

Nicht sonderlich geholfen hatte ihr die Fahne des Seemannes Lars, den sie vor seinem Gang zur Messe in der Gustaf-Adolfskyrkan abgefangen hatte. Aus rot geäderten Augen hatte er sie fragend angestarrt und auch dann nicht recht verstanden, was sie von ihm wollte, nachdem sie mehrmals gesagt hatte, dass es um den Toten in der Ditmar-Koel-Straße ging.

»Als Sie die Jungen erwischt haben, hatten sie da etwas in der Hand? Die Taschen des Mannes waren leer; wir müssen also davon ausgehen, dass sich jemand daran zu schaffen gemacht hat.«

»Ja«, hatte er gesagt. »Ja.«

»Die beiden hatten also etwas in der Hand?«

»*Nej.*«

»Nicht?«

Er hatte den Kopf geschüttelt.

»Herr Bengtson, hatten die Jungen etwas in der Hand oder nicht?«

»Nicht. Äh. *Ursäkta mig. Jag ...*«

»Herr Bengtson, auf Deutsch, bitte.«

»Nein, da war ... Sie haben nicht gestohlen. Ich habe auch nicht gestohlen.«

»Aber warum haben Sie der Polizei gesagt, Sie hätten die beiden ertappt, wie sie sich an den Taschen des Toten zu schaffen machten?«

»*Nej!*« Entrüstet hatte er den Kopf geschüttelt. »Ich habe nicht gesagt, sie haben gestohlen. Ich habe gesagt, der Mann ist tot.«

»Aber die beiden Jungen ...«

»Ich habe gedacht, sie brauchen die Eltern. Mutter, verstehen Sie? *Mamma.* Müssen nach Hause, kleine Kinder! Da hab ich sie festgehalten. Mehr nicht.«

Ernüchtert hatte sich Ida gefragt, ob es ihr Kollege Jansen gewesen war, der einfach angenommen hatte, Willem Alexander und Ludger Rodhart hätten in den Taschen des Toten gewühlt. Womöglich hatten die beiden zwei Meter von der Leiche entfernt gestanden. Andererseits ... Die beiden Rabauken hatten nicht die ganze Wahrheit gesagt, davon war Ida nach wie vor felsenfest überzeugt.

Wieder überkam sie ein Schwächeanfall. Wenn sie sich nur wieder ins Bett legen könnte! Aber einiges mehr stand noch auf ihrer Liste, die sie sich gedanklich gemacht hatte, nachdem sie mit trockenem Mund und Kopfschmerzen aufgewacht war.

Als Erstes wollte sie der Nachbarin von Charlotte Wendler einen Besuch abstatten, also stieß sich Ida von der Hauswand ab und taumelte weiter. In der Kleinen Freiheit herrschte an diesem Morgen eine drückende Stille. Die Schuttberge sogen sich mit Wärme voll, es wirkte beinahe sommerlich, was sich auf Idas Stimmung aber alles andere als belebend auswirkte.

Charlotte, erfuhr sie von der Nachbarin der jungen Frau, war immer noch im Krankenhaus, aber weiter auf dem Weg der Besserung.

»Ich hab sie heute schon gesehen«, sagte Georg stolz und reckte Ida das sommersprossige Gesicht entgegen. »Sie hat sogar gelacht, als ich ihr einen Witz erzählt habe.«

»Das freut mich, Georg. Der Witz war gut, oder?«

»Also, der Riese kam drin vor. Du nicht.«

»Das ist vollkommen in Ordnung. Ich versuche, euch bald wieder zu besuchen. Magst du es, bei deiner Nachbarin zu sein?«

»Och, Gudrun ist immer nett.«

Auch das beruhigte Ida. Er winkte fröhlich und schoss wieder ins Innere. Ida bat die Nachbarin, sie zu informieren, sobald Charlotte wieder zu Hause war.

»Ich möchte einfach kurz mit ihr reden. Aber erst, wenn sie auf dem Damm ist.«

Während des Gesprächs hatte sie sich zusammenreißen können, doch sobald sie die Richtung zu Hanne Kischkats Haus einschlug, befielen Ida wieder Schwindel und Kopfschmerzen. Sie fühlte sich, als hätte sie ein wildes Fest gefeiert, was doch gemein war. Sie hatte ein paar Schokoladenkekse gegessen, mehr nicht!

Irgendwie erreichte sie die Toreinfahrt in der Gustavstraße und betrat den Hof, von dem das flache zweistöckige Gebäude abging, in dem Hanne Kischkat lebte. Eine ältere Frau saß auf einem Holzhocker im Sonnenlicht und schälte eine Handvoll Kartoffeln. Sie ging sorgsam vor; die Schalen waren bestenfalls einen halben Millimeter dünn, und selbst die fing sie in einer Schale auf und würde sie gewiss später für eine Suppe nutzen.

»Guten Morgen.«

Wortlos nickte ihr die Frau zu. Ida spürte ihren Blick im Rücken, als sie das niedrige Haus betrat, in dem Fräulein Kischkat lebte. Immerhin trug sie heute nicht ihre Uniform, so kam Fräulein Kischkat hoffentlich darum herum, der Alten später Rede und Antwort stehen zu müssen.

Im ersten Stock klopfte sie an.

»Warum sind Sie schon wieder hier?«, fragte die junge Frau, nachdem sich ihre Augen vor Schreck geweitet hatten. »Ich hab Ihnen doch gesagt, dass nix passiert is!«

»Ich wollte sehen, wie es Ihnen geht, Fräulein Kischkat. Wie fühlen Sie sich?«

Die Sorge, dass nach Charlotte Wendler noch weitere Frauen, die brutal vergewaltigt worden waren, zwischen Leben und Tod schwebten, würde sie von nun an wohl nicht mehr loslassen.

Verständnislos sah Fräulein Kischkat sie an. Sie wirkte heute noch ungepflegter als zwei Tage zuvor; das Haar klebte an ihrer Stirn, und von ihrer karierten Bluse, die mindestens zwei Nummern zu groß war, ging ein unangenehm scharfer Geruch aus. Die Wohnung hingegen sah erneut tadellos sauber aus.

»Gut«, antwortete die junge Frau. Sie trat scheu zurück. »Möchten Sie... Also, wenn Se wollen, ganz kurz können Se reinkommen. Aber wirklich nur kurz. Wenn Ernst zurückkommt... Der mag keine Polente.«

»Ihr Vetter Ernst? Gut, ich verstehe.«

Ida kam nach ihr in die Küche.

»Darf ich?«

Hanne Kischkat nickte, und Ida nahm auf demselben Stuhl Platz, auf dem sie schon am Freitag gesessen hatte.

»Haben Sie mit Ihrem Vetter oder seiner Frau darüber geredet, dass das Armkettchen weg ist?«

Scharf sog Hanne Kischkat die Luft ein. Dann schüttelte sie den Kopf.

»Mit sonst jemandem? Manchmal tut es gut, einfach nur zu erzählen.«

Hanne Kischkat schnaubte. Mit der linken Hand rieb sie sich die Stirn. Ida nahm an, dass die junge Frau ihre Tränen verbergen wollte. »Nee.« Die Antwort klang leise und traurig.

»Fräulein Kischkat, ich wollte Sie noch etwas fragen: Hat Sie an dem Tag, als der Überfall passierte, jemand angesprochen? Eine Frau vielleicht?«

Sie erhielt keine Antwort. Mit einem Mal wirkte Hanne Kischkat wie eingefroren. War Ida auf der richtigen Fährte?

»Vielleicht haben Sie schon während der Zugfahrt jemanden bemerkt, der Sie angesehen hat. Solche Dinge fallen einem häufig erst später auf, nachdem man zur Ruhe gekommen ist, und ...«

»Bitte«, wimmerte Hanne Kischkat. »Lassen Sie mich doch in Frieden.«

»Ich möchte Ihnen nur helfen.«

»Helfen?« Die junge Frau erwachte aus ihrer Starre und sah Ida anklagend an. »Was is daran denn helfen? Sie kommen rein und sagen ekliges Zeug und behaupten, mir hätt einer was getan, aber das is in Ihrem Kopp und nich in meinem!«

»Fräulein Kischkat, Sie sagten aber vorgestern doch ...«

»Ich hab das nur geträumt! Das is nur n ekliger Traum und nix weiter, und ich schwör Ihnen, nie wieder geh ich zur Polente, wenn das heißt, dass Sie einen danach nich mehr in Frieden lassen.«

»Ich lasse Sie in Frieden, aber ich glaube, dass Sie Hilfe brauchen.«

»Nee, brauch ich nich. Gehen Sie. Sofort. Bitte!«

Auf Ida wirkte es, als gäbe es zwei Hanne Kischkats: eine, die flehend um Hilfe rief, und die andere, die steif und fest behauptete, nichts sei vorgefallen. Die Zweite hatte wieder die Oberhand.

Ida stand auf. Wie sollte sie gegen diese Wand des Misstrauens ankommen und gegen den tiefen Wunsch, alles als scheußlichen Traum abzutun?

»Es wäre gut, wenn Sie mit jemandem sprechen«, sagte sie eindringlich. »Nicht unbedingt mit mir. Haben Sie eine Freundin? Oder können Sie mit Ihrer Mutter über solche Dinge reden?«

»Nein!« Aus Hanne Kischkats Mund sprühten Spucketröpfchen. »Jetz gehn Sie!«

»Falls es gar nicht mehr geht, kommen Sie bitte zu mir. Sie finden mich in der Davidwache. Fragen Sie nach Ida Rabe. Und wenn es sonntags oder am Abend ist: Ich wohne in der Margaretenstraße sechzig im zweiten Stock. Das ist nicht weit von hier.«

Wortlos sah die junge Frau sie an. Sie wirkte mürbe und unendlich verloren.

Ida erhob sich, zögerte in der Tür noch einmal, doch dann ging sie. Im Hausflur glaubte sie, Hanne Kischkat leise weinen zu hören. Sollte sie noch einmal klopfen? Doch bevor sie einen Entschluss fassen konnte, drehte sich ihr Magen um. Mit schlotternden Knien eilte sie die Treppen hinab, durchquerte den Hof und schaffte es bis zur anderen Straßenseite, wo sie sich im kniehohen Gebüsch, das den Platz an der Friedenskirche säumte, erbrach. Beschämt wischte sie sich über den Mund und hob den Kopf, als ein Schatten auf sie fiel.

»Guten Tag, Fräulein Rabe. Gestern zu tief ins Glas geschaut?«

Ungläubig sah sie zu der großen Gestalt empor. Musste das denn wirklich sein?

»Herr Konstantinos.« Ihre Lippen zitterten zu sehr, um ein halbwegs freundliches Lächeln zustande zu bringen. »Nein, das habe ich nicht.«

»Dennoch sehen Sie nicht aus, als ginge es Ihnen sonderlich gut.«

»Zufälligerweise geht es mir auch nicht sonderlich gut.« Noch einmal wischte sie sich über den Mund und schluckte, um den bitteren Geschmack daraus zu vertreiben.

»Sie haben doch nichts dagegen?« Statt ihre Antwort abzuwarten, griff er nach ihrem Ellbogen und führte sie zu den Resten einer Holzbank, die vor der Kirche stand. Die Bank war mehr schlecht als recht durch den Winter gekommen, übrig geblieben war nur ihr Metallgestell. Das passte allerdings gut zur Friedenskirche, die zwar nicht gänzlich eingestürzt war, aber auch hier hatten die Bomben ganze Arbeit geleistet. Dennoch wurde die Kirche für unregelmäßige Gottesdienste benutzt. Heute allerdings wirkte das Bauwerk verlassen und einsturzgefährdet. Ida würde lieber keinen Schritt hineinsetzen.

»Bitte sehr.« Er legte seine Aktentasche quer über die Stahlstreben und deutete auf das speckige Leder. »Setzen Sie sich doch.«

Ihre Knie waren so wacklig, dass sie nicht anders konnte, selbst wenn sie sehr wohl anders gewollt hätte. Wie peinlich, dass er sie in diesem Zustand sah!

»Jetzt lassen Sie den Onkel Doktor mal machen.« Als er sie lächelnd ansah, stiegen ihr Tränen in die Augen. Er verwirrte sie. Außerdem lenkte er sie ab, und sie hatte ausreichend andere Dinge, über die sie nachdenken musste.

Trotzdem war sie sonst nicht so nahe am Wasser gebaut. Aber der Hunger... Die Plätzchen... Die Frauen... Das alles ging ihr an die Nieren.

Aufmerksam musterte Ares Konstantinos sie, und Ida kämpfte mit dem Impuls, ihm ihr Herz auszuschütten. Davon zu erzählen, wie sie mehr und mehr in Marlises Fänge geraten war und es gar nicht bemerkt hatte. Anfangs hatte sie in der Bunkerkönigin eine bessere Mutter zu finden geglaubt, dann war sie ihr eine Freundin geworden, wie Ida nie zuvor eine gehabt hatte. Viele Monate vergingen, bis Ida zu ahnen begann, dass Marlise eine Gegenleistung für all das erwartete, das sie ihr so großzügig schenkte.

Sie schluckte. Nein, nichts davon würde sie dem Gerichtsmediziner auf die Nase binden.

Das Gefühl von Wärme auf ihrem Arm ließ sie erschrocken den Kopf senken. Mit seiner Pranke hatte Konstantinos ihre zur Faust geballte Hand umschlossen und fühlte mit der anderen Hand ihren Puls. Dabei zählte er leise, ließ dann ihre Hände los, was Ida betrübt zur Kenntnis nahm, lächelte und sagte: »Ihr Blutdruck ist so niedrig, als wären Sie im Tiefschlaf.«

»Womöglich bin ich ja tot.«

Gutmütig sah er sie an. »Nun, Tote widersprechen nicht, und wie ich Sie kenne, werden Sie die nächsten fünf Minuten, die wir hier zusammensitzen, nichts anderes tun.«

Gegen ihren Willen musste sie lachen. »Eigentlich bin ich froh, Sie zu sehen.«

»Ich bin auch froh, Sie zu sehen.«

Peinlich berührt gestand sich Ida ein, dass sie gerade rot wurde. »Ich war heute bei Fräulein Wendler«, sagte sie schnell. »Nicht *bei* ihr, keine Bange, ich habe sie nicht aus dem Schlaf geschüttelt. Aber ich habe Georg besucht, der sagte, es geht seiner Mutter recht gut. Er hat ihr einen Witz erzählt, in dem übrigens Sie vorkamen.«

Konstantinos lachte warm.

»Gestern ...«, fuhr Ida fort und fragte sich erstaunt, wieso sie sich in seiner Nähe so wohlfühlte. Vor zwei Tagen hatte sie noch den Eindruck gehabt, er sei entsetzlich arrogant und anstrengend. Und jetzt saßen sie hier, und sie genoss es, ihre Gedanken mit ihm zu teilen. »... war ich zudem noch im Krankenhaus, weil ich gehofft hatte, die Untersuchungsergebnisse zu bekommen.«

»Wüssten Sie damit denn etwas anzufangen?«, fragte er interessiert.

»Hm. Nein. Ich hatte ehrlich gesagt vor, damit Ihnen auf die Nerven zu gehen, damit Sie sie mir erstens erklären und zweitens mit etwas herausrücken, was mir bei der Suche nach dem Vergewaltiger weiterhilft. Erkenntnisse zu der toten Frau etwa. Falls Sie schon welche haben.«

»Sie sind ganz schön unverfroren. Und ehrlich. Und ... Aber noch mal für mich zum Mitschreiben: Es gibt einen Kerl, der reihenweise Frauen überfällt. Wieso glauben Sie, er habe auch die Frau ermordet?«

»Sie sah ... Wegen ihrer Verletzungen.«

Er nickte. »Aber es sind doch zwei grundverschiedene Dinge, jemanden zu vergewaltigen oder brutal zu ermorden und dann auszuweiden. Außerdem bin ich mir relativ sicher, dass die tote Frau aus Vierlande nicht vergewaltigt wurde.«

Es dauerte ein wenig, bis seine Worte bei ihr angekommen waren. »Nicht?«

»Ich muss zugeben: Hundertprozentig sicher bin ich nicht. Die postmortalen Verletzungen des Unterleibes machen eine Aussage darüber sehr schwer.«

»Postmortal?«, fragte Ida, die mit dem Begriff nichts anfangen konnte.

»Nach dem Tod. Der Frau wurden nach dem Tod Verletzungen zugefügt.«

»Die Frau wurde also erst getötet – und was geschah dann ...?«

»Ja, das ist eine gute Frage. Ich weiß es nicht. Was ich sagen kann, ist, dass die Verletzungen derart heftig sind, dass man wohl davon ausgehen muss, dass der Täter rasend vor Zorn war.«

»Und woran ist die Frau nun gestorben?«

»An ihrem Blutverlust aufgrund einer Stichverletzung der Oberschenkelarterie.«

»Wurde sie auch gewürgt?«

Er schüttelte den Kopf. »Nein. Sonst wäre die Kriminalpolizei jetzt in heller Aufregung. Aber es scheint sich bei der Toten nicht um das fünfte Opfer zu handeln.«

»Fünftes?« Verständnislos schüttelte Ida den Kopf.

»Erinnern Sie sich nicht? Die vier bis heute nicht identifizierten Leichen. Nackt, erdrosselt, sämtlicher Wertsachen beraubt.«

Erschrocken erinnerte sie sich an die Angst, die zu Beginn des Jahres in der Hansestadt umgegangen war. Die Warnungen der Polizei an die Bürger der Hansestadt, stets in der Straßenmitte zu gehen, um nicht aus einem der unzähligen Schächte und Kellereingänge angegriffen zu werden, waren fast vergessen, seit der Winter vorbei war. Dennoch hatte bis vor gar nicht langer Zeit eine diffuse Angst über den dunklen Gassen gehangen … An den Täter, der bislang nicht hatte gefasst werden können und der in den Zeitungen *Der Unhold* hieß, hatte Ida bisher gar nicht gedacht.

»Stimmt, es gibt wirklich kaum Parallelen«, überlegte sie laut. »Die Opfer waren ein kleines Mädchen, zwei Frauen und ein alter Mann. Und während sie nackt und stranguliert aufgefunden wurden, wurden die Frauen, mit denen ich gesprochen habe, glücklicherweise nicht getötet – und die Tote in Vierlande wiederum wurde nicht stranguliert.«

Dennoch hätte sie zumindest über den Fall nachdenken können, um zu prüfen, ob es mehr Übereinstimmungen gab.

»Ich gebe Ihnen voll und ganz recht. Auch Oberkommissar Brasch ermittelt nicht in diese Richtung.« Er runzelte die Stirn. »Was ich Ihnen natürlich nie erzählt habe.«

»Nie.«

»Nun, Sie haben mich nach neuen Erkenntnissen gefragt, und da ich der Ansicht bin, dass Sie klug und umsichtig sind, sage ich Ihnen, was ich zu wissen glaube: Charlotte Wendler wurde, das ist nichts Neues, brutal vergewaltigt, und zwar mit großer Wahrscheinlichkeit in der zurückliegenden Woche.

Der Täter weiß, was er tut: Er schnürt den Frauen die Luft ab und versetzt sie in Todesangst, geht jedoch nicht so weit, sie zu töten. Sehr wahrscheinlich bereitet ihm das zusätzliche Lust. Die Macht über Leben und Tod berauscht ihn.«

Unter Idas Schädeldecke breitete sich ein klopfender Schmerz aus. »Und wir können wohl ausschließen, dass er bei der aufgefundenen Toten derart die Kontrolle verlor, dass er sie versehentlich umgebracht hat, denn bei ihr wurden keine Anzeichen einer Strangulation gefunden... Haben Sie denn eigentlich irgendwelche Rückschlüsse auf ihre Identität ziehen können? Gibt es verwertbare Fingerabdrücke? Lebte sie in der Stadt oder auf dem Land?«

»Ein ganz schönes Tempo haben Sie drauf, meine Liebe.«

»Ich will im besten Fall ausschließen, dass sie die Mutter des Katzenmädchens ist. Das wäre immerhin etwas... Immerhin etwas, das mich trösten würde.«

Zunächst antwortete Ares Konstantinos ihr nicht, sondern blickte gedankenverloren auf die Friedenskirche, zwischen deren Überresten aus roten Backsteinen der Efeu spross. Es war ein friedlicher Ort, trotz der erkennbaren Schäden, die die Bomben verursacht hatten. In einem kleinen Busch raschelte es. Als Ida hinsah, entdeckte sie auf einem der Zweige einen Grünspecht, dessen fröhlich schimmernde Farbe ihr ein wenig Hoffnung gab. Worauf, wusste sie selbst nicht.

»Seltsam, dass wir uns ausgerechnet hier über den Weg gelaufen sind«, sagte Konstantinos. »Ich wollte nicht an meine Arbeit denken, das Institut mal für einen Sonntag vergessen. Ich bin hierhergekommen, weil mich manchmal die Sehnsucht nach einem Gott packt. So sehr, dass mir egal ist, ob es ein lutherischer, römisch-katholischer oder griechisch-orthodoxer Gott ist. Ich hatte allerdings vergessen, wie es hier aussieht. Dass nicht einmal die Kanzel stehen geblieben ist. Und dann finde ich Sie hier, und Sie sehen aus, als würden Sie im nächsten Augenblick zusammenklappen. Jetzt sitzen Sie hier und fragen mir Löcher in den Bauch über die Arbeit, die ich doch so gern für ein paar Stunden vergessen wollte.«

»Das tut mir leid.«

»Ist schon in Ordnung. Zu Ihren Fragen: Ich schätze, dass die Leiche seit Mitte April dort lag. Was leider auch bedeutet, dass wir mit der Abnahme ihrer Fingerabdrücke unsere Probleme haben, die Oberhaut war schon zersetzt. Wir bemühen uns, von der Lederhaut Abdrücke zu erstellen, die dann zur Mordkommission wandern.« Nach einer kurzen Pause sagte er: »Wollen wir ein paar Schritte gehen? Es wird Ihrem Kreislauf guttun.«

Sein Vorschlag klang verlockend. Es würde sicher helfen, das Durcheinander in ihrem Kopf zu klären. Trotzdem sagte sie: »Ich muss weiterarbeiten. Wissen Sie, wie spät es ist?«

Er grinste perplex und sah auf seine Armbanduhr. »Heute ist Sonntag. Sonntag, elf Uhr dreiundzwanzig, um genau zu sein. Was haben Sie denn vor?«

»Ich muss ... Ich weiß gar nicht, wo ich anfangen soll. Es ist so viel, und ich habe ständig das Gefühl, im Dunkeln herumzustochern.«

»Nun kommen Sie, ein kurzer Spaziergang bringt frischen Wind in Ihre Gedanken.«

Sie konnte sich ein Lächeln nur schwer verkneifen. Er war wirklich überzeugend, das musste man ihm lassen. Außerdem konnte sie sich ein paar Minuten in angenehmer Gesellschaft schon zugestehen.

»Bravo«, sagte er, als habe er ihre Gedanken gelesen. Mit derselben erstaunlichen Behändigkeit, die ihr vor zwei Tagen schon aufgefallen war, sprang er auf. Sie erhob sich ebenfalls, langsamer und vorsichtiger als er, und reichte ihm seine Tasche.

»Ganz schön platt gesessen.«

»Dem Leder macht es nichts. Also, nach was stochern Sie im Dunkeln?«

Es tat tatsächlich gut, sich beim Sprechen zu bewegen, stellte sie fest, als Ida von ihren laufenden Ermittlungen zu erzählen begann. Die Übelkeit verflog allmählich, und mit jedem Meter fühlte sie sich etwas sicherer auf den Beinen. Hunger hatte sie nicht, das immerhin war doch eine willkommene Abwechslung. Ares Konstantinos hatte ihr den Arm gereicht, und sie hatte sich untergehakt und dabei einen zarten Duft von seinem Rasierwasser gerochen, kaum merklich, aber angenehm weich und holzig duftend. Sie spürte die kratzige Wolle seines Mantelärmels unter ihrer Hand und war überrascht, wie mühelos sich dieser Koloss von einem Mann ihrem langsamen Gang anpasste.

»Ihnen ist doch sicherlich klar, dass die Kriminalpolizei Ihr Ansprechpartner sein sollte«, sagte er, als sie die Elbe erreichten, deren Wasser im Licht der milchigen Sonne glitzerte. Der Geruch von Holzfeuer zog von der Insel Waltershof herüber. Nebeneinanderstehend betrachteten sie den sich kräuselnden Rauch, der am Horizont zerriss und wirkte, als würde er von den Möwen gejagt. Vor ihnen ragten schwarze Schiffswracks aus dem Wasser, daneben umgestürzte Kräne, die aussahen, als umarmten sie einander.

»Was, wenn es dort schon mehr Anzeigen gibt, von denen

Sie sonst nie erfahren? Was, wenn die Kollegen dort dem Mann schon auf der Spur sind, und im schlimmsten Fall geschieht Ihnen ein Missgeschick und Sie warnen ihn, ohne es zu wollen? Das wäre scheußlich, nicht wahr?«

»Natürlich wäre es das.« Ihr fiel alles Mögliche ein, um sich zu verteidigen – allem voran, dass sich die Frauen schließlich ihr anvertraut hatten, und das sicher aus gutem Grund. Aber nur, weil sie sich bei ihr besser aufgehoben fühlten, hieß das nicht, dass sie auf eigene Faust ermitteln sollte. »Sie haben recht.« Was ihr überhaupt nicht gefiel. »Ich werde morgen mit den Kollegen sprechen.«

»Kommissar Brasch ist ... Nun ja, er ist kauzig und nicht gerade ein Sonnenschein, aber ein fähiger Mann. Gehen Sie zu ihm.«

Sie nickte. Es gab so vieles, was sie morgen lieber erledigen würde als das!

»Und jetzt, unter dem Deckmantel der Verschwiegenheit, verrate ich Ihnen noch ein paar Dinge, die Ihnen bei den Ermittlungen helfen könnten. Ich hoffe nämlich nicht, dass Sie mich eben missverstanden haben. Es wäre eine Schande, wenn Sie sich fortan aus dem Fall raushalten und alles der Kriminalpolizei überlassen würden. Die Kollegen dort könnten froh sein, jemanden wie Sie zu haben. Aber in diesem seltsamen Land sind Frauen in diesen Positionen ja nicht gang und gäbe, da muss man sich anders behelfen. Also. Ich erspare Ihnen mal die medizinischen Fachbegriffe – oder können Sie damit etwas anfangen?«

Da Ida den Kopf schüttelte, fuhr Konstantinos fort: »Normalerweise lässt sich anhand des Eintrittswinkels eines Stichwerkzeugs bestimmen, aus welcher Richtung zugestochen wurde und mit wie viel Kraft. Die Tiefe der Wunde lässt zudem Rückschlüsse auf die Messerart zu. All das wurde mir, ob absichtlich oder durch Zufall, weiß ich nicht, unmöglich gemacht. Der Täter hat mit heftiger Gewalt zugestoßen und die Klinge in der Wunde gedreht. Mehrfach.« Er fuhr sich durchs Haar. »Ich habe noch nie erlebt, dass jemand mit so viel Zorn gewütet hat. Nie.«

»Und der Unterleib ...«

Konstantinos warf ihr einen prüfenden Blick zu. »Wollen Sie das wirklich hören?«

»Stellen Sie diese Frage auch Oberkommissar Brasch?«

Er schnaubte amüsiert, doch dann verdunkelte sich sein Gesicht wieder. »Gebärmutter, Eierstöcke und Harnblase wurden entfernt, teils vaginal, teils durch die aufgeschnittene Bauchdecke.«

Idas Übelkeit kehrte zurück und mit ihr die Erinnerung an den Anblick der Toten. Mit reichlich Mühe gelang es ihr, sich nichts anmerken zu lassen. »Gab es am Tatort Spuren?«

»Von Ihnen abgesehen?«

Da er lachte, verzog auch sie ihr Gesicht zu einem schiefen Grinsen. »Ja, bis auf meine, die Sie ja netterweise kaschiert haben. Ich hoffe, dass ich Sie damit nicht noch in Teufels Küche bringe.«

»Ach, mit dem bin ich auf Du und Du, da machen Sie sich mal keine Gedanken. Wissen Sie, bei all den Dilettanten, die in Uniform herumlaufen, wäre es glatt ein Wunder gewesen, wenn man Ihre überhaupt gefunden hätte. Nichts für ungut, aber hierzulande latschen die Schutzpolizisten am Tatort herum, als befänden sie sich an Deck eines Ausflugsdampfers. Sie fassen alles an, was ihr Interesse weckt, und versauen die Umgebung derart gründlich, dass man nachher rein gar nichts mehr damit anfangen kann.«

»Das Alter der Toten«, fragte Ida, »sind Sie damit weitergekommen?«

»Zwischen dreißig und fünfzig wird sie gewesen sein.«

»Das ist eine weite Spanne.« Marlises Einschätzung von Lines Alter würde darauf passen, auch wenn Ida inständig hoffte, dass die Tote nicht die Mutter des Katzenmädchens war.

»Momentan untersuche ich sie auf Merkmale, mittels derer sie identifiziert werden kann. Verheilte Knochenbrüche, Blutgruppe et cetera. Aber da kommt mir der Krieg in die Quere. Krankenakten wurden im Feuersturm zerstört. Auf die Hinweise der Verwandten kann man sich leider in den seltensten Fällen verlassen, zumal man eben diese Verwandten ja erst einmal finden müsste.«

»Sie tappen also ebenso im Dunkeln wie ich.«

Er zog die Stirn in Falten. »Ja«, sagte er schließlich. »Und da, wo ich mich herumtreibe, ist es verdammt düster.«

*

Blassblau wölbte sich der Himmel über den Wallanlagen, auf denen Spaziergänger flanierten und Sonnenhungrige auf ihren Mänteln saßen, die Beine von sich gestreckt und die Gesichter Richtung Himmel gewandt. Ein seltsames Bild, dachte Ida. All die Sonntagsspaziergänger inmitten von Schuttbergen. Statt des ehemaligen Parks nur Trümmer, wohin das Auge blickte. Nichts als Grau und kaum das kleinste Pünktchen Grün dazwischen.

Mittlerweile musste es nach eins sein. Die Stadt war längst erwacht, doch herrschte auf den Straßen die übliche sonntägliche Gemütlichkeit, in die sich selbst die Jeeps der britischen Soldaten unauffällig einfügten, die träge über das Pflaster rollten. Immerhin waren ihr Schwindel und die Übelkeit verschwunden. Sie fühlte sich sogar beinahe wach, wenn auch ziemlich bedrückt. Wieder und wieder ging sie in Gedanken durch, was sie von Konstantinos erfahren hatte.

Diese unmenschliche Brutalität ...

Brutal war auch der Mann vorgegangen, der Charlotte Wendler angegriffen und überwältigt hatte. Ida fand nicht, dass man ihn als Mörder komplett ausschließen konnte. Vielleicht hatte er sie töten wollen, doch dann war er womöglich gestört worden. Falls das zutraf, musste sie dringend herausfinden, wo sich die junge Frau genau aufgehalten hatte. Denn vielleicht gab es Zeugen. Doch bevor sie erneut nach Vierlande fuhr, musste sie sich um die vermisste Nachbarin kümmern. Immerhin hatte sie der alten Dame, die sie gestern Morgen am Eingang zur Davidwache am Ärmel gezogen hatte, versprochen, sich die Angelegenheit näher anzusehen.

Am Enckeplatz kam sie an einem wuchtigen Rotklinkerbau vorüber, in dem bis vor zwei Jahren das Polizeigefängnis untergebracht gewesen war. Ein gefürchteter Ort, der sie auch jetzt noch daran erinnerte, dass Gut und Böse keinesfalls darin zu unterscheiden waren, ob die eine Seite Uniform trug. Im letzten Kriegsjahr hatte sie miterlebt, wie immer wieder Männer festgenommen wurden, darin verschwanden und nie mehr zurückkehrten. Wer aber wiederkam, berichtete von brutalen Wachmännern, fensterlosen, vollgestopften Zellen, Nahrungsentzug und Gebrüll mitten in der Nacht.

Und jetzt war sie Teil einer Polizei, die in den Kriegsjahren und den Jahren davor alles andere als Freund und Helfer gewesen war, bloß langer Arm eines Staates, dem mehr Blut an den Händen klebte als jedem anderen dieser Welt. Zwar hatten die britischen Besatzer allen das Amt entzogen, die keinen Persilschein vorweisen konnten. Aber konnte man wirklich von einem Neuanfang sprechen, wenn jeder wusste, wie man an so einen Schein kam, solange man nur bereit war, genug Geld dafür hinzublättern?

Wohl kaum. Aber vielleicht gab es ein bisschen Hoffnung angesichts Kollegen wie Meyerlich und Gerichtsmedizinern wie Ares Konstantinos.

Nachdem sie das Gefängnis hinter sich gelassen hatte, bog sie in eine schmale, kopfsteingepflasterte Gasse ein, deren niedrige Gründerzeithäuser kaum von Bombensplittern getroffen worden waren. Auch die roten Stiftshäuser zu ihrer Linken waren intakt, wie aus einer anderen Zeit herübergerettet. Fenster mit Glasscheiben gab es, Türrahmen mit Türen. An einem Haken baumelte neben den Namensschildern sogar ein Blumentopf mit drei blassrosa Geranien darin.

Vor der Nummer acht, einem zweistöckigen Haus, das anders als die Nachbargebäude ungepflegt und halb verlassen aussah, blieb sie stehen und drückte probehalber die Tür auf. Da sie nicht abgeschlossen war, fackelte Ida nicht lange und setzte einen Fuß in den Hausflur, in dem es stechend nach Kohl roch. Sie hätte Stille erwartet – immerhin war heute Sonntag. Stattdessen drang dumpfes Geschrei an ihr Ohr; zwei Stimmen, von denen eine männlich, die andere weiblich war.

Der Gang war schmal und so dunkel, dass sie beinahe über

ein Fahrrad gestolpert wäre, das ausgeschlachtet in der Ecke lag. Als sie das hölzerne Geländer unter ihrer Hand spürte, wagte sie es, je zwei Stufen auf einmal nach oben zu nehmen.

»Gar nichts tue ich!«, hörte sie die weibliche Stimme. »Ich habe lange genug gewartet.«

»Morgen, geben Sie mir noch den morgigen Tag, und ich werde aller Schulden befreit sein.«

»Hör endlich auf, so geschwollen daherzureden, du eitler Hammel!«

»Hören Sie auf, mich zu duzen, Verehrteste, andernfalls...«

Ein Rumpeln ertönte, und Ida nahm gleich vier Stufen auf einmal. Der Krach kam aus einer Wohnung im zweiten Stock. Ida klopfte.

»Hallo? Polizei.«

Auf der Stelle trat Stille ein. Es war, als lauschten beide mit angehaltenem Atem.

»Polizei«, wiederholte Ida. »Bitte öffnen Sie.«

Die Tür tat sich einen Spaltbreit auf. Sämtliche Leute, denen Ida in den vergangenen Monaten begegnet war, hatten ausgemergelt und erschöpft gewirkt, manche resigniert oder gar reuevoll, andere trotzig und fest entschlossen, keine Sekunde auf die vergangenen Jahre zurückzublicken. Der junge Mann, dem sie nun gegenüberstand, sah geradezu irritierend gut aus. Er war groß und schmal, hatte eine jungenhafte Körperhaltung und ein ebenmäßiges Gesicht. Sein dunkelblondes Haar fiel ihm in weichen Wellen über die Ohren, und die Art, wie er es zurückstrich, während er sie aus honigbraunen Augen musterte, verriet Ida, dass er sich seiner Wirkung bewusst war.

»Haben Sie hier so herumgeschrien?«, fragte sie ihn.

Die Tür öffnete sich etwas weiter. Hinter ihm tauchte eine grimmig aussehende Frau um die sechzig auf, deren Gesicht rot gefleckt war. Sie war das glatte Gegenteil des jungen Mannes, wirkte ungepflegt und misstrauisch und verzog, während sie Ida anstarrte, abschätzig den Mund.

»Brauche keine Polente«, brummte sie und schob sich das dunkle Haar aus dem Gesicht, das so verfilzt war, dass es sich in ihrer Hand verfing. »Komm schon selbst klar mit so nem Hansel wie dem.«

»Worum ging es denn?«

»Sind Sie sicher, dass Sie von der Polizei sind?« Der junge Mann lächelte hintersinnig. »Sie sehen so … zivil aus.«

»Und Sie sollten sich anziehen. Es ist schon nach Mittag«, konterte Ida, der gerade aufgefallen war, dass ihr Gegenüber noch im Pyjama war. Die ehemals sicher rot leuchtende Seide war verblasst, doch wie er so dastand, den Kopf schräg legte und mit seinen Slippern, in denen Füße ohne Strümpfe steckten, auf den Boden klopfte, wirkte er wie ein britischer Adliger, den das Schicksal aus unerfindlichen Gründen aus seinem Landsitz in eine heruntergekommene Hamburger Eineinhalbzimmerwohnung katapultiert hatte.

»Nun seien Sie doch nicht so langweilig. Wenn das Leben langweilig ist, sollte man mit abenteuerlichem Stil nachhelfen. Wären Sie so freundlich, sich mir vorzustellen angesichts der Tatsache, dass Sie sich quasi in meinem Schlafzimmer befinden?«

»Ida Rabe«, sagte sie ruhig. »Weibliche Polizei. Und ich möchte darauf hinweisen, dass ich mich in Ihrem Wohnungsflur befinde. Also, um was ging es bei Ihrem Streit?«

»Ich sag doch schon«, mischte sich wieder ungehalten die

Frau ein, »ich brauch keinen, um Moneten einzutreiben. Schaff ich bestens selbst. Heute Abend, Rönn, dann isses vorbei mit der Engelsgeduld.«

»Engel«, sagte er und schnaubte hämisch. »Damit haben Sie so viel gemein wie ein Pottwal mit einer Sardine.«

»Schnauze, Rönn, oder ich kleb dir eine.«

»Wenn ich Ihr Geplänkel unterbrechen dürfte«, mischte sich wieder Ida ein. »Kann ich davon ausgehen, dass Sie einander nicht an die Gurgel gehen, sobald ich die Wohnung verlasse?«

»Ich geh lieber schon mal vor«, murrte die Frau. »Ins Kittchen lass ich mich wegen dem Idioten nich sperren.« Damit drückte sie sich an Ida vorbei.

»Moment. Ihr Name, bitte.«

»Was gehtn Sie das an?«

»Name, bitte.« Stoische Höflichkeit, das hatte sie an ihren männlichen Kollegen im Wachraum der Polizeistation beobachtet, ließ die meisten aus schierer Ermüdung einknicken.

»Taubert, Therese«, war dann auch die Antwort. »Mir gehört das Drecksloch, was bedeutet, dass mir dieser Kerl die Miete seit vier Tagen schuldig is.«

Die Wohnungsbesitzerin? Das passte Ida gut in den Kram. »Sagt Ihnen der Name Renate Gehrmann etwas?«

Verblüfft starrte die Frau sie an, bis sich ihr Mund mit den rissigen Lippen zu einem mitleidigen Lächeln verzog. »Stehen mitten in der ihrer Wohnung.«

Erstaunt wandte sich Ida an den jungen Mann. »Das ist nicht Ihre Wohnung?«

»Untermieter. Friedrich Rönn, habe die Ehre.« Als er sich verbeugte, fiel sein Haar schwungvoll nach vorn.

»Habe die Ehre«, ahmte ihn hämisch Frau Taubert nach. »Tut vornehm, aber hat keinen Heller in der Tasche.«

»Ich bin ja auch nur der Untermieter, meine Liebe, und habe meinen Teil schon längst an unsere geliebte Frau Gehrmann weitergereicht. Was kann ich dafür, dass sie damit das Weite sucht?«

»Denkst du, mir kannst du alles erzählen?« Frau Taubert war wieder laut geworden und stemmte wütend die Hände in die Seiten. »Dann find sie mal, deine *geliebte* Frau Gehrmann, sonst sitzt du schneller auf der Straße, als du Piep sagen kannst.«

»Piep«, sagte er und grinste. »Huch, ich bin ja noch hier.«

»Ruhe, beide!« Himmel, hier ging es ja zu wie in der Volksschule. »Wann haben Sie Frau Gehrmann das letzte Mal gesehen, Herr Rönn?«

Er runzelte die Stirn und legte die Hand an die Wange, als dächte er angestrengt nach.

»Also, ich hab sie am ersten April gesehen«, sagte Frau Taubert. »Da hat sie mir die Miete gegeben. Am ersten Mai nich, und genau deswegen bin ich hier.«

»Leben Sie auch in diesem Haus?«

»Gott bewahre.«

»Dann seien Sie bitte so freundlich und geben mir Ihre Adresse.«

Frau Taubert grummelte einen Straßennamen, der in der Nähe lag, und setzte hinzu: »War es das?«

»Sie können Herrn Rönn und mich jetzt gern allein lassen.«

»Da hops ich doch glatt vor Freude. Aber lassen Sie sich nicht einwickeln von dem. Der denkt, er kriegt jedes Frauenzimmer weichgekocht, indem er wie n Graf daherredet und einem was vom Pferd erzählt.« An Rönn gewandt, fügte sie mit finsterem Blick hinzu: »Denk dran. Heute Nachmittag.«

Damit ließ sie die Tür hinter sich ins Schloss krachen, gleich darauf waren polternde Schritte auf den Treppen zu hören.

»Eine Frau von der Polizei«, sagte Friedrich Rönn mit funkelnden Augen. »So eine Ehre wurde mir ja noch nie zuteil.«

»Sie wohnen also bei Renate Gehrmann zur Untermiete?«

Er nickte. »Wollen Sie sich umsehen? Ist das so etwas wie ein Kriminalfall? Wie aufregend, das gibt es doch sonst nur im Theater.«

»Ist Ihnen mittlerweile wieder eingefallen, wann Sie Frau Gehrmann das letzte Mal gesehen haben?«, fragte sie, statt auf seine kindischen Fragen einzugehen.

»Na ja«, sagte er und zog nachdenklich einen Schmollmund. »Ich denke, vor einer Woche. Aber wissen Sie, ich habe viel zu tun, ich führe nicht Buch darüber. Jedenfalls hatte ich gerade meine Gage erhalten. Ich arbeite am Thalia Theater, wissen Sie.« Der Stolz darüber war ihm deutlich anzusehen.

»Als was?«

Fragend sah er sie an.

»In welcher Funktion sind Sie dort tätig?«

»Als Schauspieler«, sagte er entrüstet. »Was denken denn Sie – als Kulissenschieber?«

»Das ist mir egal, mich interessieren nur die Fakten. Sie haben an jenem Tag also Ihre Gage erhalten, wann war das genau? Am 30. April?«

Zögernd legte er den Kopf schräg. »Wahrscheinlich. Ganz sicher bin ich aber nicht. Sie können sich bestimmt denken, dass in meinem Umfeld kein großer Wert auf Daten gelegt wird. Natürlich erhalten wir unser Geld, doch es wird uns nicht jeden Monat pünktlich zur selben Tageszeit überreicht.«

»Sie haben Ihren Teil der Miete an Frau Gehrmann gegeben?«, unterbrach sie seinen Versuch, das Ganze noch weiter auszuführen.

»Ja.«

»Und dann?«

Bedauernd zuckte er mit den Schultern. »Dann bin ich, nehme ich an, zurück ins Theater gegangen.«

»Und was fanden Sie vor, als Sie wieder nach Hause zurückkehrten?«

»Sie war nicht da. Doch das muss nichts heißen. Frau Gehrmann ist durchaus umtriebig, wenn Sie verstehen, was ich sagen will.«

»Ich fürchte, das tue ich nicht, nein.«

»Da gibt es den einen oder anderen Verehrer. Briten, aber auch Deutsche von der Sorte, der es nicht ganz so hundeelend geht wie den meisten anderen. Sie hat gewisse Ansprüche, die gute Frau Gehrmann, und weiß ihre Kontakte zu nutzen.«

»Können Sie das spezifizieren?« Ida hatte Mühe, höflich zu bleiben. Menschen, die nichts lieber taten, als sich selbst beim Reden zuzuhören, strapazierten ihre Nerven. Vor allem wenn sie nichts als dummes Zeug redeten.

»Für ihr Alter hat sie ein ausnehmend ansprechendes Äußeres. Manche Männer mögen das ja: das Weiche, verstehen Sie? Sie hat Verehrer. Kommt gut durchs Leben. Meinen Mietanteil bräuchte sie eigentlich nicht, doch wer wäre ich, wenn ich ihr das vorhielte?«

Ida zückte Bleistift und ihr Merkbuch. »Namen der Verehrer?«

»Ach Gott. Also, die kenne ich beim besten Willen nicht.«
Sie trat näher und sah ihn grimmig an.

»Otto. Den Nachnamen weiß ich nicht. Aber das ist einer ihrer, also, Liebhaber. Und dann gibt es noch John, äh, Hardin, glaube ich. Major Hardin. Kommt nie hierher, sie geht immer zu ihm. Und dann eben noch der Ältere, also so ein Kerl, wenn der einen ansieht, wird einem so n bisschen kotzig.« Ida fiel auf, dass Rönn vergessen hatte, seine aristokratische Rolle zu spielen. Jetzt redete er wie ein Gassenjunge daher.

»Frau Gehrmann nennt ihn *den Tänzer*.«

»Den Tänzer?«, wiederholte Ida und runzelte die Stirn.

»Er hat so nen wiegenden Gang. Tänzelt mehr, als dass er läuft.«

»Aber er ist Deutscher?«

Rönn nickte.

»Ihr Alter, bitte?«

»Achtundzwanzig. Am einundzwanzigsten Juni neunundzwanzig. Finden Sie, man sieht es mir an?«

»Was?«, fragte sie verwirrt.

»Dass ich schon fast dreißig bin. Quasi uralt.«

Sie hob eine Augenbraue. »Ja, das finde ich durchaus.«

Sein rechtes Augenlid zuckte. Mit einem Mal war alle Freundlichkeit aus seinen Augen verschwunden. Nun funkelten sie kalt.

»Sie glauben also«, sagte Ida, bevor er etwas entgegnen konnte, »Frau Gehrmann hält sich bei einem jener erwähnten Freunde auf.«

»Tatsächlich glaube ich nicht, dass sie dort ist. Sie fährt gern durch die Lande, ist stolze Besitzerin eines Interzonenpasses und besucht häufig ihre Schwester.« Rönn schien sich allmählich wieder an seine Rolle des feinen Herrn zu erinnern.

»Die wo lebt?«

»In Düsseldorf.«

Was quasi auf dem Mond war für Ida als Hamburger Polizistin.

»Können Sie mir die Adresse der Schwester nennen?«

»Mehr, als dass sie in der Nähe eines Geschäftes lebt, in dem es früher einmal Kaviar zu kaufen gab, kann ich Ihnen leider nicht verraten.«

»Kaviar?«, wiederholte Ida ungläubig.

Er nickte. »Aber so wie Frau Gehrmann darüber sprach, glaube ich, dass diese Zeiten schon länger passé sind – vielleicht eine Kindheitserinnerung.«

»Und der Name dieser Schwester?«

Er zuckte mit den Schultern. »Sie nennt sie immer nur ihre Schwester.«

Mit gerunzelter Stirn verabschiedete sich Ida. Besonders hilfreich hatte sich der Untermieter nicht verhalten. Aber dasselbe hatte auch Fräulein Keller berichtet, die Renate Gehrmann als vermisst gemeldet hatte.

Vielleicht konnte sie Wachtmeister Schütte überreden, für sie bei der Düsseldorfer Polizei anzurufen. Auch wenn sie nicht davon ausging, dass die dortigen Kollegen große Lust hatten herauszufinden, wo in den Zwanzigerjahren einmal Kaviar zum Kauf angeboten worden war.

Vierlande, am Stadtrand von Hamburg

Frühjahr 1947

Ich frag mich, ob Gott das so gewollt hat. Bahlsum ist unterwegs, ist seit zwei Tagen nicht heimgekommen, und ich hocke hier und frage mich, was das Richtige wäre. Ihn töten? Das soll man ja nicht tun. So steht es in der Bibel. Aber Blut habe ich schon an den Händen, das Blut des Monsters. Komme ich deswegen jetzt in die Hölle? Und wenn ich den Teufel selber umgelegt hab, was blüht mir dann? Dank? Oder das ewige Feuer?

Darüber denke ich nach, während ich hinter diesem Zauselbusch hocke. Der Wind pfeift mir um die Ohren, ich schlottere, als wenn es tiefster Winter wäre, aus Erschöpfung. Wo steckt Bahlsum? Hat mir das Monster nachher gar nicht die Wahrheit gesagt? Aber ich spüre es, hier wohnt er, ich spüre es einfach, und so lauere ich weiter auf ihn, verdreckt und hungrig, trinke Wasser aus den Pfützen und stopfe mir in den Mund, was ich an Sauerampfer und Brennnesseln finde.

Und dann fällt mir was auf. Was Komisches: In mir ist es hell wie ein Sommertag. Die Schwärze, die sonst immer kommt, wenn ich morgens die Augen aufschlage, ist weg. Sogar die Vögel höre ich zwitschern und finde es schön.

Schön: So hat er es hier auch. Viel hübscher als im Krankenhaus. Groß und sauber ist das Haus und hell, und über der Tür blühen Rosen, als wüssten sie nicht, für wen sie blühen. Während ich hinter dem Busch hocke und warte, stelle ich mir vor, mit dem Kätzchen hier einzuziehen. Genug Zimmer für uns zwei hat es bestimmt. Und er braucht bald ja keins mehr.

Wie wäre es gewesen, so ein Zuhause für dich und mich zu finden, mein Geliebter? Für dich und mich und unser Kind, das mir das Monster genommen hat? Aber jetzt kann ich nicht an euch denken, Julius. Jetzt brauche ich alle Kraft. Ich muss die Luft anhalten, wenn ein Fuhrwerk in der Nähe zu hören ist. Oder wenn eine Hamsterin vorbeikommt und wartend vor der Tür steht. Am liebsten würde ich ihr zurufen: Bring dich in Sicherheit, hau ab!

Da. Knirschende Schritte auf dem Kies. Ein kleines Stück nur schiebe ich die Schulter vor und spähe zwischen den hellgrünen Zweigen durch und sehe ihn, ja ich bin sicher, dass er es ist. Endlich! Man erkennt ihn schon von Weitem. Um ihn herum sind die Frauen verreckt. Trotzdem ist er durch die stinkenden Flure des Krankenhauses getänzelt, als wäre er auf einem Ball.

Das ist was, was ich nie verstehen konnte. Wir haben den Tod gesehen. Ihn gehört. Und ich habe das Zittern der Seelen gespürt, wenn sie davongeschwebt sind. Wie so ein zartes Beben hat sich das angefühlt. Aber für ihn waren das Keuchen und Stöhnen und Wimmern und Flehen nix. Und nix das Leid und der Tod, der Tag und Nacht durch die Gänge schwebte. Am liebsten hätte ich den Kopf gegen die Wand geschlagen vor Verzweiflung, dass jemand so kalt sein kann.

Außer mir gab es unter den *Hausschwangeren* – so haben sie uns genannt – nur Ostfrauen. Ich war die Einzige mit deutschem Namen, und manchmal sagte er, dass ich was Besonderes wäre. Und dann ließ er das Monster rufen, und es kam mit dem kalten Besteck. Alle guckten zu. Mal waren es zehn, mal dreißig Kerle in weißen Kitteln, die mir mit höflichem Gesicht zwischen die gespreizten Beine glotzten. Irgendwann habe ich gelernt, nichts mehr zu spüren. Mich kalt zu machen, leer zu machen, meine Haut in Leder zu verwandeln oder Härteres, Stahl vielleicht. Da habe ich zu leben gelernt, ohne atmen zu müssen.

Denn das geht. Man ist wie tot und lebt trotzdem weiter, redet, denkt. Aber innen, da ist alles fort.

Jetzt latscht er so nah an mir vorüber, dass ich den Geruch von Gallseife rieche. Selbst im Schlaf würde ich diesen Geruch erkennen. Wenn das Leben nach Blut und Erbrochenem stinkt, kommt dir der Geruch von Sauberkeit wie das Paradies vor. Und dann bekommst du zu spüren, dass die Hölle blitzsauber ist. Das ist verwirrend manchmal.

Ich folge ihm. Bedächtig kramt er nach seinem Schlüssel, der ihm die Jackentasche ausbeult. Schließt auf. Ich warte, bis er im Innern verschwunden ist. Seine Schritte werden leiser. Die Tür, merke ich, als ich näher schleiche, hat er offen gelassen.

So ist das mit den Männern. Denken, sie haben nichts zu befürchten.

Ich schiebe mich ins Innere, wo es nach Holzfeuer riecht. Kein Staubkorn liegt auf dem Boden. Stattdessen Teppich über Teppich, es ist, wie auf Wolken zu laufen. Die hat er den Hamsterinnen abgenommen, jede Wette. Sicher hat er auch Pelze im Schrank.

Ich weiß nicht, ob er mich erkennen würde. Oder ob ich ihm auf die Sprünge helfen möchte. Mir würde genügen, die Angst in seinen Augen zu sehen. Darauf freue ich mich, und zugleich will ich es hinausschieben, seine Ahnungslosigkeit auskosten, im Versteck bleiben und zusehen, womit er seine Tage verbringt.

Wenn die Zeit reif ist... Am liebsten würde ich ihm dann die Blutstropfen einzeln aus seinen Adern perlen lassen, und es würde Stunden oder Tage dauern, und er würde wimmern und flehen wie die Frauen, und wenn er in seinem eigenen Dreck verreckt, ist der Geruch nach Gallseife weg.

Sterben, das ist eine Sauerei.

5

Reeperbahn, Hamburg-Sankt Pauli

Montag, 5. Mai 1947, 7:08 Uhr

Montagmorgen, kurz nach sieben, und Ida saß schon seit fast einer Stunde an ihrem Schreibtisch im Kellerbüro der Davidwache. Wie könnte sie schlafen, wenn ihr derart viel durch den Kopf geisterte? So war sie wieder um kurz nach sechs aufgebrochen und hermarschiert und hatte alles notiert, was sich in den vergangenen vier Tagen angesammelt hatte.

Zwei vermisste Frauen: die Mutter des Kätzchens und Renate Gehrmann. Die eine Hamsterin, was natürlich auf drei Viertel der weiblichen Bevölkerung Hamburgs zutraf, die andere finanzierte ihr Leben mit einem Untermieter und mehreren Verehrern, drei, um genau zu sein, von denen Ida nur einen mit vollem Namen kannte. Und ausgerechnet der war für sie unerreichbar. Einen Major der britischen Besatzer würde nicht einmal Oberkommissar Brasch befragen dürfen. Ida massierte sich die Schläfen, hatte aber dennoch das Gefühl, ihr könne der Kopf platzen. Dann waren da noch das Monster und die Frauen, die den Verlust eines Schmuckstücks gemeldet hatten. Nachdem sie gestern bei der Vermissten Frau Gehrmann gewesen war, hatte Ida zwei Adressen aufgesucht, die sie sich ebenfalls in ihr Merkbuch notiert hatte. Nur bei einer hatte sie jemanden angetroffen: Henriette Töpfer, eine der Frauen, die Meyerlich auffallend erschüttert erschienen war, als er ihre Anzeige aufgenommen hatte. Die Neununddreißigjährige, die mit ihrer Schwester zusammenwohnte, hatte zunächst erschrocken abgewehrt, sich dann jedoch zu einem kurzen Gespräch überreden lassen.

Verlust eines Siegelrings: in Gold eingefasst, Füllung: polierter Speckstein, stand nun in Kurzschrift in Idas Merkbuch. *Tatort: nicht genau bestimmbar, jedoch mit großer Wahrscheinlichkeit im Raum Vierlande nahe Neuengamme. Vorfall ereignete sich am 15. April. Töpfer wurde von hinten überwältigt.* Über die Vergewaltigung hatte sie nur zögernd Auskunft gegeben. Leichter fiel es ihr, über den Schmuck zu sprechen, was Ida nur allzu verständlich fand. Am Ende hatte sie Fräulein Töpfer noch gefragt, ob sie an jenem Tag mit irgendwem Bekanntschaft geschlossen hatte.

»Ja, woher wissen Sie …?« Fräulein Töpfer erklärte, an diesem Tag besonders vorsichtig gewesen zu sein. »Wegen all dem, was geredet wurde. Ich wusste doch, dass da draußen Frauen überfallen wurden.«

»Sie waren also besonders wachsam?«

Fräulein Töpfer nickte und fuhr sich durch das mit silbernen Strähnen durchzogene Haar. Sie wirkte gefasst, was Ida sich damit erklärte, dass sie ihre Schwester in den Vorfall eingeweiht hatte. Alle anderen Frauen, mit denen sie bisher gesprochen hatten, versuchten das Geschehene ungeschehen zu machen, indem sie es vergaßen. Keiner von ihnen war es bislang gelungen.

»Ich dachte, es wär besser, wenn ich nicht allein unterwegs bin. Da hab ich mich einer Frau angeschlossen, die auch ängstlich war. Zusammen haben wir uns besser gefühlt.«

»Es war also Ihre Idee? Sie haben die Dame angesprochen?«

»Nein, nein. Sie hatte mich nach dem Weg gefragt und... nun, dann sind wir eben zusammen weitergegangen.«

Nachdenklich ließ Ida das Merkheft sinken. »Und was geschah dann?«

»Zwei Abzweigungen bevor...« Fräulein Töpfer stockte und sah Hilfe suchend zu ihrer Schwester, die mit gequältem Gesicht in der Küchentür lehnte. »... bevor es geschah, bog sie ab. Ohne ein Wort und so plötzlich, dass ich dachte, ich hätte sie mit etwas verärgert. Ich bin weitergegangen. Und dann...«

Weinend schüttelte sie den Kopf.

War das ein bloßer Zufall? Auch Adele Reinke, die junge Schwangere, war von einer fremden Frau angesprochen und kurz darauf überfallen und vergewaltigt worden.

»Können Sie sie mir beschreiben?«

»Sie war etwas kleiner als ich. Dunkelhaarig und etwa mein Alter. Aber sie trug einen Hut mit breiter Krempe, so konnte ich sie nicht gut erkennen. Sie hatte eine sehr freundliche Art. So, na ja, mütterlich.«

Nun notierte Ida weiter: *Fräulein Töpfers Begleitung: brünett, weiblich, mittleres Alter, Hut mit breiter Krempe, mütterlicher Typ.* Das reichte nie und nimmer aus, um jemanden zu identifizieren. Die Beschreibung traf auf viele Frauen zu. Auf Line etwa und auf die Tote ebenfalls – falls die beiden nicht identisch waren.

»Guten Morgen.«

Als Ida den Kopf zur Tür drehte, fiel ihr als Erstes die Blässe ihrer Kollegin auf. Statt Heide Braschs Gruß zu erwidern, nickte sie nur und senkte den Blick wieder auf ihr Merkbuch. Über den Sonntag hinweg war es ihr gelungen, nicht an den Verrat ihrer Kollegin zu denken, aber jetzt wollte es einfach nicht mehr klappen.

»Hatten Sie einen erholsamen Sonntag?«, erkundigte sich Heide Brasch schüchtern, nachdem sie ihren Mantel gefaltet und auf ihre Stuhllehne gelegt hatte.

»Ja«, sagte Ida knapp. »Danke. Ich hoffe, Sie auch.«

»Ja, es war recht schön«, antwortete Brasch.

Ida warf ihr einen prüfenden Blick zu. Es gelang ihr nicht, die Miene ihrer Kollegin zu deuten. So wandte sie sich wieder ihrem Merkbuch zu, als sie laute Schritte auf den Stufen hörte.

Schon schlug die Tür auf, und Polizeimeister Hildesund erschien, ein gehässiges Grinsen im Gesicht.

»Ah, Sie sind schon vollzählig«, dröhnte er. »Dann bitte, meine Damen, machen Sie sich einsatzbereit. Razzia im Tiefbunker am Spielbudenplatz. Wir brauchen alle Kräfte, und Ihre dürften in diesem Fall sogar besonders hilfreich sein.«

Aus den Augenwinkeln beobachtete Ida, wie Brasch besorgt das Gesicht verzog. Der Tiefbunker war zweistöckig und hatte während des Krieges fünftausend Menschen Schutz bieten sollen. Ida hatte ihn bisher nur einmal von innen gesehen, als sie in gänzlich anderer Mission mit Marlise unterwegs gewesen war. Heute war er Wohnort von geflüchteten und obdachlosen Männern; der Zutritt für Frauen und Kinder war verboten, und das aus gutem Grund. Immer wieder kam es zu Messerstechereien oder Prügeleien, in deren Folge es nicht bei ein paar ausgeschlagenen Zähnen blieb. Beinahe täglich ging ein Kerl auf den anderen los, als gelte es, sich prügelnd aus seinem trostlosen Schicksal befreien zu können. Ein Schwerverletzter war das Ergebnis, einer pro Woche mindestens, und beinahe nie konnten sie den Täter fassen, da der Rest der Meute zusammenhielt.

»Kommen Sie?«, fragte Brasch.

Eigentlich hatte Ida gehofft, nach dem sonst obligatorischen Streifengang über den Schwarzen Markt zum Polizeipräsidium eilen zu können, um mit Heides Vater zu sprechen. Sie hatte vorsorglich die Haarkette eingesteckt und sich auf dem Weg zur Davidwache Stichworte zu jeder der vier Frauen – Hanne Kischkat, Charlotte Wendler, Adele Reinke und Henriette Töpfer – gemerkt, um sie bei Bedarf, ohne ins Schlingern zu geraten, abspulen zu können. Sie wollte dem Oberkommissar die Fälle so gut vorbereitet überbringen, dass er nur die Hand ausstrecken musste.

Es würde sie Überwindung kosten. Aber Ares Konstantinos hatte recht. Wenn sie durch ihren Eigensinn den Ermittlungen in die Quere kam und dem Täter womöglich einen Vorteil verschaffte, würde sie sich das nie verzeihen.

Aber das würde jetzt warten müssen. Ida folgte Heide in den Flur.

»Was über den Bunker erzählt wird, ist …« Brasch redete nicht weiter, aber Ida wusste auch so, was sie meinte. Die Vorgabe, dass der Bunker für Frauen nicht zugelassen war, galt natürlich nicht für Polizistinnen. Doch keine Kollegin war erpicht darauf, ausgerechnet dort ihren Dienst zu tun. Der Tiefbunker war ein Moloch, und jeder, der hinauskam, war froh, noch am Leben zu sein.

»Wir sind ja nicht allein«, sagte sie und kontrollierte ihre Uniform: Schließkette, Trillerpfeife, Taschenlampe, alles da.

Als sie vor die Davidwache traten, stellte Ida allerdings mit leichter Besorgnis fest, dass die Einsatzstärke an zwei Händen abzuzählen war, was ihr angesichts der Aufgabe, die ihnen bevorstand, völlig absurd erschien. Zehn Polizisten, acht männliche und zwei weibliche, die nicht einmal eine Waffe tragen durften! Fünf der Kollegen kannte sie, die restlichen stammten von einer anderen Wache.

Auch Meyerlich mit seinem rotblonden Schopf unter dem Tschako hatte eine angespannte Miene aufgesetzt, die bei jedem Schritt, den er neben ihr von der Davidwache aus über die Reeperbahn tat, ernster wurde. Seine Hand lag auf dem Knüppel an seinem Gürtel. Vor Ida marschierte Hildesund, der zwischen den anderen Männern fast verschwand. Wachtmeister Hondratschek versuchte vergeblich mit Jansen und Schütte Schritt zu halten. Am Schluss der Truppe lief Brasch, blass um die Nase und mit der Entschlossenheit eines Kaninchens, das sich einem Fuchs gegenübersah. Nicht, dass Ida sich darauf freute, die schmale Treppe am Spielbudenplatz hinunterzupoltern und schreiend Kennkarten zu verlangen. Aber das war Teil ihrer Arbeit, und immerhin theoretisch waren sie darauf vorbereitet worden.

»Irgendso n Spaßvogel auf der Wache hat Wetten organisiert«, flüsterte ihr Meyerlich zu, »bei denen die Kollegen Geld drauf setzen, an welchem Wochentag der nächste Bewohner hier übern Jordan geht. Und wann mal einer von uns.«

Ida zog schockiert die Brauen hoch.

»Wenigsten das mit den Kollegen ist aber noch nicht vorgekommen«, redete Meyerlich weiter. »Aber von den armen Tröpfen, die da unten wohnen, segnet jede Woche einer das Zeitliche. Ist ganz schön grauslich.«

Jetzt wurde Ida doch etwas mulmig zumute. Aber das sollte sie sich hier lieber nicht anmerken lassen. Wenn sie da unten mit eingezogenem Kopf aufkreuzte und die Männer mit zitternder Stimme anredete, hatte sie schon verloren. Also reckte sie den Kopf und hustete, um zu prüfen, wie sie klang: ruhig, das war gut, mit tiefer Tonlage.

Angespannt folgte sie Meyerlich treppabwärts. Im Vergleich zum Tiefbunker war der große Bruder auf dem Heiligengeistfeld wirklich das reinste Paradies. Der Raum, den sie betraten, nachdem die Vorhut die Türen aufgestoßen hatte, zog sich unergründlich weit in die Tiefe. Fensterlos, die Luft zum Schneiden dick. Immer mehr Unruhe befiel Ida, als sie ihre Kollegen beobachtete, wie einer nach dem anderen in der Finsternis verschwand. Etwas lag in der Luft ...

Ida ließ den Lichtkegel ihrer Taschenlampe über die Reihen rostiger Feldbetten schweifen. Sie sah in schmutzige Gesichter mit Augen, die tot wirkten.

»Papiere!«, motzte Hildesund, der den Trupp anführte.

Augenblicklich wurde Protest laut. Es klang wie menschliches Zähnefletschen. Als sich Ida zu Brasch umdrehte, bemerkte sie, wie stark der Lichtkegel von Heides Taschenlampe zitterte. Ida ließ sich zurückfallen, streckte die Hand aus und legte sie auf die Schulter der Kollegin.

»Das wird schon.«

Heide gab einen Laut von sich, der wie ein Wimmern klang.

»Kommen Sie«, flüsterte Ida, und Marlises liebster Schlachtruf schoss ihr durch den Kopf: *Ran an den Speck!*

Doch während sie von Bett zu Bett gingen, schnürte sich ihre Kehle immer mehr zusammen. Die Verzweiflung im Raum war spürbar, vor allem aber die Wut, die aus den Mienen der Männer sprach. Wut und müder, aber jetzt auflodernder Hass. Gerade passierten sie eine weitere Reihe Betten, als Ida ein so übler Geruch in die Nase stieg, dass sie die Luft anhielt. Das war nicht nur Dreck, Schweiß und Schmutz, dafür war der Geruch zu süß und stechend. So stanken eitrige Wunden und faulendes Fleisch.

Ida näherte sich dem Bett. »Ihre Kennkarte, bitte.«

Das Gesicht, in das sie blickte, wirkte jung und gleichzeitig uralt. Düstere Augen, die fast aus ihren Höhlen fielen. Derart verhärmte Züge, dass Ida eiskalt wurde.

Der Mann lächelte, als er ihr seinen Arbeitspass reichte. Soweit sie erkennen konnte, hatte er keine Zähne mehr. Das Dokument wies ihn als zwanzig Jahre alten Thüringer aus, der in seiner Heimat als Handlungsgehilfe gearbeitet hatte. Da er in Hamburg als Arbeiter geführt wurde, durfte er bleiben.

Mit einem knappen Dank reichte sie ihm den Pass zurück, als es rechts von ihr laut wurde. Sie hatte gar nicht bemerkt, dass Brasch nicht an ihrer Seite war. Hinter sich hörte sie einen schrillen Schrei. Als Ida den Strahl ihrer Taschenlampe dorthin richtete, konnte sie nur einen Pulk Männerrücken ausmachen.

Hektisch zog sie ihre Trillerpfeife aus der Uniformtasche und blies hinein. Der Pfiff hallte so laut von den Steinwänden wider, dass sie kurz glaubte, taub geworden zu sein. Dann hörte sie ihr Blut in den Ohren rauschen. Sie sah zu dem jungen Mann vor sich hinab, dessen Lächeln sich in ein böses Grinsen verwandelt hatte. Panik überfiel sie.

»Brasch!«

Wo waren ihre Kollegen? Am Ende des Raumes glaubte sie

ein Tschako wippen zu sehen. Wo war Meyerlich, der doch sonst an Heide klebte?

Ida begann zu rennen. Nach ein paar Schritten war sie bei den Männern angelangt, die einen Kreis gebildet hatten. Die Kellerluft war in diesem Winkel schier unerträglich. Ida hörte sich würgen, drückte zwei Männerschultern auseinander und entdeckte im Lichtkegel von Braschs Lampe, die zu Boden gefallen war, ihre Kollegin, die in der Mitte stand, ohne Uniformjacke, ohne Bluse. Ihr Büstenhalter bedeckte nur halb ihre Brüste. Von ihrem linken Arm baumelte die Schließkette hinab und schlug rhythmisch gegen ihr Bein.

»Ah, Verstärkung«, grunzte einer der Männer, dessen Atem eine neue Welle Übelkeit in Ida auslöste.

Schon war er bei ihr und griff nach ihrem Kinn. Er war ebenso groß wie sie, aber stärker, doch sie hatte ihre Taschenlampe, die sie ihm mit aller Kraft gegen die Schläfe donnerte. Seine Augen weiteten sich vor Erstaunen, dann sackte er stumm in sich zusammen. Weil der Kreis um Brasch wieder enger wurde, holte Ida ein weiteres Mal aus. Mit einem dumpfen *Klonk* traf die Lampe auf einen Hinterkopf. Noch einmal blies sie so gellend in ihre Pfeife, dass die Männer in den umliegenden Betten gequält aufstöhnten, gleichzeitig versuchte sie ihre eigene Schließkette aus der Uniformjacke zu nesteln, doch sie hatte sich im Innenfutter verhakt.

»Hände weg von meiner Kollegin!«

Die Männer lachten. Zwei Arme legten sich von hinten um ihren Körper und drückten so fest zu, dass ihr die Luft wegblieb. Sie hörte sich pfeifend einatmen und bemerkte, dass sie zu strampeln begann, ohne auf Widerstand zu treffen.

Konzentrier dich, schärfte sie sich ein. Werner hatte ihr

Tricks beigebracht. Mit dem linken Bein holte sie aus und ließ den Fuß mit voller Wucht gegen ein Knie krachen. Der Kerl stieß einen winselnden Laut aus und lockerte seine Arme. Dann war sie frei. Die Taschenlampe immer noch umklammert, wandte sie sich um, holte aus und traf einen weiteren Kopf. Mit leisem Stöhnen sackte der Mann in sich zusammen. Klirrend fiel etwas zu Boden.

Wieder wollte sie einem der Kerle einen Schlag versetzen, als sich für einen Moment alles um sie herum wie in Zeitlupe zu bewegen schien. Etwas kratzte über ihren Nacken, ein heißer, scharfer Schmerz schoss ihr Bein empor und ließ sie erstarren. Dann war plötzlich alles in Bewegung. In den dunstigen Strahlen der Taschenlampen hüpften Tschakos, schwangen Knüppel, sie sah die Schultern ihrer Kollegen, die sich auf die Männer stürzten.

Sie hörte Meyerlich etwas brüllen, und da war Hildesund, der einen der Kerle am Kragen auf die Tür zu schleifte. Spucke- und Schweißtropfen tanzten durch die Luft. Ida kämpfte sich zu Heide Brasch vor, heftig atmend griff sie nach ihrem Arm und zerrte sie humpelnd hinter sich her auf den Ausgang zu. Licht und Luft strömten ins Innere, und Ida hatte den irrwitzigen Gedanken, aus der Hölle schnurstracks zum Himmelstor katapultiert worden zu sein.

Draußen blendete sie die Sonne, die gerade hinter einer Wolke hervorkam.

»Kommen Sie.«

Leicht humpelnd führte sie Brasch zu einem moosbewachsenen ehemaligen Grenzstein, drückte sie darauf und ließ sich neben sie fallen. Als sie an sich hinabsah, bemerkte sie, dass ihr dicker Rock zwar unversehrt war, oberhalb ihres Knies aber ein schmaler Schnitt in der Haut klaffte, aus dem etwas Blut in ihre Wollstrümpfe sickerte. Nicht weiter schlimm.

Brasch sah erheblich mitgenommener aus. Ida zog ihre Uniformjacke aus und bedeckte damit Heides entblößten Oberkörper. Voll Angst sah ihre Kollegin sie an, öffnete den Mund, bekam aber keinen Laut über die Lippen. Die Schließkette baumelte immer noch von ihrem Arm herab.

»Wo ist der Schlüssel zu Ihrer Kette?«, fragte Ida. Sie war immer noch voll Adrenalin und sprach viel zu laut.

»Er muss in meiner Jacke sein.« Als sie endlich antwortete, klang Braschs Stimme tränenerstickt. »Die muss irgendwo da drinnen liegen ...«

Ida zog ihre Uniformjacke fester um den Körper ihrer Kollegin und probierte es mit ihrem eigenen Schlüssel. Er passte nicht. Dann griff sie nach der Schließkette, um sie in eine der Taschen zu stopfen, auch das klappte nicht.

»Lassen Sie mich«, sagte Brasch matt. »Es ist nicht so schlimm.«

Immer noch drangen abgehackte Befehle und dumpfe Schreie durch die geöffnete Tür des Bunkers nach draußen.

»Gehen Sie. Ich komme allein zurecht, Fräulein Rabe.«

Idas Taschenlampe, der die Zusammenstöße mit diversen Köpfen nicht gutgetan hatte, flackerte und gab ganz ihren Geist auf. »Verdammtes Ding«, schimpfte sie, während sie durch die Türöffnung in den schwarzen Schlund zurückging.

Mit dumpf klopfendem Herzen starrte sie in die Finsternis, konnte jedoch außer schemenhafter Formen in der Ferne nichts erkennen. Plötzlich spürte sie eine Hand auf ihrer Schulter. Die Lampe über den Kopf gereckt, schoss sie herum.

»Sie sind es«, sagte sie und ließ erleichtert ihre provisorische Waffe sinken, als sie Meyerlich erkannte.

»Wie geht's Heide?«, fragte er besorgt.

»Den Umständen entsprechend. Sie ist draußen.«

»Gehen Sie zu ihr zurück. Wir bringen das hier zu Ende.«

»Wollen Sie zu acht fünfzig Männer verhaften?«

»Nich fünfzig. Aber vierzig schaffen wir schon. Den Rest haben Sie ja ausgeschaltet, Kollegin Rabe.«

Sie schnaubte, doch er zwinkerte ihr so fröhlich zu, dass sie mit einem letzten Blick ins Dunkle wieder nach draußen ging.

Dort saß Heide mit hängendem Kopf und hängenden Schultern, ein Häuflein Elend.

Unschlüssig blickte Ida auf den blonden Schopf hinab. Sie streckte die Hand aus und legte sie der Kollegin auf den kühlen Arm.

»Ich kann das nicht«, hörte sie Heide flüstern. »Ich wusste es. Ich kann das einfach nicht. Wieso glaubt mir das keiner?«

»Was können Sie nicht? Und wer sollte Ihnen das nicht glauben?«

Heide antwortete ihr nicht sofort, sondern nagte mit verzweifelter Miene an ihrer Unterlippe.

»Was können Sie nicht?«, wiederholte Ida.

»Polizistin sein.« Rotz lief aus Heides Nase, den sie mit der flachen Hand fortwischte. »Ich dachte, ich würde zumindest das Nötige mitbringen. Ich dachte, es reicht, patent und interessiert zu sein und den Menschen zuhören zu wollen. Ich war immer die Fähigste in der Schule, das haben auch meine Lehrerinnen gesagt. Aber hier ... Ich versage auf ganzer Linie. Was Miss Watson sagte ...« Sie brach in kratzig klingendes Schluchzen aus.

Ida wünschte, ihr würde etwas Tröstliches einfallen, doch in ihrem Kopf herrschte nur Leere. »Lassen Sie uns zur Wache zurückgehen.«

»Aber meine Jacke.«

Unentschlossen blickte Ida zum Eingang, aus dem wieder Poltern und Gebrüll zu hören waren.

»Jetzt ist nicht der richtige Zeitpunkt, um danach zu suchen. Kommen Sie.« Müde hielt sie Brasch die Hand hin, die diese jedoch nicht ergriff. »Nun kommen Sie schon. Zwei heulende Polizistinnen am Rand der Reeperbahn machen nicht den besten Eindruck auf die Bevölkerung.«

»Sie heulen doch gar nicht.«

»Ja, aber vielleicht fange ich ja gleich an.«

Mit abgewandtem Blick wischte sich Heide erneut über die Augen, dann stand sie auf und setzte sich in Bewegung. »Ich wünschte, ich wäre wie Sie.«

»Wie ich?« Vor Verblüffung musste Ida, die ihr gefolgt war, lachen. »Wieso denn das?«

»Sie sind so viel mutiger als ich. Ich bin vielleicht gut darin, mit Menschen zu reden, die auch mit mir reden wollen. Aber bei Ihnen ... Ihnen hören alle zu. Und sie antworten auch.«

»Wenn Sie wüssten«, sagte Ida leise, »wie verloren ich mich in dieser Welt schon gefühlt habe, würden Sie sich wundern.«

»Sie?« Braschs Blick drückte nichts als Verwunderung aus. Ida nickte. »Fräulein Brasch?«

»Ja?« Braschs Stimme war kaum zu hören.

»Sie müssen sich nichts vorwerfen. Sie waren allein gegen zehn Männer. Niemand wäre dagegen angekommen.«

Brasch ging nicht darauf ein. Stattdessen sagte sie mit belegter Stimme: »Vielleicht bin ich nur Polizistin geworden, weil mein Vater es mir ermöglicht hat. Das glauben doch sowieso alle. Sie auch, oder nicht?«

Unschlüssig sah Ida sie an. Wenn sie wollte, konnte sie durchaus diplomatisch sein, in diesem Fall aber kam es ihr falsch vor, die Unwahrheit zu sagen. »Das ist mir schon durch den Kopf gegangen, ja, auch wenn es nicht nett von mir ist.«

»Ich will nicht, dass Sie *nett* sind. Aber ich will, dass Sie mir die Chance geben, das Gegenteil zu beweisen. Oder jedenfalls wollte ich das.«

Sie hatten die Davidwache erreicht. Vor der Schwingtür blieb Brasch stehen.

Mit gerunzelter Stirn betrachtete Ida sie. Heide sah so mitgenommen und jämmerlich aus, dass die Kollegen sich noch in Wochen das Maul darüber zerreißen würden, darauf wettete sie.

»Jetzt müssen wir Sie nur noch in unser Büro kriegen, ohne dass jemand Sie sieht.«

»Wissen Sie«, sagte Brasch, »mir ist es gleich, was Sie oder die Kollegen von mir denken. Das habe ich vorgestern beschlossen, als ich ...« Verlegen wischte sie sich mit der freien Hand über die Nase, »... als ich weinend zu Hause saß. Gleich heute Vormittag wollte ich zum Arbeitsamt und mich nach einer neuen Stelle umsehen. Einer, in der ich zeigen kann, dass ich durchaus zu etwas tauge. Stattdessen werden wir in den Tiefbunker beordert, diese Kerle reißen mir die Kleider vom Leib, und Sie müssen mich retten. Ausgerechnet Sie.«

Ida hob die Schultern. »Wären Sie lieber von Hildesund aus Ihrer Lage befreit worden?«

Brasch stieß ein dumpfes Lachen aus. »Nein.«

»Sehen Sie. Übrigens: Wir bringen Qualitäten mit, nach denen sich unsere männlichen Kollegen die Finger lecken würden.«

»Und welche wären das?« Brasch klang mehr als nur zweifelnd.

»Sie und ich, wir haben Sitzfleisch, wir können gut kombinieren, wie setzen neben unserem Verstand auch unser Gefühl ein, und wenn es darum geht, nicht herumzujammern, weil unsere Füße wund gelaufen sind, sind wir den Kollegen auch um Meilen voraus.«

Brasch starrte auf die rissigen Gehwegplatten und schien wenig überzeugt.

»Also, fassen Sie zusammen«, forderte Ida sie dennoch auf.

»Wozu?«

»Damit Sie es verinnerlichen. Sitzfleisch, rauchende Köpfe und brennende Füße. Das ist unser Geheimnis. Damit ziehen wir mindestens gleichauf mit den Herren der Schöpfung, glauben Sie mir.«

Heide Brasch schnaubte, sah aber nicht mehr ganz so mutlos aus.

»Ich wiederhole. Sitzfleisch, rauchende ...«

»... Köpfe und brennende Füße.« Brasch lächelte schief. »Ich habe es verstanden. Danke, Fräulein Rabe.«

»Gern.« Seltsam, aber sie meinte es wirklich so.

*

Nachdem Ida den Kratzer an ihrem Bein versorgt hatte, der auch bei näherem Hinsehen keinen Grund zur Sorge gab, besorgte sie sich eine Aktenklammer und war gerade im Begriff, sie auseinanderzubiegen, um damit Braschs Schließkette zu

Leibe zu rücken, als jemand an die Tür ihres Büros klopfte. Inständig hoffte sie, dass es nicht Hildesund war. Immer noch wirkte Heide wacklig und war so blass, dass sie glatt als Gespenst durchgehen könnte. Zum Glück war es Meyerlichs rotblonder Schopf, der im Türspalt sichtbar wurde.

»Wie geht's Ihnen?«, fragte er, an Heide gewandt.

Brasch rang sich ein Lächeln ab und nickte. »Recht gut. Danke der Nachfrage. Haben Sie den Einsatz alle überstanden?«

»Och, klar.« Er grinste. »Ham n paar von den Kerlen zum Befragen oben im Wachraum, aber keine Bange, wenn die in die Verwahrzellen kommen, platzt hier keiner versehentlich rein, da passen wir schon auf.« Seine Wangen liefen flammend rot an, während er sich in den Raum schob. »Ich, nee, *wir* haben etwas für Sie.«

Er war nicht allein, wie Ida feststellte. Drei weitere Kollegen, darunter auch Schütte, tauchten verlegen grinsend in der Tür auf. Allesamt sahen sie ein wenig zerrupft aus. Selbst Meyerlichs Uniform hatte gelitten.

»Als Erstes mal das hier. Bidde.«

Er reichte Heide Brasch ihre Uniformjacke, aus der sie den Schlüssel für ihre Schließkette zog. Verlegen hielt sie Meyerlich die linke Hand hin. »Würden Sie?«

Beide Gesichter leuchteten hellrot, während Meyerlich in die Knie ging und in dem kleinen Schloss herumzustochern begann. Endlich gelang es ihm, die Sperre zu lösen.

»Sie sind frei.«

»Danke.«

»Ja, und äh, weil wir Sie n büschen aufmuntern wollen und Ihnen noch mal sagen, wie froh wir sind, Sie bei der Truppe zu haben, na ja, da haben wir was vorbereitet.« Er erhob sich wieder und sah sich Unterstützung heischend nach seinen Kollegen um. Die stellten sich in Reih und Glied auf und starrten abwartend auf Meyerlich, der mit der Hand das Kommando gab loszulegen.

Als alle vier Männer einen Kanon anstimmten, wäre Ida fast in einen Lachanfall ausgebrochen. Mit großen Augen blickte sie zu Brasch, die wirkte, als wüsste sie nicht, ob sie träumte oder wach war.

»*Etwas schlechte Laune*«, dröhnte als Erstes Meyerlich mit verblüffend tiefer Stimme, »*mein lieber Freund, die gibt es jederzeit.*«

Mit leicht verspätetem Einsatz fiel Schütte ein: »*Etwas schlechte Laune*«, während Meyerlich weitersang: »*Aber solch ein Gesicht geht mir schließlich doch zu weit.*«

Schiefer ging es kaum, und ständig verpassten die anderen beiden den Einsatz, sodass alle vier mehr schlecht als recht durch die Strophen rumpelten. Hochrot im Gesicht, aber mit strahlenden Augen, versuchte Meyerlich den Auftritt zu retten, indem er mit jeder Zeile lauter wurde.

»*Seh ich das noch lange, mein lieber Freund, dann werd ich rabiat. Und darum geb ich dir einen wunderbaren Rat.*«

Die anderen drei kamen nun gar nicht mehr mit. Meyerlich, der gänzlich in seinem Gesang aufging, begann den geschmetterten Inhalt mit ausfernden Gesten zu untermalen.

»*Schau nicht hin, schau nicht her, schau nur gradeaus. Und was dann noch kommt, mach dir nichts daraus.*«

Das Lied kannte Ida aus einem Film, wusste aber den Titel nicht mehr.

Brasch wirkte ehrlich gerührt, und auch Ida stellte fest, dass ihr die vier Kollegen glatt sympathisch wurden. Mit dem letzten Ton verzogen die Herren peinlich berührt die Gesichter, doch Brasch applaudierte so laut, dass sie zu grinsen begannen. Auch Ida klatschte und rief »Zugabe!«, was allerdings niemand erfüllen wollte.

»Äh. Na ja«, begann Meyerlich erneut, »wir sind echt froh, Sie hierzuhaben. Sie zwei.«

Brasch und Ida wechselten einen Blick und grinsten sich zu. Erleichterung machte sich in Ida breit. Vielleicht würde die Arbeit hier auf der Davidwache nun endlich etwas leichter werden, wenn sie nicht mehr an allen Fronten kämpfen musste.

*

»Wie lange noch?«, fragte Heide Brasch zwischen zusammengebissenen Zähnen hindurch. Unbarmherzig brannte die Nachmittagssonne auf sie herab, aus verhalten frühlingswarmen Temperaturen war plötzlich ein waschechter Sommernachmittag geworden.

»Ich weiß es nicht«, flüsterte Ida zurück, die zu erschöpft war, um lauter zu sprechen. Dass sie nun gleich noch einen Einsatz hinter sich bringen mussten nach der Razzia im Tiefbunker, war einzig Hildesunds Sadismus zu verdanken, dessen war sie sich sicher. Der Polizeimeister war in ihr Büro geplatzt, als Ida gerade zu Oberkommissar Brasch aufbrechen wollte.

»Jetzt lernen Sie unsere Arbeit mal richtig kennen, meine Damen!«, hatte Hildesund mit einem sich um die schmalen Lippen kräuselnden Lächeln geflötet.

Und das taten sie seit gut zwei Stunden, in denen sie sich

am Dammtorbahnhof die Beine in den Bauch standen und wieder und wieder auf den Moment warteten, in dem sich die Zugtüren öffneten und Menschen auf die Bahnsteige quollen. Augenblicklich schwärmten dann die Polizisten und Polizistinnen aus – unter ihnen Brasch, Ida und vier Kolleginnen aus anderen Revieren – und zogen die Passagiere heraus, die aussahen, als hätten sie auf dem Land Beute gemacht.

Wenn man wenigstens von einer fetten Beute reden könnte! Aber den Leuten, bei denen es sich fast ausnahmslos um Frauen handelte, kullerten zwei, drei Äpfel aus den Manteltaschen oder, schlimmer, ein paar Eier. Nichts, womit man eine Familie auch nur für ein paar Tage satt bekam. Am liebsten würde Ida den Frauen das getauschte oder erbettelte Essen wieder zurückgeben, doch Hildesund und zwei andere Polizeimeister hatten ein scharfes Auge für solche Dinge. Sicher kam es immer mal wieder vor, dass ein Beamter Mitleid empfand. Die Frauen wollten schließlich nichts als ihre Familien vor dem Hungertod zu bewahren. Doch die Briten duldeten weder Hamsterfahrten noch Schwarzmarktgeschäfte. Die Polizei wiederum musste tun, was die britischen Besatzer für richtig hielten: kontrollieren, konfiszieren. Was danach mit den Sachen geschah, wusste scheinbar niemand. Es wurde behauptet, sie würden in die Elbe gekippt.

Ach, es war wirklich eine Schweinerei.

»Los!«, brüllte Hildesund, als erneut ein Zug einfuhr und die ersten Passagiere von den Trittbrettern sprangen, noch bevor er zum Halten kam.

Wie blaue rennende Ameisen verteilten sich die Polizisten auf dem Bahnsteig. Auch Ida fügte sich. Den Kratzer am Bein spürte sie kaum noch, doch sie war entsetzlich müde. Und wütend über das, was von ihr verlangt wurde. Sie war nicht Polizistin geworden, um Menschen zu quälen, die in ihren Augen kein Verbrechen begingen.

»Sie da, stehen bleiben. Polizeisperre!«, hörte sie einen Kollegen keifen.

Sie blickte in bleiche, in wütende, in zu Tode erschrockene Gesichter, vor allem aber sah sie Verzweiflung.

»Zwei Tage war ich auf den Beinen«, wimmerte eine ältere Frau, deren Haar verfilzt über den Rücken hing. »Ich hab in den Büschen geschlafen. Und jetzt, jetzt war alles umsonst.«

»Ich muss das tun«, flüsterte Ida bedauernd und wusste nur zu gut, dass diese Erklärung nichts wert war. Mit Mitgefühl war niemandem geholfen. Essen, das war alles, was zählte. Essen, um die Kinder durchzubringen und sich selbst und vielleicht noch den Ehemann, der ohne Beine zu Hause im Bett lag.

Idas kalte Finger umschlossen das Stück Speck, das sich die Frau in die Haare gewickelt hatte, um es bei Kontrollen zu verstecken.

»Rabe!«, donnerte Hildesund, der plötzlich neben ihnen aufgetaucht war.

Die ältere Frau begann zu zittern, und Ida fürchtete, sie würde ohnmächtig werden, wenn er ihr noch einmal ins Ohr schrie.

Augenblicklich nahm sie Haltung an, auch wenn sie ihrem Vorgesetzten lieber eine Ohrfeige verpasst hätte. »Ja, Polizeimeister Hildesund?«

»Sie haben ihr etwas zugesteckt!« Sein Gesicht leuchtete vor Zorn – oder war da auch heimliche Freude, die in seinen Augen aufblitzte?

Verwirrt sah sie von ihm zu der Frau, die Sekunde für Sekunde mehr schlotterte.

»Sie scheinen ja mehr Augen zu besitzen als ein Oktopus Fangarme«, stellte Ida fest. »Aber ich kann Sie beruhigen. Ich habe nichts dergleichen getan.«

»Durchsuchen! Nicht Sie«, schrie er einen männlichen Kollegen an, der sich mit pflichtbewusster Miene genähert hatte. »Fräulein Pfeiffer, Sie erledigen das.«

Ida konnte kaum fassen, was nun geschah. Ihre Kollegin, Fräulein Pfeiffer vom Revier am Hauptbahnhof, begann, erst Ida grob abzutasten, dann die arme Frau, deren Knie nun derart zitterten, dass sie zur Seite taumelte.

»Hiergeblieben!«, herrschte Pfeiffer sie an.

Ungläubig sah Ida zu, wie die Kollegin der Frau etwas aus der Tasche zog.

»Tabakblätter!«, rief sie triumphierend.

»Rabe!«, wandte sich Hildesund mit zufriedenem Glitzern in den Augen an Ida. »Auf der Wache direkt in mein Büro! Jetzt weiterarbeiten. Und die«, er zeigte auf die Dame mit dem Speck, »abführen!«

»Das können Sie doch nicht tun!«

Mit siegessicherem Grinsen schob Hildesund den Unterkiefer vor. »Ach, nein? Was, werte Kollegin, sollten wir Ihrer Meinung nach denn sonst tun? Die Frau zum Abendessen einladen, ja?«

»Ich habe ihr nichts zugesteckt, und die Tabakblätter waren eben noch nicht in ihrer Tasche!«

Fräulein Pfeiffer, eine Frau, die mehr einem Pferd als einem Menschen ähnelte, schoss herum. »Wollen Sie mir etwa unterstellen, ich habe der Alten etwas untergeschoben?«

»Also, ich war es jedenfalls nicht«, sagte Ida und starrte sie herausfordernd an.

Mit einer herrischen Geste bedeutete Hildesund der Kollegin, dass sie die Frau wegbringen solle, was Pfeiffer zu gern tat. Mit geknurrten Worten trieb sie die Alte über den Bahnsteig. Ida ballte die Fäuste. Sie war kurz davor, den beiden nachzustürmen und Pfeiffer am verdammten Kragen ihrer Uniform zu packen.

»Fräulein Rabe«, flüsterte eine Stimme dicht an ihrem Ohr. Als sie den Kopf wandte, sah sie, dass Heide Brasch sie beschwörend anblickte. »Machen Sie keine Dummheiten. Sie sind Polizistin und wollen eine bleiben. Habe ich recht?«

Ida bewegte die Lippen, doch kein Wort kam darüber. Sie kochte vor Wut und hatte das Gefühl, der Bahnsteig und die Luft um sie herum stünden in Flammen. *Rotsehen*, diesen Begriff hatte sie schon einmal gehört, aber gedacht, es sei im übertragenen Sinne gemeint.

»Wenn Sie aufgeben«, redete Brasch weiter, »machen Sie es sich zu leicht. Dann gibt es eine gute Polizistin weniger, und lassen Sie sich gesagt sein, viele davon gibt es nicht. Reißen Sie sich zusammen!«

Immer noch brachte Ida kein Wort über die Lippen. Sie konnte diese Arbeit nicht tun, wenn dadurch das Unrecht noch größer wurde und wenn sie dabei Leuten wie Hildesund die Gelegenheit gab, ihre Grausamkeit auszuleben.

»Reißen. Sie. Sich. Zusammen!«, zischte Heide.

Heftig atmend ließ Ida die Schultern fallen. Plötzlich standen ihr Tränen in den Augen. Sie wollte etwas erwidern, als Rufe und Getümmel ein paar Meter weiter ihre Aufmerksamkeit weckten.

»Ist hier ein Arzt?«, schrie jemand.

»Hilfe, Hilfe!«, war eine weitere ängstliche Stimme zu hören.

Noch vor Brasch setzte sich Ida in Bewegung. Hastig schob sie Passanten zur Seite und stolperte fast über eine herumliegende Kartoffel. Endlich erblickte sie zwei Polizisten, die neben einer Frau knieten. Ihr Gesicht war so blass, dass es bläulich wirkte. Zwei dünne dunkle Zöpfe hingen über ihre schmalen Schultern. Sie lag halb auf dem Knie eines der Beamten, den Kopf nach hinten geknickt, als trage ihn der mit einem dicken Schal umwickelte Hals nicht mehr. Ida sah der Frau ins Gesicht, versuchte, etwas daraus zu lesen. Aus großen, dunklen Augen blickte diese zurück. Flehen lag darin.

Als sich Ida neben sie sinken ließ, fasste sie in etwas Klebriges. Sie zog die Hand zurück – und stellte fest, dass sie voller Blut war. Erst jetzt bemerkte sie, dass sich unterhalb der Frau eine Blutlache gebildet hatte, die sich langsam ausbreitete.

Ida versuchte, ihre Panik runterzuschlucken, strich der Frau über die Stirn und murmelte beruhigende Worte.

Von irgendwoher kam ein Mann mit einer Arzttasche gerannt. Nachdem er in die Knie gegangen war, knöpfte er behutsam den Mantel der jungen Frau auf und legte dabei einen blutdurchtränkten Wollrock frei. Auch die Beine der jungen Frau waren voll Blut. Erschrocken schrien die herumstehenden Passanten auf.

Da sah Ida ihren leicht gewölbten Bauch.

Vor ihrem inneren Auge schossen Bilder vorbei. Von Adele, wie sie auf ihren Unterleib deutet. Von Charlotte, wie sie entkräftet und durchnässt in Idas Büro steht und nach dem Besuch des britischen Soldaten blutend von Ares ins Krankenhaus getragen wird. Von der toten Frau im Wald.

»Wo bleibt der Rettungswagen?«, herrschte der Mann mit der Arzttasche einen Polizisten an, der ihn fragend anstarrte. »Rettungswagen, wir benötigen einen Rettungswagen!«

Der Beamte setzte sich in Bewegung, während der Körper der Frau weiter erschlaffte. Ihre Lider flackerten. Der Mund der Frau bewegte sich. Ida rückte näher heran und beugte sich vor, doch es kam kein Ton über die Lippen. Ida überlegte fieberhaft. Konnte es sein, dass diese Frau ebenfalls Opfer des Monsters geworden war, und zwar nicht vor Tagen oder Wochen, sondern an diesem Tag, vor wenigen Stunden? Blutete sie deswegen so stark? Konnte dieses Monster wirklich so grausam, so skrupellos sein, auch vor Schwangeren nicht haltzumachen?

»Ich möchte Ihnen helfen«, sagte Ida leise. »Ich glaube, ich weiß, was Ihnen passiert ist. Und ich will den Kerl schnappen, hören Sie?«

Blinzeln. Oder hatte sie sich getäuscht? Sie beugte sich noch ein wenig weiter vor.

»Gibt es etwas, das Sie mir sagen können? Haben Sie ihn gesehen?«

Erneutes Blinzeln. Hieß das ja? Oder nein?

»Arz…«

Vor Anspannung biss sich Ida so fest auf die Unterlippe, dass sie Blut schmecken konnte.

»Ein Arzt ist bei Ihnen, er hilft, so gut er kann.«

Die Andeutung eines Nickens. Wieder Blinzeln.

»Arzt. Das…« Mit aller Kraft hob sie eine Hand und deutete auf ihren Unterleib, bis ihr Arm erschlaffte und mit einen dumpfen Laut auf dem Steinboden aufkam.

Ida hob den Kopf, um in das Gesicht des Doktors zu sehen, der jedoch keine Miene verzog.

»Sie müssen sie retten!« Das war keine Bitte, es war eine Aufforderung, nein, ein Befehl. Der Doktor zeigte sich davon jedoch nicht beeindruckt.

»Dazu ist es zu spät.«

»Unsinn. Helfen Sie ihr!«

Müde schüttelte er den Kopf. Erst jetzt bemerkte sie, dass er mit zwei Fingern den Puls gemessen hatte und nun seine Hand wegzog.

»Es ist zu spät«, wiederholte er und erhob sich langsam.

Aus der Ferne war ein Auto zu hören. Eine derartige Stille herrschte auf dem Bahnsteig, dass seine quietschenden Reifen selbst von hier oben zu vernehmen waren. Sekunden später erschienen zwei Männer mit einer Trage.

In Ida keimte Hoffnung auf. »Sie lassen sie ins Krankenhaus bringen. Sie versuchen, ihr zu helfen.«

»Gerichtsmedizin«, sagte der Arzt den Männern und erhob sich langsam.

Reglos starrte sie ihn an. Die Stille um sie herum erschien ihr mit einem Mal dröhnend. Ihr war heiß und eiskalt, ihr Herz wummerte, sie wollte fort, aber sie musste einen klaren Kopf behalten.

Auch sie stand auf. *Ares Konstantinos.* Was hatte er über Tatorte gesagt?

»Sie«, sagte sie zu dem Beamten, der ihr am Nächsten stand. »Nehmen Sie Namen und Adressen auf. Von allen, die noch hier sind. Die Kollegen unten sollen niemand durchlassen. Machen Sie den Leuten klar, dass sie nur als Zeugen vernommen werden. Sie werden nicht weiter kontrolliert.«

»Äh. Aber ...«

»Und scheuchen Sie sie von den Bahnsteigen!«

»Jawohl.« Er tat, was sie ihm gesagt hatte, und zu ihrem Erstaunen erhielt er sogar Hilfe von zwei weiteren Kollegen. Ida eilte zur Lokomotive und schlug gegen die Tür.

»Sie bleiben im Bahnhof.«

»Aber ich muss nach Altona.«

»Sie bleiben, bis die Kriminalpolizei alles untersucht hat. Können Sie die Türen verriegeln?«

»Na, sicher kann ich das. Fraglich bloß, ob ich das will.«

»Machen Sie schon!«, herrschte sie ihn an.

Mit wütendem Gesicht stieg er aus der Lok und lief den Zug ab, um eine Tür nach der anderen zuzuschlagen.

»Und wenn sich noch Leute in den Waggons befinden?«, fragte Heide Brasch, die neben Ida auftauchte.

Das hatte Ida nicht bedacht. »Sie haben recht. Können Sie nachsehen? Alle sollen aussteigen und so wenig wie möglich anfassen.«

Ihr Herz schlug so rasch, dass ihr glatt der Atem wegblieb. Was, wenn sich der Vergewaltiger unter den Leuten befand, die sich nun die Treppe nach unten drängten? Wenn er gerade eben aus dem Bahnhof spazierte?

»Halt!«, schrie sie und versuchte durch die Masse nach unten zu gelangen. Sie sah Hinterköpfe, Schultern, Hüte und Kopftücher. Endlich kam sie unten an und schob sich zum rechten Ausgang vor. Zu ihrer Erleichterung taten die dort postierten Männer, was Ida ihnen durch den Beamten hatte auftragen lassen. Name für Name notierten sie, erst dann ließen sie die Reisenden durch.

Doch plötzlich kam Bewegung in die Leute, die eben noch fast unbeweglich dagestanden hatten, und erschüttert musste Ida zusehen, wie sich die Menge zu lichten begann.

»Was in aller Welt...«

Da begriff sie. Während die Kollegen am Ausgang zum Botanischen Garten sorgfältig die Personalien aufnahmen, war der Ausgang zur Edmund-Siemers-Allee unbewacht.

»Nein!«, rief sie und begann sich zur anderen Seite der Bahnhofshalle durchzukämpfen. Ein Polizist stand dort herum und sah tatenlos zu, wie die Passanten ins Freie spazierten.

»Wieso lassen Sie sie durch?«

Der junge Mann zuckte mit den Achseln. »Order von oben.«

»Von wo oben?«

»Polizeimeister Hildesund.«

»Halten Sie nur die Männer an! Es sind nicht viele. Lassen Sie sich ihre Papiere zeigen, notieren Sie Name und Adresse.«

Er antwortete ihr mit einem Kopfschütteln.

»Sie!«, rief Ida und schnappte sich einen Hemdsärmel. »Papiere!«

Der junge Mann tat wie ihm aufgetragen, doch da legte sich eine Hand auf seine Schulter.

»Sie können gehen, Sohn.«

»Sie können nicht gehen!«, herrschte Ida ihn an, doch Hildesund schob sich mit breitem Grinsen zwischen sie und den Herrn und packte nun Ida bei den Schultern.

»Vor allem gehen *Sie*. Husch, husch ins Nest, mein Täubchen. Ich bin mir sicher, Miss Watson freut sich schon auf eine Unterredung mit Ihnen. Aber auch ich habe ein Hühnchen mit Ihnen zu rupfen. Genauer gesagt zwei.«

Vor Zorn pochte das Blut in ihren Schläfen. Vergeblich versuchte sie sich aus seinem Griff zu lösen, doch er drängte sie rückwärts Schritt für Schritt aus dem Bahnhof hinaus. Dort erstarb sein Grinsen, und in seinen Augen funkelte Verachtung.

»Wagen Sie es, hier wieder aufzutauchen, und Sie werden für den Rest Ihrer Tage keine Polizeiwache mehr von innen sehen.«

»Bitte, Polizeimeister Hildesund.« Sie atmete tief ein. Es fiel ihr nicht leicht, sich ihm gegenüber unterwürfig zu geben, aber sie hatte gute Gründe. »Was, wenn derjenige, der ihr das angetan hat, unter den Passagieren ist? Wir könnten ihn schnappen, endlich, und ...«

»Wovon reden Sie, Rabe?«

»Im Umland geht ein Serientäter um. Die Frauen nennen ihn das Monster. Er vergewaltigt die, die hamstern gehen. Wir müssen ihn schnappen, und jetzt gibt es die Chance dazu!«

Ungläubig starrte er sie an. »Wieso erfahre ich davon erst jetzt?«

»Ich hatte noch nicht genug Aussagen gesammelt, um damit zu Ihnen zu kommen. Aber mehr und mehr Frauen haben sich mir anvertraut. Ich bin mir sicher, dass es sich um einen Täter handelt, nicht mehrere, und dass er extrem brutal vorgeht. Und ...«

Hildesund verzog zornig das Gesicht. Mit heiserer Stimme sagte er: »Für Sexualdelikte interessieren Sie sich, Fräulein Rabe? Einem Vergewaltiger wollen Sie auf der Spur sein? Dann sind Sie sich gewiss auch im Klaren darüber, dass Notzucht in den allerwenigsten Fällen wirklich vorliegt. Haben Sie schon einmal von *Vis haud ingrata* gehört? Lassen Sie es mich Ihnen erklären: Darunter versteht das Gesetz *nicht unwillkommene Gewalt.*«

»Nicht unwillkommene…«, sprach ihm Ida fassungslos nach. »… Gewalt?«

»Ganz recht.« Er streckte die Brust vor und starrte ihr entschlossen in die Augen. »Wie sehr sich die Frau wehrt, ist entscheidend, wenn einem Mann Notzucht vorgeworfen wird. Schließlich ist es ja wohl allgemein bekannt, dass sich Damen gern auch mal etwas gröber anfassen lassen. Wie soll man da wissen, wie weit man gehen darf? Ich sag Ihnen was, Fräulein Rabe: Sie und alle anderen Frauen machen es sich verdammt leicht zu behaupten, Ihnen wäre Gewalt angetan worden. Dabei haben *Sie* den Mann verführt, haben *Sie* es genossen, wie wild Sie ihn gemacht haben.«

Ida wurde so heiß vor Wut, dass ihre Kopfhaut zu prickeln begann.

»Ich habe überhaupt niemanden verführt!«, zischte sie. »Und ich bin mir sicher, für alle Frauen sprechen zu können, die je einen Mann wegen Notzucht angezeigt haben. *Wir* machen es uns leicht? Und wir haben es gern etwas gröber?«

Er schenkte ihren Worten keinerlei Aufmerksamkeit.

»Glücklicherweise ist die Rechtsprechung eindeutig«, redete er einfach weiter. »Nur dann kann man von Notzucht sprechen, wenn der Mann große Kraft angewandt hat und die Frau wirklich Widerstand geleistet hat. Ein bisschen eitles Sträuben macht niemanden zum Opfer.« Stolz und zufrieden mit sich reckte er sein Kinn.

Ida wurde vor Wut übel. Sie hätte Lust, diesem kleinen, selbstgerechten hutzligen Mann ihre Taschenlampe überzuziehen, konnte sich aber gerade noch zügeln. Er war es nicht wert, und vor allem wollte er sie nur provozieren. Sie dachte an Marlise zurück, deren Mund ein Lächeln umspielt hatte, als sie sagte: »Ich mag deine Brutalität, Kleine. Wenn du wütend bist, könntest du glatt die Welt in Brand setzen.«

Aber wenn sie jetzt die Nerven verlor, hatte Hildesund gewonnen.

»Dem haben Sie gar nichts entgegenzusetzen, Fräulein Rabe? Dann darf ich Ihnen sicher noch etwas erklären: In der Hauptzahl sind solche Fälle überhaupt keine Sittlichkeitsdelikte, sondern Erpressungsversuche. Ja, Sie haben mich richtig verstanden. Die wahren Opfer sind die Männer, die um ihr Geld gebracht werden sollen. Und jetzt gehen Sie an Ihren Schreibtisch zurück und kümmern sich um die Fälle, die in Ihren Tätigkeitsbereich fallen. Das ist ein Befehl, Fräulein Rabe, keine Bitte.«

Damit wandte er sich um und schritt auf den Eingang zu, ganz offensichtlich zufrieden mit sich und der Welt. Kochend vor Zorn starrte sie ihm nach und fragte sich, wieso es eigentlich nur Männer waren, die solche Gesetze machten; Männer, die beschlossen, wie lange Frauen als Opfer galten und ab wann als Täterinnen. Hatte einer dieser Herren je selbst Gewalt erfahren? Wusste er, dass man vor Angst erstarren konnte, was mit eitlem Zieren so gar nichts zu tun hatte?

Tief atmete sie ein und versuchte, Ruhe in ihre rasenden Gedanken zu bringen. Mittlerweile hatte sich der Bahnhofsvorplatz geleert. Nur zwei Frauen schlichen an Ida vorüber, die Köpfe gesenkt.

»Haben Sie etwas beobachtet?«, fragte Ida, deren Stimme rau klang. »Ist Ihnen während der Fahrt etwas aufgefallen?«

Beide schüttelten gleichzeitig den Kopf.

»Danke«, murmelte Ida und versuchte, ihre Tränen zurückzuhalten. »Entschuldigung, eines noch.«

Unschlüssig wandten sie sich wieder ihr zu.
»Woher kam der Zug genau?«
»Aus Vierlande.«

*

Reglos starrte Ida auf ihr Merkbuch hinab. Sie war, wie Hildesund es ihr befohlen hatte, in ihr Büro zurückgekehrt und wartete. Auf ihn. Womöglich auch auf Superintendent Watson, die Ida nach Hause scheuchen würde. Ida wusste nicht, ob der Polizeimeister ihre Vorgesetzte augenblicklich informieren würde oder erst morgen. Sie hatte jedoch keine Zweifel, was ihr dann blühte: fort mit der Uniform, keine Polizeibrosche mehr, keine Träume. Keinen Grund, morgens aufzustehen. Aber genug des Selbstmitleids.

Sie wartete außer auf Hildesund und Watson auch auf Heide Brasch, die versprochen hatte, sich von den Kollegen die Namen jener wenigen Männer geben zu lassen, die beim Verlassen des Bahnhofs kontrolliert worden waren. Falls einer von ihnen in den Polizeiakten auftauchte, mussten sie ihn in die Ermittlungen einbeziehen. Glücklicherweise hatte Brasch nicht nachgehakt, wieso sie Ida diesen Gefallen tun sollte, sondern hatte genickt und war zur Tat geschritten.

Das immerhin fand Ida erfreulich, auch wenn sie sich gedanklich gleich wieder den düsteren Dingen zuwandte.

Vis haud ingrata.

Wieder begann die Wut in ihr zu brodeln. Es war ja nicht nur Hildesund, der diesen Schwachsinn glaubte. So viel Intelligenz steckte doch in seinem Kopf gar nicht, dass er seine eigene Überzeugung ins Lateinische übersetzen konnte. Nein, das hatten gebildete Köpfe erfunden, und so wurde es gelehrt. Dass Frauen Gewalt willkommen war, dass Abwehr nur Koketterie war, dass es Frauen gefiel, so behandelt zu werden.

Ida schoss in die Höhe. Unmöglich, hier zu sitzen und darauf zu warten, von Miss Watson in Einzelteile zerpflückt zu werden, nur um anschließend auch noch in Hildesunds Büro kriechen zu müssen. Sollte sie nicht die wenige Zeit nutzen, die ihr blieb, bis sie entlassen wurde? Zwei tote Frauen. Und vier, die einem brutalen Vergewaltiger in die Hände gefallen waren und vielleicht nur mit etwas Glück überlebt hatten.

Sie nahm ihre Jacke, lief die Treppe hinauf, steckte ihren Kopf durch Meyerlichs Tür und fragte: »Glauben Sie, Ihre Mutter kann bis morgen verlängern? Ich verspreche Ihnen hoch und heilig, die Kleine dann abzuholen.«

»Oh, das habe ich ja glatt vergessen!« Meyerlich strahlte. »Fragen Sie man nich nach dem Wie, aber die beiden haben sich zusammengerauft. Wenn Sie möchten, kann die Lütte länger bei meiner Mutter bleiben. Da gibt's bloß das eine, äh ...« Er zögerte.

Ida nickte. Sie wusste, was er nicht aussprechen wollte. »Ich bringe Ihrer Mutter etwas Essbares vorbei. Natürlich. Entschuldigen Sie, dass ich nicht vorher daran gedacht habe.«

Woher allerdings bekommen, wenn nicht stehlen? Aber damit würde sie sich später beschäftigen.

Die Luft draußen erschien ihr so frisch und klar wie der Sprung in einen See. Als sie von der Reeperbahn in die Davidstraße einbog, tastete sie in ihrer eingenähten Manteltasche nach der Notzigarette. Sie unterdrückte den Impuls, sie sich anzustecken, und bog zwei Straßen später links ein.

Die Hausnummer sieben befand sich an der Ecke zum Zirkusweg über einem Kiosk, der aussah wie seit Dekaden verrammelt. Die tiefgrauen Fassaden der ineinander übergehenden Mietskasernen wirkten düster und wenig einladend. Ida schob die Haustür auf und fand sich in einem jener Hamburger Treppenhäuser wieder, die eines wie das andere wirkten: dunkel, eng und voller unangenehmer Gerüche. Während sie Etage um Etage nach oben lief, suchte sie auf den Namensschildern neben den Türen nach Philippa Nold und fand ganz oben immerhin das Kürzel PN neben einer Reihe weiterer, die wohl nur Eingeweihte entziffern konnten. Auf ihr Klopfen herrschte zunächst Stille, bis endlich zögernde Schritte laut wurden.

»Mein Name ist Ida Rabe«, sagte Ida durch die geschlossene Tür hindurch. »Ich suche nach Fräulein Nold.«

Da keine Reaktion kam, setzte sie erneut an.

»Fräulein Nold, sind Sie das? Ida Rabe von der Davidwache. Bitte öffnen Sie die Tür. Es geht um Fräulein Wendler. Vielleicht können Sie mir in einer Sache behilflich sein.«

Sie hörte das Klappern einer Metallkette, einen Spaltbreit tat die Tür sich auf, und sie blickte in Fräulein Nolds abgekämpftes Gesicht. Das rote Haar klebte an ihrem Kopf. Sie sah aus, als sei sie eben erst aufgestanden.

»Wie geht's ihr?«, murmelte sie müde.

»Sie liegt noch im Krankenhaus. Deswegen bin ich hier, da Fräulein Wendler zu schwach ist, um meine Fragen zu beantworten.«

Müde, aber auch besorgt öffnete Philippa die Tür weiter.

»Das wusste ich gar nich! Wieso is sie im Krankenhaus?«

»Erst mal gebe ich Ihnen Ihre Belohnung«, sagte Ida und zog die Zigarette hervor. »Ich halte Wort.«

Skeptisch betrachtete Philippa die Chesterfield, die in Idas

Hand lag, dann Ida selbst. »Alle Achtung. So was kommt nich häufig vor.« Mit spitzen Fingern und bemüht, nicht einen Tabakkrümel zu verlieren, griff sie danach, wandte sich um und stapfte den lang gezogenen eisigen Flur entlang.

»Kommen Se.«

Ida folgte ihr in einen schmalen Raum, dessen Fenster zum Hof hinausging. Während sich Philippa Nold auf eine Matratze fallen ließ, das einzige Möbelstück im ganzen Zimmer, blieb Ida stehen. Beim Blick hinaus tat sich ein quadratisches Feld unter ihr auf, das wie abgegrast wirkte. Bloß eine Handvoll Baumstümpfe waren übrig geblieben und hier und da ein Büschel Gras zwischen Schutt und verblichen wirkender Erde.

»Wissen Sie etwas über den Tag, an dem Charlotte überfallen wurde? Wissen Sie, ob sie an diesem Tag Schmuck bei sich hatte, der ihr gestohlen wurde?«

Nachdenklich schüttelte Fräulein Nold den Kopf. »Ich weiß nich … Nee, das glaub ich nich. Lotte hat meistens Zigaretten getauscht, die hat sie von den Tommys gekriegt.« Sie kniff die Augen zusammen. »Keine Vorhaltungen, ja? Die sind auch nicht schlimmer als die Deutschen.«

»Ich habe nichts gesagt. Sind Sie eigentlich auch mal mit ihr zusammen rausgefahren?«

Misstrauen flackerte über Philippa Nolds herbe Züge.

»Was denken Sie, was mir wichtiger ist?«, sagte Ida. »Sie wegen zwei, drei eingetauschter Äpfel drankriegen oder einen Mann festnehmen, der reihenweise Frauen vergewaltigt?«

»Nee. Also ich war nie mit. Wir haben unterschiedliche, wie heißt es, *Tagesrhythmusse*. Wegen dem Lütten muss Lottchen früh raus. Ich arbeite aber die ganze Nacht. Ich steh nich auf, solange noch die Sonne scheint. Und da draußen aufm Land isses mir unheimlich. Ich komm so klar.«

Ida nickte. »Hat Charlotte vielleicht etwas von dem Überfall erzählt? Zum Beispiel dass sie an dem Tag mit einer Frau gesprochen hat, die sie nicht kannte? Mit der sie vielleicht den Weg zusammen gegangen ist, weil es allein zu gefährlich war?«

»Nee. Davon hat sie nix gesagt. Hat gesagt, dass sie so in Gedanken war und sich gefragt hat, was jetzt mit Georg wird und Schule und so, und dann war das Schwein auf einmal hinter ihr.«

Auffordernd nickte Ida. »Weiter?«

»Und dass er erst… Sie wissen schon. Ich hab eigentlich kein Problem damit, über so n Kram zu reden, aber das is ja nix, was noch schön is, ne? Er hat also… Er war ganz schlimm brutal. Hat ihr das Gesicht so aufn Boden gepresst und dann das Seil um ihren Hals gelegt und immer wieder doll angezogen und dann losgelassen.«

Das bestätigte Idas Vermutung, dass er wusste, was er tat. Er war nicht *wild*, aber Hildesunds Blödsinn hatte sie ja sowieso nicht geglaubt. Nein, er war berechnend. Verlor nicht den Kopf.

»Als er fertig war, hat er sie noch extra geschlagen mit so ganz kurzen, harten Fausthieben auf die Beine und unter die Rippen.« Philippa Nold schloss den Mund und starrte hinter dem aufsteigenden Zigarettenrauch verloren in die Luft. »Wissen Sie, da gings nich um Sex. Da gings drum, dem Lottchen so viel wehzutun, wies ging.« Sie sah zu Ida. »Sie müssen den kriegen. Dass er nich noch mehr Frauen so zurichtet. Versprechen Sies?«

Ida nickte. Dann fiel ihr noch etwas ein. »Kennen Sie einen

Arzt, der Frauen in, nun ja, Schwierigkeiten hilft? Wenn sie schwanger sind, aber nicht schwanger sein wollen oder können? Sie haben nichts zu befürchten, wenn Sie mir einen Namen nennen, und der Arzt auch nicht. Aber Sie würden mir einen großen Gefallen tun. Einer Bekannten von mir geht es nicht gut. Ich brauche dringend jemanden, der ihr helfen kann.«

»Sie wissen schon, dass da n Haufen Scharlatane am Werk is?«

Ida schnaubte. Natürlich wusste sie das. Frauen wurden Jodtinkturen gespritzt. Sie hatte von einer Verstorbenen gehört, bei der eine Abtreibung durch die Injektion von Quecksilber vorgenommen worden war.

»Warum fragen Sie ausgerechnet mich?«, wollte Fräulein Nold wissen.

»Weil Sie wissen, dass es manchmal einfach zu viel des Elends ist, um noch ein Kind durchzubringen, das man vielleicht nicht lieben kann.«

Fräulein Nolds Züge wurden weicher. Sie senkte den Kopf, kritzelte etwas auf einen Papierfetzen und reichte ihn Ida.

»Da. Aber von mir hamse den Namen nich, verstanden?«

Dankend nickte Ida ihr zu und war schon halb aus der Tür, als sie den Namen auf dem Zettel las. Sie blieb wie angewurzelt stehen und starrte Philippa Nold an.

»Renate Gehrmann?«

Fräulein Nold nickte.

»Eine Hebamme in der Neustadt?«

»Die verstehn oft mehr als n Arzt«, versuchte sich Philippa Nold zu verteidigen, doch Ida hörte ihr schon nicht mehr zu.

»Danke!«, rief sie und ließ die Wohnungstür hinter sich zuscheppern.

Vierlande, am Stadtrand von Hamburg

Frühjahr 1947

Manchmal dachte ich, die Tage haben kein Ende mehr. Wie Schlieren sind sie an der Wand runtergeronnen. Alles war kalt und dunkel und leer im Krankenhaus. Aber das war nicht das Schlimmste. Das Schlimmste war, dass ich, wenn ich in mich reinguckte, dich nicht mehr gefunden habe. Nur unser Kind war noch in mir, du aber, du warst fort.

Zwei Stöcke und ein Ball draufgespießt, so sah ich aus. »Nach Ravensbrück kommst du, ins KL«, hatten mir die anderen Frauen gesagt, »so ein Fall bist du, da kommen die hin, solche wie du.« Und sie haben »Rassenschande« gemurmelt und mich wütend angeglotzt. Hässliche Sachen sagten sie über dich und über mich, aber ich scherte mich nicht drum.

Vor dem KL, dem Konzentrationslager, aber hatte ich Angst. Schlimm sollte es dort zugehen, das wusste ich. Und da dachte ich: Ich mache alles, um unser Kind davor zu bewahren. Alles mache ich, und als der Arzt kam und mich anschaute mit so nem milden Blick, da habe ich das auch ihm gesagt.

»Alles?«, hat er gefragt und gelächelt.

Und ich: »Alles.«

Also hat er mich mitgenommen. Bahlsum. Konrad Bahlsum, der einen aus so netten Augen anguckt und dann das Messer zückt. Der mich vor Ravensbrück gerettet hat, aber wer weiß, ob das wirklich schlimmer gewesen wär? Anfangs war ich heilfroh. Der Krankenhausfraß war besser als Gefängnisfraß, und keiner hat mich mehr geschlagen. Ich war nicht die einzige Schwangere. Drei andere gab es noch. Krisztina. Wie hießen die anderen beiden? Mein Kopf ist voller Löcher. Durch die rutscht durch, was ich gern behalten hätte, aber das Scheußliche, das mich jeden Tag wieder quält, ist dringeblieben. Wo haben sie dich hingebracht, mein Geliebter? Was haben sie mit dir gemacht? An der Reeperbahn, da gibt es diese Litfaßsäule. Da habe ich ein Gesuch für dich hingehängt. Was wäre, wenn du es lesen würdest? Würdest du zu mir kommen, obwohl das Kind, für das ich jetzt sorge, nicht unseres ist? Hast du mich doch ein wenig geliebt?

Endlich fällt es mir wieder ein. Krisztina. Gabriele. Valentina. So hießen die anderen Schwangeren im Krankenhaus.

Ich höre, wie er zu Bett geht. Er löscht das Licht. Ich stehe in seinem Schrank und lausche, gucke der Finsternis zu, wie sie sich durch den Raum schleicht und über ihn legt. Öffne langsam die Tür und gehe über die weichen Teppiche, trete an sein Bett und gucke auf ihn runter. Dann ins Bad, um mich zu waschen. Ich schrubbe meine Kleidung. Nehme seinen Kamm und fahre damit durch mein Haar. Und frag mich, wie ich mich im Spiegel angucke und so bitter und unglücklich aussehe und so voller Hass, ob er aus allen Frauen so jemanden gemacht hat wie mich. Oder ob es auch welche gibt, die weich geblieben sind, trotz allem.

Langsam ziehe ich eine Schublade nach der anderen auf. Blicke auf all die Kostbarkeiten, die er sich von den armen Frauen zusammengesammelt haben muss. Und das, was er mitgenommen hat aus dem Krankenhaus. Sachen, die im Mondschein glitzern und funkeln.

Als ich mich wieder ans Bett stelle, denke ich an Mütter, die ihren schlafenden Kindern zusehen, Mütter, die voll Liebe auf die kleinen Gesichter blicken und das leise Schnarchen hören. Und ich? Im achten Monat war ich schwanger. Die Wehen schüttelten meinen Leib durch wie ein Herbststurm Zweige. Auf dem Boden kroch ich zu ihm und hoffte, er würde mir helfen. Doch als ich aufwachte, war alles voller Blut. Mein Bauch war noch dick, aber leer, ich spürte es. Aufstehen konnte ich nicht, aber Krisztina aus dem Bett neben mir sagte: »Die haben es rausgeschnitten.«

Ich habe den Kopf geschüttelt, obwohl ich es doch selbst bei den anderen Frauen gesehen hatte.

»Es hat kurz gelebt. Ich habe es gehört.«

Ich habe nicht geweint. Nie wieder habe ich geweint. Es ist, als wenn es seitdem keine Tränen mehr in meinem nutzlosen Körper gibt.

Krisztina wusste, was mit unserem Kind passiert ist, und ich wusste es auch. Aber ich kann es nicht denken, mein Geliebter. Es ist zu grausam.

Nichts, was ich mit Bahlsum anstelle, kann ihm je so wehtun.

6

Davidwache, Hamburg-Sankt Pauli

Dienstag, 6. Mai 1947, 7:08 Uhr

»Da sind Sie ja!«, sagte Heide Brasch, als Ida, verschwitzt vom schnellen Marsch, ins Büro stürmte und erleichtert feststellte, dass keine Miss Watson anwesend war und auch Hildesund nicht mit durchtriebenem Grinsen in einer Ecke rumlungerte. »Ich habe Nachrichten zu der Frau vom Bahnhof. Die junge Frau war schwanger. Ich kenne die genauen Umstände nicht, aber ihr Blutverlust kam wohl von einer missglückten Abtreibung. Das hat mir Meyerlich gerade erzählt.«

Das musste Ida erst einmal sacken lassen. »Sie wurde also nicht vergewaltigt?« Sie zog ihren Mantel aus, griff nach ihrem Stuhl und ließ sich darauf sinken.

»Zumindest sieht es zum jetzigen Zeitpunkt nicht danach aus. Die Abtreibung wurde sehr dilettantisch ausgeführt«, fuhr Brasch mit belegter Stimme fort. »Und wohl vorzeitig abgebrochen, ohne dass es zum, nun, erwünschten Ergebnis gekommen wäre. Schließlich war es der Blutverlust, der die arme Frau umbrachte.«

»Das kann doch kein Zufall sein! Wir haben eine junge Frau, die bei einer Abtreibung stirbt, und eine verschwundene Hebamme. Zudem einen Arzt, der in Vierlande praktiziert und mit genau dieser Hebamme arbeitet.« Ida verstummte, als ihr auffiel, dass sie sich nach einem noch nicht erkundigt hatte. »Was ist mit dem Kind? Sie sagten, das erwünschte Ergebnis ...«

»Es hat nicht überlebt«, unterbrach sie Brasch ruhig, auch wenn ihr anzusehen war, wie sehr sie die Sache mitnahm. »Ich weiß nicht, ob es schon vorher tot war oder zusammen mit der Mutter ... Fräulein Rabe?«

»Ja?«

»Welche Hebamme? Und was für ein Arzt?«

Erst jetzt wurde Ida klar, dass Heide kaum etwas wusste – weder hatte Ida von der vermissten Renate Gehrmann erzählt noch von ihren weiteren Überlegungen im Fall der vergewaltigten Frauen. Sie holte es nach, knapp, aber hoffentlich nicht allzu verwirrend, und setzte hinzu: »Ich war heute Morgen noch einmal bei der alten Dame, die die Hebamme als vermisst gemeldet hat. Und sie ließ sich tatsächlich aus der Nase ziehen, dass Renate Gehrmann einem Arzt in Vierlande zur Hand geht!« Triumphierend sah Ida sie an. »Das ist doch ein seltsamer Zufall, finden Sie nicht? Eine verschwundene Hebamme, die bei einem Arzt in demselben Gebiet aushilft, in dem vier Frauen – von denen wir wissen – vergewaltigt wurden. Diese Hebamme führt illegale Abtreibungen durch. Und eine junge Frau, die mit dem Zug aus Vierlande kam, bricht blutend auf dem Bahnsteig zusammen und stirbt. Das Dumme ist, dass Fräulein Keller den Namen dieses Doktors nicht weiß. Und auch nicht, wo genau er in Vierlande praktiziert.«

Dass dort zudem vier Tage zuvor eine Frauenleiche gefunden worden war, behielt Ida lieber für sich. Seit gestern hatte sich ihr Eindruck von ihrer Kollegin zwar gewandelt, etwas unschlüssig aber, in wie weit sie ihr vertrauen konnte, fühlte sich Ida immer noch. Sie wollte ihr lieber nicht auf die Nase binden, sich am Fundort einer Leiche herumgetrieben zu haben, in deren Fall ausgerechnet Oberkommissar Brasch ermittelte – und sich dann auch noch fälschlich als seine Tochter ausgegeben zu haben.

»Hm. Ja, aber was könnte denn eine verschwundene Hebamme mit vergewaltigten Frauen zu tun haben?«

»Das ist es ja! Das müssen wir herausfinden. Wir sollten noch einmal dorthin fahren. Mit den Leuten sprechen. Und die Namen der Männer, die unsere Kollegen sich gestern am Dammtorbahnhof notiert haben ...«

»Das habe ich schon erledigt. Ich habe bisher niemanden gefunden, der schon einmal straffällig geworden ist.« Brasch schüttelte den Kopf. »Aber wonach suchen wir in diesem Fall? Weniger nach einem Vergewaltiger als nach einem Scharlatan, der die Abtreibung derart verpfuscht hat.«

»Eben, das dachte ich auch gerade.«

»Ich habe übrigens auch bei der Kollegin am Hauptbahnhof angerufen. Fräulein Pfeiffer, Sie erinnern sich?«

Idas Gesicht verdüsterte sich, als sie nickte.

»Die ältere Dame, der Sie angeblich etwas zugesteckt haben gestern, wurde nicht festgehalten.«

Erleichtert beugte sich Ida vor. »Das haben Sie toll gemacht, Kollegin. Danke!«

»Es gibt leider noch etwas Unangenehmes, das ich Ihnen sagen muss. Miss Watson war schon hier und hat nach Ihnen gefragt. Ich soll Ihnen ausrichten, dass Sie so schnell wie möglich zum Präsidium kommen sollen.«

Ida rutschte das Herz in die Hose. Heides Worte kamen kaum überraschend. Dennoch hatte sie inständig gehofft, dass sich der Moment, in dem sie ihre Brosche und ihre Uniform abgeben musste, noch etwas hinauszögern ließe. Gut, dann würde sie Miss Watson eben beknien, ihr noch diese Woche zu geben. Nur diese Woche. Und in der musste ein Wunder geschehen, denn sie hatte das Rätsel um Renate Gehrmann zu lösen, die Mutter des kleinen Mädchens zu finden und den Vergewaltiger zu schnappen.

»Wissen Sie zufälligerweise, wo die junge Frau vom Bahnhof hingebracht wurde?«, fragte sie.

Brasch blickte auf den Zettel in ihrer Hand und nickte. »In die Neue Rabenstraße. Zu einem Gerichtsmediziner mit einem ziemlich schwierigen Namen. Ares, ähm, Konstantinos.«

*

Eine halbe Stunde später erreichte Ida mit brennenden Füßen die weiße, dreistöckige Villa, an deren Tür ein Schild mit der Aufschrift *Institut für gerichtliche Medizin und Kriminalistik, Neue Rabenstraße 1* hing.

Unsicher, ob sie einfach eintreten durfte, drückte sie die Klinke hinab, als im selben Augenblick die Tür mit derartigem Elan aufgerissen wurde, dass sie ins Stolpern geriet.

»Hoppla!«, rief Konstantinos. »Ach, Sie sind's, Fräulein Rabe! Wollten Sie zu mir? Es tut mir leid, ich bin gerade auf dem Sprung. Die Mordkommission wartet auf mich.«

»Das trifft sich gut, ich muss auch zum Polizeipräsidium. Wollen wir zusammen gehen?«

Mit einem warmen Lächeln sah er sie an. »Ein recht weiter

Umweg von der Davidwache, wenn Sie eigentlich zum Karl-Muck-Platz wollten.«

»Ich bin nicht zufällig vorbeigekommen. Nehmen wir das Auto, oder gehen wir?«

»Wir?« Er lachte leise. »Nun gut, begleiten Sie mich gern, Fräulein Rabe. Und zwar zu Fuß.« Sie schlugen den Weg in Richtung des Dammtorbahnhofs ein, den Ida anzusehen vermied. Die Erinnerung an gestern rief das Gefühl von plötzlicher Mutlosigkeit in ihr hervor. Um es wieder loszuwerden, platzte sie heraus: »Sie müssen mir helfen. Geht das?«

»Kommt ganz drauf an, womit.«

»Ich will ganz ehrlich sein: Ich habe mich den Anordnungen meines Vorgesetzten widersetzt. Und Polizeimeister Hildesund wirft mir vor, einer Frau bei einer Kontrolle etwas zugesteckt zu haben. Aber das stimmt nicht. Jetzt habe ich am Samstag schon eine mündliche Verwarnung bekommen und …«

»Sie legen ja ein ganz schönes Tempo vor.«

Ida nickte zerknirscht. »Und nun brauche ich etwas, mit dem ich Miss Watson bestechen kann. Das meine ich natürlich nicht wörtlich. Aber etwas, mit dem ich sie davon überzeugen kann, mir die Ermittlungen jetzt nicht wegzunehmen. Denn wenn ich kurz davor wäre, den Täter zu schnappen …«

»Selbstverständlich helfe ich Ihnen, aber Sie sollten wirklich kurz davorstehen, ihn zu schnappen, sonst kommen Sie schon morgen wieder in Erklärungsnot.«

Womit er natürlich recht hatte. Ida hatte sich schon damit in Teufels Küche gebracht, Miss Watson darüber belogen zu haben, die Mutter des kleinen Mädchens ausfindig gemacht zu haben.

»Ein kleiner Schlenker?«, schlug Ares vor und zeigte auf den

Eingang zum Botanischen Garten. Das konnte Ida nur recht sein. Wieder kam die Sonne zwischen den Wolken hindurch. Zwar fühlte sich der heutige Tag wieder kühler und frühlingshafter an als der gestrige, doch sah sie auf einer Wiese schon Butterblümchen blühen. Ihr sonniges Gelb wirkte aufmunternd, und Ida beschloss, dass es noch keinen Grund für sie gab, die Hoffnung aufzugeben.

»Die junge Frau, die gestern am Dammtorbahnhof zusammengebrochen ist, musste wegen einer unprofessionellen Abtreibung sterben.«

»Wieso überrascht es mich nicht, dass Sie auch davon wissen? Ach so, Sie waren dort – als die Leute kontrolliert wurden?«

Sie nickte. »Ich habe außerdem einen Vermisstenfall auf dem Tisch: eine Hebamme, und das ist der seltsame Zufall, die illegal abtreibt. Oder zumindest den Ruf hat.«

Nachdenklich kniff er die Augen zusammen. »Aha?«

»Sie könnte etwas mit der jungen Frau zu tun haben.«

»Elsa«, sagte Ares. »Ihr Name war Elsa Hoffmann.«

»Wissen Sie, wer die Ermittlungen in dieser Sache leitet?«

»Aus dem Grund bin ich ja gerade zur Kriminalpolizei unterwegs. Ustorf. Der Jungspund, den Sie am Freitag aus der Ferne gesehen haben müssen. Oberkommissar Brasch hat ihn damit betraut.«

»Könnte denn die Tote aus dem Wald auch wegen einer misslungenen Abtreibung gestorben sein, und es wurde auf diese Weise versucht, es zu kaschieren? Das hieße, dass beide Fälle zusammenhingen und ...« Ihre Stimme verlor sich.

»Gar nicht so schlecht, der Gedanke ... Ich muss zugeben, dass ich darauf noch nicht gekommen bin.«

Dankbar sah sie ihn an. Zum ersten Mal, seit sie als Polizistin arbeitete, fühlte sie sich von einem Kollegen wirklich verstanden. In ihrem Kopf schwirrten die Gedanken nur so herum, und manchmal schien es unmöglich, den Überblick zu behalten. Dass es Ares, der weit mehr Berufserfahrung hatte als sie, genauso ging, erleichterte sie. Und dass er das einfach so zugab, gefiel Ida.

»Da der Uterus entfernt wurde, kann ich nicht sagen, ob bei der Toten aus dem Wald eine Abtreibung versucht oder durchgeführt wurde.«

»Und ob sie kürzlich schwanger war?«

»Den Froschtest, um eine Schwangerschaft im frühen Stadium festzustellen, kann ich ohne Urin nicht machen, und der ist nicht mehr vorhanden. Bei manchen Schwangeren ist die Schilddrüse vergrößert, auch das habe ich schon geprüft, sie war es nicht. Ich habe auch versucht festzustellen, ob die Linea alba verfärbt war. Sagt Ihnen das etwas? Man sagt auch Schwangerschaftslinie dazu. Sie verläuft vertikal über den Bauch. Ein Indiz für eine Schwangerschaft, in diesem Fall aber wegen der Verletzungen nicht zu erkennen.«

Ida wünschte, sie würde nicht wieder jedes Detail der Verletzung erinnern, als könne sie sie noch vor sich sehen. Glücklicherweise redete Ares schon weiter.

»Die Verletzungen, die ich am Becken gefunden habe, waren postmortal – aber es kann sein, dass einige der Einkerbungen in den Knochen der Frau auch schon früher zugefügt wurden, vor ihrem Tod. So etwas ist medizinisch leider nicht eindeutig feststellbar. Niemand auf der Welt könnte Ihnen da weiterhelfen.«

Enttäuscht ließ Ida ihren Blick über den See gleiten, auf

dem Enten und Schwäne gemächlich vor sich hin paddelten. Sie wünschte, sie hätte diese Ruhe und diesen Frieden!

»Es gibt da etwas, aus dem ich einfach nicht schlau werde«, sagte Ares. »Bevor die Frau, die im Wald gefunden wurde, starb, wurde sie mit Schlägen traktiert. Das Seltsame daran ...« Er kratzte sich am Kopf. »Die Schläge waren nicht besonders hart. Tatsächlich habe ich die Hämatome eher durch Zufall entdeckt, sie waren kaum zu erkennen, stammen aber eindeutig von Fausthieben. Die Tote war nicht besonders groß. Ein Meter sechsundsechzig, um genau zu sein. Die Schläge kamen aber etwa aus derselben Höhe, wahrscheinlich sogar von weiter unten. Sehen Sie?« Er hob die Fäuste und simulierte Boxhiebe. »Ich würde Sie nur dann von unten ins Gesicht treffen, wenn ich kleiner als Sie wäre oder mich in sitzender Position befände. Wer sitzt, hat aber kaum Kraft in den Armen – der Schwung der Beinbewegung fehlt. Das wiederum würde natürlich erklären, warum ich kaum Spuren dieser Schläge fand. Aber wer würde im Sitzen jemanden angreifen? Das ergibt doch keinen Sinn.«

»Sie wollen also sagen«, folgerte Ida, »dass der Angreifer kleiner war als das Opfer?«

»Es ist zumindest denkbar.«

»Das schließt den Vergewaltiger aus«, überlegte Ida laut. »Er kam von hinten und konnte die Frauen mit Leichtigkeit überwältigen. Einem Mann, der kleiner ist als, sagen wir, eins sechzig ...«

Ares Konstantinos nickte. »... würde das nur schwerlich gelingen.«

Aufgeregt griff Ida nach seinem Ärmel. Endlich kam Bewegung in die Sache, sie spürte es. »Was, wenn es kein Angreifer war? Sondern eine Angreiferin!«

»Ah, nein. Das...« Doch er redete nicht weiter, sondern starrte nachdenklich in die Ferne.

»Es muss die Erklärung dafür sein, was mit der Toten geschah. Das regelrechte Ausweiden. Es war nichts Sexuelles. Es war...«

»Ja?«

»Ich weiß es nicht. Zorn, unbändige Wut. Diese Verletzungen erzählen eine Geschichte. Welche, das muss ich herausfinden. Aber ich bin mir sicher, ich bin mir ganz sicher...«

Sanft legte er seine Hand auf ihre Schulter. »Nicht zu schnell mit den jungen Pferden. Man verrennt sich leicht, wenn man nur in eine Richtung denkt. Aber jetzt haben Sie einen Anhaltspunkt, der, ja... Wir sollten den Gedanken nicht außer Acht lassen.«

Mit einem Mal waren Idas Angst, Erschöpfung und Hunger wie weggefegt. Wenn sie nur etwas in der Hand hätte, um Miss Watson zu überzeugen, sie nicht im hohen Bogen hinauszuwerfen! Aber auch wenn Ares damit nicht dienen konnte, benötigte sie noch einen Gefallen.

Sie fasste sich ein Herz. »Darf ich Sie noch etwas fragen?«

»Ich wusste es«, brummelte er, aber Ida sah aus dem Augenwinkel, dass er lächelte. Sie nahm all ihren Mut zusammen.

»Kennen Sie einen Arzt, der...« Ida schluckte. »Jemand, der eine Abtreibung so vornimmt, dass die Frauen den Eingriff überleben?« Sie sah, wie das Lächeln auf dem Gesicht des Gerichtsmediziners verschwand. »Sie müssen mir glauben«, beeilte sie sich zu sagen, »dass ich Sie nicht danach fragen würde, wenn es einen anderen Weg gäbe. Aber die junge Frau, um die es geht, ist in einer wirklich schlimmen Lage.«

Konstantinos musterte sie mit ernstem Blick. »Sie wissen sicher«, sagte er düster, »dass ein Arzt gar nicht darüber entscheiden kann, ob ein Schwangerschaftsabbruch durchgeführt werden darf oder nicht. Allein einer Frau dabei zu helfen ist strafbar, auch Ärzte wandern dafür ins Gefängnis oder sogar ins Zuchthaus. Es gab eine Zeit, als es noch möglich war, aber die Nationalsozialisten haben es faktisch unmöglich gemacht, eine Schwangerschaft auf legalem Wege zu unterbrechen.«

»Das weiß ich doch!«, unterbrach sie ihn. »Aber was bedeutet das für die Frauen? Dass sie keine Möglichkeit haben, selbst zu entscheiden? Und wenn die Schwangerschaft zustande kam, weil ein Mann sie vergewaltigt hat, ist auch das nicht Grund genug?« Wütend warf sie die Hände in die Luft. Es machte sie fassungslos, dass es Männern vergönnt war, sich nie in die Lage einer verzweifelten Frau versetzen zu müssen. »Stellen Sie sich doch mal vor, Sie müssten das Kind Ihres Vergewaltigers austragen und großziehen!«

Nachdenklich rieb er sich die Nase, fuhr sich durchs Haar, schüttelte den Kopf. Ida konnte sehen, wie er mit sich rang. Schließlich deutete er zum Ausgang, der zum Gorch-Fock-Wall führte. »Ich muss los. Ustorf erwartet mich.« Leiser fuhr er fort: »Dr. Lehmann. Grindelhof zehn. Vergessen Sie den Namen sofort wieder, verstehen wir uns?«

»Danke.«

*

Sie hatte ihm etwas Vorsprung gegeben, vor ihr das Präsidium zu betreten, aber langsam wurde es Zeit. Mit einem mehr als nur unguten Gefühl näherte sich Ida dem dunkelrot geklinkerten Gebäude. Hinter der breiten Eingangstür, die lautlos aufschwang, fand sie sich in einem wahren Farbenmeer wieder. Der Boden des Foyers war in verschiedenen Brauntönen gemustert, und von den Wänden leuchteten Keramikfliesen in warmem Orangebraun und fröhlichem Türkis.

Am Empfangstresen bat sie: »Zu Superintendent Watson, bitte.« Ihre Stimme klang belegt und ängstlich, was sie ärgerte. Leise flüsterte sie sich selbst zu: »Ran an den Speck.«

Der Pförtner, der kaum den Blick von seiner Zeitung hob, verwies sie auf das vierte Obergeschoss. Eben hatte sie doch so viel neue Hoffnung verspürt, wieso war die schon wieder flöten gegangen? Entschlossen, sich von sich selbst nicht bange machen zu lassen, stieg Ida eilig die spiralförmige Treppe hinauf. Beim Büro ihrer Vorgesetzten angekommen, fand sie Ann Watson mit säuerlicher Miene an ihrem Schreibtisch vor. Der ihr gegenüberliegende Platz war leer; aus dem Fenster dahinter blickte man weit über den Holstenwall bis zu den Feldstraßenbunkern.

»Guten Tag, Ma'am.« Idas Herz klopfte schnell vom Treppenlaufen, mehr aber vor Nervosität. »Meine Kollegin hat mir ausgerichtet, Sie möchten mich sprechen.«

Zunächst ließ Watson sie schmoren. Ida stand da, spürte, wie ihr vor Unbehagen heißer und heißer wurde, und fragte sich, wie weit sie den Bogen dieses Mal überspannt hatte.

»Eigensinn«, sagte Miss Watson schließlich leise. »Ich habe Ihnen gesagt, dass dieser Wesenszug bei der Polizei nichts zu suchen hat.«

Ida nickte, den Blick auf den Boden geheftet. »Ja, Ma'am.«
Sich in Rechtfertigungen zu verlieren, das spürte sie, würde ihr mehr schaden als nutzen.

»Allerdings«, Miss Watson kniff die Augen zusammen, »habe ich mich in Bezug auf eine andere Angelegenheit eines Besseren belehren lassen. Sie haben eigenmächtig gehandelt, wie ich hörte, und damit einer Kollegin aus der Patsche geholfen.«

Verblüfft sah Ida auf. Wovon redete ihre Vorgesetzte?

»Heide Brasch hat ein gutes Wort für Sie eingelegt. Mehr als eines, um genau zu sein. Sie erzählte mir, sie wäre ohne Ihr mutiges Eingreifen wohl einer ganzen Horde Männer zum Opfer gefallen.«

Verwundert stellte Ida fest, dass sie ihre Kollegin offenbar nicht nur ein wenig, sondern komplett falsch eingeschätzt hatte.

»Sie seien ausnehmend loyal, hat sie außerdem betont, und zu klug, um beim Aktenordnen zu helfen. Was schade ist, denn das wäre eine gute Maßnahme gewesen, Ihnen ein bisschen Gehorsam beizubringen. Und eine gute Alternative dazu, Sie in die Freiheit zu entlassen, woran Polizeimeister Hildesund Gefallen fände.«

Ida nickte, den Blick immer noch auf ihre Stiefel gesenkt, während ihre Gedanken nur so in ihrem Kopf umherwirbelten. Was hatte Miss Watson vor? Auf wen würde sie hören? Auf Hildesund?

»Wann hat meine Kollegin denn ein gutes Wort für mich eingelegt, dürfte ich das erfahren, Ma'am?«

Miss Watson runzelte die Stirn, sagte aber schließlich kühl: »Am Samstag erschien Ihre Kollegin reichlich unaufgeräumt bei mir, doch statt sich zu beschweren, wie ich annahm, wollte sie mir nur mitteilen, dass Sie eine vortreffliche Polizistin seien, während sie selbst, Brasch, wohl eher ungeeignet für den Dienst wäre.«

Vor Erstaunen fiel Ida nichts anderes ein, als den Kopf zu schütteln.

»Und dann hat sie mich heute Morgen noch einmal… Wie sagt man so schön auf Deutsch? Bekniet?«

Ida nickte.

»Sie bekniete mich, Sie nicht zu entlassen, was, wie gesagt, von anderer Stelle freundlich an mich herangetragen worden ist.«

Frauen auf dem Revier: Das war etwas, das Hildesund wohl schneller loswerden wollte als Ungeziefer.

»Hinzu kommt, dass nun auch noch Herr Konstantinos bei mir auftauchte. Vielleicht sind Sie so freundlich, da zur Klärung beizutragen. Wieso möchte auch er unter allen Umständen verhindern, dass ich Sie suspendiere?«

Das verschlug Ida glatt die Sprache. Ares war hier gewesen, vor seinem Termin bei Kommissar Ustorf? Und hatte sich dafür eingesetzt, dass Ida ihren Posten behielt? Bei dem Gedanken wurde ihr warm ums Herz.

»Ich belasse es heute bei einer weiteren Verwarnung. Sie haben Mut bewiesen, das weiß ich zu honorieren. Aber ich habe nur beschränkt Geduld. Strapazieren Sie sie nicht wieder. Und glauben Sie nicht, dass ich, nur weil ich eine Frau bin, öfter mal ein Auge zudrücke. Was meine weiblichen Untergebenen angeht, kann ich keine Milde walten lassen. Ganz im Gegenteil. Die Messlatte liegt bei Ihnen und Ihren Kolleginnen besonders hoch. Haben Sie das verstanden?«

»Das habe ich, Ma'am.«

»Keine weiteren Verfehlungen, Fräulein Rabe. Keine Alleingänge. Beweisen Sie mir, dass Sie zur Zusammenarbeit fähig sind. Und machen Sie Ihre Arbeit; die, für die Sie eingestellt wurden. Was auch heißt: Tun Sie in drei Teufels Namen, was Polizeimeister Hildesund Ihnen aufträgt.«

»Natürlich, Ma'am. Danke.«

Superintendent Watson nickte zum Abschied.

Im Flur, der rundherum holzgetäfelt war und Ida das Gefühl vermittelte, sich im Innern eines Baumes zu befinden, lehnte sie sich erleichtert gegen die Wand. Dankbarkeit durchsickerte sie. Sie war mit einem blauen Auge davongekommen. Und sie musste sich unbedingt bei Heide Brasch entschuldigen! Und bei Ares bedanken. Und... mit Ustorf sprechen. Aber zunächst mit Oberkommissar Brasch.

»Ida Rabe ist mein Name«, stellte sie sich ein paar Minuten später vor, nachdem sie an eine dunkle, dick gepolsterte Tür geklopft hatte und nach Aufforderung eingetreten war. »Ich bin die Kollegin Ihrer Tochter.«

Aus der Nähe gesehen war alles an Brasch struppig. Das dunkelblonde, leicht rötliche Haar, der Bart gleicher Farbe, und wenn sie sich nicht täuschte, sprossen auch aus seinen Nasenlöchern rotblonde Haare. Sie schätzte ihn auf Mitte fünfzig.

»Als Angehörige der Weiblichen Polizei habe ich in den vergangenen Tagen mit mehreren Frauen gesprochen, die eine Vergewaltigung gemeldet haben. Dürfte ich Ihnen die Angelegenheit schildern, Oberkommissar Brasch? Ich würde Sie gern um Hilfe bitten. Und sicherstellen, dass Sie in dem Fall nicht etwa schon ermitteln und...«

Ein klatschendes Geräusch ließ sie verblüfft den Mund schließen. Brasch hatte auf die Schreibtischplatte gehauen und erhob sich nun schwerfällig.

»*Mehrere* Frauen«, brummte er. »Das reicht nicht. Wie viele genau, wo und wann? Gemeinsamkeiten der Fälle? Unterschiede? Meist sieht man nur das, was man sehen will. Schlechte Polizeiarbeit.« Streng blickte er sie an und ließ sich, weil ihm womöglich entfallen war, wohin er gerade hatte aufbrechen wollen, wieder in seinen Stuhl sinken. »Hier hereinplatzen und mir Wischiwaschi an den Kopf werfen schadet mehr, als dass es etwas nützt. Und nein. Auf meinem Tisch liegt kein derartiger Fall. Zu Ohren ist mir auch nichts gekommen. Ist also wohl anzunehmen, dass Sie einem Gespenst hinterherjagen, junges Fräulein.«

Nicht wütend werden, ermahnte sich Ida, dazu war die Sache zu ernst. »In drei Fällen weiß ich sicher von der Vergewaltigung, die vierte junge Frau möchte nicht darüber sprechen. Ich vermute, es könnten noch fünf bis zehn hinzukommen, wenn ich erst mit allen Frauen gesprochen habe, die in den vergangenen Wochen auf die Davidwache kamen. Dabei rede ich nur von den Anzeigen. Es könnte sehr wohl sein, dass es viel mehr Opfer gibt, die es aber nicht gemeldet haben.«

»Anzeigen wegen Vergewaltigung?«

»Anzeigen wegen Raubes. Erst später stellte sich heraus, dass der Täter die Frauen vergewaltigt hat.«

Er holte so tief Luft, dass er auf dem schmalen Stuhl ins Schwanken geriet. »Ach, hören Sie doch auf! Was haben Sie den Damen denn eingeredet? Ein Sittendelikt, weil ihnen der Täter die Kette abgerissen hat und dabei einen Schritt zu nahe kam?«

Vor Verärgerung war ihre Stimme kaum mehr als ein Zischen. »Eingeredet habe ich ihnen gar nichts. Und wenn der Kerl die Frauen würgt und so schwer missbraucht, dass sie beinahe daran sterben, kann von einem simplen Zunahekommen mit Sicherheit nicht die Rede sein.« Sie machte eine Pause und stellte fest, dass ihre Worte auf Brasch nicht die leiseste Wirkung hatten. Noch wütender fuhr sie fort: »Haben Sie Hinweise auf die Identität der Toten, die in Vierlande gefunden wurde?«

Er lehnte sich vor und sah sie drohend an. »Verraten Sie mir, was das Sie anginge?«

»Ich bin Polizistin, Oberkommissar Brasch. Nicht Ihre Ehefrau, die an Ihrem Leben teilhaben will, oder eine neugierige Nachbarin. Es geht mich allein deshalb etwas an, weil die Tote in Vierlande gefunden wurde, wo sich die meisten der Überfälle zugetragen haben. Es könnte einen Zusammenhang geben. Und gestern brach auf dem Bahnsteig am Dammtor Elsa Hoffmann zusammen und starb, davon wissen Sie ja. Offenbar an den Folgen einer verpfuschten Abtreibung. Was womöglich zu einem weiteren Fall führt, nämlich zu einer als vermisst gemeldeten Hebamme, von der, und das ist des Zufalls doch wohl etwas zu viel, ebenfalls eine Spur nach Vierlande führt.«

»Sie sind ein emsiges kleines Bienchen, hat Ihnen das schon einmal jemand gesagt?«

Ida runzelte die Stirn. Es fiel ihr schwer, die Fassung nicht zu verlieren. Sie hatte so gehofft, einem fähigen Beamten gegenüberzustehen, doch nicht einmal der berühmte Oberkommissar hörte ihr zu! Dieser elende Blick von oben herab, sie konnte ihn nicht mehr ertragen.

»Hören Sie, Fräulein Rabe«, fuhr er fort und wuschelte sich

müde durch das struppige Haar. »Sie mögen ja ehrliches Interesse für Ihren Beruf aufbringen, aber der Schuster tut gut daran, bei seinen Leisten zu bleiben.«

»Und damit meinen Sie was?«, fragte sie.

»Damit meine ich, dass Sie sich besser wieder mit den Witwen und Waisen beschäftigen. Aus Mordermittlungen halten Sie ihr hübsches Näschen bitte raus.«

»Ich habe kein hübsches Näschen, sondern eine ganz normale Nase. Ich bin auch kein Bienchen. Ich bin überhaupt kein -chen. Oder soll ich zu Ihnen Kommissarchen sagen?«

Ein überraschtes Grinsen zuckte über sein Gesicht, doch er fing sich wieder und erhob sich, langsam und mit strenger Miene.

»Was wissen Sie über die tote Frau?«, entschloss sich Ida, dennoch erneut zu fragen. Zu verlieren hatte sie hier ohnehin nichts mehr. »Wir haben im Bunker ein kleines Mädchen aufgegriffen, dessen Mutter seit knapp drei Wochen vermisst wird. Womöglich handelt es sich bei dieser Mutter um die Tote, die in Vierlande aufgefunden wurde.«

Er betrachtete sie mit bohrendem Blick. Sie erwiderte ihn nicht minder herausfordernd.

»Wenn Sie jetzt mein Büro verlassen würden, Fräulein Rabe.«

Sie rührte sich nicht von der Stelle.

»Raus!«, donnerte er.

Sie wandte sich um und ging, die Sohlen ihrer Stiefel klackerten auf dem Holzfußboden. In ihrer Tasche hüpfte bei jedem Schritt die Haarkette mit.

Wie hätte sie das Schmuckstück an Brasch geben sollen, nach diesem Zusammentreffen?

Ein letztes Fünkchen Hoffnung aber hatte sie noch. Sie erkundigte sich beim Pförtner nach Kommissar Ustorfs Büro. »Dritter Stock, Zimmer achtzehn. Aber ich sach Ihnen gleich, der is außer Haus.«

Verärgert dankte sie und stapfte aus dem Präsidium. Jetzt mal eines nach dem anderen. Sie hatte Grund zur Freude, denn noch trug sie ihre Uniform und ihre Brosche und auch die Polizeimütze auf dem Kopf. Selbst wenn sie doppelt verwarnt worden war und es eine dritte Abmahnung mit Sicherheit nicht geben würde: Sie durfte weiterarbeiten. Was also sollte sie als Erstes erledigen?

*

Keine fünf Minuten vom Polizeipräsidium entfernt verlief die schmale Straße mit dem seltsamen Namen Hütten parallel zum Holstenwall in Richtung Zeughausmarkt. Praktischerweise lag Renate Gehrmanns Wohnung auf fast direktem Weg zur Reeperbahn.

Als Ida im zweiten Stock die Hand hob, um anzuklopfen, bemerkte sie, dass die Tür nur angelehnt war.

»Herr Rönn? Sind Sie da?«

Sie klopfte an und steckte gleichzeitig den Kopf in den dunklen Wohnungsflur. Aus dem Nebenraum erklang ein Rumpeln. Die Hand an ihrer Taschenlampe, rief sie: »Herr Rönn? Ida Rabe hier, von der Weiblichen Polizei.«

Erneutes Rumpeln, dann hörte sie Schritte auf dem Holzfußboden. Eine Tür wurde aufgerissen, und ein verstrubbelt, missgelaunt und verschlafen aussehender Friedrich Rönn erschien.

»Was?«, fragte er statt einer Begrüßung.

»Ihre Wohnungstür war offen.«

Müde zuckte er mit den Achseln. Wenig überrascht stellte sie fest, dass er noch im Pyjama war, dabei ging es auf zwölf Uhr zu. Der Stoff war verwaschen. Darunter zeichneten sich deutlich seine Muskeln ab.

»Ich war heute Morgen schon mal hier. Sie haben nicht geöffnet.«

»Weil ich nicht da war.« Er gähnte. »Es gibt auch heutzutage noch wilde Nächte. Aber damit haben Sie wahrscheinlich nix am Hut.«

Sie antwortete nicht darauf. »Herr Rönn, was können Sie mir zu dem Arzt sagen, für den Ihre Vermieterin arbeitet?«

Verwirrt sah er sie an, dann schüttelte er den Kopf. »Was?«

»Ihre Nachbarin Fräulein Keller hat mir erzählt, dass Frau Gehrmann in Vierlande für einen Arzt arbeitet. Leider weiß sie den Namen nicht. Ich hoffe, Sie können mir da weiterhelfen.«

Spielerisch legte er den Kopf schief. »Kommen Sie eigentlich immer her, um mich im Pyjama zu sehen?«

»Der Arzt«, wiederholte Ida ungerührt. »Aus Vierlande.«

»Also, nee. Keine Ahnung. Ich hab Ihnen doch schon gesagt, dass sie ihr Leben lebt, ich meins. Wir sind nicht so privat.« Er gähnte erneut, das Interesse an einem schäkernden Wortwechsel war schlagartig verschwunden, was Ida ganz recht war. »Dürfte ich Sie jetzt bitten zu gehen? Ich brauche meinen Schönheitsschlaf.«

»Nein, ich gehe nicht. Beziehungsweise nehme ich Sie mit, wenn ich gehe. Außer, Ihnen fällt doch ein Name ein. Und eine Adresse.«

Verblüfft kicherte er und schüttelte dann verwirrt den Kopf. »Ist das Ihr Ernst? Sie können mich nicht einfach so mitnehmen. Das ist überhaupt nicht erlaubt.«

»Wissen Sie, zu entscheiden, was erlaubt ist und was nicht, überlassen Sie gern mal mir.«

Er blinzelte unsicher.

»Ich brauche nur diese eine Information, und schon bin ich weg. Sie können sich wieder aufs Ohr legen und sind heute Abend für die Vorstellung ausgeschlafen. Andernfalls müssen Sie sie womöglich ausfallen lassen. Bevor ich dazu komme, Sie zu befragen, habe ich nämlich noch einiges anderes zu tun.«

»Das ist Erpressung.«

»Nennen Sie es, wie Sie wollen. Name? Adresse? Arzt. In Vierlande.«

Er schien abzuwägen, was ihm lieber war: klein beigeben oder die Konsequenzen tragen. Dann ließ er sie murrend im Flur stehen. Sie hörte ihn im Nebenraum kruschteln, Schubladen aufziehen und wie ein schlecht gelaunter Halbstarker mit seinem Schicksal hadern.

»… mitnehmen«, hörte sie ihn sie leise nachäffen. »… noch einiges anderes zu tun.«

Ida unterdrückte ein Grinsen. Schließlich riss er, immer noch mit empörter Miene, die Zimmertür auf und warf ihr einen Zettel zu, auf dem ein Name und eine Adresse standen.

»Haben Sie vielen Dank!«

Er antwortete ihr nicht.

*

Nicht einmal Hildesund, der ihr auf den Stufen zur Davidwache mit säuerlicher Miene entgegenkam, konnte Idas Schwung bremsen. Sie grüßte, was er geflissentlich ignorierte, während er den Blick über die Reeperbahn gleiten ließ, als handle es sich um sein privates Reich. Feixend trat sie ein und eilte zu ihrem Kellerbüro. Froh, dort ihre Kollegin vorzufinden, schlüpfte sie aus ihrem Mantel.

»Ich habe etwas herausbekommen.« Heide strahlte über das ganze Gesicht. »Ich war beim Arbeitsamt. In den Dokumenten habe ich mehrere Frauen gefunden, die Line hießen. Es gibt auch noch eine Lina Hottenrott, eine Helene Löffler, eine Pauline Meißner und eine Dame mit dem Namen Line von Buchholz. Ich habe nach Frauen gesucht, die in den Flüchtlingsunterkünften leben. Und nach *Displaced Persons*, da wurde ich aber nicht fündig, was ja auch nicht so erstaunlich ist, weil nur wenige von ihnen in der britischen Besatzungszone leben. Die meisten sind in der amerikanischen untergekommen und... Also. Ich habe besonders auf Mütter geachtet. Aber keine gefunden. Allerdings: Bei einer der Frauen ist die angegebene Adresse der Bunker an der Feldstraße!«

»Das muss die Mutter des Katzenmädchens sein! Das ist fantastisch. Gut gemacht, Kollegin!«

Heide Brasch strahlte vor Stolz. »Line Sander, so heißt die Frau. Geboren in Hirschberg im Riesengebirge.«

»Das ist sie. Das muss sie sein!« Ida schlug mit der Faust auf die Tischplatte, was sie fast einstürzen ließ. »Oje...« Zu ihrer Erleichterung fiel der dreibeinige Schreibtisch nicht in sich zusammen. »Aber wieso ist kein Kind angegeben?«

»Vielleicht dachte sie sich, dass ihr diese Angabe nur Schwierigkeiten macht. In den Kennkarten sind Kinder nicht vermerkt, wieso also nicht lügen oder etwas unterschlagen?«

»Gibt es ein Foto von ihr?«

Brasch verneinte. »Zumindest nicht beim Arbeitsamt. Dort liegen nur die Abschriften der Arbeitspässe.«

Ida seufzte. Zu gern hätte sie dem Katzenmädchen ein Bild dieser Line gezeigt. Oder Marlise, die ja ein phänomenales Gedächtnis hatte ...

»Glauben Sie, wir könnten der Kleinen den Namen nennen?«, erkundigte sich Brasch. »Vielleicht reagiert sie darauf.«

»Gute Idee, versuchen schadet nichts. Was meinen Sie, können wir einen kurzen Stopp dort einlegen? Wie spät ist es eigentlich? Müssen wir schon wieder los?«

Brasch nickte.

Da Frau Meyerlich nahe dem Hein-Köllisch-Platz wohnte, lag die Wohnung zwar nicht auf dem direkten Weg zur Talstraße, doch es war nur ein Umweg von fünf Minuten.

»Fräulein Brasch, mir liegt da noch etwas auf dem Herzen. Ich ...«

»Warten Sie«, unterbrach Heide sie. »Wie war es eigentlich bei Miss Watson?«

»Das ist es ja, was ...«

»Sie wurden nicht suspendiert?« Erleichterung glitt über Heides Gesicht. »Da bin ich aber froh! Haben Sie denn noch mit dem Gerichtsmediziner gesprochen?«

»Ja, ich ... Das ...« Gut, sie würde sich später bedanken. »Ich habe eben noch etwas herausgefunden: und zwar die Adresse des Arztes, mit dem die vermisste Hebamme zusammenarbeitet. Wir müssen mit ihm sprechen. Wahrscheinlich hat er ihr geholfen bei den Pfuschereien … Und vielleicht hat er etwas mit ihrem Verschwinden zu tun.«

Heide nickte. »Ich habe mich mal schlaugemacht.« Sie öffnete ihr Merkbuch und las daraus vor: »›Wer die Leibesfrucht einer Schwangeren abtötet, wird mit Zuchthaus, in minderschweren Fällen mit Gefängnis bestraft.‹ So steht es im Strafgesetzbuch«, sagte Heide Brasch. »Und weiter: ›Wer einer Schwangeren ein Mittel oder einen Gegenstand zur Abtötung der Leibesfrucht verschafft, wird mit Gefängnis, in besonders schweren Fällen mit Zuchthaus bestraft.‹ Eine Hebamme müsste das wissen. Ein Arzt auch. Wieso gehen sie ein solches Wagnis ein?«

Die beiden Frauen sahen sich an.

»Es ist wie immer«, sagte Ida. »Geld. Oder – in Zeiten wie diesen – etwas zu essen. Ich wette mit Ihnen, dass die Frauen mit Zigaretten, Speck oder sonst etwas bezahlten.«

Brasch nickte. Dann klappte sie ihr Merkbuch zu und stand auf. »Wir sollten los. Der Schwarze Markt wartet.«

Im Flur fiel Ida wieder ein, was sie doch eben hatte tun wollen. »Heide?«

Überrascht, beim Vornamen genannt worden zu sein, wurde Brasch langsamer. »Ja?«

»Ich muss mich bei dir entschuldigen. Und bedanken.«

»Wofür denn?«

»Du hast mich bei Miss Watson rausgepaukt. Nicht nur ein-, sondern gleich zweimal. Und ich habe dir unterstellt, mich zu hintergehen. Das tut mir entsetzlich leid. Es war dieses Gerücht aus der Kaserne«, redete Ida stockend weiter. Sie schämte sich ziemlich dafür, derlei Gerede so viel Wert beigemessen zu haben.

»Ach, das.«

»Du weißt davon?«

»Mir war schon klar, dass es so kommen würde. Niemand ist ungestraft die Tochter eines Kriminalkommissars, den zu allem Unglück auch noch alle bewundern.«

Ida lachte. »Ja, das ist wirklich ein Unglück.« Sie hatten den Treppenabsatz erreicht. Ida wurde wieder ernst und hielt Heide die Hand hin, die diese ergriff. »Entschuldigung. Dafür, dass ich so einen Mist geglaubt habe. Und dass ich geglaubt habe, du hättest mich bei Miss Watson verpfiffen. Zu meiner Verteidigung kann ich nur sagen, dass das tatsächlich jemand getan haben muss, und ich tippe auf Hildesund, der gestern wohl auch ziemlich vehement dafür eingetreten ist, mich zu entlassen.«

Heide lachte. »Dann nenne ich dich jetzt Ida? Das gefällt mir besser als dies blöde *Fräulein*.«

Ida nickte und wurde verlegen. »Ich muss dir noch ein Geständnis machen. Am Fundort der Leiche in Vierlande habe ich mich als du ausgegeben. Dein Vater war dort, und als er ging, wollte ich unbedingt auch einen Blick auf die Tote werfen. Ich hatte es nicht geplant, aber dann ist mir dein Name rausgerutscht, und da stand ich dann und wusste nicht, wie ich es zurücknehmen sollte ... Es tut mir leid.«

Nervös wartete Ida darauf, dass ihre Kollegin etwas erwiderte. Jetzt, da sie es ausgesprochen hatte, schämte sie sich noch mehr dafür.

»Du bist ja ein ganz schöner Knallkopp«, sagte Heide endlich und lachte. »Weißt du was? Schwamm drüber. Und jetzt zurück an die Arbeit.«

»Wirklich?«

Heide grinste. »Jetzt komm. Wir müssen uns sputen. Vielleicht bekommen wir aus der Kleinen ja doch etwas Hilfreiches raus.«

Erleichtert folgte Ida ihr die Treppe hinauf. Als sie auf der Straße standen und nach links bogen, sagte sie: »Ich habe Miss Watson übrigens angeflunkert und behauptet, die Mutter des Katzenmädchens gefunden zu haben. Daraufhin hat sie mir ein Ultimatum gestellt. Bis Samstag habe ich Zeit, Line ausfindig zu machen. Falls mir das nicht gelingt, muss ich das Jugendamt kontaktieren und ...«

»Überlass das nur mir.« Als Ida sie ungläubig ansah, redete Heide kurz entschlossen weiter: »Ich spreche mit dem Jugendamt. Das liegt mir im Blut: Beamtendeutsch, und zwar so, dass die Leute glauben, ich stünde mindestens zwei Stufen über ihnen.«

Aus Idas Ungläubigkeit wurde Erleichterung. »Glaubst du, du kannst die Damen vom Amt auch überreden, sich das Sankt-Maria-Stift anzusehen? Zwar habe ich sonst keine Kinder in eisigen Wannen entdeckt ...« Ihre Stimmung verdüsterte sich schlagartig. »Aber es würde mich wundern, wenn es ein Einzelfall war.«

»Ich versuche mein Bestes, versprochen. Zwei Sachen übrigens noch: Wachtmeister Schütte bat mich, dir auszurichten, dass er endlich die Kollegen in Düsseldorf erreicht hat, die allerdings sagten, sie hätten genug zu tun und könnten nicht auch noch herausfinden, wer in der Vergangenheit einmal irgendwo in der Nähe eines Kaviargeschäftes gelebt hat. Ergibt diese Nachricht Sinn für dich?«

»Ja, das tut sie.« Na, das war ja nicht weiter verwunderlich. Ida glaubte gern, dass die Düsseldorfer Polizei Besseres zu tun hatte, als nach der Schwester einer in Hamburg verschwundenen Hebamme zu fahnden. Auch dort musste man sicher auf den Luxus eines Dienstwagens verzichten und überhallhin zu Fuß gehen oder mit dem Fahrrad fahren.

»Und noch was«, fügte Heide hinzu. »Jansen hat gemeldet, dass es wieder Ärger mit Rodhart und Alexander gibt.«

Ida seufzte tief. Sie hatte den Jungs doch eingeschärft, die Schule zu besuchen, statt sich draußen herumzutreiben.

»Wurden sie hopsgenommen?«

Brasch schüttelte den Kopf. »Aber sie sind heute Morgen einer Kontrolle entwischt. Wurden allerdings zweifelsfrei identifiziert. Die Kollegen waren schon bei ihnen zu Hause, dort sind sie aber seit Montag nicht mehr aufgetaucht.«

»Verflixt noch mal.« Ida überlegte. »Wo war die Kontrolle?«

»Sternbrücke.«

Die Orte in der Stadt, von denen aus man Kohlen stehlen konnte, waren bekannt. Immer wieder sprangen Wagemutige auf die unter der Sternbrücke langsamer fahrenden Kohlewaggons der Bahn auf. Vom Zug aus schleuderten sie dann die Briketts hinaus, wo ihre Kompagnons schon warteten. Oder sie schlichen sich auf die Schuten im Isebekkanal, auf denen Kohlebriketts lagerten, die vor allem die Krankenhäuser versorgten.

»Man muss ihnen immerhin lassen, dass sie vorsorgen.«

»Für den nächsten Winter?«, fragte Brasch.

Ida nickte düster.

Als sie wenig später aus Frau Meyerlichs Wohnung wieder auf die Straße traten, war ihre Stimmung gänzlich im Eimer. Heide und sie wechselten kaum ein Wort und hingen ihren Gedanken nach.

»Denkst du, es geht ihr gut?«, fragte Brasch schließlich.

Darauf wusste Ida keine Antwort. Die Kleine hatte sich zwar unter dem Tisch hervorgetraut, nachdem sie erkannt hatte, wer zu Besuch gekommen war, jedoch eine neue Scheu an den Tag gelegt. Als Ida sich neben sie gehockt und langsam und deutlich »Line Sander« gesagt hatte, war nicht das kleinste Zeichen des Erkennens über das Gesicht der Kleinen geglitten. Ungerührt hatte sie Ida aus großen, ängstlichen Augen angesehen.

Nach ein paar Versuchen hatte Ida es aufgegeben.

»Zumindest wird sie nicht in eine Badewanne mit Eiswasser gesetzt«, murmelte sie nun. Was zum Glück nicht nur daran lag, dass Frau Meyerlich überhaupt keine Wanne besaß. Die ältere Dame kümmerte sich liebevoll um die Kleine. »Wenn ich nur wüsste, wie ich etwas Essbares herbeizaubern kann. Zwei Matschkartoffeln sind ja nicht gerade angemessen.« Zumal sie, wenn sie komplett auf ihr eigenes Essen verzichten würde, so wacklig auf den Beinen wäre, fügte sie in Gedanken hinzu, dass sie ihre Arbeit nicht mehr tun könnte. »Ich glaube, Frau Meyerlich ist der einzige Mensch in ganz Hamburg, der mit Zigaretten nichts zu tun haben will.«

»Ich sehe, was sich machen lässt«, versprach Heide, aber Ida war ganz und gar nicht der Ansicht, dass Brasch nun ihr Butterbrot opfern sollte. Nein, sie musste eine bessere Lösung für das Problem finden.

Nachdem sie ihren nachmittäglichen Gang über den Schwarzen Markt absolviert und vergeblich an Willem Alexanders und Ludger Rodharts Türen geklopft hatten, kehrten sie um kurz vor sechs erschöpft, aber doch wieder hoffnungsfroh zur Davidwache zurück und besprachen den morgigen

Tag. Erfreut stellte Ida fest, wie viel strukturierter sie vorgehen konnte, wenn sie zum einen nicht alles allein machte, es zweitens nicht verheimlichen musste und drittens jemanden hatte, mit dem sie das Für und Wider ihrer Schritte besprechen konnte. Das war wirklich hilfreich.

Nachdem sich ihre Wege getrennt hatten, machte sich Ida auf nach Altona. Sie hatte eine Adresse im Kopf, die sie Adele Reinke mitteilen wollte.

*

Wann war der beste Zeitpunkt, fragte sich Ida, während sie die Hafenstraße entlanglief, um mit dem Arzt in Vierlande zu sprechen? Doktor Birger könnte in die Abtreibungen verwickelt sein, er könnte sogar Schlimmeres getan haben. Es war also keineswegs ratsam, allein bei ihm aufzukreuzen. Für den morgigen Tag allerdings stand einiges auf ihrer Liste: Heide hatte angekündigt, Meyerlich noch einmal die Hand ans Telefon zu kleben, damit er jede Wache der Stadt anrief. Ida machte sich aber keine allzu großen Hoffnungen, da irgendwie weiterzukommen. Elsa Hoffmann, die so tragisch am Dammtorbahnhof ums Leben gekommen war, hatte mit dem Monster mit größter Wahrscheinlichkeit nichts zu tun. Sie hatten zudem ihre üblichen Streifengänge zu absolvieren, außerdem wollte Ida zu Kommissar Ustorf. Ob Heide und sie dann noch die Zeit fanden, gemeinsam an den Stadtrand zu fahren?

Ida gähnte und beschloss, dass es an der Zeit war, nach Hause zu gehen. Es dämmerte schon, und selbst die Möwen segelten träge über ihren Kopf hinweg. Nachdem sie bei Adele gewesen war, die sich die Adresse, die Ida von Ares Konstantinos erhalten hatte, mit Tränen in den Augen notiert hatte und anschließend versprach, sie niemandem weiterzugeben, hatte sich Ida kurz entschlossen zur Buttstraße aufgemacht. Aber auch jetzt war Willem nicht zu Hause, und auch von Ludger Rodhart fehlte jede Spur. Die beiden Rabauken ... Wie konnte sie ihnen nur klarmachen, dass sie zu helle waren, um ihre Zeit mit Kohlediebstählen zu verplempern?

Sie bog in die Davidstraße ein und kraxelte hangaufwärts. Wenig später passierte sie die Davidwache, überquerte die Reeperbahn und steuerte die Wilhelminenstraße an, während sich der Himmel weiter verdunkelte. Es war mittlerweile nach halb neun, nur vereinzelt sah sie noch jemanden, der über die Reeperbahn schlenderte. Ab neun galt die Ausgangssperre.

War es Einbildung, fragte sie sich nach ein paar Schritten, oder hatte tatsächlich ein Mann gegenüber der Davidwache an einer Häuserfassade gelehnt, den Hut tief in die Stirn gezogen, und sie forschend angeblickt, ohne dass sie sein Gesicht hatte erkennen können?

Sie wollte es als Unfug abtun, als sie Schritte hinter sich hörte. Unauffällig sah sie sich um und entdeckte tatsächlich jemanden, der ein Stück hinter ihr in ihre Richtung schlenderte. Er trug einen Hut, den er tief in die Stirn gezogen hatte.

Die Straßen waren menschenleer, die Hauseingänge wirkten düster und verlassen, nirgendwo brannte Licht. Nach Kriegsende waren die meisten Straßenlaternen zwar instand gesetzt worden, sie brannten allerdings nur an den Hauptverkehrsrouten, um Strom zu sparen.

Was jetzt? Die Beine in die Hand nehmen oder zur Reeperbahn zurückkehren, wo wenigstens ein bisschen Leben herrschte? Aber seit wann war sie überhaupt so schreckhaft? Der Kerl kam sicherlich nur zufällig hier entlang, und später würde sie sich ärgern, wenn sie nach neun in eine Kontrolle geriet und sich trotz ihrer Uniform würde ausweisen müssen.

Sie beschloss, einfach langsamer zu werden. Dann würde er an ihr vorbeigehen und hatte anschließend sie im Rücken, was sie weit angenehmer fand. Vor einem Schaufenster blieb sie stehen und tat, als lese sie den Aushang der Bäckerei. Lauter und lauter wurden die Schritte. Als sie ganz nah waren, schoss Ida herum. Doch die Person, die an ihr vorbeiging, war eine Frau. Eine Frau ohne Hut, die Ida einen ängstlichen Blick zuwarf und rasch weiterlief.

Das war doch seltsam. Hatte sie sich den Hut glatt eingebildet? Kopfschüttelnd setzte sie ihren Weg fort, als sie erneut jemanden hörte. Diesmal würde sie sich nicht kirre machen lassen. Sie bog in die Kieler Straße ein und blickte sich nach ein paar Schritten um. Da war niemand.

Verlor sie allmählich den Verstand?

Es war kurz vor neun. Sie würde es ohnehin nicht rechtzeitig nach Hause schaffen. Sie entschied sich, einen kleinen Umweg zu machen. In der Bernstorffstraße konnte sie einer Kontrolle durch die Briten sicher entgehen.

Als sie den ehemaligen Mennonitenfriedhof passierte, war ihr, als habe sie aus den Augenwinkeln nicht weit hinter sich wieder jemanden gesehen. Ohne zu zögern, glitt sie nach rechts, durch die geöffnete Pforte, und stand dann auf einem Kiesweg, umgeben von mittlerweile ausgehobenen Gräbern, deren stille Bewohner nach Altona umgezogen waren. Ida kannte das brach liegende Gelände so gut wie ihre Westentasche. Sie wusste, dass es hier vor Verstecken nur so wimmelte.

Einst hatte es hier einen verborgenen Schacht gegeben, durch den man in ein weitläufiges Tunnelsystem gelangte, das sich von Sankt Pauli bis zum Hafen erstreckte. Mittlerweile war er verschüttet, das Wohnhaus darüber war in den Bombennächten zerstört worden.

Mit pochendem Herzen schlich sie an der Mauer entlang auf eine umgekippte Zinkwanne zu. Unter Marlises Ägide war sie auf diesem Areal ein und aus gegangen, hatte sich durch eine schmale Pforte in der Mauer auf das Nachbargrundstück gestohlen, war durch das Kellerfenster, das nie geschlossen wurde, eingestiegen und hatte behutsam die losen Bodenbretter angehoben, die Luke freigelegt und war in die eisige Kälte des Schachts eingetaucht …

Die Stille nahm alles ein. Nicht einmal das leiseste Rascheln war zu hören bis auf ihren Mantel, als sie ihre Taschenlampe hervorzog, sie jedoch nicht einschaltete. Wo einst die Statue eines Engels auf die Trauernden hinuntergeblickt hatte, lag nun die durchlöcherte Zinkwanne. Die Taschenlampe fest umklammernd verschmolz Ida mit der Dunkelheit dahinter und spähte zum Eingang, der jedoch kaum zu erkennen war.

Die Minuten verstrichen. Hasenfuß, sagte sie zu sich selbst. Und wieder war ihr vermeintlicher Verfolger nur ein Passant gewesen, der zufällig in dieselbe Richtung gegangen und schon längst abgebogen war.

Ein paar Meter von ihr entfernt flitzte eine Ratte vorüber. Als Ida wieder zum Eingang blickte, stand dort ein Mann. Er trug einen Hut.

Vor Anspannung stellten sich ihre Nackenhaare auf. Der Kerl schien zu zögern und lauschte in die Friedhofsruhe hinein.

War es einer von Marlises Gefolgsleuten? Das Monster? Bei dem Gedanken schnürte sich ihr die Kehle zu. Aber der Vergewaltiger war in Vierlande unterwegs. Und wieso sollte er es ausgerechnet auf sie abgesehen haben, eine Polizistin? Sie trug Uniform. Selbst jemand, der wusste, dass sie keine Waffen bei sich trug, musste davon ausgehen, dass sie wachsam war.

Er stand dort, lauschte auf ein verräterisches Geräusch. Angespannt starrte sie auf seinen Schatten, bis er sich plötzlich rührte. Wie ein Raubtier, das Witterung aufgenommen hatte, steuerte er direkt auf sie zu. Ida hielt den Atem an. Ihr Kopf war hinter der alten Wanne verborgen, doch sie hörte seine Schritte näher und näher kommen.

Lautlos fuhr sie mit den Fingern über die Erde in der Hoffnung, etwas zu finden, das ihr zusätzlich zu ihrer Taschenlampe als Waffe dienen konnte. Hinter ihr verlief die Mauer. Sie ertastete einen Ziegelstein, der locker wirkte. Behutsam fuhr sie mit dem Fingernagel darunter. Leise rieselte Erde zu Boden. Sie biss angestrengt die Zähne zusammen und hielt den Atem an.

Stille. Wo war der Kerl jetzt? Sie wagte es nicht mehr, den Kopf zu heben und über den Rand der Wanne hinaus nach ihm Ausschau zu halten.

Der Stein in der Mauer lockerte sich weiter. Erneut rieselten kaum hörbar Mörtel und etwas Erde zu Boden. Ihre Finger umfassten den Stein. Kühl und fest lag er in ihrer Hand.

Hinter der Mauer rauschte ein Wagen vorüber und bremste mit quietschenden Reifen.

Stumm zählte sie bis zehn, dann wagte sie es, den Kopf etwas aus der Deckung zu heben. Die dunkle Gestalt war keine zehn Schritte von ihr entfernt, drehte ihr den Rücken zu, wandte sich jetzt aber langsam um.

Ida stockte das Blut in den Adern. Verzweifelt versuchte sie in der Dunkelheit sein Gesicht zu erkennen. Ob sie einfach aus ihrem Versteck stürzen sollte und mit Taschenlampe und Mauerstein auf ihn einschlagen? Aber was, wenn er eine Waffe trug?

Jenseits der Mauer erklangen Schritte, dann wurden Stimmen laut. Offensichtlich betrunkene Soldaten, die sich etwas zuriefen und versuchten, die Mauer zu erklimmen. Lautlos verschwand die Gestalt in der Finsternis. Ida saß da, mit hämmerndem Herzen, und wartete, ob der Kerl zurückkehren würde.

»Come on, chap. Leave it!«, hörte sie den einen Briten sagen.

Mit stolpernden Schritten zogen die Soldaten von dannen. Vorsichtig stand sie auf, sah sich um, dann tastete sie sich an der Mauer entlang auf den Ausgang zu.

Die Große Roosenstraße, auf die sie nach einer Weile trat, war wie ausgestorben.

Vierlande, am Stadtrand von Hamburg

Frühjahr 1947

Jeden Morgen um vier aus dem Bett. Draußen war es schon hell, aber in mir, da war nur Dunkelheit. Ich habe mich durch die Gänge geschleppt mit dem Feger in der Hand, dann in die Küche. Spülen, abtrocknen. Heiß war es, alles so voll Dunst, dass ich die Gesichter der Ostfrauen kaum hab erkennen können. Aber einen Blick für die anderen hatten wir sowieso nicht mehr. Wir haben uns nur um uns selbst gekümmert, nichts anderes hat uns noch interessiert.

Selbst Gott war mir fern. Alles, was mich vorher beisammengehalten hat, war futsch. Ich konnte nicht mehr glauben, auch meine Seele habe ich nicht mehr gespürt. Und Hoffnung, die schon gar nicht.

Stattdessen habe ich gearbeitet. Ich war gut im Arbeiten, war ich immer schon. Arbeiten, das liegt mir im Blut. Und Bahlsum hat gescherzt, er wird mich zur Assistentin machen, aber nie im Leben hätte ich das gewollt. Irgendwas habe ich da schon geahnt.

Ob Bahlsum weiß, was er mit mir gemacht hat? Er hat alles Fühlen und alle Liebe wie ein nasses Handtuch eingedreht und ausgewrungen, und jetzt bin ich rau und leer.

Hausschwangere. So stand es in meinen Papieren, mit Stempel und allem Pipapo, und heute muss ich fast lachen, wenn ich Leute sagen höre, es bricht die schönste Zeit im Leben einer Frau an, wenn ihr Bauch wächst.

Ein Rascheln im Bett. Er ist aufgewacht. Ich halte den Atem an, stehe da, schaue durch den Spalt zwischen Kleidern im Schrank, die er den armen Hamsterinnen abgenommen hat. Frauenröcke, Frauenblusen, meine Hand zur Beruhigung in meiner Rocktasche. Wenn er wüsste, wie nah ich ihm bin! Er ist nicht misstrauisch, was doch komisch ist. Ein Mann, der so viel Böses in die Welt gebracht hat, müsste ahnen, dass es irgendwann zu ihm zurückkommt.

Als er aufsteht, sich wäscht und dann fein macht, gehe ich ihm hinterher. »Guten Tag, Verehrteste«, sagt er im Dorf und lüpft den Hut, und dann murmelt er auch noch Sachen wie »Angenehm«. Denkt, er gehört jetzt zu den eleganten Leuten. Aber nicht für lange, flüstere ich in mich hinein. Weil: Heute Nachmittag bist du tot, du Schwein.

Auch zu den Frauen, die zu ihm gekommen sind, hat er immer so freundlich getan. Sie mit netten Worten ins Haus geholt und dabei so geschäftig-besorgt geguckt, wie das Ärzte eben machen. Im Schrank hatte ich mich versteckt, zwischen seinen Kleidern, in denen noch der süße, eklige Geruch von Chloroform hängt.

Ich muss konzentriert bleiben. Darf mich nicht ablenken lassen, auch nicht durch Gedanken an dich, mein Geliebter. Etwas hat sich verändert, seit das Monster tot ist. Erst nach einer Weile fiel mir das auf. Ich habe mich dann allen Ernstes gefragt, ob er ein echter Arzt ist. Aber dann hab ich's begriffen: Ohne das Monster konnte er nicht.

Die armen Frauen! Sie waren jetzt noch schlechter dran als vorher! Kamen rein und heulten, und nachdem er wieder so besorgt geguckt hatte, fing er an mit dem Geschacher. Wie viel ham Se denn? Mhm, mhm, ja, nee, n Hut mit Seidenband reicht nicht, das müssen Sie verstehen, Verehrteste. Und die Verehrtesten heulten noch lauter und sagten, sie können das Kind nicht bekommen, sie kriegen ja nicht mal selbst genug zwischen die Zähne. Und er nickte und guckte freundlich und sagte: »Das ist aber nicht mein Problem, Verehrteste.« Ja, und dann gingen sie und kamen wieder. Alle! Nicht eine wusste es besser. Sie gaben ihm ihr letztes Hemd, und dann fing er an. Die Frauen bluteten. Vom Chloroform hat er ihnen nicht genug gegeben, wusste einfach nicht, wie das geht, weil ich ja das Monster ausgeschaltet hab.

Eins der jungen Dinger sah nachher aus, als würde sie schon an der nächsten Ecke umfallen. Aber das Einzige, was er ihr gesagt hat, war: »Sagen Sie niemandem meinen Namen. Sie wissen, dass Sie sonst im Zuchthaus landen.«

Die Ärmsten. Er kassierte das Geld, und wenn er die Tür hinter ihnen schloss, grinste er und sagte »Fotze«.

Heute, habe ich also beschlossen. Heute ist endlich Schluss. Ich frage mich selbst, worauf ich gewartet hab. Auf den Schrei eines Raben? Der kommt nicht, und das ist mir auch egal. Heute.

Besser wäre es, es bei ihm zu Hause zu machen. Aber ich will, dass die Leute ihn sehen, dass die Leute sich das angucken, wie er abgeschlachtet daliegt wie ein Vieh. Das hat er verdient. Und ich will ihm die Sachen ausziehen, ihn nackt machen, ganz ohne Schutz, so wie wir Frauen es gewesen sind, wenn er und das Monster sich über uns hermachten. Die

Leute sollen ihn sehen voller Blut und vollgeschifft. Von *Elegant* und *Verehrteste* ist dann nicht mehr viel übrig.

Wie er pfeifend, die Hände in den Taschen der Jacke, durch Eimsbüttel seiner Wege latscht, klebe ich wie ein Schatten an ihm. Hoheluftbrücke, da ist er ausgestiegen. Er bemerkt mich nicht. Ich bin so eine. Eine, die niemand sieht, die so unauffällig ist, dass sich später keiner mehr dran erinnert. Bahlsum auf der anderen Seite ist wer, den gucken alle an. Hat sich schwer fein gemacht. Trägt Anzug und Fingerringe und grinst wie der König der Welt.

Während ich ihm nachgehe, denke ich drüber nach, ob ich es ihm erklären soll. Wieso ich ihn töte. Und ob ich ihm erzählen soll, wie es war, als ich aus dem Krankenhaus rausgekrochen bin 45. Da standen die Roten vor den Toren, und alles war leer in mir, und nichts und niemand kann es je wieder füllen. Aber wenn ich ihn umgebracht hab, denke ich, dass ich Frieden bekomme. Ein bisschen nur. Vielleicht.

Wegen Rassenschande, hab ich später erfahren, wär mir gar nichts passiert. Die Gefängnisweiber hatten mich belogen! Hatten mir erzählt, man würde mich ins KL bringen, nach Ravensbrück, weil ich mich mit einem Juden eingelassen hatte. Aber wegen Rassenschande sind nur Männer verurteilt worden, gar keine Frauen. Und ich hatte ihnen geglaubt, hab geglaubt, dass Bahlsum meine Rettung wär. Dass mir im Krankenhaus geholfen würde, mir und unserem Kind.

Dann beschließe ich: Nee. Was soll ich ihm das erzählen? Er interessiert sich doch für niemanden als sich.

Der feine Herr stolziert auf das Ufer des Kanals zu. Von einer der Frauen, der er die Seele rausgekratzt hat, hat er eine Taschenuhr als Bezahlung bekommen. Die lässt er an der

Goldkette wichtigtuerisch schwingen. Er pfeift, schief wie sonst was. Ich glaube, den Radetzky-Marsch. Und dann bin ich dicht hinter ihm. Er dreht sich um. Erkennt mich nicht. Lächelt, weil er immer lächelt, weil er weiß, dass die Frauen sich dann sicher bei ihm fühlen. Da ramme ich ihm das Messer in den Bauch. Mir ist es gleich, dass er brüllt. Es ist helllichter Tag. Auf Leute hab ich gar nicht geachtet. Nur ihn will ich ansehen. Ich will sehen, wie das Leben aus ihm rausrinnt, damit nicht der kleinste Tropfen übrig bleibt.

Als das erledigt ist, überleg ich es mir doch anders. Er blutet die Wiese voll und den ganzen Weg. Das ist nicht schön, und was, wenn ein Kind ihn findet? Nee, denk ich. Das würde Gott nicht wollen. Also roll ich ihn ins Wasser. Es ist eine Heidenarbeit, aber ich bin kräftig. Kräftig und zäh. Ich setze mich ans Wasser, dann wasche ich mich. Sehe die braunen Flecken auf meiner Haut, wegen denen meine Mutter mich so gehasst hat. Und die waren auch der Grund, warum Bahlsum mich mitnehmen wollte. Es gibt nicht viele mit dieser Krankheit, und so sind die Ärzte: Wenn sie was Seltenes sehen, wollen sie gucken, was man damit anstellen kann.

Manche Flecken sind flach, manche wie kleine Berge mit Tälern darin. *Von-Recklinghausen-Krankheit*, das hat Bahlsum in meine Akte geschrieben, das hat er mir gezeigt, und ich habe gedacht: Was für ein feiner Name für einen Fluch, der in Schlesien *Versehen* heißt.

Habe ich jetzt alle Aufgaben erfüllt?, frage ich mich, als ich mir das Hemd wieder gerade ziehe und mein Spiegelbild im Kanalwasser sehe. Haben wir uns gerächt, mein Geliebter, oder ging es niemals darum?

7

Reeperbahn, Hamburg-Sankt Pauli

Mittwoch, 7. Mai 1947, 8:56 Uhr

Als Brasch und Ida an diesem Morgen in die Talstraße einbogen, legte sich eine angespannte Stille über den Schwarzen Markt. Mittlerweile kannte Ida die meisten, die hier kauften und verkauften. Sie grüßte mit einem Kopfnicken und spürte förmlich, wie den Leuten bange wurde. Nach wie vor gehörte dieser Teil ihrer Arbeit zu dem, was sie am wenigsten mochte. Die Not war so klar ersichtlich, dass es ihr schier das Herz brach.

Sollte sie Heide von dem Kerl auf dem Friedhof erzählen? Sie hatte schlecht geschlafen und war immer wieder aufgeschreckt. Als der Morgen graute, war ihr die Erinnerung jedoch immer weniger beängstigend erschienen, und auch wenn sie genau wusste, dass sie ihn gesehen und sich keinesfalls nur eingebildet hatte, so schien ihr der Vorfall am hellichten Tag gleich sehr viel harmloser.

Beim Anblick der beiden Polizistinnen suchten die meisten Verkäufer und Käufer eilig das Weite. Plötzlich erspähte Ida einen strohblonden Schopf, der ihr ziemlich bekannt vorkam. Sie gab Brasch das Zeichen, ihr zu folgen, und marschierte auf den Jungen zu, der mit dem Rücken zu ihr mit einem Mann schacherte. Das Gesicht des Alten verzog sich vor Schreck, als er sie entdeckte. Aber bevor er den Jungen warnen konnte, rannte Ida los. Es gelang ihr gerade noch, Willem am Kragen zu fassen.

»Hiergeblieben!«

Er trug eine Jacke, die aus einer alten Wehrmachtsuniform geschneidert war. Ida konnte von Glück sagen, dass seine Mutter Talent zum Nähen besaß und der Kragen nicht einfach abfiel.

»Wo ist denn dein Freund Ludger?«

Willem hatte sich nur anfangs gewehrt und stand nun, die Arme schlaff am Körper, mit gesenktem Kopf da. Er sah aus, als habe ihn jeder Kampfgeist verlassen.

»Sie bleiben ebenfalls.« Sie hatte sich an den Mann gewandt, mit dem Willem Geschäfte gemacht hatte. Der alte Herr mit der im Sonnenlicht schimmernden Glatze hatte sich unauffällig wegstehlen wollen.

»Kollegin Brasch, passen Sie auf die beiden auf? Und halten Sie Willem lieber fest. Wenn er will, ist er mit Sicherheit fixer als wir.«

Doch so aufmerksam sie sich auf dem Schwarzen Markt umsah, von Ludger entdeckte sie keine Spur. Vielleicht hatte er sie beim Einbiegen in die Talstraße beobachtet und sofort das Weite gesucht.

»Dann kommst du jetzt mit, Willem. Und Sie begleiten uns auch auf die Wache.«

Empört holte der Alte Luft.

»Für einen Handel braucht es immer zwei«, fertigte Ida ihn ab, bevor er zu lamentieren beginnen konnte. »Abmarsch.«

In Wachraum 1 der Davidwache wurden sämtliche Taschen durchsucht. Bei dem Herrn fand Wachtmeister Schütte ein kleines Arsenal an Taschenuhren, zwei Lucky Strike, eine Dose eingelegte Leber mit dem Aufdruck *Liver Loaf* und ein abgetragenes Paar Damenschuhe.

»Und du?«, fragte sie Willem. »Dich kann ich sowieso nicht gehen lassen. Egal, ob ich was finde oder nicht. Kohlen warst du wieder klauen, hab ich gehört. Das gibt Ärger, das kann ich dir versprechen. Und jetzt zeig her, was du hast.«

Missmutig begann der Junge auszuräumen, was er auf dem Schwarzen Markt hatte verschachern wollen. Herrensocken, eine Krawatte, einen Plastikblumenstrauß, zwei Hosenträger und eine schmale Armkette.

Ida beugte sich darüber und betrachtete das zarte Schmuckstück. An der feingliedrigen Kette hing ein Anhänger, versilbert, ohne Gravur. Seine Form, ein Kleeblatt, raubte ihr für einen Moment den Atem.

Sie schoss in die Gerade zurück. »Woher stammt die Kette?«

»Das is nicht meine«, stammelte er. »Die kenn ich gar nich.«

Es kostete sie einige Selbstbeherrschung, um ihn nicht erneut beim Kragen zu packen und kräftig durchzuschütteln.

»Willem, es ist wichtig. Wie kommst du zu der Kette?«

»Die is nich ...«

Ida beugte sich hinab, legte ihre Hände auf seine Schultern und starrte ihn aus so geringer Nähe an, dass seine Nasenspitze ihre berührte. »Du bist ein aufgewecktes Kerlchen und nicht auf den Mund gefallen. Du kannst es zu was bringen in dem Leben, das vor dir liegt. Aber wenn du mich jetzt anlügst, wird nichts draus. Dann sitze ich dir im Nacken, bis du erwachsen bist, und kassiere dich wegen jeder Kleinigkeit ein. Und wenn ich dich nur dabei erwische, wie du dir Kautabak unter die Lippe stopfst.«

In seinen Augen schimmerte Furcht.
»Raus damit. Du kannst dir selbst was Gutes tun. Und wenn du das von deinem Papa hast oder Ludgers Onkel oder ...« Sie durfte gar nicht weiter darüber nachdenken. Werner Rodhart? Sie traute ihm einiges zu, aber auch das?
»Ich war's ja nicht allein.«
»Umso besser. Wenn ihr zu zweit wart, bekommt jeder nur den halben Ärger.«
Schüttes skeptisch gerunzelte Stirn ignorierte sie und setzte sich neben Willem auf die harte, speckig gescheuerte Holzbank.
»Erzähl.«
Unschlüssig nagte er an seiner Unterlippe. Dann schüttelte er den Kopf. »Ich war's nich.«
»Wo habt ihr die Kette mitgehen lassen, Willem? Seid ihr irgendwo eingestiegen?«
»Nee!«
»Willem, eben habe ich dir schon gesagt, dass es wichtig ist, dass du nachdenkst und die Wahrheit sagst. Das sag ich jetzt noch mal. Es ist wirklich wichtig, dass du mir alles erzählst. Alles. Woher stammt das Armkettchen?«
Seine Unterlippe begann zu zittern. Zwei Tränen rannen seine schmutzigen Wangen hinab. Ida hatte das Gefühl, dass Minute um Minute ins Land zog. Irgendwann sah sie ein, dass er nicht reden würde.
Sie konnte sich einfach nicht länger zusammenreißen. »Verdammt noch mal!«
»Muss ich jetzt ins Kittchen?«, fragte er leise und starrte sie ängstlich an.
Augenblicklich wurde sie wieder ruhiger. Er war ein Kind.

Er wusste es nicht besser. »Nein. Aber nach Hause musst du. Wachtmeister Schütte, würden Sie das übernehmen?«

Der Kollege nickte, und bevor er mit Willem aufbrechen konnte, nahm ihn Ida rasch beiseite. »Vielleicht können Sie ja, von Mann zu Junge sozusagen, etwas aus ihm herausholen. Es ist wichtig. Ich muss wissen, woher er das Schmuckstück hat.«

Er nickte erneut, und die beiden zogen von dannen. Nachdem Ida sich die Kennkarte des Alten hatte zeigen lassen, durfte auch er gehen, allerdings, das schien auch ihn nicht zu überraschen, ohne Dosenfleisch, Zigaretten und Taschenuhren.

»Sind in den letzten Tagen eigentlich vermehrt Wohnungseinbrüche gemeldet worden?«, fragte sie, einem Impuls folgend, Hondratschek, der wieder einmal am Tresen Dienst schob.

»Leben Sie aufm Mond? Andauernd!«

»Im näheren Umkreis?«

»Jau.« Er kratzte sich hinter dem Ohr und schnippte etwas von seinem Daumen, von dem Ida lieber nicht wissen wollte, um was es sich gehandelt hatte. »Von der Reeperbahn runter zum Hafen hauptsächlich, aber auch da und da und da und sonst wo.« Er hatte in alle drei verbleibenden Himmelsrichtungen gezeigt. Mit spöttischem Blick schob er ihr das Buch mit den Einträgen zu. »Bitte sehr. Viel Spaß beim Lesen.«

*

Als Ida in die Gustavstraße einbog, kribbelte alles in ihr vor Nervosität. Wenn es Hanne Kischkats Armkettchen war, das sie Willem abgenommen hatte! Dann kannte der kleine Kerl den Vergewaltiger womöglich. Zwei Stufen auf einmal nehmend lief sie die Treppe hinauf und klopfte an Hanne Kischkats Wohnungstür.

Schritte erklangen, und die Tür wurde mit derart viel Kraft aufgerissen, dass Ida vorsichtshalber einen Schritt zurücktat. Vor ihr stand ein breiter, großer Mann, Mitte zwanzig, mit schütterem Haar und kaltem Blick.

»Ich würde gern zu Hanne Kischkat.«

Widerwillig rief er Hanne in den Flur, wich ihr aber nicht von der Seite. Starr lag sein Blick auf Idas Gesicht, während sie mit Hanne sprach.

»Ja«, flüsterte Hanne und starrte das Armkettchen verstört an. »Das ist meins. Wo haben Sie es gefunden?«

»Ich muss die Ermittlungen erst abschließen«, sagte Ida. »Dann erzähle ich Ihnen alles, und natürlich bekommen Sie das Kettchen beizeiten auch zurück.«

Aber Hanne war anzusehen, dass sie den Tag nicht herbeisehnte.

Wieder auf der Straße, dachte Ida grimmig darüber nach, wie wenig es den Frauen weiterhalf, die Schmuckstücke zurückzuerhalten. Ein paar, nahm sie an, hatten den Schmuck sowieso eintauschen wollen. Andere – wie Adele – hatten das nicht vorgehabt. Aber darum sollte es nicht gehen, es sollte nicht um Silber oder Speckstein und Kettchen oder Ringe gehen, sondern darum, den Frauen wenigstens wieder ein bisschen Sicherheit zurückzugeben.

»Gehört es ihr, das Armkettchen?«, fragte Brasch leise, als sich Ida ein wenig später zu ihr gesellte.

Ida nickte.

Die Buttstraße, die vom Fischmarkt abging, wirkte unfreundlich und düster. Von der Mittagssonne, die nicht weit entfernt die Elbe glitzern ließ, war in dem schmalen Durchgang mit den hohen, halb zerbombten Häusern nichts zu bemerken. Die Luft roch feucht und schimmelig.

»Wie sind die Jungs drangekommen?«, fragte sie. »Kann es auch ganz anders gewesen sein, und Hanne hatte das Schmuckstück verloren, ohne es zu merken, und die Jungen haben es gefunden? Oder hat ihr Vetter es vielleicht verkauft, ihr davon aber nichts gesagt, und dann kam es wie auch immer zu dem Lütten ...?«

»Falls es nichts als Zufall war, dass sich das Kettchen in Willems Taschen befand, dann bekommen wir das nur raus, indem wir die Information aus ihm rausquetschen ... Und falls er doch Frauen beklaut, müssen wir ihn in flagranti ertappen.«

All das überzeugte Ida nicht richtig. »Oder aber er führt uns zu seinem Versteck. Und falls sich in diesem Versteck noch das eine oder andere befindet, was bei einem der Wohnungseinbrüche gemeldet wurde, dann ...«

Brasch starrte an ihr vorbei mit zusammengezogenen Augenbrauen auf die Haustür. »Da«, wisperte sie. Knarrend wurde die Tür aufgezogen, doch statt Willems Blondschopf erschien eine grauhaarige gebrechliche Dame. Enttäuscht sackten die Polizistinnen wieder in sich zusammen.

»Jedenfalls«, wollte Ida den Faden wieder aufnehmen, als ein rieselndes Geräusch zu hören war. Sie legte den Kopf in den Nacken und sah eine kleine Gestalt aus dem Fenster im zweiten Stock klettern.

Rasch zog sie ihre Kollegin tiefer in den Hauseingang und steckte nur hin und wieder den Kopf hinaus, um zu prüfen, ob sich Willem noch an der Wand hinabhangelte. Derart leise landeten seine Sohlen schließlich auf dem Pflaster, dass sie ihn fast verpasst hätten. Als Ida erneut auf die Straße lugte, war der Junge schon bis zum Fischmarkt geflitzt.

»Abmarsch!« Glücklicherweise war auf den Straßen zu dieser Tageszeit viel los. Das Gebrumm der Militärjeeps übertönte das Geklapper ihrer Schritte.

Willem war zur Elbe runtergesaust und düste jetzt die Hafenstraße an gesprengten Brücken und halb versenkten Schiffen entlang. In ihrem Rücken befand sich die bizarre Kranlandschaft, die Ida während ihres sonntäglichen Spaziergangs mit Ares Konstantinos betrachtet hatte.

Als in der Ferne der Kirchturm der Gustaf-Adolfskyrkan auftauchte, triumphierte sie. Sie hatte richtiggelegen! Das Versteck der beiden befand sich in der Ditmar-Koel-Straße, ganz, wie sie es vermutet hatte.

Ohne sich auch nur einmal umzusehen, rannte der Junge an den Landungsbrücken vorbei. Neben sich hörte Ida Heide vor Anstrengung keuchen. Sie selbst hatte keine Probleme, Schritt zu halten, einer von wenigen Vorteilen, so groß zu sein.

Aber plötzlich war Willem weg. Ida legte einen abrupten Stopp ein und drehte sich im Kreis. Sie standen am Hafentor, zur Linken verlief der Kuhberg den Elbpark hinauf. Ein Stück dahinter leuchtete rot die Fassade des Hafenkrankenhauses.

»Verdammt noch mal«, schimpfte sie. Hatte der Lütte sie ausgetrickst?

»Da!«, zischte Heide und deutete auf eine kleine, magere Gestalt, die hinter einem geparkten Auto hockte. Schon war das Kind wieder verschwunden, aber Ida war sich sicher, dass es Willem gewesen war.

Ohne ein Wort setzten sie sich wieder in Bewegung. Eine

frische Brise kam auf. Erst jetzt merkte sie, wie sehr sie unter ihrer dicken Uniformjacke ins Schwitzen geraten war. Sie eilte in Richtung Seewarte, dicht gefolgt von Brasch, hastete ein paar Schritte in den Park hinein und entschied dann, sich nicht an der Nase herumführen zu lassen.

Von Anfang an hatte sie den Verdacht gehabt, dass sich das Versteck in der Nähe der Kirche befand. Also würde sie dort suchen, auch wenn Willem möglicherweise Lunte gerochen hatte und schon über alle Berge war.

Sie bedeutete Heide, ihr erneut zu folgen, und betrat kurz darauf den Hauseingang des Gebäudes neben der Kirche. Bei der Erschütterung, die ihre Schritte auf den gesprungenen Bodenfliesen auslösten, flitzten wie ineinanderfließende Schatten Ratten in ihre Löcher. Ida öffnete die nur angelehnte Tür zum Treppenhaus, lauschte, konnte jedoch kein Geräusch ausmachen. Auch der Innenhof lag wie verwaist da. Aufmerksam ließ sie ihren Blick über die Mauer gleiten, die zu hoch war, um darüberzuklettern. Dann entdeckte sie zwei aufeinandergestapelte Strahlstreben. Sie gab Brasch ein Zeichen, auf sie zu warten, und spähte wenig später über die Mauer auf den Hof der Gustaf-Adolfskyrkan. Von Willem auch hier keine Spur.

»Warte einen Moment.«

Es kostete Ida einige Mühe, sich dem unpraktischen Rock ihrer Uniform zum Trotz über die Mauer zu schwingen. Doch es gelang ihr schließlich, und sie kam mit abgeschürften Händen und einem stechenden Schmerz in der Hüfte unten an. Atemlos sah sie sich um.

Eine kleine Oase war hier im Hof der Kirche geschaffen worden, in der sich nicht einmal das kleinste Trümmerteil fand. Aus den Spalten zwischen sauber gefegten Bodenplatten reckten

Gänseblümchen ihre weiß-rosa Köpfchen. Vögel hüpften zwitschernd zwischen den gelben Blüten einer Forsythie. Es war, als habe das ganze Elend eines Krieges hier nie stattgefunden.

Ein Scheppern ließ Ida zusammenzucken. Blitzschnell fuhr sie herum und suchte mit den Augen das Rückgebäude der Kirche ab, in dem mehrere Wohnungen, der Gemeinschaftsraum sowie der Versorgungstrakt untergebracht waren. Kauerte der Junge etwa doch noch irgendwo hier?

Nachdem sie sich umgesehen hatte, um zu prüfen, ob jemand sie beobachtete, überquerte sie den Hof. Selbst als Polizistin hatte sie kein Recht darauf, hier einfach so einzudringen. Aber erst an die Pforte zu klopfen und darum zu bitten, eingelassen zu werden, hätte viel zu viel Zeit gekostet.

Ein Stück hinter dem Eingang zum Küchentrakt entdeckte sie einen verfallenen Schuppen. Das Dach schien frisch geflickt, und wenn man den scharfen Geruch von Taubenmist ignorierte, hatte das Häuschen etwas geradezu Anheimelndes. Sie zog an der windschiefen Tür und steckte den Kopf ins Innere. Die Holzplanken an den Wänden waren in einem hellen Violett gestrichen. Der Boden bestand aus frisch geharkter Erde, in der ihre Schritte keinen Laut machten. Sie trat ein und schloss leise die Tür hinter sich. Dann lief sie an den Wänden entlang, untersuchte jedes Astloch, jeden Spalt zwischen den Hölzern und ging, weil sie dort nichts fand, in die Knie.

Nichts.

Selbst die Dachbalken tastete sie ab. Leise in sich hineinfluchend öffnete sie die Schuppentür, prüfte, ob mittlerweile jemand in den Hof getreten war oder aus einem der Fenster blickte, und kehrte zu der Mauer zurück.

»Bist du noch da?«, rief sie leise.

»Wo sollte ich denn hin sein?«, kam Heides Antwort. »Hast du etwas gefunden?«

»Nein«, sagte Ida und seufzte. War sie einer falschen Fährte gefolgt und hatte damit Zeit verloren? Wie ärgerlich!

»Ich komme zurück.«

Das jedoch stellte sich als fast unmöglich heraus. Auf der anderen Seite der Mauer hatte es eine Art Treppe aus Stahl gegeben. Hier boten sich ihr nur Mauerrisse, die zu schmal für ihre Stiefel waren, und eine Stelle, in der ein verlassenes Vogelnest lag. Frustriert rupfte sie es heraus, um das Loch zu vergrößern, als ein leises Klirren ertönte.

»Das gibt's doch nicht«, flüsterte sie.

»Was denn?«

»Gleich, warte...«

Mit zwei Fingern förderte sie Zigaretten und Münzen zutage und dann, nachdem sie festgestellt hatte, dass der nebenliegende Stein lose war, Halsketten, Ringe und Ohrschmuck.

»Treffer!«

*

Kurze Zeit später saßen sie wieder an ihren Schreibtischen. Nichts war zu hören bis auf konzentriertes Räuspern, das Kratzen von Heides Bleistiftmine und Rascheln des Papiers, wenn Brasch oder Ida den Wälzer, der sonst am Empfangstresen lag, umblätterte. Nach einer Weile hatte Ida genug beisammen. Sie rückte ihren Stuhl zu Heide Brasch heran.

»Wie sieht's bei dir aus?«

»Nicht schlecht.« Heide nahm eine silberne Brosche zur Hand, in die unter hauchdünnem Glas ein daumennagelgroßes Marienbild eingefasst war. »Haargenau so eine Anstecknadel hat eine Frau mit dem Namen Rike Bauer als gestohlen gemeldet, und zwar am dritten April. Es sei ihr in Vierlande weggenommen worden.«

Ida nickte angespannt. Sie hatte zweimal vergeblich versucht, Fräulein Bauer zu Hause anzutreffen. Jetzt wurde es dringend Zeit, mit ihr zu sprechen.

»Und bei dir?«, erkundigte sich Heide.

»Diese silberne Haarnadel …« Ida zeigte auf ein auffälliges Schmuckstück auf ihrem Schreibtisch, das mit zwei rötlich glänzenden Korallen besetzt war, »… und ein Ring. Er könnte Adele Reichert gehören.«

»Was tun wir jetzt?«

»Wir müssen prüfen, ob den Frauen die Schmuckstücke tatsächlich gehören. Und dann herausfinden, wo die Jungs sie geklaut haben. Eine Sache will ich allerdings noch ausschließen, bevor ich sämtliche Einbrüche der vergangenen Wochen durchgehe, was eine Heidenarbeit sein dürfte und uns womöglich nicht weiterbringt. Ich wollte eigentlich schon heute noch mal zum Präsidium, dann mache ich es eben morgen. Und Vierlande steht ganz dringend auf der Liste. Der Arzt …«

»Hildesund hat mich für die Hungerdemonstrationen morgen eingeteilt«, unterbrach sie Heide mit Grabesstimme. »Mit mir können Sie nicht rechnen.«

»Ach, verdammt.«

Ob sie Meyerlich bitten konnte? Aber wenn Hildesund das spitzbekam! Dann würden auch für den freundlichen Polizeimeisteranwärter harte Zeiten anbrechen …

*

Am nächsten Morgen betrat Ida um kurz vor neun das Foyer des Polizeipräsidiums am Karl-Muck-Platz. Sie hatte den Streifendienst auf dem Schwarzen Markt heute allein absolviert und die Gunst der Stunde genutzt, als sich das halbe Revier für die Hungerdemonstrationen bereit machte, und sich unauffällig hinausgestohlen. Nun eilte sie am Pförtner vorbei und fand im dritten Stock in Zimmer achtzehn den schnöseligen jungen Mann vor, der in Vierlande an Oberkommissar Braschs Seite gewesen war.

»Ida Rabe«, stellte sie sich vor. »Ich habe Willem Alexander und Ludger Rodhart befragt. Was wissen Sie über den Toten, den die Jungen in der Ditmar-Koel-Straße beklaut haben sollen?«

»Stürmen Sie immer so in die Büros anderer Leute?«

Statt darauf zu antworten, schilderte Ida ihm, was sie über die Taten des Monsters wusste. »Ich brauche alles, was Sie über den Mann wissen«, schloss sie. »Nur um auszuschließen, dass er der Vergewaltiger war und den Frauen den Schmuck gestohlen hat.«

Mit skeptischer Miene sah er sie an. In Ida begann bereits die Wut zu brodeln. Wurde man als Frau denn von niemandem in Uniform ernst genommen? Da erhob sich der Kommissar zu ihrer Überraschung, bat sie zu warten und verschwand.

Was jetzt? Beredete er sich mit Oberkommissar Brasch? Oder war Ustorf schnurstracks zu Ann Watson geeilt, um sich über sie zu beschweren?

Als der Kommissar zurückkehrte, balancierte er auf den Armen einen Stapel Akten. Das Papier war teils vergilbt, teils an den Rändern angesengt, was er lapidar mit »Kriegsschäden« kommentierte.

»Theodor Stamm«, erklärte er. »Wohnhaft so ziemlich überall. Hamburg, München, Berlin, Frankfurt. Zieht seit frühester Jugend einen Strang Verurteilungen hinter sich her. Diebstähle, Drogenhandel im kleinen Stil, Verbreitung verbotener Schriften kurz vor dem Krieg.« Er zog die Augenbrauen hoch und legte den Kopf schräg. »Er war in Buchenwald. Zwei Jahre lang. Gekennzeichnet mit dem rosa Winkel.« Als er ihren fragenden Blick bemerkte, setzte er hinzu: »Sie wissen schon.«

»Ich weiß nicht, nein.«

»Homosexuell.« Das Wort schien ihm unangenehm. Er wich ihrem Blick aus und zuckte dann mit den Schultern. »Im Lager dem Tod von der Schippe gesprungen, nur um vier Jahre später auf Sankt Pauli abgestochen zu werden.«

»Dann nehme ich an, er ist nie wegen Sittendelikten verurteilt worden?«

»Nicht so, wie Sie es meinen«, kam es wie aus der Pistole geschossen.

»Keine Frauen?«

»Sie können gern alles durchforsten, aber ich sage Ihnen, ich bin mir absolut sicher.«

Gut, sie war zumindest einen winzigen Schritt weiter. »Sind Sie bei den Ermittlungen denn weitergekommen? Haben Sie den Täter?«

Grinsend sah er sie an. »Warum sollte ich alles mit Ihnen teilen, Fräulein Rabe?«

»Es hat mich nur interessiert.« Der arme Mann. Zwei Jahre war er im Konzentrationslager, und dann brachte ihn jemand hinterrücks um. Wahrscheinlich wegen nichts als einer Kleinigkeit.

»Danke. Ich wollte Ihnen übrigens ...«

»Vielleicht habe ich da noch was für Sie.« Unsicher, ob er wirklich damit herausrücken sollte, benetzte sich Ustorf die Lippen. Dann gab er sich einen Ruck. »Weil Sie Schmuck erwähnten... Es gab eine Tote in Vierlande, die... Wir haben es bisher vor der Presse geheim halten können und auch hier im Haus nicht an die große Glocke gehängt.«

Ungeduldig wartete Ida darauf, dass er endlich zur Sache kam.

»Unsere Männer haben die Umgebung ein weiteres Mal durchkämmt. Dabei wurden Schmuck und blutdurchtränkte Frauenkleidung gefunden.«

Ida blieb fast die Spucke weg. Bedeutete das nun doch, dass die Frau das Opfer des Monsters war?

»Wäre es möglich, sie mir zu zeigen?« Ihre Stimme klang rau vor Aufregung.

»Der Schmuck liegt bei den Asservaten, die Kleidung wird im Labor untersucht. Aber ich kann Ihnen beschreiben, wie die einzelnen Stücke aussahen. Warten Sie...« Er zog einen Notizblock aus seiner Hemdtasche. »Darf ich mich darauf verlassen, dass es unter uns bleibt?«

»Ich kann schweigen wie ein Grab.«

Er blätterte vor und zurück, während Ida gegen den Impuls ankämpfte, ihm den Block einfach aus den Händen zu rupfen.

»Hier ist es. Zwei... Nein, eine Kette, vergoldet, ohne besondere Erkennungsmerkmale. Ein Manschettenknopf in der Form eines Totenkopfes...«

Er sah auf. Enttäuscht schüttelte Ida den Kopf.

»Das sagt mir nichts.«

»Und ein Ring. Ein Siegelring für Damen.«

»Das wäre vielleicht … Gibt es mehr dazu zu sagen?«, fragte Ida aufgeregt.

»Einfassung aus Speckstein. Mit einer Gravur auf der Rückseite, die sehr mitgenommen ist. Die Kollegen von der Spurensicherung waren nicht sicher, was dort steht. F, L und T, nehmen sie an.«

»F, L und T«, wiederholte Ida ratlos. Aber ein Siegelring war ihr doch schon untergekommen. Wo nur? Sie griff nach ihrem Merkbuch und blätterte darin. Da durchfuhr sie ein Verdacht. »Wissen Sie, ob es sich bei der Gravur um Schreibschrift handelte?«

»Ich bin mir nicht ganz sicher, aber ich glaube, ja, es war Schreibschrift.«

»Dann könnten die Buchstaben F und L auch ein H sein!« Das große H wurde oft derart verschlungen dargestellt, dass es wie mehrere Buchstaben wirkte.

»Und wenn es sich um H und T handelt, dann glaube ich zu wissen, wem der Ring gehört. Einer Frau mit dem Namen Henriette Töpfer. Sie wurde am 15. April in Vierlande überfallen. Und die Kleider?«

Doch bevor Ustorf den Blick wieder auf seine Notizen senken konnte, ertönten im Flur klappernde Schritte, und Sekunden später streckte ein Mann den Kopf zur Tür herein.

»Toter im Isebekkanal«, rief er Ustorf zu. »Beim Kohlenlager am Isekai! Brasch wartet unten auf Sie.«

Der Kommissar sprang auf. Ida folgte den beiden aus dem Büro, wurde dann jedoch langsamer. Verdammt. Jetzt hatte sie nicht mehr die Gelegenheit gehabt, Ustorf auf die Tote vom Dammtorbahnhof anzusprechen.

Als Ida in die Davidwache zurückkehrte, konnte sie es

kaum erwarten, mit Heide über ihre Entdeckungen zu reden. Ungeduldig erkundigte sie sich bei Hondratschek, wann die Kollegen von den Demonstrationen zurückerwartet wurden.

»Gegen vier oder so.«

Vier? Jetzt war es kurz vor zwölf! Sollte sie etwa die ganze Zeit hier herumsitzen? Ida steckte den Kopf in Meyerlichs Büro. Der Schreibtisch war verwaist. Auch Schütte passte auf, dass keiner der protestierenden Arbeiter vehement wurde. Jansen? Er war da und sah mit abschätzigem Blick zu ihr auf. Sie mochte den Kollegen nicht, der Willem und Ludger wie Dreck behandelt hatte.

Dann würde sie eben allein fahren.

*

Seit Ida am Bahnhof Kirchwerder den Zug verlassen hatte, war sie keiner Menschenseele mehr begegnet. Zwar war der Waggon mit hungrigen Menschen vollgestopft gewesen, doch die Frauen hatten sich wie ausschwärmende Ameisen über die Feldwege und Dörfer verteilt. Immer noch in Gedanken über das, was sie bei Kommissar Ustorf erfahren hatte, schlenderte Ida dahin.

Angenommen, der Siegelring gehörte Henriette Töpfer, dieser freundlichen, stillen Frau, die mit ihrer Schwester zusammenlebte ... Dass der von ihr als vermisst gemeldete Ring in unmittelbarer Nähe zu der Leiche gefunden worden war, konnte in Idas Augen kein Zufall sein. Dann die blutdurchtränkten Kleider. Sie mussten der Toten gehört haben. Wieso war die Frau entkleidet worden? Um die Identifizierung zu erschweren, nahm sie an. Das hieß, dass der Täter umsichtig genug war, über solche Sachen nachzudenken.

Hanne Kischkats Armkettchen wiederum hatte in Willem Alexanders Tasche gesteckt. Sie konnte sich nur schwer vorstellen, dass Willem eine Ahnung davon hatte, wie der Schmuck der jungen Frau abgenommen worden war. Dass aus seinem Umfeld jemand das Monster war, war natürlich denkbar – er hatte einen großen Bruder, das durfte sie nicht vergessen. Dann gab es Ludgers Onkel Werner und dessen kriminelles Umfeld. Aber Ida war sich fast zu hundert Prozent sicher, dass Marlise davon wüsste, wenn einer ihrer Leute solche Taten beginge. So fies und hinterhältig die Bunkerkönigin auch war, das würde sie nicht zulassen. Allein schon, weil es ihren Ruf schädigen und ihre Geschäfte schwächen würde.

Oder?

Die Einbrüche…Es konnte nicht anders sein: Willem und Ludger waren bei dem Vergewaltiger eingestiegen. Und derjenige wäre wohl kaum so dumm, diesen Einbruch zu melden… Andererseits gab es die seltsamsten Dinge zwischen Himmel und Erde, und es wäre fahrlässig, die Möglichkeit von vornherein auszuschließen. Das also war spätestens morgen früh zu tun: die dicken Wälzer vom Wachtresen durchforsten, was ja sowieso zu ihren Aufgaben gehörte, und jeden persönlich aufsuchen, der Anzeige wegen Einbruchs erstattet hatte.

Leichter wäre es, wenn sie Willem und Ludger in die Finger bekäme. Ja, diese Variante wäre Ida weit lieber. Wenn sie die beiden nur dazu bringen konnte, den Mund aufzumachen, konnten Heide und sie sich das Hackenablaufen sparen!

Viel Gewalt, viel Zorn, erinnerte sie sich wenig später erneut an Konstantinos' Worte zur Frauenleiche, als sie über den weichen Waldboden stapfte. In nicht allzu großer Entfernung entdeckte sie die Senke mit den Brennnesseln, in der sie sich vor Brasch und Ustorf versteckt hatte. Sie wollte sich nur rasch umsehen, auch wenn sie keine großen Hoffnungen hegte, etwas zu entdecken, das der Spurensicherung entgangen war. Bis auf zurückgebliebene Puppenhüllen der geschlüpften Insekten gab es nichts, was darauf schließen ließ, dass sich hier ein Verbrechen ereignet hatte. Könnte der Täter die Leiche nicht auch erst hergebracht haben? Doch wieso? Vom Weg aus war die Stelle zu leicht zugänglich, die Entscheidung ergäbe nur Sinn, wenn der Täter wollte, dass die Leiche gefunden wurde. Oder wenn es ihm egal war, doch wieso sollte er sie dann herschleppen? Und vor allem: Wenn es sich um eine Frau gehandelt hatte, hätte sie dann genügend Kraft, um eine Leiche zu transportieren?

Als ein Eichelhäher einen durchdringenden Ruf ausstieß, schreckte Ida zusammen. Sie begann, in größer werdenden Kreisen um das Schilf herumzulaufen, nahm jeden Stein auf, blickte in jedes noch so mickrige Gebüsch. Sie fand Spuren von Tieren und Insekten, nichts jedoch, was sie mit der Leiche in Verbindung bringen konnte.

Ida trat auf den Weg zurück. Sie ärgerte sich nicht über die vergebliche Suche, es war gut, dass sie den Ort noch einmal in Ruhe auf sich wirken lassen konnte. Immerhin schien ihr jetzt klar, dass niemand die Leiche hergezerrt hatte. Das Gelände war unwegsam, zugleich aber zu einsichtig aus allen Richtungen. Zudem müsste der Täter oder die Täterin über ein Auto verfügen, was eine absurde Vorstellung war.

Nun auf zu dem, weswegen sie hergekommen war. Sie würde behutsam vorgehen, falls sie Birger tatsächlich antraf:

ihn um seine Hilfe bei der Suche nach Renate Gehrmann bitten und ihm keinesfalls das Gefühl vermitteln, er sei verdächtig, in das Verschwinden der Hebamme und Elsa Hoffmanns Tod verwickelt zu sein. Als sie an die junge Frau dachte, die am Dammtorbahnhof gestorben war, packte Ida wieder solche Wut, dass sie langsamer wurde.

Sie musste sich im Griff haben, wenn sie mit dem Mann sprach.

Als ihr frisch aufgeflammter Zorn nur noch vor sich hin glomm, ging sie weiter und passierte wenig später eine Wegbiegung, die ihr bekannt vorkam. Aber natürlich! Sie war vergangenen Freitag hier entlanggekommen. In den dornigen Zweigen des Busches, der sich ein paar Schritte von ihr entfernt befand, hatte sie die Kette aus Haar gefunden.

Als sie den Blick über die Maiglöckchenfelder und Wiesen schweifen ließ, zuckte sie zusammen. Da hinten war jemand! Sie kniff die Augen zusammen und versuchte zu ignorieren, dass sich ihre Nackenhaare aufstellten und sie Gänsehaut bekam. Sie hatte doch eine Bewegung gesehen! Aber so aufmerksam sie auch das halbhohe Gras beobachtete, das sich im Wind wiegte, konnte sie nichts mehr entdecken.

Sie drehte sich um und setzte ihren Marsch fort. Ganz in der Nähe musste Krister Birger wohnen. In Ida prickelte es vor Aufregung. Wie würde er reagieren, wenn er in ihr eine Polizistin erkannte? Sicherheitshalber tastete sie nach der Trillerpfeife.

Das reetgedeckte Bauernhaus, auf dessen Hof sie am vergangenen Freitag dem mitleiderregenden Franzosen in die Arme gelaufen war, lag rechts von ihr. Sie war gerade im Begriff, daran vorbeizugehen, als sie in der Ferne Automotoren brummen hörte. Sie wurde langsamer, trat neben den Weg und sah den Wagen entgegen, die allmählich auf sie zusteuerten. Beim Anblick der beiden glänzenden Karosserien fragte sie sich erschrocken, ob sie unbemerkt eine Sperre übertreten hatte. Davon gab es jede Menge rund um das Lager Neuengamme, die von der britischen Militärregierung verhängt worden waren. Doch die Wagen sahen nicht wie Militärjeeps aus.

Näher und näher kamen sie, und da Ida sich nur ungern überfahren lassen wollte, ging sie noch ein paar Schritte zurück. Dann rasten beide Autos auf den Hof des Bauernhauses, die Türen flogen auf, und aus einem stieg Kommissar Ustorf zusammen mit Oberkommissar Brasch, aus dem anderen Ares Konstantinos.

Alle drei starrten sie an, als hätten sie eine Erscheinung. Auch Ida fehlten im ersten Augenblick die Worte.

»Fräulein Rabe«, sagte schließlich Oberkommissar Brasch, der sich als Erster wieder im Griff hatte. »Was in aller Welt haben Sie denn hier verloren?«

»Ich suche jemanden.«

Was durchaus der Wahrheit entsprach, ließ den Oberkommissar fast explodieren. »Lügen Sie mich nicht an, verdammt noch mal!«

»Sie mäßigen erst einmal Ihren Ton«, sagte Ida, »dann können wir uns unterhalten. Aber wenn Sie es genau wissen wollen, untersuche ich eine Vermisstenmeldung, die ...«

»Ach, gehen Sie mir aus den Augen«, unterbrach sie Brasch unwirsch. »Ich habe keine Zeit, mich mit Ihrem Geplänkel herumzuschlagen.«

Wütend schloss sie den Mund.

»Wie haben Sie es rausbekommen?«, fragte Ustorf drohend, als er neben sie trat.

»Wovon reden Sie?«

»Dass der Tote hier lebt. Lebte. Wie in aller Welt sind Sie darauf gekommen?«

»Theodor Stamm hat hier gewohnt?« Ida konnte es nicht fassen. Ustorf hatte ihn eher als Vagabunden geschildert. Dass der verstorbene Seemann auf einem so großen Bauernhof zu Hause war, wäre ihr nie in den Sinn gekommen. »Stamm? So ein Unsinn. Birger.«

»Birger?«, platzte sie heraus. »Krister Birger?«

»Zumindest haben wir bei dem Toten im Isebekkanal dessen Papiere gefunden.«

Mühsam versuchte Ida, ihre Gedanken zu ordnen. Birger war der Arzt, mit dem Renate Gehrmann als Hebamme manchmal zusammenarbeitete; Renate Gehrmann wurde vermisst; die Hebamme führte illegale Abtreibungen durch; auf dem Weg von einer solchen Abtreibung in Vierlande nach Hause war eine junge Frau zusammengebrochen und verblutet.

»Das heißt, Sie gehen davon aus, dass der Tote im Kanal Birger ist?«

»Das planen wir herauszufinden.« Neugierig musterte Ustorf sie. »Was in aller Welt wollen Sie denn nun hier, wenn Sie nicht wegen Birger hier sind?«

Als Ida den Mund öffnete, um ihm zu antworten, baute sich Brasch neben seinem jüngeren Kollegen auf. »Wollen Sie hier festwachsen oder arbeiten?«

Ustorf, der sie noch Minuten zuvor wütend in Grund und Boden gestarrt hatte, verabschiedete sich mit einem Zwinkern, das Ida ausnehmend deplatziert fand. Sie wandte sich um, nur um festzustellen, dass Ares Konstantinos direkt hinter ihr stand.

»Dass ausgerechnet Sie so schleichen können«, sagte sie.

»Sie waren abgelenkt.« Er runzelte die Stirn. »Was tun Sie hier?«

»Es scheint fast so, als wäre das die spannendste Frage, die es hier zu klären gibt. Mehr würde mich aber interessieren, was Sie hier suchen. Sie kreuzen doch nirgends auf, wo es keine Leiche gibt. Rechnen Sie mit einem weiteren Toten?«

In dem Moment kam ihr ein Gedanke. Sie griff nach seinem Arm.

»Vielleicht befindet sich die Frau, die ich suche, im Haus! Sie war eine Bekannte des Arztes. Die Hebamme, von der ich Ihnen erzählt habe.«

Mittlerweile hatten die Kommissare mehrfach vergeblich angeklopft, Ustorf hatte zudem das Haus umrundet. Nun berieten sie sich leise.

»Kollege Brasch«, sagte Konstantinos in besorgtem Ton. »Sie sollten sich anhören, was Fräulein Rabe zu sagen hat.«

Abfällig verzog der Oberkommissar das Gesicht, musterte Ida nur kurz und wandte sich wieder Ustorf zu.

»Frau Gehrmann hat mit Doktor Birger zusammengearbeitet«, sagte sie laut, damit Brasch sie hörte. »Wahrscheinlich haben sie illegale Abtreibungen durchgeführt. Womöglich auch bei der jungen Frau, die am Montagnachmittag am Dammtor zusammengebrochen und verblutet ist.«

Nun wirkten auch die Kommissare alarmiert.

Ustorf stiefelte voran und rüttelte an der Tür. Konstantinos und Brasch folgten ihm, und nach einer kurzen Unterredung versuchten sie, mit vereinten Kräften die Tür einzudrücken. Vergeblich.

»Hätte einer der Herren etwas Draht bei sich?«, fragte schließlich Ida.

Brasch und Ustorf guckten erstaunt und schüttelten die Köpfe. Konstantinos aber warf ihr einen schrägen Blick zu und ließ sich vor seinem Wagen auf die Knie fallen, um das Chaos auf seiner Rückbank zu durchsuchen. Schließlich kehrte er triumphierend mit einem Kleiderbügel in der Hand zurück und reichte ihn Ida.

Sie unterdrückte ein Lächeln. Wieso er einen Kleiderbügel spazieren fuhr, würde sie ein andermal klären.

»Ich nehme an, es ist Gefahr im Verzug?«, sicherte sie sich ab.

Der Oberkommissar nickte widerwillig, das Gesicht säuerlich verzogen. Ida bog das Metall erst gerade und dann zu einem rechten Winkel. Unter den skeptischen Blicken der Männer machte sie sich an die Arbeit. Behutsam schob sie den selbst gebastelten Dietrich in das Türschloss und zog so lange vor und zurück, bis ein leises Knacken ertönte. Sie nickte Brasch und Ustorf zu, die an ihr vorbeistürmten und die Tür aufstießen. Angespannt starrte Ida in den Flur, muffige Luft schlug ihr entgegen.

»Wo in aller Welt haben Sie so etwas gelernt?«

Sie antwortete nicht auf Konstantinos' Frage. Was sollte sie auch sagen? *Bei der Königin von Sankt Pauli, der ich blind vertraut habe?*

»Nichts«, sagte Brasch, als er ein paar Minuten später zurückkehrte.

»Keine weitere Leiche?«, fragte Ida. »Oder jemand, der lebt?«

Brasch beachtete sie gar nicht. An ihm vorbei spähte sie durch eine offen stehende Tür am Ende des Flures. Die Dielen im Wohnzimmer glänzten rötlich und wie frisch gebohnert. An den Wänden hingen kostbar wirkende Teppiche.

»Ich wusste gar nicht, dass Ärzte so gut verdienen«, murmelte sie.

Ustorf, der langsam durch den Flur auf sie zugeschlendert kam, schüttelte den Kopf. »Sie immer mit Ihrem Arzt. Birger war Bauer.«

»Bauer?« Ida schüttelte den Kopf. »Da habe ich anderes gehört.«

Mit verschränkten Armen baute sich Oberkommissar Brasch vor ihr auf. »Und was haben Sie gehört, wertes Fräulein Rabe? Langsam bekomme ich den Eindruck, die gesamte Unterwelt Hamburgs klopft erst einmal bei Ihnen an, bevor ein Verbrechen geplant und durchgeführt wird. Sie wissen ja scheinbar alles.«

»Was womöglich daran liegt, dass ich frage«, bemerkte sie kühl. »Wer so viel durch die Gegend läuft und mit Menschen spricht wie ich, hört eben mehr als ein Schreibtischtäter.«

»Ida«, murmelte Ares Konstantinos warnend.

Dass er sie auf einmal mit Vornamen anredete, löste ein wohliges Gefühl in Ida aus. Sie mochte den Klang ihres Namens, wenn er ihn aussprach. Die Vertrautheit schien auch Brasch aufzufallen. Mit wütender Miene blickte er von ihr zu ihm und drehte sich dann kopfschüttelnd um.

»Ustorf, reden Sie mit der Kollegin. Mir fehlen, wie ich zugeben muss, die Worte.«

Wenig später hatte Ida das, was sie wusste, weitergegeben.

»Danke«, sagte Ustorf, klappte sein Merkbuch zu und nickte ihr zu. »Sie können jetzt gehen, Fräulein Rabe. Und gehen Sie schnell und weit weg, wenn ich bitten darf.«

Ida ließ noch einmal den Blick über das verlassene Gelände schweifen. Ungefähr hier hatte sie gestanden, nachdem der Franzose davongehumpelt war, und das Gefühl gehabt, beobachtet zu werden. Sie guckte hinter sich. An der Längsseite des Hauses spiegelte sich in einem schmalen Fenster der Himmel. Von dort hatte man sicher eine gute Sicht auf den Hof. Hatte dort jemand gestanden und sie nicht aus den Augen gelassen? War es Birger gewesen – oder vielleicht Renate Gehrmann?

Ida überlief ein Schauder, den sie sich selbst nicht erklären konnte.

»Fräulein Rabe!« In Ustorfs Stimme schwang äußerste Ungeduld mit.

»Ich gehe ja schon. Auf Wiedersehen, Kollege.«

Als sie den Hof verließ, flüsterte sie Ares zu: »Danke! Sie haben bei Miss Watson ein gutes Wort für mich eingelegt. Das war sehr nett von Ihnen.«

Er warf ihr ein verschwörerisches Lächeln zu und rollte mit den Augen, als Brasch »Ustorf!« bellte.

Ida machte, dass sie wegkam. Sie hatte sowieso noch genug zu tun.

*

Bei den Anwohnern einer kleinen Ansammlung von Katen, die sich nicht weit von Birgers Gehöft neben einem Bachlauf duckten, biss sie auf Granit. Mit Verbrechen wollte man hier nichts zu tun haben. Und Hamsterinnen, folgerte Ida, waren ihnen schon gerade einerlei. Dennoch spulte sie wieder und wieder ihre Fragen ab.

»Ist Ihnen im März oder im April etwas aufgefallen? Haben Sie Schreie gehört oder Menschen gesehen, die Sie nicht kannten?«

Nun stand sie vor der Tür eines niedrigen Bauernhauses, dessen Reetdach so zerrupft aussah, dass es wahrscheinlich hineinregnete. Die Frau vor ihr war früher einmal schön gewesen, sie hatte hellblaue Augen und weiche Züge, doch das Leben hatte deutliche Spuren hinterlassen. Ihre Mundwinkel hingen hinab, ihre Mimik war sparsam, und wenn sie doch etwas sagte, zeigte sie eine Reihe fast durchgehend brauner Zähne.

»Der Täter, den wir suchen, ist ein Sittlichkeitsverbrecher und geht immer brutaler vor. Er benutzt einen Strick, um den Frauen die Luft abzudrücken, und ...«

»Sie müssen mit meiner Tochter reden!«

Ida, die schon alle Hoffnung begraben hatte, war augenblicklich hellwach. »Wieso? Was ist Ihrer Tochter denn zugestoßen?«

Die Frau wiederholte nur: »Sie müssen mit meiner Tochter reden.«

»Wo ist sie? Können Sie sie holen?«

»Nee. Is noch unterwegs. Im Nachbarort bei der Maiglöckchenernte aushelfen. In n paar Stunden is sie wieder da.«

In ein paar Stunden? Sie konnte unmöglich so lange hier herumlungern!

»Welcher Nachbarort? Wie heißt Ihre Tochter? Ist sie überfallen worden?«

»Freda. Freda Vetzlaff. Nee, nich überfallen. Aber das mit dem Strick, was Sie da gesagt haben ...« Unsicher starrte die Frau sie an. »Das mit dem Strick, das is ihr auch passiert. Das is aber schon länger her. War n Freund von ihr oder so.«

Ida spürte, wie sich alles in ihr verkrampfte. Ein Freund der jungen Frau? Freunde kannte man beim Namen!

»Wer war er? Haben Sie ihn gekannt?«

»Pff«, stieß Frau Vetzlaff aus. »Die is so schlau, keinen der Kerls mitzubringen. Is aber schlimm genuch, ausm Dorf zu hören, dass die eigene Kleine schon wieder nen Neuen hat.« Sie kniff die Lippen zusammen. »So hab ich sie nich erzogen! Ich hab mir Mühe gegeben. Hat aber nix genützt. Macht, was se will. Geht aus, mit wem se will. Da bleibt einem nix, als se rauszuwerfen, aber das ... Das bring ich nich übers Herz.«

»Und das ist auch gut so«, sagte Ida mit Nachdruck. »Hat Ihre Tochter nie einen Namen erwähnt? Gar nichts – woher er kam, von hier oder aus der Stadt, was er beruflich machte?«

Ihr Gesicht verdüsterte sich. »Nee. Nee, ich glaube nich.«

Enttäuscht ließ Ida ihr Merkbuch sinken und wollte sich gerade bedanken, als Frau Vetzlaff sie zurückhielt.

»Wenn Se wollen, frag ich mein Mann, der kann n bisschen besser mit Freda. Vielleicht hat se zu dem was gesacht ... Jörn!«, donnerte sie und steckte ihren Kopf ins Innere des Hauses.

»Wasn?«, erklang eine müde Männerstimme.

»Hat Freda ma gesacht, wie der Kerl hieß, der Schlimme, weißte?«

Eine ungemütliche Ruhe trat ein. Dann erklang ein Rumpeln, und Herr Vetzlaff, wie Ida annahm, erschien in der Tür. Er war dürr und klein und sah müder aus, als sich Ida je fühlen würde.

»Wer willn das wissen?«

Ida erklärte, wer sie war und nach welchen Antworten sie suchte.

»Hat se zu dir mal was gesacht?«, fragte Frau Vetzlaff ungeduldig.

»Den müssen Se wegsperrn«, sagte Herr Vetzlaff. »Oder besser gleich n Kopp kürzer machen.«

»Ich bemühe mich.«

»Also, ich glaub ... Nisse. Oder Bo? Vielleicht wars auch Hein. Se wollt nich drüber reden, die Lüdde, das kann man ihr ja wohl auch nich zum Vorwurf machen, oder? Aber wat Kurzes wars.«

Enttäuscht notierte sich Ida die Namen. Etwas genauer hätte es ihrer Meinung nach schon sein können. Aber Freda würde ihr sicher mehr sagen.

Der Bauer im Nachbarort jedoch, bei dem Freda Vetzlaff angeblich bei der Maiglöckchenernte aushalf, schüttelte den Kopf.

»Wenn Se mich fragen, Fröken Wachtmeister, schäkert die wieder mit den Soldaten rum. Die macht sich nich den Buckel krumm, die junge Vetzlaff. Is n hübsches Ding. Kricht auch so watt zu beißen und ne Zigarette hier und da. Können ja ma beim Lager fragen. Die Jungs vonner Insel, die gucken sich die deutschen Mädchen gerne an. Mit denen fährt sie im Jeep rum und winkt, als wär se die Königin von England.«

Zum Lager aber wollte Ida nicht, und den Gedanken, zu Fredas Mutter zurückzukehren, verwarf sie ebenfalls verärgert. Wenn sie die junge Frau bei ihren Eltern verpfiff, würde Freda Vetzlaff sicher nicht mit ihr reden. Ida beschloss, morgen in aller Frühe zurückzukehren. Um sieben würde Freda sicher noch in den Federn liegen.

*

Es ging schon auf den Abend zu, als sie ihre Schritte auf das niedrige Haus in der Margaretenstraße zu lenkte, das seit anderthalb Wochen ihr Zuhause war. Erst jetzt merkte sie, dass sie vor Müdigkeit kaum geradeaus gucken konnte. Ihr Magen hatte aufgegeben zu rebellieren, wie es schien, aber seit der letzten Straßenecke war ihr so schwindelig, dass sie sich am liebsten für ein kurzes Nickerchen auf die Straße gelegt hätte. Ab ins Bett. Die Augen schließen. Einfach mal nicht denken.

Langsam stieg sie die Stufen im Treppenhaus hinauf. Ihre Hand zitterte, als sie den Schlüssel für die Wohnungstür aus der Tasche kramte.

»Reiß dich zusammen«, murmelte sie und legte die Finger auf den Griff, um den Schlüssel ins Schloss zu bugsieren. Da schwang die Tür mit leisem Knarren auf. Perplex sah Ida auf ihre Hand hinab, in der die Schlüssel noch baumelten.

Mit dem Fuß öffnete sie die Tür einen weiteren Spalt.

»Fräulein Heinze?«, rief sie ins Innere. »Sind Sie da?«

Ihr Blick fiel auf eine tiefe Auskerbung im Türrahmen. Jemand war hier eingebrochen, und wer auch immer das gewesen war, hatte sich deutlich weniger Mühe gegeben als Ida bei Doktor Birgers Haus. Zweifellos war der Eindringling mit einem Brecheisen zu Werke gegangen.

»Fräulein Heinze?«, fragte sie erneut. Ihre Stimme klang plötzlich rau und zittrig. Sie räusperte sich. »Fräulein Rohwetter? Ist jemand da?«

Sie trat ein und hielt die Luft an. Nichts war zu hören bis auf das Vogelgezwitscher von draußen und leises Motorenbrummen. Dann Schritte im Treppenhaus. Sie riss die Tür, die hinter ihr zuzufallen drohte, wieder auf und blickte in Heinrich Schmidts strahlendes Gesicht.

»Sie wollten doch noch einmal zu Besuch kommen! Passt es Ihnen jetzt, Fräulein Rabe?«

»Nein«, murmelte sie, ließ ihn stehen und ging in die Wohnung zurück. Ihr Blick war in das Zimmer gefallen, das sie sich mit Fräulein Heinze teilte. Der Vorhang in der Mitte war heruntergerissen und lag zerknüllt auf dem Boden. Die wenigen Kleider, die Ida besaß, waren dazwischengestreut.

»Was in aller Welt ist denn hier passiert?«, fragte ihr Nachbar leise. »Ist hier jemand eingestiegen?«

»Ja.« Irritiert ließ sie ihren Blick weiterwandern. Ihre Matratze stand an die Wand gelehnt, die dünne Decke lag daneben. Ida stockte der Atem, als sie zu suchen begann. Sie hob die Decke auf, sämtliche Kleider, zog schließlich sogar Fräulein Heinzes Schubladen auf, bis sie sich endlich eingestand, dass es nirgends zu finden war.

Wer immer hier gewesen war, hatte ihr Puukko-Messer mitgenommen.

»Entschuldigen Sie mich.« Sie hastete an Herrn Schmidt vorbei in den Hausflur, kehrte jedoch noch einmal zurück.

»Würde es Ihnen etwas ausmachen, hier auf mich oder auf meine Vermieterin zu warten? Erklären Sie ihr, dass hier eingebrochen wurde und dass ich Sie gebeten habe, aufzupassen. Ich bin gleich wieder da.«

*

»Hast du jemanden auf mich angesetzt?« Ohne sich angekündigt zu haben, war sie in Marlises Kabuff geplatzt. »Hast du das veranlasst? Auch bei mir einzusteigen?«

Die Bunkerkönigin stand auf und blickte Ida grimmig an. »Dir ist einer auf die Pelle gerückt? Ha! Aber wieso sollte ich mir die Mühe machen? Ich weiß alles von dir. Wo du arbeitest, aber auch wo das blonde Engelchen zu Hause ist und bei wem das Katzenmädchen jetzt lebt. Hast du vergessen, dass ich überall in Sankt Pauli Augen und Ohren habe?«

Während Marlise sprach, lief Ida ein Schauder über den Rücken. Hoffentlich merkte es die Bunkerkönigin ihr nicht an.

»Vielleicht willst du mir ja nur Angst einjagen«, sagte Ida so nonchalant wie möglich.

»Vielleicht hast du ja längst Angst, und ich lach mir bloß ins Fäustchen.« Marlise hob eine Augenbraue. »Ich könnte mich danach erkundigen, wer dir im Nacken sitzt. Aber im Leben gibt's nichts umsonst.«

Drohend sah Ida sie an. Sie wusste, was dabei herauskam, wenn sie sich auf einen Handel mit Marlise einließe.

Kurz überlegte sie, ob die beiden Tunichtgute Willem Alexander und Ludger Rodhart bei ihr eingebrochen sein könnten. Aber welcher irrwitzige Zufall wäre das?

»Ich mach mich schlau, wenn du nett zu mir bist. Und damit meine ich nich, dass du n bisschen mit den Wimpern klimperst. Nee, wir zwei, wir sind wohl doch noch nich fertig miteinander.«

»Beim letzten Mal hast du anders geklungen.« Plötzlich noch viel müder als zuvor, sah Ida Marlise an. Sie hatte keine Lust mehr auf die Spielchen. Sie hatte auch keine Lust, hier herumzustehen und sich für dumm verkaufen zu lassen. »Du weißt, dass ich dir keine Informationen stecke. Hast du mein Messer?«

»Welches Messer denn, Kleine?«

»Das Puukko-Messer.«

Marlises Blick wurde hart. »Wieso sollte ich es mir zurückholen? Ich hab genug Waffen, um nen Krieg anzuzetteln. Von mir aus können sie dir damit die Kehle durchschneiden, is mir egal.«

»Ist es das, was du willst?« Ida verschränkte die Arme vor der Brust und funkelte Marlise an. »Willst du mich tot sehen?«

»Du überschätzt dich, Idachen. Ob du lebst oder dem Gras von unten beim Wachsen zusiehst, is mir schnuppe. Du hast mich verlassen, hast du das vergessen? Wer das tut, *is* für mich gestorben.« Mit bohrendem Blick musterte sie Ida. »Glaubst du immer noch, ich hätt keine Ahnung gehabt, wo du steckst? Hast dich verkrochen. Wie hieß der Schrebergarten noch ... *Apfelblüte* oder so ein Blödsinn?«

»*Unter dem Birnenbaum.*«

Marlise frohlockte. »Jaja, da haste gesteckt und gefroren und geheult.«

Bei dem Gedanken, dass sie im vergangenen Winter die gesamte Zeit über beobachtet worden war, wurde Ida erneut ganz anders.

»Und vorher biste wie n tollwütiger Hund kreuz und quer durch die Stadt gestromert. Hast mir fast leidgetan. Ja, wer hätte gedacht, dass der Mann so ein Jammerlappen is?«

»Lass Karl da raus.«

Marlise brach in heiseres Gelächter aus. »Ich hab's dir immer gesagt. Hab ich's nicht? Hab ich dir nich Tag und Nacht vorgebetet, dass du eine Sache im Blick behalten musst: Dein Herz ist deine Burg. Da kannste keinen reinlassen. Nich mal in die Nähe, verdammt noch mal.« Sie war leiser geworden, ihre Stimme heiser und zischend. »Aber du musstest ja unbedingt. Plötzlich war alles gut in deinem Leben, hä? Hast Pläne gemacht. Mit nem verfluchten Kirchenmann! Und jetzt guck, was dabei rausgekommen ist! Du bist wirklich bemitleidenswert.«

Warum hörte sie sich das überhaupt an?

»Aber lieb ihn nur weiter, bis du tot umfällst.« Gehässig verzog Marlise das Gesicht.

Ohne ein weiteres Wort drehte sich Ida um. Ihr Gesicht fühlte sich an wie eine Maske aus Pappmaschee, und ihr war, als könne sie nicht mehr richtig atmen. Sie zwang sich, langsam durch den schmalen Gang zu gehen, und hatte das Gefühl, immer durchsichtiger zu werden, je weiter sie sich von Marlises Kabuff entfernte. Im Treppenhaus holte sie keuchend Luft und eilte, die Hand auf ihr Herz gepresst, hinab. Draußen blieb sie stehen, schloss die Augen und atmete tief die frische, nach Holzfeuer riechende Luft ein.

Doch als sie die Augen wieder öffnete, empfand sie immer noch nichts als Verzweiflung. Statt auf direktem Wege zurück in die Margaretenstraße zu gehen, nahm sie die Straße zum Schlachthof. Sauer und beißend war hier früher der Geruch von Blut gewesen, der auch in den letzten Kriegsjahren noch ständig in der Luft gehangen hatte. Sie kannte die Gegend wie ihre Westentasche, gab es doch auch hier ein fein verzweigtes Tunnelsystem, durch das die Tiere von den Markthallen zur Schlachtung getrieben worden waren. Aber auch von anderen waren die unterirdischen Gänge gern genutzt worden.

Heute allerdings hatte Ida nicht vor, in die Dunkelheit zu entschwinden. Sie sehnte sich nach etwas Ruhe und fand sie in dem Eingang zum südlichsten der Trifttunnel, wo sie stehen blieb, die Hände hob, sich erst zur einen Seite, dann zur anderen neigte, tief ein- und ausatmete und dann nach vorn fallen ließ, um ihre angespannte Nackenmuskulatur zu dehnen. Erst jetzt, als ihre Finger den schmutzigen Boden berührten, bemerkte sie, dass sich ihre Schultern anfühlten, als befänden sie sich in einem Stahlkorsett.

Langsam wurden ihre Gedanken wieder klarer. Sie schlug den Rückweg nach Hause ein. Was immer Marlise vor ihr verbarg – sie konnte ihr den Buckel runterrutschen. Dass sie ihr das Messer nicht hatte klauen lassen, glaubte ihr Ida sogar. Nur: Wer war es dann gewesen?

Als sie in die Wohnung in der Margaretenstraße zurückkehrte, hing gar keine Tür mehr in den Angeln.

»Ähm, Herr Schmidt, was tun Sie da?«

Ihr Nachbar sah nur kurz von dem in Idas und Fräulein Heinzes Zimmer geräumten Küchentisch auf, den er zur Werkbank umfunktioniert hatte. Er hatte das Scharnier von der Tür geschraubt und den zersplitterten Teil des Holzes herausgesägt. Nun betupfte er ein schmales Brett mit Leim.

»Ich sorge dafür, dass heute Nacht niemand hereinkommt, der nicht hereinkommen soll. Wenn Sie möchten, halte ich zusätzlich Wache.«

Ida wollte sein Angebot freundlich ablehnen, doch sie brachte kein einziges Wort über die Lippen. Stattdessen begann sie laut zu schluchzen. Erschrocken sah Heinrich von seiner Arbeit auf, legte das Werkzeug beiseite und nahm sie sanft beim Ellenbogen.

»Ich wusste, dass das in Ihnen steckt. Ich habe es Ihnen schon im ersten Augenblick angesehen.«

»Was denn?«

Himmel, sie klang lächerlich! Rotz lief auch aus ihrer Nase, den sie peinlich berührt mit dem Ärmel ihrer Uniform abwischen wollte, es dann aber unterließ.

»Momentchen.«

Heinrich griff in seine Hemdstasche und zauberte ein Seidentaschentuch daraus hervor. »Fast sauber.«

»Danke.« Sie tupfte sich das Gesicht ab, doch schon schossen neue Tränen nach. »Was steckt in mir?«

»Trauer«, sagte er leise. »Unmengen davon.«

Ida schloss die Augen, doch das half nicht. Mit einem Mal prasselten alle ihre Gefühle auf einmal auf sie ein. Sie sah die Frauenleiche in Vierlande vor sich, die blutüberströmte Charlotte Wendler, das Katzenkind in der Badewanne und die sterbende Elsa Hoffmann auf dem Bahnsteig am Dammtor. Sie sah Marlises böses Lächeln und Hildesunds erhobenen Zeigefinger und Heide Brasch, wie sie von den Männern im Bunker eingekesselt wurde. So viel Leid, so viel Bitterkeit, so viel Gewalt. Und sie hatte das Gefühl, nach wie vor im Dunkeln zu tappen.

»Kommen Sie. Setzen Sie sich.«

Ida tat es ihrem Nachbarn nach, der sich ungelenk auf den Boden hatte plumpsen lassen. Die Dielen waren angenehm kühl; wenn sie die Handflächen darauf presste, war ihr, als hätte sie ihre Sinne wieder halbwegs beisammen.

»Und nun sagen Sie schon. Was ist passiert?«

Ida zögerte. Von den Ermittlungen durfte sie nichts verraten. Aber über Marlise konnte sie sprechen. Sie begann zu erzählen. Von jenem Tag im neblig-kalten Februar 1943, der ihr zwanzigster in Hamburg gewesen war. Keinen Pfennig hatte sie mehr in der Tasche gehabt und sich eingestehen müssen, dass sie zurückmusste. Zurück nach Amrum, zurück in ihr Elternhaus, das sie verlassen hatte, weil sie gehofft hatte, anderswo würde sie eine Aufgabe finden, Freunde und Glück.

Allein die Vorstellung, dass sie wieder in diese Herzenskälte zurückmüsste, die wie Nebel über dem Hof hing, die Vorstellung, ihre Mutter um Entschuldigung dafür zu bitten, dass sie sie verlassen hatte – sich weggeschlichen mitten in der Nacht –, ließ Ida grauen. Die Alternativen aber waren rar. Sie hatte keinen Platz zum Schlafen oder um sich zu waschen; sie hatte zwei Tage lang nichts gegessen. Mitten in einer Stadt, die voll von Wohlstand und Hakenkreuzen war, waren die Leute ohne einen Seitenblick an ihr vorbeigelaufen, während Ida so leise wie vergeblich um einen Groschen bat.

Eine jedoch blieb stehen. Eine Frau mit vollem blondem Haar und geheimnisvollen dunklen Augen. Ida erinnerte sich genau, wie die Dame ihr Portemonnaie gezückt und einen Heiermann in Idas Hand gelegt hatte. Fünf Mark! Die Frau war weitergegangen, den Duft teuren Parfums hinter sich herziehend, und Ida hatte ihr stumm vor Erstaunen nachgeblickt.

An der Ecke zu den Großen Bleichen hatte sich die Frau noch einmal zu ihr umgedreht. In ihrem Rücken hatte das Wasser der Binnenalster geglitzert.

»Wenn Sie möchten, kommen Sie mit mir.«

Und Ida war ihr gefolgt. Wie ein Hündchen, das zum ersten Mal in seinem Leben Liebe witterte. So hatte alles begonnen mit Marlise und ihr.

»Und dann?«, fragte Heinrich und beugte sich gespannt vor, um ja nichts zu verpassen.

»Sie hatte eine Wohnung, die aber bei der Operation Gomorrha zu Asche wurde. Also tingelten wir von einem ihrer Freunde zum nächsten. Nach dem Krieg sind wir in den Bunker gezogen. Ich hatte ein Fleckchen auf drei Quadratmetern ganz für mich allein, es kam mir wie der behaglichste Ort der ganzen Welt vor. Ich mochte alles dort. Die Stimmen, das Gefühl, niemals allein zu sein…« Sie räusperte sich und sah in Heinrichs mitfühlendes, aber weiterhin fröhliches Gesicht.

»Interessiert Sie das alles wirklich?«

»Und wie! Ich freue mich immer über bittere Geschichten. Das gibt mir das Gefühl, Teil einer, na ja, größeren Gemeinschaft zu sein.«

Unfreiwillig musste sie lachen. »Aber fangen Sie nicht auch an zu heulen, ja?«

»Versprochen.«

Sie schloss wieder den Mund und schüttelte den Kopf. »Ich kann nicht.«

»Was denn?«

»Weiterreden.« Sie schüttelte wieder den Kopf und lächelte traurig. Niemandem vertrauen, dein Herz ist deine Burg – hatte Marlise nicht zumindest in diesem Punkt immer recht gehabt? Und was brachte es schon, in Erinnerungen zu graben?

Heinrich nickte verständnisvoll. Nach einer Weile rappelte er sich auf und fuhr fort, die Tür zu reparieren.

»Ich denke, nun können Sie beruhigt schlafen, Fräulein Rabe«, sagte er abschließend und hob, als würde sie nichts wiegen, die Tür vom Tisch und draußen im Flur in die Angeln. »Hier kommt keiner mehr rein.«

»Danke. Für alles, Heinrich. Und würden Sie mir noch einen Gefallen tun?«

Seine Augen strahlten. »Welchen?«

»Ob Sie vielleicht ein paar Plätzchen entbehren könnten? Nicht für mich. Ich würde sie gern einem kleinen Mädchen schenken und einer Dame, die so gut war, auf die Kleine aufzupassen.«

»Ach, wenn's nur das ist! Gerne.«

Hamburg

Frühjahr 1947

Endlich hab ich die Augen schließen und die Sonne auf meiner Haut fühlen können und war dabei sogar fast ein bisschen froh. In mir war es ruhig. Kein Sturm tobte mehr. Alle Angst war weg. Aller Hass. Ich fühlte mich, als wenn das, was passieren musste, endlich passiert war.

Als ich zurück zum Bunker ging, zog mein halbes Leben an mir vorbei. Als wär ich die, die gestorben war mit einem erleichterten Grinsen. In mir sang es. Gleich würde ich zu Madlena zurückkehren. Da stand er schon, der hässliche Kasten. Als wir beim ersten Mal auf die beiden Bunker zuliefen, hatte sich die Kleine an mich geschmiegt. Sie hatte Angst, und ich habe ihr gesagt: »Solange du bei mir bist, musst du nichts fürchten.«

Gleich würde ich sie wiedersehen. Um mich hüpften Vögel, das ließ mich an Berlin denken. Zwei Jahre war er her, der Frühling nach der Finsternis. Plötzlich war ich frei, konnte raus aus dem Krankenhaus, weg von Bahlsum, weg vom Monster, und ging nach Norden, auch wenn ich nicht wusste, wohin mit mir. Doch die Leute sagten: Die Russen kommen. Halt dich westwärts.

Aber ich wollte Einsamkeit. Wollte mich niemandem anschließen, wollte nur Stille. Die hab ich im Wald gefunden, nahe einem See.

Morgens schwamm ich darin, als die Oberfläche seidenglatt war. Stille überall. Meine Seele wurde größer, das spürte ich. Aber jedes Mal kämpfte ich mit mir, ob ich wieder auftauchen solle. Doch da unten, im dunklen, funkelnden Wasser, da hab ich gemerkt: Das Leben und ich waren noch nicht fertig. Etwas wartete noch auf mich.

Also ging ich weiter. Von Osten flohen weiter die Menschen. Ich behielt meinen Weg bei. Lief und lief und lief und lief. Ich hatte Tage nichts gegessen. Dann stand ich vor dem Stadttor. Dieser Anblick kurz darauf. Leichen, Dutzende Leichen, trieben unterhalb der Brücke an mir vorbei. Ich stand da und blickte hinab. Langes Haar, das im Wasser wallte. Aufgeblähte Blusen, aufgetriebene Bäuche. Frauen, auch Kinder. Einen Mann dazwischen sah ich nicht.

Stadt voller Geister. Noch mehr Tote. Am Wegrand stand einer, der sie verscharrte. Asche schwebte durch die Luft und das Gefühl, das Schlimmste käme erst noch. Ein paar lebten. Ein paar, die mich erschrocken und voller Angst anstarrten, und genau so starrte ich zurück.

Türen, die nur angelehnt waren. Ich ging in eines der Häuser rein, saß im Dunkeln und wartete. Ich wusste nicht worauf, ich wusste nur, dass ich nicht gehen dürfte. Irgendwann hörte ich ein Kratzen. Ich fuhr zusammen und wollte abhauen, da miaute es leise. Ich stand auf. Tastete mich im Dunkeln durch den Raum. Es roch nach Blut, das merkte ich erst, als ich fast in einer Lache ausrutschte. Ich rückte die umgestürzten Stühle zur Seite, um zu dem Schrank zu kommen, der hinten an der Wand stand. Als ich die Tür aufmachte, saß es da. Mein kleines Katzenmädchen. Ich sah es an, und aus schwarzen Augen starrte es zurück.

Im Bunker haben mich auch alle angestarrt. Weil ich plötzlich wieder da war und weil Bahlsums Blut an meinen Händen klebte. Da wird es immer kleben, ganz egal, wie sehr ich schrubbe. Ich fühlte mein Herz klopfen vor Freude. Gleich würde ich mein Mädchen wiedersehen. Endlich. Endlich! Aber dann ging ich in unser kleines Reich und traute meinen Augen nicht. Da wohnte jetzt n anderer drin! Ich stand da und guckte erschrocken, und dann rief ich panisch nach Madlena. Jemand sagte: »Die hat eine von der Polente mitgenommen.«

Polente?

Keiner wollte quatschen, bis eine endlich, so eine Hutzlige, flüsterte: »Musst die Bunkerkönigin fragen. Die kennt die. Die weiß, wer sie ist.«

Und Marlise quatschte.

Gut, dass ich mittlerweile weiß, wie man Leuten folgt, ohne dass sie es merken. Ich hatte die Adresse. Hab da gewartet, bis sie morgens raus ist, und dann bin ich hinterher. Die merkt nix. Hatte ein irrsinniges Tempo drauf, wie ein Kerl, aber guckte nicht nach rechts und links. Und das als Polizistin. Dumm!

Ganz genau hab ich sie mir angeguckt, wie sie von A nach B ist – zur Reeperbahn, dann wieder raus aus der Wache und am Park vorbei zu so einem riesigen Gebäude, in das ich lieber keinen Fuß setze. Polizeipräsidium, steht auf einem glänzenden Schild, und wer da durch die Tür tritt, sieht so was von wichtig aus. Und schon wieder raus und zur Elbe zurück.

Das mit dem Verfolgen, das kann sie nicht gut. Da sollte sie besser mal mich fragen, wie das geht. Aber ich kannte sie, fiel mir irgendwann ein. Ich hatte die schon mal gesehen. Nur wo, hab ich mich gefragt, bis es mir wieder einfiel: auf Bahlsums Hof! Da hat sie dem dürren Kerl, der manchmal vorbeikam und blöd rumstand, eine Zigarette gegeben. Komische Frau, hatte ich da gedacht, während ich sie durchs Fenster beobachtet hab.

Jetzt muss ich rausfinden, wo Madlena steckt. Ich werde meine Kleine wiederfinden. Niemand wird mir je wieder ungestraft einen Menschen fortnehmen, den ich liebe.

8

Kirchwerder, Vierlande

Freitag, 9. Mai 1947, 6:56 Uhr

Zarter Nebel hob sich von den Feldern. Das Gras am Wegrand war von Tau benetzt und schimmerte im Licht der noch tief stehenden Sonne. Ida war wie verzaubert. So nahe an der Stadt, und doch fühlte sie sich, als habe sie eine andere Welt betreten. Sie lauschte den Vögeln; Elstern, die vor sich hin schnatterten, und einer Amsel, die sie trällernd ein Stück begleitete. Dennoch hatte sie ein ungutes Gefühl, seit sie an der Haltestelle Achterdiek aus der Bahn gestiegen war. Zu dieser frühen Stunde waren nur wenige Leute unterwegs. Die paar anderen Passagiere waren beim Anblick von Idas Uniform zusammengezuckt und hatten scheu die Gesichter abgewendet. Fast ausschließlich Frauen waren es. Und die wenigen Männer darunter waren alt und hatten ausgezehrt gewirkt. Könnte einer von ihnen das Monster sein? Schwer vorstellbar.

Dessen ungeachtet fühlte sie sich beobachtet, den ganzen Weg schon. Durch ein unangenehmes Kribbeln im Nacken hatte es sich angekündigt. Wieder blickte sie sich um. Nichts, keine Menschenseele weit und breit, nur die Felder, an deren Rand Gräser und Wildblumen wogten, ein paar Sträucher und in der Ferne sich kräuselnder Rauch, der von einer Siedlung aufsteigen musste. Erleichtert beschleunigte sie ihre Schritte, spürte aber rasch, dass sie so nicht lange durchhalten würde. Immer wieder wurde ihr schwindelig, was sie heute nicht nur dem Hunger, sondern zusätzlich dem Schlafmangel zu verdanken hatte. Die halbe Nacht hatte sie wach gelegen und über den Einbruch nachgedacht. Konnte es denn wirklich ein Zufall sein, dass ausgerechnet bei ihr eingestiegen worden war und bei niemandem sonst im Haus? Bei ihren Mitbewohnerinnen war zudem nichts gestohlen worden. Einzig Idas Puukko-Messer fehlte ...

Angespannt tastete sie nach ihrer Trillerpfeife, der Schließkette und der Taschenlampe. Noch einmal sah sie sich um. Niemand. Kein Schatten, keine Bewegung. Ihr Herz schmerzte, so laut hämmerte es. Sie musste sich beruhigen. Kraft sammeln. Angst machte blind für ...

Etwas schlang sich um ihren Hals. Zog sich zusammen, sodass sie schlagartig keine Luft mehr bekam. Ihre Hände flogen zu dem Strick, doch so verzweifelt sie auch versuchte, ihre Finger darunterzubohren, es gelang ihr nicht. Aus den Augenwinkeln sah sie, dass ihre Taschenlampe auf den Boden gefallen war. Ein Schuh trat sie beiseite. Ein Männerschuh, doch das war alles, was sie noch denken konnte, bevor sich ihre Umgebung erst rosarot, dann gräulich zu färben begann.

Nein, schrie es in ihr. Sie würde nicht sterben. Nicht jetzt, nicht so. Noch hatte sie ein wenig Kraft. Sie konzentrierte sich darauf, sich mit Wucht zur Seite zu drehen. Etwas Feuchtes presste sich auf ihren Mund. Sie atmete einen süßlichen Geruch ein. Nein. Nicht atmen.

Nicht atmen, Ida!

Sterne tanzten vor ihren Augen. Ihr Hals brannte wie Feuer. Da wurde der Zug um ihren Hals schwächer. Minimal nur, doch es reichte, um wieder zu Atem zu kommen. Mit aller Kraft, die sie noch aufbringen konnte, duckte sie sich in das Seil hinein, riss auf diese Weise den Mann hinter sich nach vorn, der zu stolpern begann und sich mit den Armen abzufedern versuchte. Als sie seine Hand zu packen bekam, griff sie nach einem Finger und bog ihn so fest nach hinten, bis es knackte.

Wieder drang der süßliche Geruch in ihre Nase. Weiter und weiter bog sie den Finger nach hinten. Er schrie. Heißer Atem in ihrem Nacken. Etwas bohrte sich in ihre Schulter. Rote Tropfen spritzten durch die Luft.

Gemeinsam taumelten sie durch das Feld. Sie hielt die Hand fest, bog den zweiten Finger nach hinten. Wieder ein Knacken, dem ein heiserer Schrei folgte. Mit voller Wucht ließ er sich gegen sie fallen. Das Seil um ihren Hals erschlaffte. Sie schoss herum und trat mit voller Kraft zu. Viel davon aber hatte sie nicht, sie traf seinen Hals mit der Stiefelspitze, doch es war kaum mehr als ein Stups. Sie stellte sich doch sonst geschickter an. Was war nur … Aus ihrer rechten Schulter, registrierte sie, als sie dorthin tastete und dann an sich hinabblickte, ragte etwas Hölzernes. Ein Messer.

Jetzt durfte sie keine Dummheiten machen. Sie hatte gute Lehrer gehabt. *Zieh niemals ein Messer aus dem Fleisch. Sonst verblutest du wie ein Schwein.*

Als sie den Kopf hob, sah sie ihn über den Feldweg auf sich zukriechen. Als sie sein Gesicht erkannte, gefror ihr das Blut in den Adern. Friedrich Rönn! Es war der Untermieter der verschwundenen Hebamme!

Ehe er bei ihr angekommen war, löste sie sich aus ihrer

Starre. Diesmal trat sie mit dem anderen Fuß zu und sackte mit dem linken Knie ein, sodass sie ins Taumeln geriet. Sie traf seinen Kehlkopf. Er röchelte laut. Als er den Kopf hob, flackerte blanker Hass in seinen Augen. Keuchend kroch er weiter auf sie zu. In seiner Hand entdeckte sie ein Stück Stoff. Näher und näher kam er. Verdammt, wieso fiel es ihr so schwer, sich zu bewegen? Hatte das Schwein sie betäubt?

Warm rann das Blut aus ihrer Wunde. Ein pochender Schmerz kroch ihr den Rücken hinab. Ihre rechte Hand konnte sie nicht mehr gebrauchen, nicht einmal mehr den Arm anwinkeln, während sie ein paar mühsame Schritte zur Seite taumelte, um einen Stein, einen Ast, irgendetwas zu finden. Aber da war nichts. Nur Erde und etwas Laub. Wie ein Bett, dachte sie und spürte ihre Müdigkeit, die sich wie eine weiche, unendlich warme Decke auf sie legte. Sich jetzt einfach hinlegen. Die Augen schließen. Nichts mehr spüren. Alles wäre weg.

Rönn gab ein zischendes Geräusch von sich. Das Seil hielt er in den Fingern seiner unversehrten Hand, die andere presste er schützend an den Körper. Mühsam kam er auf die Beine. Er war nicht größer als sie, und Ida kannte Dutzende Tricks, sich jemanden vom Leib zu halten, nie aber hatte ihr dabei ein Messer in der Schulter gesteckt. Vor allem war sie klar gewesen. Jetzt hingegen schwebte der Schlaf heran wie eine dunkle Wolke.

Alles begann sich zu drehen. Die Umgebung verwandelte sich in einen braun verschmierten Fleck, auf dem Rönns Umrisse kaum mehr erkennbar waren.

Er sagte etwas oder schrie, sie konnte es nicht verstehen. Noch ein Schatten, oder fantasierte sie schon? Sie sackte zusammen, bemüht, mit der linken Schulter auf dem Boden zu landen, die Hand schützend über den Griff des Messers gewölbt.

Etwas Warmes rann ihr die Wangen hinab ins Ohr. Dann kam Schwärze.

*

»Ida, kannst du mich hören?«

Im ersten Moment glaubte sie, Kaffee zu riechen. Wunderbar herben Kaffeeduft voll Würze, doch dann wurde Ida klar, dass es der Geruch von Erde und moderndem Laub war.

»Ida?«

Sie kannte diese Stimme. Aber jetzt die Augen zu öffnen erschien ihr entsetzlich schwierig. Sie fühlte sich schwer, unendlich schwer und müde und …

Rönn! Friedrich Rönn, der über sie hergefallen war. Der Strick. Das Messer. Ida riss die Augen auf und keuchte vor Angst. Dann erkannte sie ihre Kollegin, schemenhaft zunächst, dann immer klarer.

»Da bist du ja wieder.« Heides Stimme klang weich, doch ihr Blick sprach Bände. Besorgt beugte sie sich über Ida und musterte sie aufmerksam. Über ihrem Kopf wölbte sich sanftblau der Himmel.

»Was tust du denn hier?«, krächzte Ida. Ihr Mund war wie ausgetrocknet.

»Mich darum kümmern, dass du wieder auf die Beine kommst.«

»Sie alte Pappenheimerin«, erklang von weiter weg eine dunkle, volle Männerstimme. Die kannte Ida auch.

Blinzelnd drehte sie den Kopf zur Seite, in dem es daraufhin schmerzhaft zu pulsieren begann. Ein paar Schritte entfernt stand an der Seite von zwei Polizisten, die sie nie zuvor gesehen hatte, Ares Konstantinos in voller Größe. Bei seinem Anblick tat Idas Herz einen kleinen Hüpfer.

»Habt ihr ihn?«, wandte sie sich wieder an Heide. »Es war Rönn, Renate Gehrmanns Untermieter. Er ist das Monster.«

»Was?« Heide sprang auf und schoss zu den Kollegen, während Ida mühsam ihren Oberkörper aufrichtete. Wie viel Zeit war vergangen seit ... Seit ... Was war überhaupt genau passiert? Wieso war sie nicht tot? Was taten Heide und der Gerichtsmediziner hier?

Sie senkte den Blick wieder auf ihren Oberkörper. Die Uniformjacke trug sie nicht mehr. Ihre Bluse war blutdurchtränkt und an der Schulter eingerissen. Darunter blitzte ein Wundverband hervor.

»Sie hatten so viel Glück, dass es für zehn Leute reichen würde«, sagte Ares, als er neben ihr in die Hocke ging. Er reichte ihr seine warme Pranke und legte ihr die andere Hand in den Rücken, um sie weiter aufzurichten. »Wenn es so ist, wie es aussieht, hat die Klinge nur Muskelgewebe erwischt. Das Messer war auch nicht besonders scharf. Es hat für mehr stumpfe Verletzungen gesorgt, als dass es wirklich etwas durchtrennt hat. Aber Sie müssen ins Krankenhaus. Geht es denn?«

Ida verzog das Gesicht und biss die Zähne zusammen, um keinen Laut des Schmerzes von sich zu geben. Sanft half Ares ihr auf. Ihr brach der Schweiß aus, doch ihre Schulter spürte sie eigentlich kaum. Benommen fühlte sie sich noch. Und ihre Haut um den Mund herum brannte, als wäre sie verätzt.

»Was hat er mir gegeben? Er hat mir ein Taschentuch auf den Mund gepresst und versucht, mich zu betäuben.«

Besorgt sah Ares sie an. »Dann dürfte er Chloroform verwendet haben. Oder Chloräthyl. Noch ein Grund mehr, Sie ins Krankenhaus zu bringen. Wie hat es gerochen? Eher stechend oder …«

Ida hörte ihm kaum noch zu. Sie beobachtete, wie Heide auf die Kollegen von der Polizei einredete, um sich gleich darauf mit alarmiertem Gesicht in Bewegung zu setzen.

»Warte!«, rief Ida ihr nach. »Wo willst du hin?«

Heide schoss herum. »Du kommst keinesfalls mit.« So streng hatte Ida ihre Kollegin noch nie reden hören. »Neustadt – wie lautet Rönns Adresse noch mal?«

Ida gab sie ihr.

»Wie spät ist es denn?«, fragte sie Ares.

»Zehn. Etwa.«

»Erst zehn?« Das konnte doch nicht sein. Der Überfall lag keine zwei Stunden zurück? Sie fühlte sich … Es war … Nein, sie hatte gar kein Zeitgefühl mehr.

»Da wird er doch kaum nach Hause gefahren sein«, sagte sie nachdenklich, doch Heide war schon im Eilschritt verschwunden. Ida packte Ares am Revers. »So dumm ist er nicht. Ich habe ihn verletzt, vielleicht seine Finger gebrochen. Nie und nimmer ist er so nach Hause gefahren.«

»Machen Sie sich darüber keine Gedanken.« Ares' Augen hinter den Brillengläsern schimmerten warm. »Sie werden verarztet und lassen die Kollegen die Arbeit machen. Die müssen doch auch mal was zu tun bekommen!«

Sie verzog das Gesicht. Sie konnte Rönn nicht einfach entkommen lassen! Er hatte sie angegriffen! Und all die Frauen …

»Warten Sie!«
»Ich gehe doch gar nicht weg.« Ares grinste und blickte dann verwundert auf Idas Hand hinab, die sich vor Aufregung um seinen Hemdkragen krallte.
»Da war jemand! Da war ... Jemand hat Rönn gestört. Waren Sie das?«
»Was? Nein. Ich wünschte, ich wäre es gewesen. Aber als ich heute Morgen in der Davidwache war, um mit Ihnen zu sprechen, raste Ihre Kollegin atemlos an mir vorbei, schrie, dass Sie in Gefahr seien, dann sind wir in mein Auto und hergebraust. Im Wagen hat sie mir dann erzählt, dass die Bergedorfer Kollegen von einer uniformierten Polizistin berichtet haben, die womöglich schwer verletzt sei. Das konnten nur Sie sein, leider. Da war der schon hier.«
Idas Blick folgte seinem ausgestreckten Zeigefinger. Er deutete auf einen jungen, ernst aussehenden Mann mit Nickelbrille und fliehendem Kinn, den sie vorher gar nicht bemerkt hatte. Er saß auf einem Baumstumpf und ordnete den Inhalt seines Arztkoffers.
»Ob er Rönn in die Flucht geschlagen hat?«, überlegte sie laut. Der junge Mann wirkte nicht besonders entschlossen und schon gar nicht stark. »Ist der Mistkerl deswegen weggerannt, ohne mich ...«
Sie verstummte. Sie wollte gar nicht weiterdenken. Mit einem Mal fühlte sie sich schutzlos. Ihr wurde kalt, und sie hätte sich am liebsten irgendwo verkrochen. Doch das war nicht möglich. Das Schwein Rönn war noch auf freiem Fuß.
Ares winkte den jungen Mann heran, der sich schüchtern näherte.

»Vielleicht könnten Sie Fräulein Rabe schildern, was heute Morgen geschehen ist, Doktor.«

»Gern.« Er rückte seine Brille zurecht. Seine Stimme zitterte, als er sprach. »Riedel, guten Tag. Gegen acht klopfte eine Frau an meine Tür. Ich sah sofort, dass an ihren Händen Blut war. Sie schilderte erstaunlich gefasst, dass eine Polizistin überfallen worden sei, und beschrieb mir den Weg so detailliert, dass ich augenblicklich wusste, wo ich Sie finden würde. Als ich mich umwandte, um meinen Koffer zu greifen, war sie verschwunden. Ich rief meiner Frau zu, die Polizei zu verständigen – unser Haushalt ist der einzige im Ort, der über eine Telefonverbindung verfügt –, und dann rannte ich los.«

»Können Sie mir die Frau beschreiben? Wie sah sie aus?«

Er gab seiner Brille einen erneuten Stups die Nase hoch.

»Brünett«, begann er zögerlich. »Mittleres Alter. Fünfunddreißig, vielleicht vierzig. Eher ungepflegt. Sie hatte einen schlesischen Akzent. Meine Familie stammt von dort, daher habe ich ein Ohr dafür.« Er errötete, als habe er etwas Albernes gesagt.

»Schlesien?« Wo war ihr dieser Landstrich kürzlich untergekommen? Ihr Kopf funktionierte noch entsetzlich langsam. Immerhin war es Rönn nicht gelungen, ihr das narkosemittelgetränkte Taschentuch auf Mund und Nase zu pressen, was für ein Glück.

»Das Riesengebirge«, vergewisserte sie sich, als es ihr wieder einfiel, »liegt in Schlesien, oder?«

Doktor Riedel nickte.

Line Sander kam von dort, hatte Brasch doch herausgefunden!

»Sie haben mich also erst einmal versorgt?«, fragte sie den jungen Arzt. Als er nickte, streckte Ida die Hand aus.

»Danke.«

»Sie sollten sich ausruhen. Sie hatten wirklich Glück.«

»Ich weiß.«

Als sie bei Konstantinos' Wagen ankamen, den der Gerichtsmediziner in seiner Eile mitten auf dem Weg stehen gelassen hatte, lehnte Doktor Riedel das Angebot, in seine Praxis gebracht zu werden, ab und verabschiedete sich. Ares öffnete die Beifahrertür, doch Ida zögerte.

»Soll ich Ihnen reinhelfen?«

»Nein. Ich ...« Sie schüttelte den Kopf. Wer hatte gewusst, dass sie heute Morgen herkommen würde? Niemand. Niemand außer ...

Aber wieso sollte die Familie Vetzlaff Rönn verraten haben, dass Ida sie heute Morgen aufsuchen wollte?

»Könnten Sie mir einen Gefallen tun?«, fragte Ida.

Ares verzog das Gesicht, als wisse er genau, was jetzt kommen würde.

»Ich war heute Morgen eigentlich auf dem Weg zu einer jungen Frau, die ich gestern nicht angetroffen habe. Könnten Sie mich zu ihr fahren? Es ist nicht weit von hier. Und danach, das verspreche ich Ihnen, lasse ich mich von Ihnen ins Krankenhaus bringen.«

»Sie können froh sein, dass Sie noch stolze Besitzerin Ihres Lebens sind«, sagte Konstantinos und schnaubte. »Ein paar Zentimeter näher an der Halsschlagader und ...«

»Ich weiß. Sie haben ja recht. Aber mir geht es doch einigermaßen gut. Und ich habe das Gefühl ... Wieso war Rönn plötzlich hier und hat mich überfallen? Ich kann mir einfach nicht vorstellen, dass ich zufällig zu seinem Opfer wurde. Er hat ja auch nicht bloß das Seil benutzt, um mich außer Gefecht zu setzen: Er war vorbereitet. Darauf, dass ich mich womöglich effektiver würde wehren können als eine Frau, die so etwas nicht hat kommen sehen. Und er war mit einem Messer bewaffnet. Seit wann nimmt er ein Messer mit auf seine grausamen Streifzüge? Hat er die Frau also doch umgebracht, die ...«

»Das wollte ich Ihnen übrigens heute Morgen sagen«, unterbrach Konstantinos sie. »Es ist uns endlich gelungen, das Papillarlinienmuster der Toten zu rekonstruieren. Ich erzählte Ihnen ja schon, dass es aufgrund der fortschreitenden Fäulnisprozessse etwas schwieriger war als ... Fingerabdrücke«, erklärte er, weil Ida ihn fragend ansah. »Wir haben ihre Fingerabdrücke. Die Kommissare haben schon angefangen, sie mit denen aller vermisster Personen sowie straffällig gewordenen Frauen abzugleichen.«

»Das ist mal eine gute Nachricht.« Wenn wenigstens dieses Rätsel endlich gelöst würde! »Fahren Sie mich zu Freda Vetzlaff? Sie wohnt keine fünf Minuten von hier entfernt.« Hoffentlich, setzte sie in Gedanken hinzu, war sie um diese Uhrzeit noch zu Hause ...

Ares sah sie lange an, nahm seine Brille ab und fuhr sich mit zittrigen Fingern über die Augen. Als er sie wieder öffnete, entdeckte Ida etwas darin, das sie verwirrte. Aber darüber würde sie sich ein andermal Gedanken machen. Jetzt musste sie herausfinden, wieso Rönn ihr aufgelauert hatte.

Ares seufzte laut auf. »Steigen Sie ein«, murrte er. »Und zeigen Sie mir den verdammten Weg.«

*

Flankiert von ihren Eltern saß Freda Vetzlaff in dem winzigen Wohnzimmer auf einem abgewetzten Sofa und schien mit der ungewohnten Rolle zu hadern, besorgt betüdelt zu werden. Im Haus hatte sich Ida aufmerksam umgesehen, der Gedanke jedoch, Rönn könne sich womöglich hier verstecken, kam ihr immer weniger glaubwürdig vor.

Ida hatte auf einem Stuhl Platz genommen. Um ihre pochende Schulter hing eine riesige Jacke, die sie sich vom Gerichtsmediziner geliehen hatte, um nicht mit blutverschmierter Bluse bei der Familie aufzukreuzen. Ares stand neben ihr, weil es keine weitere Sitzmöglichkeit gab.

Zum wiederholten Mal erkundigte sich Fredas Mutter, ob ihre Tochter etwas essen oder trinken wolle.

»Mutti, es reicht.« Freda rollte mit den veilchenblauen Augen. Sie hatte ein strahlendes Gesicht, hellblondes Haar, das ihr glatt über die Schultern fiel, und ein einnehmendes Lächeln. »Nur weil ich über ihn rede, heißt das noch lange nicht, dass ich in Tränen ausbrechen muss.«

»Ja, aber das haste ne Zeit lang«, sagte Frau Vetzlaff leise. »Ne Zeit lang haste immer geweint und gesagt, dass er dir wehgetan hat, der Kerl.«

Fredas Lächeln fiel in sich zusammen.

»Fräulein Vetzlaff«, begann Ida in einem so ruhigen Ton, dass es sie selbst ein wenig überraschte, »wie hieß der Mann, über den ich mit Ihren Eltern gesprochen habe?«

Fredas Unterlippe begann zu zittern. Vorher schon hatte Ida gemutmaßt, dass die junge Frau ihre Fröhlichkeit spielte, um eine schmerzhafte Erinnerung beiseitezudrücken. Wie es schien, lag Ida mit dieser Annahme richtig.

»Er hieß ...« Freda räusperte sich. »Er hieß Fiete.«

Herr Vetzlaff schlug sich mit der Hand aufs Bein. »Wusst ich doch, datt es watt Kurzes war!«

Ja, dachte Ida, aber mir die Namen Bo und Hein zu nennen war nicht sonderlich hilfreich...

»Und haben Sie ihn in der letzten Zeit noch einmal gesehen?«

Freda wurde noch blasser, und alle jugendliche Lebendigkeit wich aus ihren Zügen. »Nein! Um Gottes willen, wieso fragen Sie das? Wird er etwa... Kann es sein, dass er in der Nähe ist?«

»Nein«, sagte Ida beruhigend, auch wenn sie nicht wusste, ob sie log oder die Wahrheit sagte.

»Würden Sie mir, nur der Vollständigkeit halber, auch seinen Nachnamen nennen?«

Freda wagte nicht, den Blick zu heben.

»Rönn«, wisperte sie nach einer kurzen, angespannten Pause.

Ida tat, als brächte sie das nicht weiter aus der Ruhe, und notierte sich Fredas Worte in ihrem Merkbuch. Tatsächlich aber war sie erleichtert. Wenn Rönn der jungen Frau etwas angetan hatte, stand nicht mehr nur Idas Aussage gegen die seine, der sicherlich auch leugnen würde, sie heute Morgen überfallen zu haben. Auf die Frage allerdings, wie es dazu gekommen war, hatte sie immer noch keine Antwort.

»Ihre Mutter erzählte mir auch, dass Sie Fiete Rönn nach einem bestimmten Vorfall nicht mehr sehen wollten. Können Sie mir schildern, was damals geschehen ist?«

Freda begann stärker zu zittern. Nervös fuhr sie sich durchs Haar und blickte unsicher zu ihrem Vater, der ihr die Schulter tätschelte.

»Sag es ihr«, sagte Frau Vetzlaff sanft und legte ihre Hand auf die ihrer Tochter.

»Er war mein Freund«, begann Freda stockend. »Und ich habe ihn gern gemocht. Ich wollte ... Er hat gesagt, wir heiraten. Und es war wirklich schön. Erst mal. Aber dann, dann ... Er ... Ich hab irgendwann gemerkt, dass er immer da war.«

»*Da war?* Was meinen Sie damit?«

»Er war ... Er kommt einem hinterher, ohne dass man das merkt. Er hat gesagt, das hat er im Krieg gelernt. Er kann schleichen wie ne Katze. Ich habe das am Anfang gar nicht mitbekommen. Aber mir war irgendwann immer ...« Sie schauderte.

Auch Ida wurde eiskalt, als ihr dämmerte, dass Rönn seit geraumer Zeit hinter ihr her gewesen sein musste. Der Mann auf dem Mennonitenfriedhof, ihr Gang gestern zu den Vetzlaffs ... Er musste sie beobachtet haben. Er war da gewesen, wie ein zweiter Schatten.

»Was geschah dann?«, fragte sie, nachdem sie das Gefühl überwunden hatte, ihr sei die Kehle zugeschnürt, und Freda Vetzlaff begann zu weinen.

*

Mit quietschenden Reifen fuhr Ares los. Als sich Ida zum Haus der Vetzlaffs umsah, erkannte sie nicht viel mehr als eine Staubwolke, und dahinter, langsam sichtbarer werdend, Fredas Vater, der ihnen mit besorgter Miene nachsah.

»Sie war die Erste.« Ida konnte kaum glauben, was sie gehört hatte. »Sie muss die Erste gewesen sein. Mit ihr hat er entdeckt, wie sehr es ihm gefällt, Frauen zu ...«

»Aber Sie nehmen nicht ernsthaft an«, unterbrach Ares sie, »dass Sie und ich jetzt dorthin fahren!«

Er kannte sie besser, als ihr lieb war.

»Natürlich fahren wir dorthin!«

»Ich bringe Sie ins Krankenhaus, Fräulein Rabe. Das haben Sie mir versprochen.«

Ida griff nach seiner Schulter und zuckte gleichzeitig zusammen. Diese Verrenkung nahm ihre Wunde ihr übel.

»Sie müssen mich dorthin bringen. Ares, bitte! Ich wette mit Ihnen um mein Leben, dass er dort ist.«

»Und dieses Leben ist futsch, wenn Sie ihn auch dort erwischen. Was habe ich also davon?« Seine Schnoddrigkeit war nur gespielt, das war deutlich zu hören. »Verdammt noch mal.« Er wurde langsamer, trat plötzlich aber umso entschlossener aufs Gas. »Ich sage Ihnen etwas. Wir fahren zur Bergedorfer Wache, scheuchen sämtliche Beamten dorthin, und dann lassen Sie sich von der Zehe bis zum Scheitel untersuchen.«

»Bessere Idee: Sie fahren zur Bergedorfer Wache, lassen mich aber vorher raus. Herr Konstantinos. Wir können den Kerl nicht laufen lassen. Der ist doch über alle Berge, wenn die Kollegen aufkreuzen.«

»Sie haben einen Vogel! Ich lasse Sie doch nicht allein dahin!«

»Anders geht es nicht. Wir haben keine Zeit, erst nach Bergedorf zu fahren!«

Freda hatte ihnen den Weg beschrieben, doch dafür mussten sie sich ostwärts halten und nicht gen Norden fahren, nach Bergedorf. Der Unterschlupf, in dem sie sich immer mit Rönn getroffen hatte, befand sich nahe dem Kiebitzbrack, einem See am Ursprung der Gose Elbe. Das war drei, vielleicht vier Kilometer von dem Haus der Vetzlaffs entfernt, Luftlinie, hatte Fredas Vater gesagt und angeboten mitzukommen, um ihnen den Weg zu zeigen. Da Ida aber annahm, dass er mehr schaden als helfen könnte, hatte sie dankend abgelehnt.

Um dorthin zu kommen, müssten sie immer an der Elbe entlang, linker Hand vom Damm der Marschlandbahn begleitet, dann könnten sie es gar nicht verfehlen. Jetzt aber fuhren sie durchs platte Land auf einen weiteren abgeholzten Wald zu.

»Er ist verletzt«, redete Ida beschwörend weiter. »Niemals wäre er blutend in den Zug nach Hamburg gestiegen und hätte sich nach Hause geschleppt. Er ist dort!«

Ein alter Hof, hatte Freda gesagt. Unbewohnt seit Jahren. Nie kam jemand dort vorbei, alle Welt wusste, dass da nichts zu holen war.

Ares drückte noch entschlossener das Gaspedal durch. Der Wagen rumpelte über Schlaglöcher hinweg, hüpfte in den Senken ab und wieder auf.

»Wir müssen zu seinem Unterschlupf!«, bestürmte Ida ihn weiter. »Wenn wir ihn entwischen lassen, schnappt er sich die Nächste. Und die Nächste. Vielleicht geht er woandershin, wo man noch nicht vom Monster gehört hat. Nach Köln. Nach Berlin. Was weiß ich. Er wird nicht aufhören. Er hat einmal Blut geleckt, jetzt kann er nicht mehr aufhören.«

»Darum muss die Polizei sich kümmern. Und vergessen Sie nicht, jetzt kennen wir seinen Namen.«

»Ich *bin* die Polizei! Und Sie wissen selbst, wie leicht sich Kennkarten fälschen lassen. Morgen wird er vielleicht nicht mehr Friedrich Rönn heißen, sondern Merten oder Karl oder Rainer Irgendwas.«

Der Gerichtsmediziner antwortete ihr nicht. Verbissen starrte er auf die löchrige Straße. In seinem Kopf schien es zu arbeiten. Endlich bremste er. Er wendete. Starrte Ida mit zusammengebissenen Zähnen an und raste dann in die andere Richtung los.

Vor Aufregung schnürte es ihr die Kehle zu. Aber sie musste ruhig bleiben. Sich vorbereiten. Sie trug nichts bei sich. Nicht einmal ihre Taschenlampe und auch nicht ihre Trillerpfeife oder die Schließkette. Allesamt bei Rönns Überfall abhandengekommen. Mit einem Seitenblick auf Ares fragte sie sich, ob sie ihn dazu bringen konnte, in reichlicher Entfernung im Wagen zu warten, doch sie ahnte, dass er dabei niemals mitmachen würde.

Sie folgten den windschiefen Schildern und ihrem Gedächtnis. In Idas Kopf polterten die Beschreibungen der Vetzlaffs munter durcheinander, Ares hingegen schien genau zu wissen, wohin er steuern musste. Ein unebener Schotterweg führte sie am Deich entlang. Rechts glitzerte das Wasser der Elbe. Links zog sich das Marschland hin, von Feldern durchsetzt.

Schließlich wurde der Wagen langsamer. Ares schaltete den Motor aus, sie rollten noch ein wenig lautlos, dann öffnete der Gerichtsmediziner die Tür.

»Sie kommen nicht einmal auf die Idee, mir zu folgen.«

»Haben Sie den Verstand verloren?«, rief Ida ihm leise nach.

Er drehte sich um. »Wenn Sie jetzt aussteigen, brülle ich. Ich brülle so laut, dass Rönn in Australien ist, bevor wir bei seinem Unterschlupf ankommen.«

»Machen Sie doch keinen Unsinn! Zu zweit sind wir ihm vielleicht überlegen.«

Er setzte einen Schritt in ihre Richtung zurück. »Ich sage

es Ihnen noch mal: Wenn Sie auf die Idee kommen, mir zu folgen, breche ich die Aktion augenblicklich ab. Sie haben die Wahl. Entweder Sie folgen mir. Oder ich schnappe mir den Mistkerl.«

Sie könnte ihn umbringen. Wie kam er nur auf die Idee, es mit Rönn aufnehmen zu können? Ja, Ares war ein massiger, riesiger Kerl, aber in Rönn war ausreichend Hass, um jeden kaltzumachen, der seinen Weg kreuzte. Und falls er sich wirklich hier verkrochen hatte, glich er doch eher einem verletzten Tier, das bis zum Äußersten gehen würde, um sich nicht einfangen zu lassen.

Nervös starrte sie dem Mediziner hinterher. In ihr brodelte es vor Wut, aber auch vor Angst. Sie hatte Ares davon überzeugt, herkommen zu müssen. Wenn ihm nun etwas zustieß...

Als er in der Ferne kaum mehr zu sehen war, öffnete sie leise die Autotür, verharrte erneut, bis er gänzlich aus ihrem Blickfeld verschwunden war, und stieg dann aus. Sie sah an sich hinab. Immer noch trug sie seine Jacke über der blutigen Bluse. Die Wunde an ihrer Schulter pochte verhalten, schmerzte aber nicht zu sehr. Einen Kampf würde sie in diesem Zustand allerdings nicht gewinnen, das war ihr klar.

Sie klappte den Beifahrersitz vor und durchsuchte die Unmengen an Dingen, die auf dem Rücksitz lagen. Einen weiteren Kleiderbügel fand sie nicht, stattdessen Dutzende von Papieren, einen ungetragenen Strumpf, Bücher in griechischer und englischer Sprache und ein zerfleddertes Notizbuch. Verflixt! Sie hatte gehofft, ein Skalpell oder etwas ähnlich Handliches aufzustöbern.

Nachdem sie die Autotür zugeklappt hatte. ließ sie den

Blick prüfend über das Gelände schweifen. Von Ares keine Spur, auch von keinem verlassenen Haus. Im Wind, der von der Elbe her wehte, beugten sich die kniehohen Sträucher. Bäume, die Schutz bieten könnten, gab es nicht.

Dieser Sturkopf Ares! Glaubte er allen Ernstes, sie würde in aller Seelenruhe darauf warten, dass er Rönn in die Falle lief? Denn der war nicht dumm, dessen war sie sich nun sicher. Er hatte sich nur dumm gestellt, den oberflächlichen Schauspieler gegeben. Verärgert musste sie sich eingestehen, dass er sie geschickt getäuscht hatte mit seiner Eitelkeit. Und sie hatte sich wer weiß was darauf eingebildet, die Leute durchschauen zu können, hatte ihn als Witzfigur, als eitlen Fatzke abgestempelt. Aber keine Sekunde lang gemutmaßt, er könne das Monster sein.

Sie könnte sich eine schallende Ohrfeige verpassen. Der Freund ihrer Tochter, hatten die Vetzlaffs gesagt, habe einen kurzen Namen gehabt. Hätte sie darauf kommen müssen, dass sie Fiete meinten, Fiete Rönn?

Nein. Wie auch? Selbst wenn Herr Vetzlaff den Namen Fiete genannt hätte, wäre Ida Renate Gehrmanns Untermieter sicher nicht eingefallen. Nicht eine Sekunde lang hatte sie ihn schließlich verdächtigt ...

Ob er auch in ihre Wohnung eingestiegen war? Doch dann hätte er ihr sicherlich das Puukko-Messer in die Schulter gerammt, nicht so ein stumpfes Ding.

Oder hielt er es in genau diesem Augenblick Ares Konstantinos an den Hals?

Sie schüttelte den Gedanken eilig ab. Links schimmerte ein kleiner See im Sonnenlicht, umgeben von Wiesen, auf denen kleine orangefarbene Blüten in der Brise ihre Köpfe neigten.

Auf der Wasseroberfläche schwammen Enten, ohne Notiz von ihr zu nehmen.

Was hatte Freda gesagt? Am See rechts halten, dort gebe es einen schmalen, überwucherten Weg. Als Ida ihn endlich fand, atmete sie auf und bemerkte erleichtert, dass vor Kurzem jemand hier entlanggegangen sein musste. Die Brennnesseln am Rand waren zertreten.

Vorsichtig setzte sie einen Fuß vor den anderen. Wo immer Rönn auch steckte, von hier aus konnte er jeden, der sich näherte, schon von Weitem sehen.

Bei dem Gedanken klopfte ihr Herz fast schmerzhaft schnell. Brombeerranken rissen an ihren Strümpfen. Als sie den See hinter sich ließ, verschwand wie auf Kommando die Sonne hinter Wolken. Schatten legte sich auf die Marschlandschaft, die mit einem Mal unheimlich und deprimierend karg wirkte. Nun wurde der Boden noch matschiger, und mehrmals blieb sie mit dem Stiefelabsatz stecken.

Müsste sie nicht längst an einem alten Gatter vorbeigekommen sein? Und hatte Freda nicht gesagt, eine winzige Weide, auf der Schafe grasten, liege auf dem Weg? Hatte sie sich etwa verirrt und Ares seinem Schicksal überlassen? Sie biss die Zähne zusammen. Das durfte nicht sein!

Verzweifelt sah sie sich um. Hinter verwilderten Haselnussbüschen blitzte etwas auf. Bloß weiße Blumen? Vorsichtig näherte sie sich, bereit, sich zu verteidigen, falls ihr Rönn auflauerte. Doch dann erkannte sie, was hinter den Zweigen so hell geleuchtet hatte: kleine, ziemlich dünne Schafe, die sie verwirrt anglotzten. Erleichtert atmete sie auf. Das Gatter musste sie übersehen haben. Eilig ging sie am Weidezaun entlang, wo sie ein trottelig wirkender Hütehund begleitete, der immer wieder müde den Kopf hob, sie aber ansonsten ihres Weges gehen ließ.

Nach einer Weile ließ sie die Weide hinter sich. Das Gelände wurde unwegsamer. Dichter werdende Brennnesseln und Brombeerranken erschwerten jeden Schritt. Immer drängender überkam sie der Verdacht, nicht auf dem richtigen Weg zu sein. Und hatte sie diesen Baumstumpf, dessen Wurzeln ein überirdisches Netz bildeten, nicht schon gesehen?

Das hieße, sie liefe im Kreis.

Verdammt!

Nachdem sie kurz mit sich gehadert hatte, beschloss sie, sich von ihren bangen Gedanken nicht aufhalten zu lassen. Entweder sie stand über kurz oder lang wieder vor Konstantinos' Auto oder vor einem Bauernhof. In diesem Fall könnte sie wenigstens um Hilfe bitten.

Weiter ging es durch höher und höher werdendes Gestrüpp. In einem unachtsamen Moment strauchelte sie und wäre fast zu Fall gekommen. Vor Schreck und Anstrengung keuchend fing sie sich mit dem linken Arm und entdeckte, dass sie über einen zusammengefallenen Holzzaun gestolpert war.

Das war ein gutes Zeichen!

Mit neuem Mut stieg sie darüber hinweg und entdeckte, nachdem sie ein Stück weiter querfeldein gelaufen war, eine alte, krumme Eiche, die den Winter durch ein Wunder überstanden hatte. Und dahinter: das verfallene Gebäude, ganz so, wie Freda es beschrieben hatte! Sein Dach war eingestürzt. Efeu rankte an den halb verfallenen Mauern hinauf. Statt Fenstern gähnten halbhohe dunkle Öffnungen, die Tür hatte jemand notdürftig zugemauert.

Ein Schatten glitt über sie hinweg. Erschrocken riss sie den Kopf in den Nacken, doch es war bloß ein Kolkrabe, der lautlos weiterflog.

Wo war Ares?

Unter ihren Füßen lag eine dicke Schicht Tannennadeln, Überbleibsel eines Waldes, den es nicht mehr gab. Sie schlich um die Hausruine herum. Als sie den Blick senkte, bemerkte sie, dass ihre Hände zitterten. Dieser verdammte Rönn jagte ihr eine Heidenangst ein. Er hatte sie tot sehen wollen.

Und war gestört worden.

Da war noch ein Gebäude. Ein Schuppen mit moosbedeckten Ziegeln. Keine Fenster. Keine Tür, nur ein schwarzes Loch. Das musste der Unterschlupf sein.

Ein modriger Geruch stieg in ihre Nase, als sie sich näherte. Hoffentlich gab sie kein Geräusch von sich! Das Rauschen ihres Blutes und das dumpfe Schlagen ihres Herzens waren so laut, dass sie es unmöglich sagen könnte.

Sie hielt die Augen weit aufgerissen. Versuchte auf alles zu achten, jede Bewegung, jedes Rascheln. Der Ort wirkte so verlassen, als befände sie sich auf dem Mond. Zwei Schritte noch bis zur Tür. Einer.

Kälte kroch heraus. Nun war der Geruch nicht mehr bloß modrig, sondern süßlich. Wie der des Stück Stoffes, das ihr Rönn auf den Mund gepresst hatte. Sie starrte ins Dunkel, konnte die rückwärtige Mauer ausmachen, Stein auf Stein auch rechts und links, der Boden bestand aus Erde. Und darauf befand sich etwas. Eine Erhebung. Etwas, das atmete.

Blitzschnell machte sie einen Schritt zurück, lehnte die unversehrte Schulter von außen an die Hausmauer, überlegte. Wer lag auf dem Boden? War es Rönn? Oder Ares?

Jetzt zitterte sie wie Espenlaub. Ihre Hände waren schweißnass. In ihrem Kopf hämmerte es: Du musst ihn bekommen. Du musst ihn bekommen! Und Ares retten, das vor allem. Wenn ihm etwas zugestoßen war ... Wenn Rönn ihn tötete!

Für den Bruchteil einer Sekunde kniff sie die Augen zusammen, um sie ans Dunkel zu gewöhnen, sprang zur Türöffnung zurück und blickte suchend durch den gesamten winzigen Raum, in dem es nichts gab außer einer Decke auf dem Steinboden.

Nichts, das atmete.

Verdammt, hatte sie sich das nur eingebildet? Wirkte das Betäubungsmittel nach und spielte ihrem Kopf Streiche?

Sie sah nach oben. Nur halbhohes morsches Gebälk. Auch dort konnte sich niemand verstecken. Aber Moment. Hatte die Stoffdecke eben auch schon dort gelegen? Nicht ein Stück weiter rechts?

Sie vergewisserte sich, dass Rönn nicht in einer der dunklen Ecken stand, dann trat sie näher und schob mit der Schuhspitze die Decke beiseite. Der schwere, feucht riechende Kamelhaarstoff bewegte sich kaum. Sie trat energischer zu und wuchtete den Ballen zur Seite. Darunter kam ein Loch zum Vorschein.

Blitzschnell ging sie in die Knie und tastete die Umrisse ab. Ein Gang tat sich darunter auf, vielleicht dreißig, vierzig Zentimeter hoch. Holzbalken zur Sicherung fand sie mit den Fingerspitzen nicht. Da war nichts als bloße Erde. Sie wäre wahnsinnig, sich hineinzuwagen.

Da hörte sie einen dumpfen Laut aus seinem Innern. Es klang, als versuche jemand zu sprechen.

Sagte er »Ida«?

Sie beugte sich weiter hinunter. Wieder.

Gnndnna.

War es Ares' Stimme?

Unmöglich zu sagen. Eine Falle, hämmerte es in ihrem Kopf. Das war todsicher eine Falle.

Aber was sollte sie tun? Aufstehen und gehen? Auf dem nächstgelegenen Hof darum betteln, zur Wache in Bergedorf kutschiert zu werden, während Ares hier weiß Gott was geschah?

Sie hätte auf ihn hören müssen. Erst Verstärkung holen, dann Rönn hinterher. Aber warum war Ares allein gegangen, dieser verfluchte Idiot? Und wieso hatte sie es zugelassen? Sie kämpfte mit den Tränen, schluckte sie runter. Zu heulen war von allen Optionen die dümmste.

Ohne weiter zu überlegen, setzte sie sich und steckte die Füße durch die Öffnung. Augenblicklich spürte sie die eisige Kälte, die durch ihre Strümpfe kroch. Erneut dieser Laut. Es klang, als kämpfe jemand mit seinem Leben, versuche verzweifelt, ein Fünkchen Sauerstoff in die Lungen zu bekommen.

Grrchchrggr. Iggggna.

Es war ganz nahe. Irgendwo dort unten, aber ganz nahe.

Mit einem Mal fühlte sie sich ruhig. Ihr Herzschlag beruhigte sich. Nicht mehr ihr Blut hörte sie durch ihre Adern rauschen, sondern ein leises Kratzen, das von dem Jammern aus dem Tunnel übertönt wurde.

Es kam nicht von unten.

Sie zog die Beine zurück. Eine Falle, schoss ihr wieder durch den Kopf. Eine Falle. Eine Falle. Natürlich, das hatte sie geahnt. Aber jetzt wusste sie es. Sie rappelte sich auf.

Raus hier!

Vor dem Unterschlupf schien ihr die Sonne, die wieder hinter den Wolken aufgetaucht war, ins Gesicht. Keuchend vor Anspannung kniff sie die Augen zusammen und rannte zu der Ruine, duckte sich in ihrem Schatten und lauschte.

Wieder ertönte das leise Geräusch, als schabe jemand mit den Fingernägeln an etwas Glattem entlang. Es kam aus dem verfallenen Haus.

Der Geruch kalter Asche schlug ihr entgegen, als sie durch ein herausgeschlagenes Fenster ins Innere kletterte. Hektisch begann ihre Schulter zu pulsieren. Kaum stand sie, verschwand der Schmerz wieder aus ihrem Bewusstsein. Mit allen Sinnen konzentrierte sie sich auf das, was um sie war.

Sie befand sich in einer Art Vorzimmer. Aus den Innenwänden spross Efeu, gezackte Risse im Mauerwerk verliefen vom Boden bis zur Decke. Durch eine Türöffnung betrat sie einen größeren Raum, in dessen Ecke die Reste eines Kachelofens dem Verfall entgegendämmerten. Der Boden war mit Müll und Schutt übersät. Vorsichtig setzte sie einen Fuß vor den anderen, die Ohren gespitzt und den Atem anhaltend. Im hinteren Teil fand sie zwischen zerfetzten Tapetenbahnen eine weitere Türöffnung und betrat die Küche. Das Kratzen war lauter geworden, oder bildete sie sich das nur ein? Es kam aus dieser Richtung, irgendwo dort aus dem Dunkeln.

Sie zwang sich, wieder ruhig und gleichmäßig zu atmen.

Eine gusseiserne Küchenhexe und ein in die Wand eingelassenes Regal waren die einzigen Möbelstücke, die übrig geblieben waren. Eine schmale Tür, die zum Verfeuern wohl nicht taugte, sah aus, als führe sie zu einem Vorratsraum.

Von dort kam das Kratzen. Idas Herz begann zu rasen, als

sie sich der Kammer näherte und die Hand nach dem Knauf ausstreckte. Er knirschte, als sie ihn drehte. Knarrend ging die Tür auf. Dahinter Finsternis. Sie roch nach Mensch, das war das Erste, was ihr durch den Kopf schoss. Nach Schweiß. Aber auch nach derselben Süße wie heute Morgen und jener, die ihr gerade in die Nase gezogen war ...

Hektisch sah sie sich um. Niemand hinter ihr. Vorsichtig steckte sie den Kopf in die Kammer. Sie war kaum breit genug, um auch nur einen Arm auszustrecken, und zu niedrig, als dass sie darin stehen könnte. Als sich ihre Augen an die erneute Finsternis gewöhnt hatten, entdeckte sie unter einem halbhohen Regal gegenüber der Tür, das von der Decke bis zur Hälfte des Raumes reichte, einen kleinen Berg.

»Ares«, flüsterte sie.

Der Gerichtsmediziner bewegte langsam den Kopf und wandte ihr das dreckverschmierte Gesicht zu. Sie ging in die Knie und kroch näher. Er wirkte wie benebelt, guckte halb schielend durch sie hindurch, und als sie seinen Kopf in die Hände nahm, ließ er ihn willenlos nach vorn kippen.

Seine Arme waren seltsam verrenkt, die Hände hinter dem Rücken zusammengebunden. Hektisch machte sie sich daran, den schweren Mann zur Seite zu schieben. Es kostete sie mehrere Anläufe, bis es ihr gelang, seine Handgelenke zu finden. Ein Strick schnürte ihm das Blut ab. Mit zitternden Fingern versuchte sie den Knoten des Seils zu lösen, als ein kehliges Glucksen sie erstarren ließ.

»Grrchchrggr. Iggggna.«

Ihr Kopf schoss herum. In der halbhohen Tür stand jemand. Ein klickendes Geräusch erklang. Licht ließ die kalkgetünchte Kammer in grellem Weiß erstrahlen. Sie erkannte

Rönn, dessen rechter Arm mit den gebrochenen Fingern schlaff hinabhing. In der anderen hielt er ihre Taschenlampe und leuchtete sich ins Gesicht. Es war blutverschmiert. In seinem Mund steckte ein Knebel.

Er kicherte. »Schnfffagrinn.«

Panik kroch Idas Nacken hinauf, doch sie durfte ihr nicht nachgeben. Ruhig, beschwor sie sich. Nur ein kühler Kopf konnte Ares und sie hier rausholen.

Immer noch grinsend klemmte sich Rönn die Taschenlampe unter die Achsel und pflückte den Knebel zwischen seinen Lippen hervor. »Schlaues Mädchen.« Er spuckte aus. »Lässt dich nicht so leicht einfangen, wie?«

Ohne etwas zu sagen, sah sie zu ihm hoch. Eben noch hatte er ihr solche Angst eingejagt, dass der bloße Gedanke an ihn sie zittern ließ. Aber jetzt fühlte sie sich seltsam bei sich, seltsam friedlich und entschlossen, ihm nicht kampflos das Feld zu überlassen.

Er nahm die Lampe wieder in die Hand, malte mit dem Lichtschein Girlanden auf den Boden, dann leuchtete er Ida ins Gesicht.

»Wird Zeit.«

Sie blinzelte.

»Manchmal weiß man erst, was man sich wünscht, wenn's einem das Schicksal ins Haus spült. Geht dir das auch so?« Wieder kicherte er heiser. »So was hat sonst keiner. Ich bin der Einzige. Der Einzige auf der ganzen Welt.«

»Der Einzige, der – was?«

»Keiner hat so was wie dich.«

Ida begriff, was er meinte. Sie war seine Trophäe. Neben all den armen Frauen, die er sich im Umland geschnappt hatte, war ihm nun auch eine Polizistin ins Netz gegangen. Er sehnte sich nach Publikum, deswegen war er Schauspieler geworden. Und ob es ein Theaterpublikum war oder Menschen, die aus der Zeitung von ihm erfuhren, war ihm offensichtlich egal.

»Ich soll was zum Angeben sein?«, flüsterte sie. »Danke. Aber wem willst du davon erzählen? Die haben dich doch schneller, als du gucken kannst. Und dann glaubt's dir sowieso keiner. So ein mickriges Würstchen wie du. Der fantasiert, werden sie sagen. Nie und nimmer hat der sich eine Polizistin geschnappt.«

Immer noch grinsend holte er mit der Taschenlampe aus. Ihr Hals knackte, als ihr Kopf nach hinten flog. Den Schmerz, als das Eisen sie traf, spürte sie kaum. Sie fiel weich, in Ares hinein, der keinen Mucks tat.

Sie brauchte einen Plan! Egal wie unausgegoren. Aber für alles, was ihr Werner beigebracht hatte, benötigte sie Platz: Tritte, Hiebe, mit der flachen Hand den Adamsapfel in seinen Hals rammen. Und sie musste stehen, nicht hocken.

Die einzige Waffe, die ihr geblieben war, war der Strick, der von Ares' Handgelenken hinabgefallen war. Sie hatte aber nicht den blassesten Schimmer, wie sie ihn einsetzen sollte.

Rönns Misstrauen flackerte auf, als könne er ihre Gedanken lesen. Im Licht der Taschenlampe beäugte er sie, und Ida starrte zurück. An seinem Hals klebte getrocknetes Blut, auch sein Hemd, sah sie jetzt, war durchtränkt von der dunkelroten Flüssigkeit.

Seine Lippen kräuselten sich, als seine Hand nach vorn schoss. Mit unnachgiebigem Druck krallten sich seine Finger um ihren Hals, und er drückte zu, gerade so viel, dass ihr die Luft knapp wurde.

Angst und Adrenalin schossen durch ihren Körper. Ruhig bleiben, Ida, beschwor sie sich. Wenn sie jetzt die Kontrolle über ihren Körper verlor und wild zu zappeln begann, würde sie sich überhaupt nicht mehr gegen ihn zur Wehr setzen können. Dann hatte er gewonnen.

»Hat es mit Freda angefangen?«, flüsterte sie, ihre Stimme bloß noch ein Krächzen. »Oder warst du vorher schon davon besessen, jemandem wehzutun?«

»Was hat sie dir erzählt?«

Jetzt bekam sie kaum noch Luft. Wenn sie atmete, erklang ein dünnes Pfeifen.

»Dass sie dich mochte«, krächzte sie.

Er lockerte die Finger, dann zog er seine Hände zurück. Hektisch atmend füllte Ida ihre Lungen. Sie hustete.

»Du warst anders als die anderen Männer, hat sie gesagt.«

Angestrengt versuchte sie in seinem Gesicht etwas zu erkennen. Gab es außer Hass noch etwas, ein Fünkchen nur? Doch die Taschenlampe leuchtete die kalkgetünchte Wand an und begann zu flackern. Bald würde sie ganz den Geist aufgeben, und dann war sie mit Rönn im Dunkeln gefangen.

»Nett«, redete sie weiter. Solange sie sprach, lebte sie. Solange sie sein Interesse aufrechterhielt, würde er sie nicht töten. »Zugewandt und höflich, hat sie gesagt. Sie hat dir vertraut. Sie wollte dich heiraten. Aber dann hast du einen Fehler gemacht und dann noch einen.« Sie schluckte. Ihr Hals brannte. Ihr Kopf wummerte. »Plötzlich fand sie dich unheimlich. Und dann bekam sie Angst vor dir. Hast du das nicht gelernt? Dass man Menschen, die man mag, keine Angst einjagt?«

Sie tat nur so selbstbewusst, und das wusste Rönn genau, der sich nach hinten lehnte und langsam, ganz langsam die Tür der Kammer hinter sich zuzog. Als er mit dem Fuß gegen die Lampe stieß, rollte sie zur Seite und beleuchtete sein Gesicht. Idas Hals schnürte sich noch weiter zusammen, und sie kämpfte gegen die aufkommende Panik an. Was war da in seinen Augen? Der Hass, der eben noch darin geflackert hatte, war verschwunden. Seine Pupillen waren stecknadelgroß. Sein Blick war eiskalt.

Er hatte etwas genommen. Pervitin vielleicht. Die Droge machte hellwach und ließ Gefühl und jeden Schmerz verschwinden.

Reden. Sie musste mit ihm reden!

»Du wolltest sie auch heiraten. Aber sie wurde immer zögerlicher. Sie hat dich vertröstet, ein ums andere Mal, als du bei ihrem Vater um ihre Hand anhalten wolltest. Irgendwann muss dir aufgefallen sein, dass sie dich niemandem vorgestellt hatte. Keiner Freundin. Und auch ihren Eltern nicht. Hat sie sich geschämt, sich mit dir zu zeigen?«

Sein Hass flackerte wieder auf und erlosch, so schnell er gekommen war. Er schob sich noch ein Stück weiter vor, sodass sie seinen Atem roch, seinen Schweiß. In der winzigen Kammer wirkte er wie ein nicht zu bändigendes Tier, bereit, alles zu tun.

»Und dann hast du sie in die Enge getrieben. Dir war Händchenhalten nicht genug. Du hast sie gedrängt. Sie hat sich gewehrt.«

Während ihr Freda davon erzählt hatte, war sie leiser und leiser geworden. Sie hatte in sich verschwinden wollen, genau wie Charlotte Wendler, genau wie Adele Reinke. All diese lebensfrohen Frauen! Er hatte ihre Hoffnungen, ihren ganzen Lebensmut auf dem Gewissen.

Es war im Januar geschehen, hatte Freda stockend weitererzählt. Sein Gesicht sei wächsern geworden, während er sie härter und härter küsste und ihr dann die Kleider vom Leib riss. Sie hatte gefleht, er solle sie gehen lassen. *Da war nichts mehr in seinem Gesicht. Seine Augen waren ganz leer ...*

»War Freda die Erste?«

Rönn starrte sie reglos an.

»Hast du es da entdeckt? Dass es dir Freude macht, die Macht über jemanden zu haben?«

Sie tastete nach Ares, spürte seine kühlen, schlaffen Hände hinter sich.

»Was war mit Renate Gehrmann?«

Hinter sich spürte sie, wie sich Ares rührte. Oder bildete sie es sich nur ein? Nein. Ein schwaches Zittern ging durch seinen Körper. Hoffnung flammte in ihr auf.

»Was hast du mit deiner Vermieterin gemacht?«

Er schnaubte. »Was soll ich mit der schon gemacht haben? Die ist bei ihrer verfressenen Schwester in Düsseldorf. Und wieso sollte ich der was tun, hast du dich das noch nicht gefragt? Die Gehrmann ist doch ein Schatz. Seit sie weg ist, die blöde Kuh, isses gar nicht mehr so einfach. Kostet ne Menge mehr Mühe und Warterei, mal eine abzupassen, die nicht so vorsichtig ist wie die anderen.«

Ungläubig beugte sich Ida vor. »Was soll das heißen?«

Um seine Mundwinkel zuckte es. Auch er kam ein Stück vor, sodass ihre Gesichter keine zwei Handbreit voneinander entfernt waren. Sein Atem brannte auf ihrer Haut. Übelkeit wallte in ihr auf.

»Ihr Weiber haltet euch immer für schlau wie sonst was, aber eins und eins zusammenzählen, dafür reicht's nicht. Die Gehrmann hat mir geholfen. Da guckste, wie? Das hätteste nicht gedacht.«

Die Hebamme und Rönn steckten unter einer Decke?

»War sogar ihre Idee, als sie mitbekommen hatte, was ...« Wieder griff er nach Idas Hals. Diesmal drückte er nicht zu, doch allein seine Finger auf ihrer Haut zu spüren erfüllte sie mit solchem Grauen, dass sie sich kaum beherrschen konnte. Ihr Herz raste. Ihr Mund war wie ausgetrocknet.

»Sie hatte nicht mal was dagegen, weil sie Frauen nicht mag. Gibt's, so was. Selber ne Frau, aber hat auf alle anderen runtergeguckt. Alles Huren, hat sie gesagt. Und strohdoof. Lass sie mich ansprechen, mir vertrauen die, dann locke ich sie in ne abgelegene Gegend, und wir nehmen ihr ab, was sie hat. Und dann kannste noch n bisschen Spaß haben.« Er grinste diabolisch. »Echt. Das hat sie nicht gestört.«

Dieses Monster! Nein, sie waren beide Monster, Rönn und die Gehrmann. Sie war nicht weniger schlimmer als er, wenn sie so etwas zuließ.

Seine Hand wanderte ein Stück ihren Hals hinab. Seine schwitzigen Finger strichen über ihre Haut und die Knöpfe ihrer Bluse. Ida biss die Zähne zusammen, starrte ihn aus weit aufgerissenen Augen an.

»Wir sollten es uns n bisschen gemütlicher machen. Soll dein Freund zugucken? Aber der merkt sowieso nix.«

»Wer war das heute? Wer hat dich vertrieben, als du dich über mich hermachen wolltest?«

Statt zu antworten, riss er ihre Bluse auf. Plötzlich spürte sie etwas Kühles, Hartes hinter ihrem Rücken. Sie ließ das Seil zwischen ihren Fingern zu Boden gleiten und tastete. Eine Glasscherbe. Und Ares' verschwitzte Hand, die anschließend kraftlos zu Boden sackte.

»Komm«, sagte Rönn und machte Anstalten, rückwärts aus der Kammer zu kriechen. Sie tat, als wolle sie ihm folgen, und hatte endlich ausreichend Platz, um den Arm hinter ihrem Rücken hervorzuziehen.

Ihre Hand schnellte vor. Ohne auch nur eine Sekunde zu zögern, rammte sie ihm die Glasscherbe in den Hals. Zwei Finger breit unterhalb des rechten Ohrs blieb sie stecken, und sie riss daran, um sie wieder hinauszuziehen. Seine Augen weiteten sich. In einer dunklen Fontäne schoss das Blut heraus. Die Taschenlampe flackerte, dann gab sie ihren Geist auf.

Finsternis.

Idas Finger umklammerten die blutverschmierte Scherbe. Wo war er? Wie sollte sie ihn treffen, wenn sie nichts sah? Tastend versuchte sie sich zurechtzufinden. Hinter ihr spürte sie Ares. Aber wo war Rönn?

Dann tat es einen dumpfen Schlag. Sie spürte etwas Warmes an ihrem Knie, tastete hinunter. Flüssigkeit, die sich auf dem Boden ausbreitete.

Hektisch atmend suchte sie nach der Taschenlampe, stieß sie versehentlich weg, fuhr erneut mit den Händen über den Boden und fand sie endlich. Sie schüttelte sie, schaltete aus, dann ein. Sie flackerte. Im schwachen Lichtschein sah sie Rönn daliegen. Blut strömte aus seinem Hals. Er röchelte, hob die Hand, um nach ihr zu greifen, konnte das Gewicht jedoch nicht tragen. Die Hand sank hinab. Sein Kopf knickte zur Seite.

Ida tastete nach Ares' Wange, strich über sein Gesicht. Er wirkte kalt. So erschreckend kalt.

*

Nachdem Ida ihre Aussage zu Papier gebracht hatte, fuhr Ustorf sie ins Universitäts-Krankenhaus Eppendorf. In Idas Kopf blitzten zwei Erinnerungen auf, immer dieselben, einander abwechselnd. An Ares, wie er auf einer Bahre aus der Ruine getragen worden war, von Männern, die unter dem Gewicht schwankten wie Schilf. Und an Rönn, wie er starb.

Ida war notdürftig verarztet worden, doch langsam kam der Schmerz, den sie die ganze Zeit nicht gespürt hatte. Ihr Kopf wummerte. Und wenn sie schluckte, fühlte es sich an, als gebe es in ihrem Hals nicht genügend Platz.

»Sie haben das Richtige getan«, sagte Ustorf nach einem Seitenblick auf sie.

Sie nickte, auch wenn sie ihm nicht glaubte. Nie hätte sie geahnt, dass sie in ihrem ersten Dienstmonat jemanden töten würde. Sie hatte überhaupt nicht darüber nachgedacht. Sie war von der Weiblichen Polizei, also unbewaffnet. Und nun das ... Wie sollte sie damit leben? Es fühlte sich schrecklich an, grausam, brutal. Sie hatte das Monster kriegen wollen. Aber lebendig.

Nachdem Ustorf vor dem Krankenhaus haltgemacht hatte, versuchte er sie sanft zurückzuhalten, aber Ida stieg aus, nickte, als er rief, sie solle sich behandeln lassen, und ging langsam auf den Eingang zu. Nun schmerzte auch ihre Schulter bei jeder Bewegung, die Wunde pochte leise vor sich hin.

Eine Krankenschwester verwies sie in den ersten Stock, hielt sie aber behutsam am Arm zurück.

»Sie brauchen auch einen Arzt.«

Ida schüttelte den Kopf, doch das ließ die Schwester nicht gelten. »Kommen Sie mit mir.«

Eine halbe Stunde später endlich fand sie Ares, der wie ein lebloser Berg auf einem der zahlreichen Betten lag. Ihr Verband war gewechselt worden, der Doktor hatte ihre Reflexe geprüft, ihr in die Augen geleuchtet und sie eine Menge alberne Sachen gefragt. Wie heißen Sie? Welcher Tag ist heute? Welches Jahr? Wie heißt der Bürgermeister Hamburgs?

Der Saal, den sie betreten hatte, war riesig. Sicher vierzig Männer waren hier untergebracht, dennoch war es geradezu unheimlich still. Nachdem sie ihren Blick über die Versehrten hatte gleiten lassen, bahnte sie sich einen Weg zwischen dicht an dicht stehenden Betten hindurch. Ares lag nahe dem Fenster, hinter dem gerade die Sonne unterging.

Er hatte die Augen geschlossen und sah erschreckend jungenhaft aus und verletzlich.

Als habe er ihre Anwesenheit gespürt, glitt ein zaghaftes Grinsen über sein Gesicht. Seine Lider flackerten. Dann öffnete er die Augen. »Himmel noch eins. Du siehst ja aus wie der Tod auf zwei Beinen.«

»Du auch«, sagte sie und versuchte zu lächeln, ließ es aber lieber. Es tat weh. Innen und außen tat ihr alles weh, aber sie war lieber hier als allein zu Hause, wo die Erinnerungen über sie herfallen würden.

»Wie geht es dir?«, fragte Ares.

Ida blickte zum Nachbarbett, wo ein junger Mann reglos dalag, den Kopf in ihre Richtung gedreht. Er sah aus, als schliefe er, doch seine Augen waren geöffnet, und die Pupillen zuckten deutlich sichtbar hin und her. Er wirkte so elend, dass Ida ihre eigenen Schmerzen und das, was hinter ihr lag, für einen Moment vergaß.

»Ich weiß es nicht. Ich traue mich nicht, richtig in mich reinzuspüren.«

»Aufschieben kannst du es aber auch nur für eine gewisse Weile. Dann kommt es und ...«

»... holt mich«, sagte sie leise.

Ares richtete sich ächzend auf und nahm ihre Hand. »Das wollte ich nicht sagen. Nichts holt dich. Aber du musst dich dem stellen, statt wegzulaufen.«

Ida verbiss sich eine Antwort. Weglaufen hatte wunderbar funktioniert, schon mehrfach in ihrem Leben.

Er beugte sich noch etwas weiter vor. In seinem Blick lagen Besorgnis, Zuversicht und Vertrauen, was Ida Tränen in die Augen schießen ließ. Sie konnte einfach nicht anders, näherte sich seinem Gesicht und drückte ihm einen sanften Kuss auf die Wange, die warm war und nach Desinfektionsmittel und herben Kräutern roch. So verharrte sie, atmete seine Wärme ein und fragte sich, ob sie sich selbst wiederfinden konnte, nach allem, was hinter ihr lag.

Nach Karl, nach Marlise. Und nach Fiete Rönn.

Sie wusste keine Antwort darauf.

Hamburg

Frühjahr 1947

Als ich bei der Polizistin in der Wohnung hockte, hab ich mich gefragt, ob ich sie eigentlich töten will. War gar nicht so einfach, darauf eine Antwort zu finden. Sie hatte mir Madlena weggenommen. Ich hasste sie.

Aber dann fiel mir was ein. Ich erinnerte mich, was mir eine Nachbarin im Bunker erzählt hat. Dass die Polizistin die war, der die Marlise so nachgeheult hat. Darüber haben sich die Leute noch Jahre später das Maul zerrissen. Dass Marlise ins Kittchen gewandert wär ohne die, und trotzdem hat die Bunkerkönigin jedem, der's hören wollte, gesagt, sie bringt sie um.

Ja, das ist mir wieder eingefallen, als ich so in ihrer bescheidenen Hütte saß. Eine winzige Wohnung. Mit zwei anderen lebt sie da, eindeutig zu erkennen, mit zwei weiteren Frauen. Also denke ich mir, nee, irgendwie gefällt die mir. Sie hat Marlise gezeigt, wo der Hammer hängt, wer traut sich so was schon? Und sie hat dem mickrigen Franzosenmann eine Zigarette geschenkt.

Aber wo ist Madlena? Ich habe alle Sachen durchsucht in der Hoffnung, was zu finden, das mich zu ihr bringt. Aber ich habe nur ein Messer gefunden. Ein schönes Messer. Mit Holzgriff. Kurz und so scharf, dass schon Blut fließt, wenn man damit jemand streichelt.

Ich habe es eingesteckt. Ich habe noch ein bisschen weiter dort gesessen und überlegt und beschlossen, ich gebe Gott noch eine Chance, mit mir zu reden. Vielleicht kann er mir sagen, was ich tun soll. Dann bin ich raus aus der Wohnung und habe gewartet.

Als sie kam, sah die Polizistin aus, als wenn sie gleich aus den Latschen kippt. Blass wie der Mond. Vollkommen fertig. Ich habe überlegt, sie anzusprechen, aber gezögert, und dann war sie schon drin im Haus. Manchmal brauchen meine Gedanken so lange ... Dann ist sie, wie von ner Wespe gestochen, wieder rausgerast. Klar, sie hatte den Einbruch entdeckt.

Ich hinterher. Und dann hab ich den Kerl gesehen. Diesen Kerl, der mit der Gehrmann die schlimmen Sachen gemacht hat. Nicht die Abtreibungen, das waren Bahlsum und sie. Aber das Überfallen und ... Ich hab gar kein Wort dafür. Und ich denke, es war schlimm von mir und böse, dass ich nichts gemacht habe deswegen. Dass ich nur die Gehrmann wollte. Dass ich den mickrigen Jungen einfach weitermachen ließ.

Das kann doch Gott nicht gewollt haben.

Und jetzt klebt der an der Polizistin dran? Was will er von ihr?

Ich bin leise und geschickt. Niemand erinnert sich an mich. Folge ihnen zum Bunker und zurück. Dann haut der Kerl ab. Ich halte Wache vor dem Haus. Frag mich, ob ich eigentlich den Verstand verloren hab. Was beschütze ich die denn plötzlich?

Im Gebüsch, ganz nahe dem Haus, schlafe ich ein bisschen,

aber sobald es hell wird, beziehe ich wieder meinen Posten im Hauseingang gegenüber. Früh steht die Polizistin auf. Latscht zum Dammtorbahnhof. Fährt nach Vierlande und ich auch. Als sie aussteigt, frag ich mich, ob ich mir bloß was zusammengesponnen hab. Aber da sehe ich ihn. Klettert auch aus dem Zug. Wie konnte ich ihn übersehen haben? Hab mich selber so unsichtbar gemacht, als ich ihr nach bin, dass ich ihn nicht bemerkt hab?"

Hat er mich auch entdeckt? Ich lasse mich ein Stück zurückfallen. Beobachte, wie er ihr nachschleicht. Was soll ich tun, frag ich mich. Was will Gott von mir? Soll ich den Kerl kaltmachen? Aber vielleicht will er nur mit ihr reden. Na ja, wer's glaubt.

Also entscheide ich mich aufzupassen. Wachsam zu sein, mich im Schatten zu halten und mit Abstand zu den zwei. Und dann hat er sie. Es geht so schnell, dass ich erst mal ein bisschen brauche, bis ich es verstehe. Er hat so ein Zeug auf ein Stück Stoff gekippt, und als ich es rieche, erinnere ich mich.

Chloroform. Haben Bahlsum und das Monster gerne benutzt. Bestimmt hat der Kerl es von denen. Und ich werde wütend. So wütend, dass ich das Messer nehme und hinter ihm stehe und ihm mit der Spitze in den Nacken pike. Und er dreht sich um und will mich schlagen, und ich ...

Ich hätte ihn umbringen können. Hätte ich es machen sollen?

Verjagt habe ich ihn. Der wusste, als er mich angeguckt hat, dass ich viel mehr von dem in mir hab als das bisschen, das in ihm brennt.

Der ganze Hass. Auf das Monster und auf Bahlsum und

auf das Leben und die, die zugelassen haben, dass jemand wie mein Geliebter einfach getötet wird, weil er Jude ist.

Dieser Hass, den krieg ich nicht mehr los. Aber er ist auch gut, weil er mir Kraft gibt, und der Hänfling sieht das. Er begreift das und fängt an wegzukriechen.

Dann hab ich die Polizistin mit dem Schuh angestupst, aber die hat sich nicht gerührt.

Also hab ich Hilfe geholt. Und mich dann in Luft aufgelöst.

9

Margaretenstraße, Eimsbüttel

Samstag, 10. Mai 1947, 9:13 Uhr

Die Nacht war scheußlich. Immer wieder schreckte Ida aus dem Schlaf auf und schoss keuchend in die Höhe, das Nachthemd nass von Schweiß, während ihre Schulter dumpf schmerzte und sie daran erinnerte, was gestern geschehen war. Es war so knapp gewesen! Sie hätte sterben können, vor allem aber hätte Ares sterben können, und das wäre ihre Schuld gewesen! Wie hatte sie nur so eigensinnig sein können? Nie wieder, nahm sie sich fest vor, während sie ins Dunkel starrte und die Tränen zurückblinzelte, würde sie darauf beharren, alles besser zu wissen.

Verdammt.

Verdammt, verdammt, verdammt!

Als der Morgen dämmerte und ihre Zimmernachbarin leise aufstand, schloss Ida die brennenden müden Augen. Ihre Gedanken wanderten zu Rönn. An seine Kälte, seinen Hass, seine Ruchlosigkeit, mit der er andere Menschen behandelt hatte. Sie versuchte sich damit zu trösten, dass die Frauen nun sicher vor ihm waren. Aber es gab nicht genug Trost. In ihr waren mit einem Mal nur noch Dunkelheit und Angst, der Rest Leere, eine grässliche traurige Leere, die sie niederzupressen schien.

Nun war es kurz nach neun. Auch ihre Vermieterin hatte das Haus verlassen. Stille kroch über den Holzboden und aus allen Ritzen. Mühsam setzte sich Ida auf und blickte zum Fenster, doch auch dort sah es traurig und verregnet aus. Wenn sie nur arbeiten könnte …

Nachdem sie sich gestern von Ares verabschiedet hatte, hatte sie vor dem Krankenhaus, an einen Wagen gelehnt, Heide Brasch stehen sehen.

»Ich bringe dich nach Hause.«

Heide fuhr selbst. Sie steuerte so souverän durch die dunkler und dunkler werdenden Straßen Hamburgs, dass Ida vor Ehrfurcht – aber auch vor Erschöpfung – die Worte fehlten. Vor ihrer Haustür sagte Heide: »Mach dir nicht zu viele Gedanken, Ida. Das bringt nichts. Und … Miss Watson hat mir etwas für dich aufgetragen. Morgen bleibst du zu Hause. Ich zitiere sie: Das ist ein Befehl. Ein Fuß ins Büro, und du kannst deine Brosche abgeben.«

Zur Untätigkeit verdammt, stand Ida langsam auf, zog sich an und blickte sich suchend in ihrem Zimmer um. Wenn sie nur eine Lieblingsbeschäftigung hätte. Eine, korrigierte sie sich müde, die nicht die Arbeit war. Sollte sie sticken lernen oder so etwas?

Aber sie war immer schon zu ungeduldig für Handarbeiten gewesen. Vielleicht könnte sie die Wohnung putzen. Ja, das war eine gute Idee, um ihre Gedanken davon abzuhalten, außer Kontrolle durch ihren Kopf zu schwirren. Zudem hatte sie bisher noch nicht die Zeit gefunden, das Chaos nach dem Einbruch zu beseitigen.

In der Küche vergaß sie, dass sie besser nicht in den Spiegel sehen sollte, der über dem Spülbecken hing. Erschrocken sog sie die Luft ein. Sie hatte sich gestern Abend schon betrachtet, aber im Licht der schaukelnden Glühbirne nicht viel erkennen können. Jetzt aber war es hell, und sie bot einen furchterregenden Anblick. Da waren Unmengen an Beulen in ihrem Gesicht, noch mehr blaue Flecken, ein geschwollenes Auge, und um den Mund herum schuppte die Haut, die mit dem Chloroform in Berührung gekommen war.

Sie wandte sich ab und machte sich, mit einem Besen bewaffnet, über den Boden her. Erst die Küche, dann der Flur. Danach war sie so außer Atem, dass sie sich japsend an die Wand lehnte. Schon wieder wurde ihr schwindelig. Verärgert gab sie dem Besen einen Tritt, woraufhin er mit einem dumpfen Knall umfiel. War sie denn zu gar nichts mehr zu gebrauchen?

»Fräulein Rabe?«

Sie hatte im Hausflur keine Schritte gehört und schrak zusammen. Die strenge Stimme kam ihr bekannt vor. Als sie die Tür öffnete, blickte sie in Superintendent Watsons Gesicht.

»Guten Tag, Miss Watson.«

Ihre Vorgesetzte zog missbilligend die Augenbrauen hoch, als sie die volle Kehrschaufel neben Idas Fuß entdeckte, dann wanderte ihr Blick zu Idas malträtiertem Gesicht zurück.

»Können Sie nicht einfach mal nichts tun?«

»Doch. Nein, ehrlich gesagt fällt mir das schwer.«

Um Miss Watsons Mund spielte ein kleines Lächeln. »Können wir uns irgendwo setzen?«

Ida, die das Schlimmste kommen sah, führte sie in die Küche und deutete einladend zum Tisch. Ihre Vorgesetzte fackelte also nicht lange. Aber hatte sie Heide nicht gestern noch aufgetragen, dass Ida nur heute zu Hause bleiben sollte – und nicht der Davidwache für immer fernbleiben?

»Sie haben genug zu essen?«, überraschte Superintendent Watson sie.

»Ja.« Ihr Stolz ließ sie die Wahrheit herunterschlucken. Nachdenklich betrachtete Miss Watson sie, kommentierte das aber nicht weiter.

Sie nahmen Platz, und Miss Watson legte die Hände auf den Tisch und faltete sie. »Im kommenden Jahr wird es einen Lehrgang geben. Ich darf eine Person dafür vorschlagen, und ob Sie es glauben oder nicht, mir kommt immer nur Ihr Name in den Sinn. Sie wären die einzige Frau unter dreißig, vierzig Männern, die einen Oberbeamtenanwärterlehrgang absolvieren. Doch wie ich Sie kenne, stört Sie das nicht weiter.«

Oberbeamtin?

»Der erste Schritt, um Kriminalkommissarin zu werden«, erklärte Miss Watson und hob vorsorglich die Hand, um Ida am Sprechen zu hindern. »Lassen Sie das erst mal sacken.«

Baff ließ Ida ihren Blick über den tristen Hof hinter dem Haus schweifen. Oberbeamtin – und dann: Kriminalkommissarin? Wäre sie nicht so müde und so leer, sie würde bestimmt Freudensprünge machen.

War es nicht das, was sie sich erträumt hatte?

»Was ist gestern passiert, Fräulein Rabe?«

Miss Watsons Stimme klang nicht mehr streng, sondern besorgt und mitfühlend. Das machte es weit schlimmer. Wenn Ida in Stichworten Rede und Antwort stehen müsste, könnte sie ihre Gefühle weit nach hinten schieben. So aber spürte sie, wie ihr die Tränen kamen.

Bevor sie jedoch dazu kam, sich eine Antwort zurechtzulegen, war ein neuerliches Klopfen an der Wohnungstür zu vernehmen.

»Ich mache das.« Miss Watson war aufgestanden und im Flur verschwunden. Als sie zurückkam, hatte sie Heide Brasch im Schlepptau, die nicht so wirkte, als habe sie Miss Watson zu sehen erwartet.

Heide warf Ida einen besorgten Blick zu.

»Was gibt es denn?«, kürzte Superintendent Watson jedes Geplänkel ab.

»Bei der Toten handelt es sich um Renate Gehrmann«, platzte Heide heraus. Ida war froh, dass sie saß, denn ihr wurden die Knie weich. Renate Gehrmann, die Hebamme, war doch die Tote? Nach dem, was Rönn gesagt hatte, war ihr das undenkbar erschienen.

»Die Kollegen haben gestern Rönns Wohnung auf den Kopf gestellt und die Kennkarte der Hebamme gefunden. Die Fingerabdrücke darauf wurden mit denen der Leiche verglichen. Es gibt keine Zweifel. Sie ist es.«

»Aber wer hat sie umgebracht? Rönn war es nicht.«

»Das hat er zumindest behauptet. Aber muss es auch stimmen? Jedenfalls gibt es noch etwas. Doktor Birger hieß eigentlich Konrad Bahlsum.«

Dieselben Initialen – K und B... Ida ballte die Faust. »Woher haben Sie das?«

»Mein Vater hat mit Kollegen in Berlin gesprochen. Sie haben für ihn ausgegraben, dass Birger, nein, Bahlsum im Ausländerkrankenhaus im nahegelegenen Mahlow gearbeitet hat. Er war eigentlich praktischer Arzt, dort aber auch in der Gynäkologie eingesetzt. Es handelte sich nicht um ein Krankenhaus in dem Sinne, sondern war ein Ort, an dem Zwangsarbeiter wieder einsatzfähig gemacht wurden. Wenn sie krank waren. Oder, im Fall der Frauen, schwanger. Es gab Abtreibungen... bis zum achten Monat. Und Experimente unter Bahlsums Leitung, bei denen festgestellt werden sollte, wie lange ein Fötus lebensfähig ist, wenn man ihn frühzeitig entbindet.«

»Um Gottes willen«, sagte Ida leise.

Heide nickte, das Gesicht ernst und blass. »Die Frauen waren aus der Sowjetunion. Aber es gab auch ein paar wenige deutsche Patientinnen, die man allerdings eher Insassinnen nennen sollte. Und eine von ihnen hieß Line Sander. Sie kam 1944 dorthin.«

»Die Mutter des Katzenmädchens!«

Aufmerksam blickte Miss Watson von einer zur anderen. »Wenn Sie die Güte hätten, mich aufzuklären, wäre ich Ihnen dankbar.«

»Ähm, natürlich«, murmelte Heide und sicherte sich durch einen Seitenblick auf Ida ab, dass sie ihre Ermittlungsergebnisse zusammenfassen sollte. Nachdem sie geendet hatte, beugte sich Miss Watson vor und sah Ida streng an.

»Sie haben mir weismachen wollen, Sie hätten die Mutter des Mädchens schon Anfang der Woche ausfindig gemacht, benötigten aber noch etwas Zeit.«

Ida wurde heiß vor Scham. »Es tut mir leid. Ich wollte unbedingt umgehen, dass die Kleine ins Stift zurückkehren muss.«

»Und jetzt?«, fragte Miss Watson.

Als Ida Hilfe suchend zu Brasch blickte, ergriff diese wieder das Wort. »Renate Gehrmann war auch eine Gefängnisinsassin.«

Vor Verblüffung sprang Ida auf und verzog vor Schmerz das Gesicht.

»Sie wurde von Bahlsum befördert«, fuhr Heide fort. »Er hat sie als Hilfskrankenschwester eingesetzt. Jahre zuvor hatte sie eine Hebammenausbildung absolviert und war inhaftiert worden, weil sie illegale Abtreibungen an deutschen Frauen vornahm – das war verboten, während man sie bei ausländischen Frauen ständig machte, und vor allem gegen deren Willen. Nach dem Krieg haben die Amerikaner nach Bahlsum und Gehrmann gesucht, Aussagen von Zeugen hatten die beiden schwer belastet. Wahrscheinlich hat Bahlsum deswegen seinen Namen geändert. Praktiziert hat er aber weiter. Und auch Gehrmann ... Sie hat sich die Mühe, sich einen neuen Namen zuzulegen, allerdings nicht gemacht.«

»Ich glaube, dass mich Line vor Rönn gerettet hat.«

Miss Watson und Heide gaben einen gleichzeitigen Laut der Überraschung von sich.

»Wie bitte?«, fragte Heide dann perplex.

»Sie stammt doch aus dem Riesengebirge, das wissen wir. Und die Frau, die mich beschützt hat, hatte einen schlesischen Akzent.«

»Aber wieso sollte sie das tun? Wieso sollte sie zufällig dort gewesen sein? Also, in meinen Ohren klingt das ein bisschen an den Haaren herbeigezogen, nimm es mir nicht übel.«

Auch Miss Watson sah nicht überzeugt aus.

»Ich bin mir sicher«, sagte Ida. »Auch wenn ich keinen einzigen Beweis dafür habe. Etwas frage ich mich allerdings auch noch ... Ist das kleine Mädchen wirklich Lines Tochter?«

»Ja, natürlich ... Also, wenn wir die richtigen Schlussfolgerungen gezogen haben ...«

»Wie meinen Sie das, Fräulein Rabe?«, unterbrach Miss Watson Heide Brasch.

»Auch wenn es absurd klingt: Ich glaube Rönn, dass er Renate Gehrmann nicht umgebracht hat. Aber wer war es dann? Heide sagte gerade, dass Line, Bahlsum und Gehrmann damals zur selben Zeit im Krankenhaus waren, sie kannten sich also. Gehrmann war an Bahlsums Seite, sie haben den Frauen dort schreckliche Dinge angetan. Und der zerfetzte Unterleib der Toten, von Renate Gehrmann... Ich hatte schon vorher das Gefühl, er erzähle eine Geschichte. Ich wusste nur nicht, welche. Ares Konstantinos sagte, der Uterus sei herausgeschnitten worden. Die Gebärmutter. Und er sagte auch, dass die Person, die Renate Gehrmann getötet hat, sehr wahrscheinlich kleiner als die Tote war, weswegen ich schon früh den Verdacht hatte, es handle sich vielleicht um eine Frau. Könnte nicht... Wäre es nicht denkbar, dass der Mord an Renate Gehrmann Lines Rache war? Vielleicht haben Bahlsum und Gehrmann Line gegen ihren Willen unfruchtbar gemacht. Vielleicht haben sie bei ihr eine Abtreibung vorgenommen. Und Line hat sich gerächt... Sie hat mit Renate Gehrmann gemacht, was diese zuvor ihr angetan hatte – jedenfalls etwas Ähnliches. Und vielleicht hat sie sich sogar an beiden gerächt, wenn es stimmt und Bahlsum der Tote aus dem Isebekkanal ist.«

»Ja, aber das heißt doch nicht, dass die Kleine nicht Lines Tochter sein könnte«, wandte Heide nach einem Augenblick des Überlegens ein.

»Das stimmt. Aber nehmen wir an, sie ist jetzt sieben. So genau wissen wir es ja nicht. Das heißt, sie wäre 1940 zur Welt gekommen. Wo war sie in der Zeit, in der Line in diesem Krankenhaus war? Gut, es gibt Verwandte, Freunde... Aber die Sache ist doch die: Wenn ich ein Kind hätte, für das ich sorgen muss, würde ich dann eine solche Tat begehen? Würde ich das Risiko eingehen, für den Rest meines Lebens hinter Gitter zu wandern oder womöglich sogar mit dem Tod bestraft zu werden?«

»Nun, es gibt nur einen Weg, das herauszufinden«, sagte Miss Watson und erhob sich. »Wir müssen Line Sander fragen.«

*

Dass Idas Kollegen nicht minder angespannt waren als sie selbst, war Heide und Meyerlich an der Nasenspitze anzusehen. Sie hatten den Einsatz minutiös geplant. Eine ganze Woche lang waren sie ihn wieder und wieder durchgegangen. Oberkommissar Brasch hatte jedem eingeschärft, was er oder sie zu tun und gefälligst zu lassen hatte. Dabei war ihm deutlich anzusehen, wie wenig einverstanden er mit alldem war. Aber Superintendent Watson hatte sich durchgesetzt. Mehr, als Ida lieb war, denn nicht nur Meyerlich, Heide und sie befanden sich im Bunker, sondern auch das Katzenmädchen.

Die Kleine diente ihnen als Lockvogel. Ida kam sich schäbig vor, dass sie nicht vehementer protestiert hatte. Auf der anderen Seite war die Sache ein Tauschgeschäft: Das Katzenmädchen musste nicht ins Stift zurück – zumindest vorerst nicht. Aber dafür sollte es Line Sander in den Bunker locken, auch wenn das gefährlich war.

Erneut schlenderte Ida an ihren Kollegen vorüber, mied dabei aber jeden Blickkontakt, um keine Aufmerksamkeit auf sich zu ziehen. In der Dunkelheit verschmolz Meyerlich in seinem lumpigen braunen Anzug fast mit dem Strohsack, auf dem er saß. Er hatte genau auf die Feinheiten geachtet, selbst wenn das Idas Meinung nach vollkommen übertrieben war: Er hatte sich sogar Dreck unter die Fingernägel und Lampenöl ins Haar geschmiert, um wie die anderen Bewohner des Bunkers auszusehen. Heide hatte nicht ganz so viel Aufwand betrieben. Ihr helles Haar verschwand unter einem karierten Kopftuch, und sie trug einen violetten Kittel, der aussah, als habe er vor Jahrzehnten ihrer Großmutter gehört. »Immerhin bietet er Beinfreiheit«, hatte sie gewispert. »So kann ich schneller laufen.«

Auch Ida hatte sich ihrer Umgebung angepasst. Sie tigerte umher, ohne den Kopf zu heben, und verwandelte sich mehr und mehr in eine jener Umtriebigen, die nicht mehr still sitzen wollten, aber nicht wussten, wohin. Früher hatte sie sich von dem ständigen Schlurfen an ihrem Kabuff vorbei belästigt gefühlt. Jetzt kam es ihr gelegen, dass die meisten Bewohner an so ein Verhalten gewöhnt waren. Manchmal war es eben besser, die Beine zu bewegen, als in Gedanken auf der Stelle zu treten.

Auch sie hatte ihre Uniform gegen einfache Kleider getauscht. Und auch sie war so nervös, dass sie kaum atmen konnte. Das Mädchen war anstandslos mitgekommen und hatte sich ungerührt in seinem früheren Zuhause umgeblickt. Die Leute, die jetzt in Lines früherem Eckchen wohnten, hatten bereitwillig das Feld geräumt. Nun saß das Kind, umgeben von den wenigen Dingen, die dort geblieben waren, auf dem Boden: dem Maiglöckchenstrauß und einem Nudelsieb, das in seinem ersten Leben ein Wehrmachtshelm gewesen war. Schon seit dem frühen Morgen hockte die Kleine dort.

Ob sie auch die Nacht über warten mussten? Eigentlich wäre es einerlei, denn im Bunker herrschten zu jeder Tageszeit dieselben Lichtbedingungen: Es war finster. Doch würde es Ida nur schwer übers Herz bringen, das Mädchen schon wieder an einem anderen Ort als dem nunmehr gewohnten einschlummern zu lassen.

Ob Line überhaupt wusste, dass die Kleine wieder zu Hause war? Marlise hatte sich zunächst störrisch gezeigt, doch nachdem Ida das Blaue vom Himmel gelogen hatte, war sie immerhin dazu bereit gewesen zu nicken.

»*Ich kümmere mich darum, dass es die Leute erfahren.*«

Wer waren diese Leute? Nun, es war besser für Ida, es nicht zu wissen.

Wieder öffnete sich die schwere Tür, die von der Wolldeckenallee ins Treppenhaus führte. Licht sickerte herein und wurde innerhalb von Sekunden verschluckt. Ida blickte nicht in die Richtung, aus der die Schritte nun lauter wurden, sondern versuchte zu hören, wohin sich die Person bewegte. Ein Gruß erklang, es war eine Männerstimme. Zugleich erleichtert und enttäuscht atmete sie aus. Wie lange würden sie das noch mitmachen müssen: Anspannung, sobald jemand hereinkam, Entspannung, wenn er sich als jemand anderes herausstellte? Es war quälend, zumal sie schon seit den frühen Morgenstunden hier waren.

Und was, wenn Line gar nicht zurückkehrte? Wenn sie komplett falschlag?

Sie nahm ihre Herumschlurferei wieder auf, ging mit gebeugtem Rücken und ohne den Blick zu heben, die Allee nach links hinab, bog scharf rechts ab, verharrte dort. Erneut wurde die schwere Tür aufgestoßen. Diesmal musste sie nicht einmal die Ohren spitzen, um zu erkennen, um wen es sich handelte: Eine Gruppe Arbeiter kehrte nach Hause zurück, lautstark über die Arbeitsbedingungen schimpfend, die die Hansestadt ihnen bot. Ida kehrte um, sie wollte der Gruppe aus dem Weg gehen. Ob Line wohl ahnte, dass man sie erwartete? Das war wohl zu vermuten. Sie musste schlau sein und gerissen. Aus den Augenwinkeln nahm sie eine Bewegung wahr. Blitzschnell schoss sie herum, doch wer auch immer eben noch im Gang gestanden hatte, war jäh verschwunden. Ida hatte das Gefühl, dass sich die Atmosphäre in dem riesigen, finsteren Raum verändert hatte. Oder bildete sie es sich nur ein? Besorgt machte sie kehrt. Was, wenn das Katzenmädchen fort war, ehe sie Line schnappen konnten? Oder Line jemanden schickte, der sie holen kam, jemand, mit dem sie nicht rechneten? Kalter Schweiß brach ihr aus, während sie den schmalen, düsteren Gang hinabeilte, und jedes Geräusch, das aus den verhängten Kammern drang, schien mit einem Mal grässlich laut. Was, wenn sie weg ist?, hämmerte ihr durch den Kopf. Was, wenn Line sie geholt hat?

Doch als sie den Vorhang zur Seite schob und in das Kabuff blickte, saß das Katzenmädchen unverändert da und blickte nicht auf. Erleichterung durchströmte Ida. Von jetzt an würde sie in der Nähe der Kleinen bleiben.

»Rabe!«, ertönte hinter ihr ein Flüstern.

Sie ließ das Deckchen wieder hinter sich zufallen und wandte sich zu Meyerlich um.

»Ich hab wen gesehen.«

Augenblicklich stand Ida unter Strom.

»Ne Frau, Fräulein Rabe, die... Mit der war was. Die hat Sie so komisch angestarrt, als wollte sie Sie hypnotisieren, und dann isse rückwärts wieder weg, als sie mich bemerkt hat.«

»Haben Sie erkennen können, wo sie hin ist?«

»Wieder raus, glaub ich.«
»Sie passen hier auf. Ich bin gleich wieder da.«

Ida steuerte die Tür an und trat ins Treppenhaus des Bunkers. Hier war es einigermaßen hell, die Luft im Vergleich zu drinnen frisch. Sie trat ans Geländer und blickte hinab. Niemand zu sehen.

Mit der war was, kamen ihr wieder Meyerlichs Worte in den Sinn. Ihre Nackenhaare stellten sich auf. Neben sich spürte sie eine Bewegung, so zart, dass sie einem Atemhauch glich. Als sie herumfuhr, stand eine blasse Gestalt vor ihr. Die Frau war erheblich kleiner als sie, stämmig, aber abgemagert. Ihr Gesicht hatte die Form des Vollmondes; mit hohen, slawisch wirkenden Wangenknochen und dunklen, traurigen Augen. Ida überkam das Gefühl, als würden sie einander seit langer Zeit kennen.

Und dann erkannte Ida, dass es zu spät war, zu spät für sie. Sie sah ihr Puukko-Messer aufblitzen und spürte schon die eisige Klinge an ihrem Hals.

»Line...«

»Ich will sie nur noch mal sehen. Das ist alles. Ich will Madlena nur sehen und dann...«

Ein dumpfer Laut war zu hören. Der Ausdruck auf Lines Gesicht veränderte sich. Stumm sackte sie in sich zusammen. Verwirrt hob Ida den Kopf und sah vor sich Heide stehen. In ihrer erhobenen Hand hielt sie ihre Taschenlampe.

*

Es war, als spreche sie mit einer Wand. Doch Ida versuchte, sich nicht von Lines Schweigen aus der Fassung bringen zu lassen, und auch nicht davon, dass Line in dem großen Krankenhausbett zu verschwinden schien wie ein Kind. Sie war auf eine eigentümliche Weise schön. Herb und vom Leben gezeichnet, doch mit Augen voll Seele.

»Haben Sie Renate Gehrmann getötet?«

Schweigen. Warmes Abendlicht fiel durch das hohe Fenster. Nicht weit von ihnen rauschte das Wasser der Elbe dem Meer entgegen, doch in dem schmalen, hohen Raum fühlte sich Ida eher wie im Bauch eines Wals.

»Und Konrad Bahlsum?«

Line blinzelte kaum merklich. Ida beugte sich so weit vor, dass sie den bräunlichen Fleck auf ihrer linken Wange erkennen konnte. Er war handtellergroß und erinnerte in der Form an den Kopf eines Fuchses. Das wirre dunkle Haar verschwand fast gänzlich unter einem turbanartigen Verband.

»Ich möchte Ihnen helfen, Line. Wenn Sie mir erzählen, wieso Sie es getan haben… Es gibt Gründe, bei denen mit milderen Urteilen gerechnet werden kann, und dazu zählt, wenn man zuvor von dem Opfer gequält wurde.«

Schweigen.

Ida ließ ihren Blick zum Fenster wandern, das in Richtung des Alten Elbparks hinausging.

»Kennen Sie diese Kette, Line?«

Als sie das Schmuckstück aus geflochtenem Haar aus dem Taschentuch wickelte, schien Line der Atem zu stocken. Ihre Augen schimmerten schwarz; voll Sehnsucht und noch etwas, das Ida nicht ergründen konnte.

»Gib sie mir. Das ist meine.«

»Ich kann sie Ihnen nicht geben. Sie ist ein Beweisstück. Wer ist die Kleine, Line?«

Line presste die Lippen zusammen.

»Sind Sie ihre Mutter?«

Nun verengten sich auch Lines Augen, bis sie zu Schlitzen wurden. Ida hob wieder die Kette empor.

»Wessen Haar ist das? Vom Vater der Kleinen?«

»Vom Vater?«, wiederholte Line und verzog hämisch das Gesicht. »Julius haben sie gehört. Meinem Julius, den die Gestapo fortgeholt und kaltgemacht hat. Unser Kind«, fuhr sie leise fort, »wurde auch getötet. Ermordet. Das ist Julius' Haar. Das ist das Einzige, was mir von ihm geblieben ist.«

Während Ida versuchte, sich ihre Erschütterung nicht anmerken zu lassen, folgte sie Lines Blick auf die Kette in ihrer Hand.

»Gib sie mir«, sagte Line leise.

»Zuerst reden Sie mit mir. Warum musste Renate Gehrmann sterben? Und was ist mit Bahlsum?«

Leise begann Line zu lachen, dann wurde sie lauter. Ihre eben noch sanft klingende Stimme nahm einen höhnischen Ton an. »Ach, *Madla*. Du verstehst nichts. Die Gehrmann, die war ein *Lork*: ein Miststück. Die hatte keine Seele, kein Herz. In der war es so finster, das kannst du dir nicht vorstellen. Die musste sterben, weil so eine nicht leben darf. Da habe ich der Welt einen Gefallen getan.«

»Wie sind Sie ihr wieder begegnet? Haben Sie sie gesucht und letztlich in Hamburg gefunden?«

»Ach was. Wie hätte ich das denn machen sollen? Bin doch keine Spürnase...« Line schob sich eine fettige Haarsträhne aus den Augen. Sie hatte etwas so Fragiles und zugleich derart viel Härte, dass es Ida schier den Atem raubte.

»Das war Gott. Er hat mich über die Dörfer laufen lassen, um zu betteln, und dann steht es plötzlich vor mir, das Monster. Die hat mich nicht erkannt. Sondern mich nach dem Weg gefragt, aber das hab ich gleich begriffen, dass das nur ein Trick ist. Ich hab sie verjagt, und dann bin ich ihr gefolgt, und siehe da, das war wirklich nix als eine Masche, mit der sie die Frauen weglockte von den Wegen in den Wald oder auf Felder, und dann hat dieser Hänfling ... Aber was erzähle ich dir das alles? Soll ich die Arbeit für dich erledigen? Du bist hier die Polizistin. Geh. Ich will schlafen.«

»Was geschah dann?«, insistierte Ida. »Was haben Sie mit Renate Gehrmann gemacht?«

»Na, abgestochen! Ich hab das mit ihr gemacht, was sie mit all den Frauen getan hatte. Alles kaputtgemacht da unten! Alles Leben aus ihr rausgeschnitten. Sie hat's nicht besser verdient! Sie war ein Monster, sie durfte nicht weiterleben!«

»Und Bahlsum, war der auch ein Monster?«

»Ach, der.« Line schnaubte abfällig. »Der war nichts gegen die Gehrmann. Ein Lämmlein, höchstens. Der hat's gemacht, weil irgendwer ihm das aufgetragen hat. Aber die Gehrmann, die hat's geliebt. Hier haben alle vom Monster gesprochen, das die Frauen angreift. Dabei wissen sie gar nicht, was ein Monster ist. Gehrmann war das Monster. Die hat's genossen, wenn den Frauen das letzte bisschen Freude in den Augen erlosch. Da hat die erst richtig atmen können. Das verstehst du nicht, *Madla*. Das kannst du nicht verstehen, wenn du nicht dabei warst. Im Gefängnis war es wundervoll im Vergleich zum Krankenhaus. Aber ich bin freiwillig mit. Dachte, er hilft mir und dem Kind in meinem Bauch. Stattdessen hat er mich der Hebamme überlassen.«

»Also haben Sie sich Bahlsum geschnappt, nachdem Sie Renate Gehrmann umgebracht hatten.«

»Sie war so nett«, Lines Augen blitzten, »mir seine Adresse zu verraten. Ja, und dann war ich sein Schatten. Ich hab bei ihm gewohnt, das hättest du nicht gedacht, wie? Ich hab sogar dich auf dem Hof gesehen!«

Ida bemühte sich, sich ihre Überraschung nicht anmerken zu lassen.

»Du hast dem alten Franzosen eine Kippe gegeben. Ich war die ganze Zeit da, und der bescheuerte Bahlsum hat es nicht gemerkt. Als ich dann begriffen hab, was der alles tut – dass er das gar nicht kann mit dem Kinderwegmachen, jedenfalls nicht, ohne dass jede zweite Frau fast dran krepiert –, da hab ich ernst gemacht. Hätte ich früher machen sollen. Aber...« Sie hob die Schultern.

»Damit wollen Sie sagen, dass Bahlsum die Abtreibungen allein so dilettantisch ausführte, dass...«

»Ja. Und jetzt hau ab.« Lines Stimme troff von Hass. »Ich wünschte, ich hätte dich nicht am Leben gelassen. Hätte dich der Hänfling doch kaltgemacht. Was hätte es mich gekümmert?«

»Das waren Sie, ja, das habe ich mir gedacht.«

»Da war der Lump auf einmal.« Line wurde leiser und schüttelte über sich selbst verwundert den Kopf. »Stand da, und du hast ihn nicht mal gesehen. Miese Polizistin bist du, aber das weißt du selber, wie? Ich habe ihn zurückgehalten. Dein Leben, das hast du mir zu verdanken. Jetzt lass mich. Ich bin müde. Ich rede nicht viel. Ich mag es nicht. Geh.«

»Danke.«

Line sah nicht auf.

»Sie sind auch in meine Wohnung eingebrochen, nicht wahr? Warum? Was wollten Sie von mir, Line?«

Line drehte ihr den Hinterkopf zu. Ihre schmalen Schultern in dem Krankenhausnachthemd wirkten so zart wie die Knochen eines Kindes. Regelmäßig hoben und senkten sie sich.

Schließlich sagte sie leise: »Ich wollte sie nur noch einmal sehen. Ich wollte Madlena nur sehen.«

»Und Sie glaubten, ich würde Ihnen verraten, wo sie ist?«

»Wenn nicht, hätte ich dir die Kehle durchgeschnitten. Ich hätte dich umgebracht.«

Verwundert nahm Ida diese Worte auf, ließ sie jedoch so stehen. Line wirkte zugleich klar und verzweifelt, zerstört und entschlossen, sanft und knallhart. Sie musste vieles durchgemacht haben, um diese Seite zu entwickeln, nahm Ida an: diesen Willen, jeden aus dem Weg zu räumen, der sich ihr entgegenstellte.

»Wer ist das Mädchen?«, erkundigte sich Ida daher erneut. »Ist sie Ihre Tochter?«

Doch Line wandte ihr endgültig den Rücken zu und schwieg, sooft Ida auch fragte. Schließlich stand Ida auf. Sie zögerte, dann legte sie behutsam die Kette auf Lines Bett und verließ den Raum, und als sie den langen, schmalen Flur entlangging, begleitet von dem Geklapper von Nachtgeschirr und den geschäftigen Schritten der Krankenschwestern, fragte sie sich, was wohl aus ihr geworden wäre, wenn Line ihr nicht zu Hilfe geeilt wäre. Gegen ihren Willen war sie beeindruckt von deren herber Zartheit und dem unübersehbaren Fatalismus, mit dem sie durchs Leben ging.

Ein Hauch von Frieden legte sich über sie, als sie aus der Pforte trat. Statt zur Davidwache zu gehen, wandte sie sich nach links und steuerte die Elbe an, auf deren schäumenden

Wellen bereits das Abendrot glitzerte. Die Luft roch verheißungsvoll nach Nacht und Holzfeuer, nach Zigarettenrauch, der aus dem geöffneten Fenster einer ein paar Schritte entfernten Kneipe drang, und sie hörte leises Lachen aus dem Innern und dachte voll Schmerz an Theodor Stamm, den Toten aus der Ditmar-Koel-Straße. Von Kommissar Ustorf hatte sie erfahren, dass Stamm ein Zufallsopfer gewesen war – zur falschen Zeit am falschen Ort. Zeugen hatten berichtet, dass Stamm eine Schlägerei zwischen zwei Trunkenbolden hatte schlichten wollen. Einer der Kerle hatte ein Messer gezückt und zugestochen.

Ida warf einen Blick über ihre Schulter auf den Kirchturm der Gustaf-Adolfskyrkan und fragte sich, wie man bei allem, was in der Welt geschehen war, noch auf Gott vertrauen konnte.

Sie verstand es nicht.

*

»Sie können dort nicht rein!«

Erschrocken starrte Ida der Krankenschwester ins Gesicht. Dann setzte sie sich in Bewegung und rannte den schmalen Gang des Hafenkrankenhauses entlang. Hohl klang das Geklapper ihrer Sohlen auf dem langen Krankenhausflur.

»Bleiben Sie hier!«

Als die Oberschwester sie einholte, griff sie nach Idas Arm und hielt ihn fest. Gegen ihren Willen musste Ida stehen bleiben.

»Was soll das?«, zischte sie. »Sehen Sie denn nicht, dass ich von der Polizei bin?«

»Das sehe ich sehr wohl, aus diesem Grund weiß ich ja auch, wohin Sie wollen. Aber Sie können da nicht rein.«

Täuschte sie sich, oder war das da vorn die Tür zu Lines Krankenzimmer? Wieso stand sie halb offen?

»Ihre Kollegen waren schon hier«, redete die Schwester in einem Tonfall weiter, als wolle sie ein verängstigtes Kind beruhigen.

»Was?«, rief Ida. »Welche Kollegen?«

»Haben sie es Ihnen denn nicht mitgeteilt?«

»Was sollen sie mir mitgeteilt haben?« Sie hörte selbst, wie alarmiert ihre Stimme klang. Sie war noch nicht auf der Davidwache gewesen, sondern schnurstracks von zu Hause zum Hafenkrankenhaus geeilt. Es war halb sieben. Ihr Dienst begann erst in dreißig Minuten.

»Dass Fräulein Sander ...«

Ida hörte ihr nicht länger zu. Sie entwand sich dem Griff der Oberschwester und rannte los. Bei Line Sanders Krankenzimmer angekommen, stieß sie die Tür weit auf. Das Erste, was sie sah, war Blut. Auf den Fliesen, den Wänden, dem abgezogenen Bett. Das Zweite war die zersplitterte Fensterscheibe. Scharfkantige Scherben übersäten den Boden.

»Sie hat sich das Leben genommen«, sagte die Schwester und zog sie bestimmt wieder hinaus.

»Aber ...«

Es waren doch Kollegen dafür abgestellt gewesen zu verhindern, dass Line entkam! Hatten sie das Splittern der Scheibe nicht gehört? Wie war das möglich?

»Setzen Sie sich. Sie hat etwas hinterlassen. Für Ida, sind Sie das?«

Ida nickte.

»Ich hole es. Aber versprechen Sie mir, nicht noch einmal hineinzugehen.«

Ida nickte erneut. Auch wenn sie wollte, ihre Knie wären viel zu weich, um aufzustehen. Sie saß bloß da und versuchte zu atmen und die Verzweiflung und die Wut nicht zu spüren, die in ihr aufstiegen und jeden anderen Gedanken aus ihrem Kopf verdrängten.

Es war ihre Schuld. Sie hatte Line zu sehr zugesetzt. Und nicht daran gedacht, dass in einer Zelle Vorsichtsmaßnahmen ergriffen wurden, damit sich die Insassen nicht das Leben nahmen, in einem Krankenhaus aber nicht.

Kopfschüttelnd barg sie das Gesicht in ihren Händen und biss die Zähne zusammen, bis ein Knirschen zu hören war.

»Hier.«

Sie hatte die Schwester nicht zurückkehren gehört und nahm langsam die Hände herunter. In dem Licht, das ihr mit einem Mal viel zu grell erschien, sah sie die Kette aus Julius' Haar. Ein kleiner Zettel, zusammengerollt und zwischen den Verschluss geklemmt, fiel in ihre Hand, als sie behutsam daran zupfte.

Madlena Birske, stand in unregelmäßiger Schrift darauf. *Demmin. Bring sie nach Hause.*

Epilog

Sonntag, 25. Mai 1947

»Sie schläft«, sagte Ida beruhigt zu Ares, nachdem sie sich umgedreht hatte. Madlena hatte sich auf der Rückbank zusammengerollt und sah friedlich aus.

Sie hatten Hamburg vor einer halben Stunde verlassen. Jetzt kam es Ida so vor, als wären sie durch die Zeit gereist: Statt grauer Häuserskelette und Trümmerbergen gab es sanft abfallende Hügel, hutzelige Obstbäume auf weiten Wiesen und Bauern mit Handkarren, die zur Seite traten und scheu winkten, wenn sie an ihnen vorbeibrausten.

Nervös kontrollierte Ida noch einmal alle Unterlagen. Sie benötigten eine Sondergenehmigung, um die Stadt überhaupt verlassen zu dürfen, und ebenfalls eine, um zu tanken, da Benzin streng rationiert war. Außerdem lag auf ihrem Schoß ein Zettel mit einer Adresse. Der Adresse eines Norbert Birske aus Demmin. Es war ein seltener Nachname, wie Ida mit einer Spur Erleichterung festgestellt hatte. In der rund 15000 Einwohner zählenden Kleinstadt, die in Mecklenburg-Vorpommern lag, hatte sonst niemand so geheißen.

Herr Birske war vierundvierzig Jahre alt und laut den Akten, die die Kollegen aus Greifswald beschafft hatten, bis vor

Kurzem in Kriegsgefangenschaft gewesen. Alle Versuche, ihn telefonisch zu erreichen, waren misslungen. Die Greifswalder Polizei war leider der Meinung, sie hätte genug geholfen, und erteilte Idas Bitte, Norbert Birske auf die Wache zu bringen, von wo aus Ida mit ihm telefonieren konnte, eine Absage. Also fuhren sie nun zu ihm.

Sie drehte den Kopf zum Fenster. Seit gestern Morgen hatte sie das Gefühl, etwas Hartes umspanne ihre Brust, das ihr das Atmen erschwerte. Was, wenn Norbert Birske gar nicht Madlenas Vater war? Dann würden sie die Kleine wieder mit zurücknehmen müssen. Und dann ... Immer noch versuchte sie schlau daraus zu werden, was Line ihr verraten hatte. Viel war es ja nicht gewesen. Sie hatte nicht einmal zugegeben, nicht Madlenas Mutter zu sein, aber mittlerweile war Ida davon überzeugt.

Bring sie nach Hause, hatte auf dem Zettel, den ihr Line hinterlassen hatte, gestanden. Was anderes sollte es heißen?

Ares warf ihr einen besorgten Seitenblick zu. »Zerbrich dir nicht zu sehr den Kopf. Sich vor Sorge verrückt zu machen löst die Probleme auch nicht.«

»Aber findest du nicht, es gibt genug Gründe, sich vor Sorge verrückt zu machen? Wenn ich allein an Willem und Ludger denke... Sie haben einen Toten beklaut und sind in mehrere Wohnungen eingebrochen. Irgendwas muss ich mit ihnen machen, aber ich weiß nicht, was. Ich will unbedingt verhindern, dass sie der Fürsorge übergeben werden...« Ida hatte leise gesprochen, warf aber zur Sicherheit wieder einen Blick auf den Rücksitz. Immer noch schlief Madlena tief und fest, das dunkle Haar klebte verschwitzt an ihrer Stirn.

»Dann rede noch mal mit den Eltern. Du musst ihnen klarmachen, wohin es führen kann, wenn sie den Jungen so etwas durchgehen lassen.«

Ida nickte. In ihrem Bericht für Hildesund hatte Ida abschließend bemerkt, dass es keinerlei Beweise dafür gebe, dass die beiden den Toten aus der Ditmar-Koel-Straße bestohlen hatten. Von den Einbrüchen hatte sie nichts geschrieben.

In ihrem Bericht für Miss Watson hingegen würde sie eine Erklärung dafür liefern müssen, auf welch seltsamen Umwegen die Schmuckstücke der vergewaltigten Frauen plötzlich in Idas Hände gewandert waren...

»Als ich im Krankenhaus lag«, sagte Ares, »ist mir mein Kindheitstraum wieder eingefallen. Du ahnst es sicher: Ich wollte Rennfahrer werden. Als Nebenbeschäftigung, schließlich war ich ja fest davon überzeugt, auch König sein zu müssen. Ich war mir sicher, dass beide Berufe nicht allzu viel Zeit kosten würden, sodass ich noch genug hätte, um meiner dritten Leidenschaft nachzugehen, nämlich zu kochen.«

»*Du* kochst?« Ida prustete heraus, senkte aber rasch wieder ihre Stimme.

Dieser riesige Mann stand – womöglich mit einer Kochschürze bekleidet – gern am Herd?

»O ja! Und zwar ziemlich gut. Ich brauche allerdings die richtigen Zutaten dazu. Mit zwei Kartoffeln und einem Hering, was hierzulande ja angeblich ein Gericht sein soll, bin selbst ich nicht in der Lage, etwas Schmackhaftes zu zaubern. Jedenfalls... Darf ich dich, wenn wir zurück in Hamburg sind, zum Essen einladen?«

Verlegen starrte Ida aus der von Fliegendreck und toten Mücken übersäten Windschutzscheibe. Dass sie ihm einen

Kuss auf die Wange gegeben hatte, war ihr so frisch in Erinnerung, als sei es erst eine Stunde her. Sie glaubte sogar noch seinen Duft zu riechen und die Wärme seiner Haut auf ihren Lippen zu spüren. Auf der anderen Seite war das spontan geschehen. Ein Abendessen aber ...

Sie warf ihm einen prüfenden Blick zu. Aufmerksam und konzentriert sah er geradeaus, die großen Hände auf dem Lenkrad. Er wirkte überraschend entspannt. So, als würde er sich über eine positive Antwort zwar freuen, aber als wäre alles andere auch kein Beinbruch.

Ida erleichterte der Gedanke. Sie war gern in seiner Nähe. Doch nach allem, was mit Karl geschehen war ...

»Nur ein Abendessen«, sagte Ares ruhig. »Ohne Hintergedanken, ohne ein Ziel.«

»Darf ich darüber nachdenken?«

Als er ihr den Kopf zudrehte, fiel alle Beklommenheit von ihr ab. Er wirkte kein bisschen verstimmt oder beleidigt.

»Aber klar. Ida?«

»Ja?«

»Falls du Hilfe brauchst ... Falls du darüber reden möchtest oder dir die Untersuchung Probleme macht ...«

Sie senkte den Blick auf ihre Hände im Schoß. Heute trug sie Zivil, was ihr nach so langer Zeit fast unnatürlich erschien. Die vergangenen Wochenenden hatte sie durchgearbeitet; nun einfach nur in Bluse und Rock unterwegs zu sein, ohne Polizeibrosche, Uniformjacke oder Mütze, weckte in ihr das Gefühl, nicht ganz sie selbst zu sein. Zugleich empfand sie sich als schutzlos. Ihren Gedanken und Fragen ausgeliefert. Und der Erinnerung – an Rönn, an Line. Ihr Tod machte Ida schwer zu schaffen. Sie fühlte sich mitschuldig daran und und wünschte sich, die Zeit zurückdrehen zu können. Wieso hatte sie sie im Krankenhaus allein gelassen?

Die Befragung durch die Briten zu Rönns Tod, hatte Miss Watson ihr angekündigt, würde womöglich nicht angenehm werden, doch dem blickte Ida mit deutlich weniger Angst entgegen. Auch innerhalb der deutschen Polizei würde der Fall untersucht; bis er abgeschlossen war, durfte sie glücklicherweise weiterarbeiten. Aber es war unangenehm, warten zu müssen: auf die Befragung wie auf das Urteil, das sie ihre Stelle kosten konnte.

Glücklicherweise hatte Miss Watson ihre Unterstützung zugesagt. Von Heide hatte Ida zudem erfahren, dass Oberkommissar Brasch kein Fehlverhalten hatte feststellen können. Er urteilte nicht darüber, so war es nur eine kleine Erleichterung, aber eine Erleichterung immerhin...

»Ida?«, riss Ares sie aus ihren Gedanken. »Wenn du Rönn nicht überwältigt hättest, wäre ich gestorben. Du auch. Falls du dir je Vorwürfe deswegen machen solltest, dann tu mir den Gefallen und denk daran, wie erleichtert Fräulein Wendler war.«

»Ja«, sagte Ida. »Du hast recht.«

Vorgestern hatten Ares und sie Charlotte besucht. Die junge Frau hatte ihnen lächelnd die Tür geöffnet. Sofort waren schreckliche Bilder in Ida aufgestiegen, denn nun hatte das Monster ein Gesicht, und Ida wusste, mit wie viel Brutalität Friedrich Rönn vorgegangen war.

Sie war nicht umhingekommen, sich zu fragen, wie es Line wohl mit diesem Wissen gegangen wäre: Sie hatte Renate Gehrmann getötet, Rönn jedoch leben lassen. Ohne die Hebamme jedoch, die zweifelsfrei eine Bestie gewesen war, hatte

Rönn sich überhaupt nicht mehr unter Kontrolle gehabt. Er hatte Charlotte fast umgebracht...

»Er ist tot?«, hatte sich Charlotte vorgestern leise versichert.

»Er ist wirklich tot?«

Als Ida nickte, hatte sie angefangen zu weinen.

Ein blassblauer Himmel spannte sich über der flachen grünen Landschaft. Sie fuhren ostwärts, nicht mehr gen Norden, und Ida dachte an Charlottes letzte Worte zurück, bevor sie den kleinen Georg an sich gedrückt und die Tür geschlossen hatte.

»Ich bin so froh, dass er niemandem mehr etwas antun kann«, hatte sie geflüstert, damit ihr Sohn sie nicht hörte. »Aber mein Leben bekomme ich auch jetzt nicht wieder zurück.«

Traurig schloss Ida die Augen. Ares hatte sicherlich recht, es nützte nichts, schon im Vorfeld Angst zu haben. Aber wie könnte sie die Ängste, die wie dunkle Wolken über ihr schwebten, vertreiben? Sie war froh, dass Rönn weg war. Dass er nicht durch einen windigen Anwalt herausgepaukt werden konnte, um weiterzumachen, irgendwo anders, mit neuem Namen. Um mit allem abzuschließen, hatte sie am Mittwoch Rönns Arbeitsstelle besucht. »Kulissenschieber war der«, hatte der Hausmeister des Thalia Theaters gemurmelt, »und nich mal n guter. War seit vier Wochen nich mehr hier. Braucht auch nich wiederzukommen, wenn Se mich fragen.«

»Das wird er nicht«, hatte Ida zum Abschied gesagt, doch der Hausmeister hatte ihr schon nicht mehr zugehört.

Also war auch das gelogen gewesen: Rönns großartiges Schauspielengagement – dabei war er am Theater nur eine Hilfskraft gewesen, und nicht einmal eine gute, wenn sie dem

Hausmeister Glauben schenkte. Doch das war ihr im Grunde gleich. Weit mehr hatte sie damit zu kämpfen, dass sie diejenige gewesen war, die ihn getötet hatte.

Aber so war es. So und nicht anders.

Und hinten auf der Rückbank schlief ein kleines Mädchen, und Ida hatte nicht den blassesten Schimmer, ob sie dort, wohin sie fuhren, Antworten erhalten würden.

*

Am Ende der schmalen Kopfsteinpflasterstraße stand ein reetgedecktes Haus. Ares stoppte den Wagen. Ida sah sich um. Die Kleine war immer noch nicht aufgewacht.

»Bleibst du bei ihr?«

Ares nickte, und Ida stieg aus.

»Herr Birske?«, fragte sie gleich darauf.

Der Mann, der an der Tür erschienen war, wirkte steinalt. Grau sein Gesicht, grau sein Haar, Hemd und Hose schlackerten ihm am Leib.

»Wer will n das wissen?«, fragte er abweisend und war im Begriff, die Tür wieder zuzudonnern.

Blitzschnell setzte Ida ihren Fuß dazwischen.

»Bitte, Herr Birske. Wir sind aus Hamburg gekommen. Es geht um Ihre Tochter.«

Hühner gackerten. Eine magere Katze streifte an Idas Bein entlang, huschte über die ungepflasterte Straße und verschwand hinter einer Mauer. In Birskes Gesicht zeigte sich keine Regung. Doch dann schloss er die Augen, als wolle er sie von seinem Schmerz ausschließen, und ballte die Fäuste.

»Herr Birske? Darf ich reinkommen?«

Er antwortete ihr nicht. Sein Brustkorb hob und senkte sich zitternd. Er wirkte nicht sicher auf den Beinen, und Ida, die nicht den Eindruck hatte, dass er betrunken war, wappnete sich dafür, ihn aufzufangen, falls er zusammenklappte. Vorsorglich trat sie in den kleinen, dunklen Flur und schloss die Haustür hinter sich.

»Was is mit meiner Tochter?«

Ida atmete erleichtert auf. Die Greifswalder Kollegen hatten keine Informationen darüber gehabt, ob Norbert Birske eine Tochter hatte, und die Einwohnermeldekarteien sowie die Geburtsregister waren im Krieg verbrannt.

»Würden Sie mir ihren Namen verraten?«

Er öffnete seine Augen ganz langsam. Sein Blick war tieftraurig, aber auch voll Misstrauen.

»Was wollen Sie von mir? Was fragen Sie mich solche Sachen?«

»Eine Frau in Hamburg hat mir einen Zettel hinterlassen mit dem Namen Birske. Birske aus Demmin.«

Er atmete keuchend ein. Seine Augen schienen aus den Höhlen vorzutreten.

»Herr Birske, ich bin hergekommen, weil ich ...«

Zitternden Schrittes kam er auf sie zu. »Meine Tochter is tot. Meine Madlena. Wie Anni, meine Frau. Alle Frauen und Kinder, fast alle von hier, sind tot.«

Verstört fragte sie sich, wovon er sprach. Aber er hatte ihren Namen genannt. Madlena.

»Ham die Kinder mit innen Tod genommen, die Frauen aus dem Ort, als die Russen kamen. Das müssen Sie doch wissen.«

Er klang so erschüttert und zugleich so flehend, dass Idas Herz schwer wurde. »Weiß man das denn im Rest vom Land nich? Was hier geschehen is? Dass die Frauen so ne Angst hatten vor den Roten, dass sie alles in Kauf genommen haben, nur um denen nich inne Hände zu fallen?«

Nein, davon hatte Ida tatsächlich nichts gewusst. Wie war das möglich?, fragte sie sich. Auf der anderen Seite hatte sie oftmals den Blick abgewandt, wenn sie an einem Zeitungskiosk vorübergelaufen war, um nicht noch mehr Trauriges, Erschreckendes und Grässliches lesen zu müssen.

»Herr Birske, sind Sie sicher, dass Ihre Tochter... dass sie tot ist?«

Er schluchzte auf. Es klang hart und trocken. Dann hatte er sich wieder im Griff.

»Alle sind doch tot.«

»Aber ...« Es fiel ihr schwer, womöglich doch falsche Hoffnungen in ihm zu wecken. Was würde das mit dem armen Mann machen? Aber es war unvermeidlich.

»In Hamburg sind meine Kollegin und ich auf ein Mädchen gestoßen. Sie spricht nicht, hatte keine Papiere bei sich. Aber eine Frau, die ich für die Mutter hielt, hat sich in den letzten Jahren um sie gekümmert. Herr Birske, es besteht die Möglichkeit, dass es sich bei dem Mädchen um Ihre Tochter handelt.«

Ungläubig starrte er sie an. Dann wandte er sich ruckartig um und lehnte die Stirn gegen die Wand.

»Herr Birske?«

Stockende, rau klingende Schluchzer trafen an ihr Ohr. Sie zögerte und entschied, ihm etwas Zeit zu geben. Als er sich wieder zu ihr umdrehte, war seine Miene zutiefst beschämt, in seinen Augen glitzerten Tränen.

»Ich hab nix mehr«, sagte er leise. »Nich mal mehr n bisschen Hoffnung. Das Mädchen, das Sie gefunden haben, is nicht Madlena. Ich würd es spüren, wenn es so wär. Wenn sie noch leben würde.«

»Können Sie mir sagen, was damals genau geschehen ist?«

Er stützte sich im Türrahmen ab und ließ sich langsam hinabsinken. Unten angekommen, zog er die Beine an und legte seine Stirn auf die Knie. »Ich war anner Ostfront«, sagte er dumpf. »Kam ins Lager. Heimgekehrt letzten Juli. Anni nich da. Madlena nich da. Keiner mehr da. Auch bei den andern nich.«

»Den anderen im Ort?«

Er nickte.

»Anni hat keine Angst gehabt. Hat sie mir immer geschrieben. Aber die annern, die annern Frauen, die hatten furchtbare Angst vor den Russen. Ich habs später gehört. Dass sie ins Wasser sind, als die Roten vor der Stadt ankamen. Lieber tot, als denen in die Hände zu fallen. Und die Kinner ... Sie ham sie mitgenommen in den Tod.«

»Aber Ihre Frau ...«

»Alle ham gesagt, sie hat Madlena mit ins Wasser genommen. So wie es alle Frauen gemacht ham.«

»Sie haben Ihre Tochter nicht wiedergefunden?«

Er schüttelte den Kopf.

»Und Ihre Frau?«

»Sie«, sagte er so leise, dass sie ihn kaum verstand, »schon.«

»Es tut mir leid, falls ich Sie mit diesen Erinnerungen quälen muss, Herr Birske. Aber besitzen Sie womöglich ein Foto Ihrer Tochter?«

Er nickte, schien alle Kraft zusammenzusammeln, die er besaß, stand dann langsam auf und ging wacklig aus der

Tür, um wenig später mit einem Passepartout zurückzukehren. Mit zitternder Hand reichte er es ihr. Darin befand sich eine Familienaufnahme aus glücklicheren Tagen, wenngleich Birske Uniform trug, die Soldatenkappe neckisch schief auf dem Kopf. Seine Frau wirkte schüchtern mit ihren großen Augen und dem kleinen Lächeln. In ihrer Mitte grinste ein Mädchen mit enormer Zahnlücke. Sie hatte dichtes dunkles Haar und ein schmales, blasses Gesicht. Die Aufnahme war sicher drei oder vier Jahre alt, dennoch war sich Ida sicher.

»Würde es Ihnen etwas ausmachen, mich kurz vor die Tür zu begleiten?«

Bevor sie weiterreden konnte, ging die Haustür auf, und Madlena stand da, verschlafen, das Haar noch zerstrubbelt. Mit großen Augen sah sie sich im Flur um. Als ihr Blick auf Herrn Birske fiel, glitt Ungläubigkeit über ihr schmales Gesicht, dann Freude. Sie öffnete den Mund, sagte jedoch nichts.

»Madlena? Madlena!«

Taumelnd lief Birske auf seine Tochter zu und schloss sie in die Arme. Als er aufsah, wirkte er um Jahrzehnte verjüngt. Lachend und weinend zugleich barg er wieder den Kopf in Madlenas hagerer Schulter.

Schon wieder schossen Ida Tränen in die Augen. Sie ging hinaus, wo über dem staubigen Schotterweg die Sonne unterging, und stellte erstaunt fest, dass alle Sorgen und jede Angst mit einem Mal wie weggewischt waren.

Ares trat neben sie und legte zaghaft die Hand auf ihre Schulter.

»Und jetzt?«, fragte er leise.

»Jetzt müssen wir eine Menge Papierkram hinter uns bringen. Oder besser gesagt: ich. Allerdings nur, falls ich irgendwoher Papier bekomme.«

»Eigentlich wollte ich wissen, wie es dir geht.«

Sie blickte ihm in die warmen dunklen Augen und lächelte. Hinter ihnen schwang die Tür auf, und Madlena trat hinaus. Aus großen Augen blickte sie zu Ida empor. Dann begann sie zu strahlen, und obwohl es wirkte, als habe die Kleine gerade erst zu lächeln gelernt, fühlte Ida Hoffnung in sich aufkeimen. Sie war nicht nur von Unglück, altem Leid, Trümmern und Angst umgeben.

Da gab es auch Licht, Liebe und Hoffnung. Selbst in so düsteren Zeiten.

DANK

Mein besonderer Dank gilt meiner Lektorin Nora Haller und dem gesamten Heyne-Team für ihr unglaubliches Engagement und ihre Begeisterung für Ida Rabe;

meiner Agentin Katrin Kroll, die Ida von Beginn an begleitete und mir mit Rat und Tat zur Seite steht;

meinem Mann Gregor, der immer Lust hat, sich den Kopf über die Plots und Herausforderungen eines Romans zu zerbrechen;

und Frank Wiegand und Dunja Schifferdecker vom Polizeimuseum Hamburg für ihre hilfreiche Unterstützung.

Quellen

S. 269: »Mach dir nichts daraus«; Franz Grothe/Willy Dehmel

S. 314: »Das Strafgesetzbuch für das Deutsche Reich vom 15. Mai 1871 nach dem Stande vom 1. Mai 1947«, Silva-Verlag/Iserlohn

Anmerkung

Die sogenannten Fliegermorde trugen sich in Wirklichkeit nicht auf der Nordseeinsel Amrum, sondern auf Borkum zu.